THE FALL – DU UND KEINE ANDERE

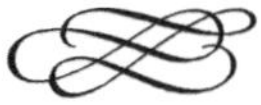

MARIE FORCE

ÜBER DAS BUCH

Dr. Ted Duffy ist ein renommierter Kinderonkologe in Boston. Er ist siebenunddreißig Jahre alt, mit seiner Arbeit verheiratet und mit Leib und Seele Arzt. Die einzige Verschnaufpause in seinem kräftezehrenden Job sind die gemeinsam mit seinen Freunden in Newport, Rhode Island, verbrachten Sommerwochenenden. Dort begegnet er an einem schicksalsträchtigen Abend Caroline, der neuen Freundin seines besten Freundes. Für Ted und Caroline ist es Liebe auf den ersten Blick. Als sie schließlich ihrem Herzen folgen und den Gefühlen nachgeben, reagiert ihr gesamtes Umfeld gleichermaßen schockiert – und Ted, ein angesehener Arzt, geliebter Sohn und Enkel sowie ein treuer Freund muss plötzlich damit klarkommen, alle, die ihm am Herzen liegen, vor den Kopf gestoßen und verletzt zu haben. Hat die Liebe zwischen ihm und Caroline unter diesen Bedingungen überhaupt eine Chance ...?

ANMERKUNG DER AUTORIN

Eine Reise nach Newport, Rhode Island, an einem Sommerabend im Jahr 2006 war die Inspiration für diesen Roman. Ein Mann in einem schwarzen Mercedes-Cabriolet fuhr neben mir auf der Straße, und auf seinem Kennzeichen aus Massachusetts standen seine Initialen, plus die Buchstaben *MD* für einen Doktortitel. Ich fragte mich, wohin dieser attraktive Arzt wohl unterwegs war. »The Fall – Du und keine andere« ist meine Antwort auf diese Frage. Während ich den Charakter von Ted, einem Kinderonkologen, entwickelt habe, merkte ich, dass ich einige Alltagsdetails benötigte, um ihn authentischer wirken zu lassen. Während meiner Internetrecherche bin ich auf den Blog von Dr. Samuel Blackman gestoßen, der zu der Zeit Onkologe an einem Bostoner Kinderkrankenhaus war. Die Ähnlichkeiten zwischen seiner Geschichte und der Hintergrundgeschichte, mit der ich Ted bereits ausgestattet hatte, waren überraschend. Sam hat mir großzügigerweise die Erlaubnis gegeben, Anekdoten aus seinem Blog zu verwenden, die unglaublich viel zu der Geschichte beigetragen haben. Dafür und für seine Freundschaft und Unterstützung bin ich ihm wirklich dankbar.

Dankbar bin ich auch Christina Camara, Julie Cupp, Paula Del Bonis-Platt und Lisa Ridder, die frühe Versionen des Romans gelesen und mir wertvolles Feedback gegeben haben. An all die Leserinnen und Leser, die meine Reise als Autorin so lohnenswert machen: Ich stehe für immer in eurer Schuld. Eure Freundschaft ist eines der größten Geschenke meines Lebens.

Für Dan, Emily, Jake, Brandy und Dad: Euch liebe ich am meisten. xoxo
Marie

Dr. Ted Duffy ging durch das geschäftige Treiben auf den Fluren des Kinderkrankenhauses von Boston, wobei er den Blick gesenkt hielt, um niemanden dazu zu ermutigen, ihn für einen Plausch aufzuhalten. Er wollte keine Verzögerungen. Diese Dinge mussten schnell erledigt werden, so wie man ein Pflaster abriss. Sein Herz war schwer, seitdem er die Nachricht von Joey Gaithers Untersuchungsergebnissen erhalten hatte. Die letzte Chemo-Runde hatte nicht angeschlagen, und jetzt gab es nichts mehr, was sie noch ausprobieren konnten, kein Wundermittel, das den Zwölfjährigen retten würde, der für Ted in den vier Jahren, seitdem sie den Tumor in Joeys Wadenbein entdeckt hatten, so viel mehr als ein Patient geworden war.

Er hatte es natürlich gewusst. Schon bevor die Laborergebnisse am Morgen per E-Mail eingetroffen waren, hatte Ted geahnt, dass er Joey nicht würde retten können. Aber bei Gott, wie sehr er ausgerechnet dieses Kind hatte retten wollen, das so viele Pläne, so viele Freunde, so viel hatte, wofür es sich zu leben lohnte. All seine Patienten waren besonders, und sosehr er sich auch bemühte, sein Herz vor der niemals endenden Katastrophe, die ihn umgab, zu beschützen, gelang es einigen dennoch, sich an seinen Schutzmauern vorbeizumogeln. Ja, es gab ein paar Kinder, die er liebte, und Joey war eins von ihnen.

Müde strich Ted sich mit der Hand durch sein dichtes blondes Haar und atmete tief durch, um sich für das zu rüsten, was vor ihm lag.

John und Melinda Gaither saßen eng beieinander vor dem Zimmer ihres Sohnes. Melinda weinte leise an Johns Brust, und er hielt seine Frau mit einer Zärtlichkeit, die inzwischen eigentlich längst hätte verbraucht sein müssen. Ted hatte viele Ehen erlebt, die im Zuge der kritischen Krankheit eines Kindes zerstört worden waren, und bemerkte erleichtert, dass die Ehe der Gaithers nicht dazugehören würde.

Melinda schaute auf und sah Ted näher kommen. »Dr. Duffy«, sagte sie mit erstickter Stimme. »Joey geht es heute so schlecht. Was ist los?«

»Reden wir in der Lounge«, schlug Ted vor.

Melinda wechselte einen Blick mit ihrem Mann. Sie waren schon zu lange dabei, um nicht zu wissen, was jetzt kam.

Ted führte sie in die Lounge, die glücklicherweise leer war, und griff nach Melindas Hand.

Sofort löste sich die Frau in Tränen auf. »Es ist schlimm, oder?«

»Es tut mir leid.«

John barg sein Gesicht in den Händen.

»Wenn es irgendetwas gäbe …«

»Das wissen wir, Doc.« John wischte sich die Wangen ab und griff nach der Hand seiner Frau. »Wir wissen, dass die letzte Chemo wenig Aussicht auf Erfolg hatte. Trotzdem haben wir auf ein Wunder gehofft.«

»Ich auch.«

»Wie viel Zeit haben wir noch mit ihm?«, fragte Melinda, deren hübsches Gesicht von Trauer und Jahren der Sorge gezeichnet war.

»Seine Nieren haben versagt, also nicht mehr viel.« Die Chemo war aggressiv gewesen, aber statt den Krebs anzugreifen, hatte sie Joeys sowieso schon geschwächte Organe irreparabel zerstört.

Melinda schluchzte leise.

»Macht es Ihnen etwas aus, wenn ich ein paar Minuten mit ihm spreche?«, fragte Ted.

»Natürlich nicht«, erwiderte John.

Ted stand auf.

»Ted?«, sagte Melinda. »Danke für alles, was Sie für uns getan haben.«

»Ich wünschte, es wäre mehr gewesen.«

Die Wände in Joeys Zimmer waren mit signierten Fotos seiner Helden geschmückt – der Boston Red Sox. Die *Make-A-Wish*-Stiftung hatte dem Jungen seinen größten Traum erfüllt, einmal den Star-Catcher der Mannschaft zu treffen, der daraufhin Joey in die Red-Sox-Familie aufgenommen hatte. Er war sogar so weit gegangen, ihm im letzten Sommer ein paarmal einen Platz auf der Mannschaftsbank zu besorgen. Gestern hatte die Luft im gesamten Krankenhaus vibriert, als sich herumgesprochen hatte, dass der Catcher, der Short-stop und der Ace Pitcher da gewesen waren, um Joey zu besuchen.

Der Junge wirkte so klein in dem riesigen Krankenhausbett. Seine Glatze war unter einer Red-Sox-Kappe verborgen.

Ted griff nach Joeys Hand. Am Vorabend hatte er ihm Sauerstoff und Morphium verordnet. Das Einzige, was sie jetzt noch für ihn tun konnten, war, es ihm in der verbleibenden Zeit so angenehm wie möglich zu machen. Ted fiel es schwer, den winzigen Körper in dem Bett mit dem strahlenden dunkelhaarigen Jungen in Einklang zu bringen, der er einst gewesen war, bevor er ein Bein und seine Kindheit an den Krebs verloren hatte. Aber der Krebs hatte sein Wesen nicht infiziert. Joey hatte so lange und so hart gekämpft, dass Ted wusste, er würde sich immer an den besonderen Mut des Jungen erinnern.

Joey rührte sich und drehte den Kopf, um Ted mit seinen großen, schokoladenbraunen Augen anzusehen, die von der Wirkung der Medikamente und der Last des Wissens ganz schwer waren.

»Hey, Kumpel. Hast du Schmerzen?«

Joey schüttelte den Kopf und griff nach der Sauerstoffmaske, die seinen Mund und seine Nase bedeckte.

Ted half ihm, sie abzunehmen.

»Schaut nicht gut aus, hm?«, fragte Joey. Er hatte Ted gebeten, ihm immer die Wahrheit zu sagen, und Ted hatte sich bemüht, diesem Wunsch nachzukommen.

»Es tut mir leid.«

Joey zuckte mit den schmalen Schultern. »Manchmal gewinnt man, manchmal verliert man.«

»Dieses Mal wollte ich unbedingt gewinnen.«

»Ich weiß.«

Als er sah, dass der Junge nach Luft rang, setzte Ted ihm die Sauerstoffmaske wieder auf.

Joey nahm ein paar tiefe Atemzüge, bevor er die Maske wieder abzog. »Tun Sie mir einen Gefallen?«

»Alles, was du willst.« Ted hätte am liebsten um all das geweint, was nie mehr sein würde.

»Kämpfen Sie weiter. Eines Tages werden Sie alle Ihre Schlachten gewinnen.«

»Ich verspreche es«, schwor Ted und blinzelte die Tränen fort.

Joey nickte zufrieden und drückte Teds Hand, bevor er wieder wegdämmerte.

Ted gab ihm einen Kuss auf die Stirn. »Gute Reise, Kumpel.«

John und Melinda warteten auf dem Flur. Ted umarmte sie beide. »Lassen Sie mich rufen, wenn etwas ist.«

John nickte.

Da er hier nichts mehr tun konnte, ging Ted, damit sie sich von ihrem Sohn verabschieden konnten.

Ted lenkte sein schwarzes Mercedes-SL-Cabrio durch den dichten Verkehr, der an diesem Freitagabend Anfang Juli aus Boston herausfuhr. Er lebte für seine Sommerwochenenden in Newport, Rhode Island, wo er mit seinen drei besten Freunden ein Haus gemietet hatte. Ein Kollege, der begeisterter Skifahrer war, übernahm Teds Dienst an den meisten Sommerwochenenden, und Ted tat dafür im Winter das Gleiche für ihn.

Die Luft war ungewöhnlich trocken, und er hatte sein Verdeck heruntergelassen, die frische Brise, die ihm um die Nase wehte, war eine willkommene Abwechslung gegenüber der schalen Luft im Krankenhaus. Nach achtzig Stunden, in denen er in dieser Woche kranke Kinder behandelt hatte, genoss er die Normalität des zäh fließenden Verkehrs der Leute, die zu ihren Terminen oder nach Hause wollten und keine Ahnung von den epischen Schlachten hatten, die von krebskranken Kindern stündlich geschlagen wurden. Und es war auch ganz gut, dass sie es nicht wussten. An einem Tag wie heute war es für ihn beinahe mehr, als er ertragen konnte.

Von einer Krankenschwester auf der Station hatte er erfahren, dass Joey um sechs Uhr gestorben war. Danach hatte Ted sich beeilt, seine Kollegen bezüglich seiner anderen Patienten auf den neuesten Stand zu bringen, damit er schnell ins Wochenende kam. Als er die Interstate 93 verließ und auf die Route 24 fuhr, wurde der Verkehr endlich schwächer, und er konnte den Sportwagen ausfahren. Erst als er die Sakonnet River Bridge nach Aquidneck Island überquerte, fing er an, sich zu entspannen. Er liebte die Aussicht von der alten Brücke und bedauerte, dass er heute den besten Teil des Sonnenuntergangs verpasst hatte. Die tiefroten und violetten Streifen, die am Himmel zurückgeblieben waren, spiegelten sich im stillen Wasser.

Um Portsmouth und Middletown herum nahm der Verkehr wieder zu. Die Insel war im Sommer ein beliebtes Ziel für Touristen und die Heimat von einem der Freunde, mit denen sich Ted das Haus teilte. Smitty, inzwischen Börsenmakler in New York, nahm sich den ganzen Sommer über jeden Freitag frei, um so früh wie möglich aufbrechen zu können. Normalerweise nahm er Chip mit, der als Hautarzt in der Stadt arbeitete, und Chips Freundin Elise. Der Letzte in der Runde war Parker, der wegen seines milliardenschweren Vaters James King, eines Bauunternehmers, von der Presse nur »Der Prinz« genannt wurde. Doch trotz seiner Herkunft war Parker ein hart arbeitender Scheidungsanwalt in Boston, der oft mit Ted zusammen nach Newport fuhr. Am Morgen hatte er angerufen und Ted erklärt, dass er sich den halben Tag freinehmen würde und sie sich am Haus treffen würden.

Die vier Männer waren seit dem zweiten Studienjahr in Princeton Freunde, als sie in nebeneinanderliegenden Zimmern im Studentenwohnheim gelebt hatten. Sie hatten einander bei gescheiterten Beziehungen, beruflichen Erfolgen und Misserfolgen, dem Tod von Eltern und Smittys spektakulärer Scheidung zur Seite gestanden, die Parker mit großer Freude übernommen hatte. Keiner von ihnen hatte Smittys Frau Cherie gemocht, und sie alle hatten sich gefreut, als sie aus seinem Leben verschwunden war – am meisten Smitty selbst. Von den dreien betrachtete Ted ihn als seinen besten Freund. Chip und Parker stand er zwar auch nah, aber mit Smitty redete er am meisten.

Ted war immer der Letzte, der in Newport eintraf, weil er normalerweise nicht früher Feierabend machen konnte. In den fünf Jahren, die sie das Haus jetzt schon mieteten, war er inzwischen besser darin geworden, sich den ganzen Sommer über zwei Tage pro Woche freizuschaufeln. Er fragte sich oft, ob er überhaupt noch in der Kinderonkologie arbeiten würde, wenn er nicht diese Wochenenden hätte, auf die er sich freuen konnte. Nach dem Medizinstudium, seiner Assistenzzeit und den ersten Jahren im Kinderkrankenhaus hatte er kurz vor einem Burn-out gestanden, und Smitty hatte vorgeschlagen, dass sie die Sommerwochenenden zusammen verbrachten.

Wie an Freitagen im Juli üblich, herrschte in Newport dichter Verkehr. Während er über die America's Cup Avenue kroch, fing Ted ein paar wohlwollende Blicke von Frauen auf, die über die Bürgersteige schlenderten. Er war sich nie sicher, ob sie sich nach ihm oder seinem Wagen umschauten, doch sobald sie den leeren Beifahrersitz bemerkt hatten, musterten sie unweigerlich auch den Fahrer. Seine Mutter machte ihm oft den Vorwurf, dass er mit seiner Arbeit verheiratet sei. Sie würde es nur zu gerne sehen, wenn er diesen Sitz mit einem der hübschen Mädchen füllte, die ihm vom Bürgersteig aus verführerische Blicke zuwarfen.

An der Ampel der Kreuzung von America's Cup und Lower Thames sprach ihn eine Gruppe Frauen an, die eindeutig einen Junggesellinnenabschied feierte. Hätte er sie nur im Geringsten ermutigt, wären sie zu ihm ins Auto gesprungen, aber er sagte bloß: »Nicht heute Abend, Mädels«, und bog rechts auf die Lower Thames ab. Ein paar Minuten später fuhr er endlich vor dem großen Haus an der Wellington Avenue mit der Aussicht über den King Park und den Hafen von Newport vor.

Ted schnappte sich seine Tasche, die er am Morgen gepackt hatte, aus dem Kofferraum und benutzte seinen Schlüssel, um die Tür zu dem im Dunkeln liegenden Haus aufzusperren. Ohne Zweifel waren die anderen in einer der Bars am Wasser, in die sie häufig gingen. Ted hätte sich zu ihnen gesellen können, und an den meisten Freitagen tat er das auch, doch heute Abend war er dankbar für die Stille. Er schaltete das Licht ein und sah, dass der Esszimmertisch voll war mit leeren Bierdosen, den Überbleibseln eines Pokerspiels und einem überquellenden Aschenbecher. Er grinste, weil er wusste, dass das Haus nach jedem Wochenendbesuch gründlich geputzt wurde, und es ihn amüsierte, wie schnell seine Freunde Chaos erschaffen konnten.

Während ihrer gemeinsamen Wochenenden galten strikte Regeln. Jeder von ihnen konnte eine Freundin mitbringen, wann immer er wollte. Wenn es einer von ihnen mal nicht schaffte, nach Newport zu kommen, konnte er sein Zimmer an einen von ihrer kurzen Liste gemeinsamer Freunde abtreten. Niemand wollte nach einer Woche harter Arbeit ein Haus voller Fremder vorfinden.

Ted hatte nie jemanden dabei, was hauptsächlich damit zu tun hatte, dass er weder Lust hatte noch die Energie dafür aufbringen konnte, sich um einen Gast zu kümmern. Hinzu kam: Wenn man ein Date für ein Wochenende irgendwohin mitnahm, erweckte das meist den Eindruck, dass man an etwas Ernstem interessiert war, was er definitiv nicht war. Er war siebenunddreißig Jahre alt, und seine Mutter hatte recht: Er *war* mit seiner Arbeit verheiratet. Und im Moment war ihm das ganz recht. Die Kinder im Krankenhaus waren seine Familie, und sie benötigten all seine Kraft.

Er schnappte sich zwei Bier aus dem Kühlschrank und zog sich nach oben in sein Zimmer im zweiten Stock zurück. Er lachte leise, als er das laute Schnarchen aus Smittys Zimmer im ersten Stock hörte. Ohne Zweifel hatte Smitty seit dem Mittag getrunken und würde sich vor morgen früh nicht wieder blicken lassen. Trotz seiner beeindruckenden Größe war er ein echtes Leichtgewicht, was Alkohol anging.

Ted hatte das beste Zimmer im Haus zugeteilt bekommen, weil seine Freunde fanden, er habe den stressigsten Job von allen. Deshalb hatten sie ihm das im obersten Stockwerk gegeben, damit er sich in relativer Ruhe entspannen konnte. An sein Zimmer grenzte ein riesiger Balkon, der von allen benutzt wurde, aber alle achteten darauf, Teds Privatsphäre zu respektieren.

Er ließ seine Tasche in einer Ecke des Zimmers fallen und trat auf den im Dunkeln liegenden Balkon. In der Ferne sah er die erleuchtete Newport Bridge, und im Hafen funkelten die unzähligen Lichter der Boote, die dort ankerten. Während er das erste Bier trank und die friedliche Szene in sich aufnahm, sackte es langsam, dass Joey wirklich nicht mehr da war. Diese Erkenntnis hatte er nicht zugelassen, bis er endlich hier gewesen war, an dem Ort, an dem er sich am wohlsten fühlte. Hier war es möglich, um das zu trauern, was gewesen war, was niemals sein würde, und darum, dass es ihm nicht gelungen war, den Jungen zu retten.

Er ließ den Kopf auf den Arm sinken, den er quer auf die Brüstung gelegt hatte, und gab den Tränen nach, die ihm hinter den Augen gebrannt hatten, seitdem er sich früher am Tag von Joey verabschiedet hatte. Er ließ alles raus – und bekam ein paar Minuten später beinahe einen Herzinfarkt, als sich eine Hand auf seine Schulter legte.

KAPITEL 2

Erschrocken richtete Ted sich auf und unterdrückte beim Anblick ihres Gesichts ein Keuchen. Als hätte er einen Schlag in den Bauch erhalten, schien alle Luft seine Lungen zu verlassen. Etwas Neues und Unerwartetes zog seinen Magen zusammen und gab ihm das Gefühl, als hätte er sein ganzes Leben lang geschlafen und wäre erst jetzt mit allen Sinnen erwacht.

Sie.

Die eine, von der er nicht gewusst hatte, dass er sie suchte, betrachtete ihn voller Sorge aus Augen, die vielleicht grün, vielleicht blau waren. Im Dunkeln konnte er das nicht genau erkennen. Helle, beinahe durchschimmernde Haut, kurze blonde Haare und ein perfekt geformter Mund. Die eine … Und er kannte nicht einmal ihren Namen.

»Geht es dir gut?«, fragte sie und zog besorgt die Stirn kraus. Im Mondlicht sahen ihre Haare aus wie ein Heiligenschein.

Er merkte, dass er sie anstarrte. Die kühle Brise strich über seine tränenfeuchten Wangen, und er wischte sich schnell das Gesicht ab. »Äh, ja, alles prima.«

»So wirkst du aber nicht.«

»Schlimmer Tag.«

»Du bist der andere Arzt, oder? Duff?«

»Ich höre auch auf ›Ted‹, allerdings bin ich, fürchte ich, dir gegenüber im Nachteil«, sagte er und grinste schwach, während er gegen seine überwältigende Reaktion auf sie ankämpfte.

Sie reichte ihm die Hand. »Caroline Stewart.«

O nein, nein, nein! Smittys neue Freundin ... Nein! Das Leben konnte doch nicht so unfair sein. Er musterte ihre ausgestreckte Hand für einen Moment, denn er wusste, wenn er sie berührte, wäre er verloren.

Mit fragendem Blick neigte sie den Kopf und zog ihre Hand langsam zurück.

Schnell griff Ted danach, und das Prickeln, das bei der Berührung ihrer weichen Haut durch ihn hindurchschoss, hätte ihn beinahe aufstöhnen lassen. *Das passiert gerade nicht wirklich.* »Schön, dich endlich kennenzulernen«, zwang er sich zu sagen.

»Gleichfalls.« Sie sah ihn mit einem seltsamen Ausdruck im Gesicht an, als könnte sie jeden seiner Gedanken lesen. Er hoffte inständig, dass es nicht wirklich so war.

Ted zog die Hand zurück und griff nach seinem Bier, um sich abzulenken – er musste sein rasendes Herz und seine durchdrehenden Hormone beruhigen. »Willst du auch eins?«, fragte er und zeigte auf die zweite Flasche.

»Gern.«

Er öffnete die Flasche für sie und bemühte sich, ihr nicht in die Augen zu schauen, als er sie ihr reichte. »Warst du die ganze Zeit über hier?«

Sie nickte. »Willst du darüber reden?«

Er ließ seinen Blick über den Hafen schweifen und zuckte mit den Schultern. »Ich habe heute einen Patienten verloren. Einen zwölfjährigen Jungen.«

»Das tut mir leid.« Sie legte ihm tröstend eine Hand auf den Unterarm.

»Danke.« Seine Augen richteten sich auf ihre Hand, und entsetzt bemerkte er, dass ihm erneut die Tränen unter den Lidern brannten. »Ich bin heute Abend ein ziemliches Wrack.«

»Geht es dir immer so nah?«

Er hätte am liebsten für immer mit ihr geredet. Mit einer Klarheit, die er noch nicht ganz begriff, wusste er, dass er bei ihr nie um ein Gesprächsthema verlegen sein würde. »Häufig, ja. Doch dieser Junge war noch einmal etwas Besonderes. Ich bin mir nicht sicher, warum er mich tiefer berührt hat als die anderen, allerdings kommt so etwas ab und zu vor. Joey war ein außergewöhnlicher Junge, so voller Leben und Pläne.« Er wischte sich über die Augen.

»Er hatte Glück, einen so engagierten Doktor zu haben.«

»Trotzdem konnte ich ihn nicht retten. Ich habe alles getan, was mir eingefallen ist, aber nichts hat funktioniert.«

»Vielleicht war es einfach Zeit für ihn.«

»Ich glaube, er war tatsächlich bereit. Er hat sehr viel durchgemacht, und er war so erschöpft. Ich wünschte nur, ich wäre auch schon bereit gewesen, ihn gehen zu lassen.«

»Wie lange bist du schon Arzt?«

»Sechs Jahre. Plus fünf Jahre Ausbildung in pädiatrischer Onkologie nach dem Studium.«

»Ich weiß nicht, wie du das schaffst.« Sie schüttelte den Kopf. »Jeden Tag Kinder zu sehen, die so krank sind … Das muss einem doch das Herz zerreißen.«

»Manchmal schon. So wie heute. Insgesamt retten wir mehr, als wir verlieren, und das gibt mir Kraft. Ich denke am Anfang immer, dass der Patient einer der Glücklichen sein wird. Aber wie Joey heute gesagt hat: Manchmal gewinnt man, manchmal verliert man.«

»Dein Verlust tut mir sehr leid.«

»Danke, dass du mir zugehört hast. Normalerweise lade ich meine Sorgen nicht bei hübschen Frauen ab, die ich auf meinem Balkon vorfinde.« Der Kommentar war ihm herausgerutscht, bevor er ihn hatte zurückhalten können. Ted ermahnte sich erneut, vorsichtig zu sein.

Sie lächelte. »Hast du denn sonst jemanden, bei dem du deine Sorgen abladen kannst?«

»Nicht wirklich. Ich habe versucht, mit meinem Dad und meinem Großvater darüber zu reden. Immerhin bin ich in ihre Fußstapfen getreten. Sie haben allerdings nicht viel Mitgefühl mit mir. Sie meinen, ich hätte so viel mehr Waffen in meinem Arsenal als sie zu ihrer Zeit. Sie sagen, ich muss mich auf die Kinder konzentrieren, die ich retten kann, und der Rest wäre eben Schicksal. Ich wünschte, ich könnte das so distanziert betrachten.«

»Ich wette, als die beiden noch aktiv waren, haben sie das auch nicht so gesehen.«

»Das stimmt.« Ihre Einsicht beeindruckte ihn, und er wollte sie mehr, als er je in seinem Leben etwas gewollt hatte. Er musste all seine Willenskraft aufbringen, um sich nicht vorzubeugen und sie auf die wunderschönen Lippen zu küssen. »Das haben sie nicht. Ich erinnere mich noch, wenn mein Vater abends aus dem Krankenhaus nach Hause kam, konnte ich ihm immer am Gesicht ablesen, ob er einen Patienten verloren hatte.«

Ted trank einen großen Schluck und zwang das Bier um den dicken Kloß herum, der sich in seiner Kehle festgesetzt hatte, als ihm die überwältigenden Auswirkungen dieser Begegnung klar wurden. Smittys neue Freundin. Die Freundin seines besten Freundes. War er wirklich so ein Klischee? Er räusperte sich. »Wie auch immer, genug von mir. Smitty erzählt uns schon seit Wochen von dir. Wie hat er dich schließlich überzeugt, ihn nach Newport zu begleiten?«

»Ich habe an einem großen Projekt gearbeitet, das jetzt beendet ist. Also habe ich Zeit.«

»Was machst du denn?« Er wollte alles über sie wissen.

»Ich bin freiberufliche Autorin in New York. Ich habe gerade eine PR-Kampagne für das Messe-und-Besucher-Zentrum geschrieben. Die Bezahlung war super, aber als ich damit fertig war, stand ich kurz davor, mir alle Haare auszureißen.« Sie hielt inne und blickte ihn beinahe schuldbewusst an. »Tut mir leid.«

»Was tut dir leid?«, fragte Ted verwirrt.

»Ich fass es nicht, dass ich mich dir gegenüber über meine Arbeit beklage. Im Vergleich mit deiner wirkt sie so trivial.«

»Sag das nicht. Deine Arbeit ist nicht trivial.«

»Trotzdem … Was du tust, ist wichtig.«

»Ich beneide dich um dein Schreibtalent. Ich habe mir immer gewünscht, das besser zu können.«

»Offensichtlich liegen deine Stärken woanders. Wo hast du studiert?«

»In Princeton. Zusammen mit den Jungs hier.« Er zeigte aufs Haus. »Und danach an der Duke. Die anderen Dr. Duffys waren nicht sonderlich glücklich darüber, dass ich mich geweigert habe, mich an der Harvard Medical School zu bewerben, das ist nämlich die Alma Mater der Familie.«

»Ein kleiner Anflug von Rebellion?«, erkundigte sie sich, und ihre Augen funkelten amüsiert.

»Ganz genau. Und wo hast du studiert?«

»Grundstudium an der NYU, danach an der Columbia School of Journalism.«

»Hast du je als Reporterin gearbeitet?«

Sie nickte. »Sechs Jahre bei der *Times*.«

»Wow. Nicht nur irgendeine Zeitung, sondern *die* Zeitung.«

»Das hat Spaß gemacht und war aufregend, aber auch unglaublich anstrengend.«

»Warum bist du gegangen?«

»Ich wollte heiraten und wusste, dass das Leben als Reporterin nicht zu der Richtung passte, die mein Privatleben eingeschlagen hatte, also habe ich gekündigt. Dann hat mein Verlobter kalte Füße bekommen, die Hochzeit wurde abgesagt, und seitdem arbeite ich als Freiberuflerin.«

Ted zuckte zusammen und wünschte dem Mann, den er nie getroffen hatte, alles Schlechte, weil er die Gefühle dieser Frau verletzt hatte. »Das tut mir leid.«

»Ich schätze, es hat nicht sollen sein«, erwiderte sie achselzuckend.

»Smitty hat gesagt, er hat dich über Elise kennengelernt.« *Warum habe ich sie nicht zuerst getroffen?*

»Stimmt. Ihre Schwester ist meine ehemalige Mitbewohnerin, und wir sind weiter befreundet. Normalerweise hasse ich Kuppelversuche, aber dieses Mal war ich froh darüber. Er bringt mich mehr zum Lachen als je ein Mann zuvor.«

Ted musste grinsen, obwohl er am liebsten geweint hätte. »Ja, so ist Smitty. Er hat sich in den zwanzig Jahren, die ich ihn kenne, kein bisschen verändert. Er kippt immer noch um, wenn er tagsüber trinkt, und schläft dann bis zum nächsten Morgen.«

Sie lachte. »Stimmt. Tja, ich sollte auch ins Bett. Es war schön, mit dir zu reden. Und noch mal mein Beileid wegen deines Patienten.«

Nicht! Bleib hier! Geh nicht zu einem anderen Mann ins Bett. Bitte ...
»Danke, dass ich mich mal ausheulen durfte.«

»War mir ein Vergnügen«, sagte sie auf dem Weg in sein Zimmer, um sich nach unten zu begeben. Mit einem Blick über ihre Schulter fügte sie an: »Gute Nacht, Ted.«

»Gute Nacht.«

Er sah ihr nach und ließ dann stöhnend den Kopf sinken. »O mein Gott.«

Ted wälzte sich den Großteil der Nacht über im Bett umher, bevor er schließlich kurz vor Anbruch der Morgendämmerung in einen unruhigen Schlaf fiel. Zerschlagen und desorientiert wachte er um zehn Uhr auf und schleppte sich aus dem Bett. Sofort erinnerte er sich wieder an die Begegnung mit Caroline am Abend zuvor auf dem Balkon. In seinem Magen machte sich ein merkwürdiges Gefühl breit, eine Mischung aus Nervosität und Vorfreude. Und Panik.

Zu wissen, dass sie unten war und vermutlich gerade mit Smitty und den anderen frühstückte, erfüllte Ted mit einer Angst, wie er sie nur selten erlebt hatte. Wie sollte er seine überwältigende Reaktion auf sie vor den Menschen verbergen, die ihn am besten kannten?

Aber vielleicht war das gestern Abend bloß auf das Gefühlschaos des Tages zurückzuführen. Joey zu verlieren war ein herber Schlag gewesen. Möglicherweise hatte er die Anziehung von Caroline für etwas gehalten, was sie nicht war. Möglicherweise war es eine verspätete Reaktion auf die Trauer gewesen. Caroline war nett zu ihm gewesen. Mehr nicht. Wenn er normal bei Verstand gewesen wäre, hätte er sicher nicht so empfunden.

Entschlossen, seine Theorie auf die Probe zu stellen, zog er sich

Laufklamotten an, schaute kurz auf seinem Handy nach, ob er neue Nachrichten hatte, und zwang sich dann, nach unten zu gehen.

»Guten Morgen«, sagte er.

Die Antwort war ein Grummeln vom Esstisch her, an dem Chip, Elise, Parker und Caroline mit ihren Kaffeebechern und offensichtlich dem einen oder anderen Kater saßen.

Chips braune Augen waren blutunterlaufen, und seine lockigen Haare standen wirr vom Kopf ab. Parker schien in nur unwesentlich besserer Verfassung zu sein – zumindest hatte er sich seine dunklen Haare gekämmt, und seine Augen waren nicht ganz so rot wie die von Chip. Elise sah aus wie immer, als wäre sie gerade den Seiten eines Modemagazins entstiegen.

Und Caroline … *Oh, Caroline.* Sie war noch umwerfender als gestern Nacht im Mondlicht. Ihre hellblonden Haare, die in der Dunkelheit kurz gewirkt hatten, waren tatsächlich lang, und ihre Augen hatten einen überraschenden Grünton mit kleinen goldenen Flecken darin.

Als ihre Blicke sich trafen, wusste Ted, dass seine Gefühle gestern Abend kein einmaliges Vorkommnis gewesen waren. Irgendwie hatte er es geschafft, sich während einer halbstündigen Unterhaltung in die Freundin seines besten Freundes zu verlieben. Verdammt, wem wollte er hier was vormachen? Es war in dem Moment um ihn geschehen gewesen, in dem er sie das erste Mal gesehen hatte. Diese Erkenntnis weckte in ihm den Wunsch, wegzulaufen, die Freunde zurückzulassen, die ihm mehr bedeuteten als das Leben selbst.

»Hunger, Duff?«, fragte Smitty vom Herd aus, wo er gerade Spiegeleier und etwas Undefinierbares zubereitete.

Ted räusperte sich und atmete tief durch, dann nahm er den Orangensaft und schenkte sich ein. Mit dem Glas in der Hand ging er zu Smitty hinüber, um einen Blick in die Pfanne zu werfen. »Was zum Teufel ist das?«

»Chouriço«, erwiderte Smitty mit einem breiten Grinsen. Er war über eins fünfundneunzig groß, hatte dunkle Haare, dunkle Augen, eine dröhnende Stimme und eine noch größere Präsenz. »Das hast du schon mal gegessen. Es ist eine Spezialität – portugiesische Würstchen.«

Ted rümpfte die Nase. »Auf keinen Fall bringst du mich dazu, das zu essen.«

»Er ist ein Gesundheitsfreak«, erklärte Smitty, an Caroline gewandt. »Wir geben uns nur mit ihm ab, weil er die Mädchen anzieht wie der Honig die Bienen.«

Ted gab ihm einen leichten Klaps auf den Hinterkopf. »Halt den Mund.«

»Hast du meine Caroline schon kennengelernt?«, fragte Smitty ihn.

Teds Herz hämmerte in seiner Brust. »Ja, gestern Abend.« Er bemühte sich um einen lockeren, lässigen Tonfall. »Während du einen ganzen Wald abgesägt hast, hat sie eingewilligt, mit mir durchzubrennen und mich zu heiraten.«

Smitty schlug nach ihm, aber Ted wich ihm aus. In dem Tumult fiel eine leere Metallschüssel klappernd zu Boden.

Chip ließ stöhnend den Kopf in die Hände sinken. »Nicht so laut, Jungs.«

Elise stand auf, füllte einen Plastikbeutel mit Eiswürfeln und legte ihn Chip auf den schmerzenden Kopf.

Er sah sie dankbar an, und sie beugte sich vor und gab ihm einen Kuss.

»Wer geht heute laufen?«, fragte Ted.

Chip stöhnte erneut.

»Das ist schon mal ein Nein«, sagte Ted lächelnd.

»Ich verzichte auch«, warf Parker ein. »Und lass mich heute Abend nicht wieder was mit ihm unternehmen.« Er nickte in Chips Richtung. »Ich kann nicht mit ihm mithalten.«

»Das kann niemand«, merkte Elise an. »Ich weiß gar nicht, warum wir es immer wieder versuchen.«

»Ihr hättet meinem Beispiel folgen und früh ins Bett gehen sollen«, meinte Smitty zum Gelächter der anderen.

»Dann bist du dabei?«, fragte Ted und schaute Smitty amüsiert an.

»Himmel, nein. Wer füttert diese Leute, wenn ich nicht da bin?«

»Hey, Duff«, sagte Parker. »Was macht Joey?«

Teds Lächeln schwand, als er den Kopf schüttelte. »Er ist gestern gestorben.«

»O nein.« Parker sah ihn mitfühlend an. »Das tut mir echt leid, Mann.«

Elise stand auf und umarmte Ted. »Mir auch.«

»Danke.«

Smitty zog Ted an seine breite Brust und sagte leise: »Du hast ihm Jahre geschenkt, die er sonst nicht gehabt hätte.« Dann gab er ihm in einer typischen Smitty-Geste einen Kuss auf den Scheitel.

Ihre Unterstützung überwältigte ihn.

»Geht es dir gut?«, fragte Chip.

Mit einem Blick zu Caroline antwortete er: »Ja, das wird schon wieder. Ich nehme mir jedes Mal fest vor, mich emotional nicht so zu engagieren, und dann tue ich es doch.«

»Du wärst nicht du, wenn du es nicht tätest«, erklärte Parker.

Ted nickte ihm dankbar zu. »Also«, er räusperte sich. »Muss ich heute allein los?«

»Wie weit läufst du denn so?«, fragte Caroline.

Smitty lachte. »Glaub mir, das willst du nicht, Süße. Der Mann ist eine Maschine.«

»Verglichen mit dir ist selbst meine Oma eine Maschine«, entgegnete Ted, und die anderen lachten laut, was eine willkommene Ablenkung war, während Ted versuchte, sich mit der Vorstellung einer freundschaftlichen Laufrunde mit Caroline zu arrangieren. Er wusste nicht, was er mehr wollte – dass sie mitkam oder dass sie es bleiben ließ.

Smitty tat, als wäre er beleidigt, und wandte seine Aufmerksamkeit wieder dem Herd zu.

»Drei oder vier Meilen«, erwiderte Ted auf Carolines Frage.

»Dann komme ich mit«, verkündete sie.

»Verräterin«, murmelte Smitty.

»Elise? Lässt du mich etwa im Stich?« Ted wollte sie anflehen, mitzukommen, damit er nicht mit Caroline allein wäre.

»Ich fürchte ja, Duff. Diese Woche fehlt mir irgendwie die Energie. Caroline kann meinen Platz einnehmen.«

»Tja, ich schätze, dann sind es nur wir beide«, sagte Ted zu Caroline und schluckte schwer.

»Gib mir zehn Minuten«, bat sie und verschwand nach oben.

»Was machen wir heute?«, wollte Ted von den anderen wissen.

»Die Mehrheit war für den Strand«, erklärte Parker. »Willst du dein Surfbrett mitnehmen? Dann lade ich es für dich in Chips Truck.«

»Gerne. Danke.«

»Mein Dad hat uns das Boot dagelassen, falls wir morgen Lust auf eine Ausfahrt haben«, verkündete Parker.

»Wie nett.« Smitty grinste. »Ich bin dabei.«

»Wenn wir früh aufbrechen, können wir zum Lunch nach Block Island segeln«, schlug Parker vor. »Aber ich lasse euch New Yorker entscheiden, ob ihr Zeit dafür habt. Ihr habt die längere Heimfahrt.«

Smitty hob protestierend eine Hand. »Ich *weigere* mich, am Samstagmorgen über den Sonntagabend zu sprechen.«

Chip brummte etwas vage Zustimmendes.

Da sie alle an Smittys Wochenendregeln gewöhnt waren, lächelte Parker nur. »Wir reden morgen darüber.«

KAPITEL 3

Ted war überrascht, als er feststellte, dass Caroline sogar sehr gut mit ihm mithalten konnte. In zügigem Tempo liefen sie die Harrison Avenue entlang. Auf dem Weg in den Park bei Fort Adams wies Ted sie auf die Hammersmith Farm hin, die während der Kennedy-Ära im Sommer praktisch das Weiße Haus gewesen war. Währenddessen versuchte er, herauszufinden, warum dieser Frau – und nicht einer von den Hunderten, wenn nicht Tausenden anderen, die er bis jetzt in seinem Leben getroffen hatte – sein Herz zugeflogen war. Warum musste sie es sein? Warum musste es eine Frau sein, in die sein allerbester Freund, der es im Leben schwer gehabt hatte, unverkennbar verliebt war?

Diese Fragen und viele weitere gingen ihm endlos durch den Kopf, während sie nebeneinander bis zum anderen Ende des Forts aus der Zeit des Unabhängigkeitskriegs liefen und dann dem ausgetretenen Weg zwischen der Fortmauer und der Narragansett Bay folgten. Die Bucht war voller Boote, auf denen die Menschen den Sommer genossen.

»Ich bin beeindruckt«, sagte Ted.

»Wovon?«

»Ich bin selten mit jemandem gelaufen, der mit mir mithalten konnte.«

Sie lachte. »Eingebildet sind wir gar nicht, oder?«

»Ich gebe zu, das klang vielleicht ein wenig arrogant, aber ich laufe jeden Tag, deshalb möge es mir verziehen werden. Es ist das Einzige, was ich wirklich jeden Tag tue.«

»Ich auch. Ich versuche ständig, Smitty zu überreden, mitzukommen, doch er hasst Joggen.«

»Das hat er schon immer getan. Dafür ist er im Football ein Ass.«

»Das kann ich mir vorstellen«, antwortete sie. »Hast du in der Schule auch Sport gemacht?«

»Bloß ein wenig Fußball und später in Princeton Basketball. Aber ich war schon immer ein Läufer. Auf der Highschool war ich im Geländelaufteam. Und du?«

»Rasenhockey und Lacrosse.«

Mehrere Minuten lang liefen sie in freundschaftlichem Schweigen nebeneinander her, bevor Ted fragte: »Also, was ist dein nächstes Projekt? Du hast gestern erwähnt, dass du gerade erst etwas Großes beendet hast.«

Sie nickte. »Ich werde für ein paar Monate eine Pause einlegen.«

Er wollte sie gleich hier auf dem Weg anhalten, ihr gestehen, was er für sie empfand, und sie anflehen, mit ihm durchzubrennen. Sie würden irgendwohin gehen, wo sie niemand kannte. Er würde alles aufgeben – sein Leben, seine Freunde, seine Arbeit, seine Familie –, wenn sie nur einwilligte, ihn zu begleiten. Über diese Erkenntnis und das Wissen erschrocken, dass er es sofort tun würde, wenn er sie dann haben könnte, zwang er sich, sich wieder auf die Unterhaltung zu konzentrieren. »Hast du irgendwelche besonderen Pläne?«

Sie warf ihm einen Blick zu und zögerte. »So was in der Art. Ich habe noch nicht allzu viel davon erzählt, für den Fall, dass es nicht klappt.«

»Okay, jetzt sterbe ich vor Neugierde.«

»Und ich sterbe, weil ich es unbedingt jemandem sagen will«, gestand sie.

Oh, wie sehr er derjenige sein wollte, dem sie alle ihre Geheimnisse anvertraute. »Perfekt«, erwiderte er grinsend.

»Tja, ich denke darüber nach …«

Ted sah sie stolpern, war aber nicht schnell genug, um sie davor zu bewahren, hinzufallen.

Sie stöhnte und umfasste den Knöchel, den sie sich verdreht hatte. Das Knie am anderen Bein hatte sie sich aufgeschlagen, sodass es blutig war.

Ted ging neben ihr in die Hocke. »Lass mich das mal anschauen.«

Ihr Gesicht war schmerzverzerrt, und alle Farbe war ihr aus den Wagen gewichen. »Eine Sekunde.« Sie versuchte, zu Atem zu kommen. »Okay. Jetzt kannst du.«

Ted legte ihr tröstend einen Arm um die Schultern und löste vorsichtig die Schnürsenkel von ihrem Laufschuh.

Caroline zuckte zusammen, als er den Strumpf über ihren Knöchel zog, der bereits anzuschwellen begann. »Au, das tut weh!«, rief sie, als er ihn behutsam abtastete.

»Ohne eine Röntgenaufnahme kann ich nicht feststellen, ob er gebrochen ist, aber wenn nicht, ist er bös verstaucht.« Er steckte die Socke in ihren Schuh und reichte ihn ihr, bevor er sie auf die Arme hob.

Sie atmete tief ein, als sie ihr verletztes Knie beugte. »Was machst du da? Du kannst mich nicht tragen.«

»Und wie ich das kann.« Er versuchte, nicht darauf zu achten, wie perfekt sie sich in seinen Armen anfühlte. »Du bist so leicht wie eine Feder.«

Mit einem schwachen Lächeln legte sie ihm die Arme um den Hals. »Wessen großartige Idee war es noch mal, die Handys zu Hause zu lassen?«

Ted musste sich ermahnen, das Atmen nicht zu vergessen, als ihr Duft ihn einhüllte. »Ich laufe nie mit Handy.« Er trug sie auf dem Weg zurück, auf dem sie gekommen waren. »Das ist die einzige Stunde des Tages, in der ich vollkommen unerreichbar bin. Das brauche ich für meine geistige Gesundheit.«

»Ich hoffe, wir begegnen auf dem Parkplatz jemandem, der uns sein Handy borgt«, sagte sie und biss sich auf die Unterlippe.

»Mach dir darüber keine Sorgen. Ich finde schon eine Lösung.«

Caroline legte ihren Kopf an seine Schulter, vermutlich, weil es einfacher war, als ihn hochzuhalten.

Ihr weiches, duftendes Haar strich über seine Wange. »Wie geht's dir?«, fragte er.

»Es tut weh«, flüsterte sie.

»Ich weiß.«

»Wie sieht's bei dir aus? Ich bin viel zu schwer, als dass du mich so lange tragen könntest.«

»Hey, Moment mal. Ich habe dir doch gerade erzählt, was für ein Supersportler ich bin«, witzelte er.

»Werden die anderen wissen, wo sie suchen müssen, wenn wir nicht zurückkommen?«

»Eigentlich nicht. Ich laufe jedes Wochenende eine andere Strecke. Normalerweise begleitet mich Elise, aber so weit laufe ich mit ihr nie.«

»Tut mir leid, dass ich dir deine Runde versaut habe.«

»Und mir tut es leid, dass du verletzt bist.«

Als sie den Parkplatz erreicht hatten, setzte Ted sie vorsichtig auf einer Bank ab. »Warte kurz hier, während ich ein Telefon suche, okay?«

Sie nickte und streckte ihren schmerzenden Knöchel aus.

Ted fand eine Familie, die an einem nahe gelegenen Tisch picknickte. Er erklärte die Situation und fragte, ob sie ein Handy dabeihätten, das er sich ausleihen könnte. Der Mann reichte Ted das Telefon, während seine Frau einen großen Beutel mit Eis zu Caroline brachte, den sie sich auf den Knöchel legte. Während Ted erst im Haus und dann bei Smitty anrief, beobachtete er, wie Caroline der Frau dankbar zunickte, die mit einer feuchten Serviette zurückgekehrt war, um Carolines aufgeschlagenes Knie zu säubern.

»Haben Sie Ihre Freunde erreicht?«, wollte der Mann wissen.

»Nein, bisher noch nicht.« Ted rieb sich über die Bartstoppeln und überlegte, was er jetzt tun sollte.

»Kann ich Sie irgendwo hinfahren?«

»Würden Sie das tun? Unser Haus ist nicht weit von hier.«

»Natürlich.« Nachdem er seiner Frau versichert hatte, dass er gleich wieder da wäre, zeigte er Ted, wo sein Auto stand.

Ted ging zu Caroline und trug sie zum Wagen. Er setzte sie samt Eisbeutel vorsichtig auf die Rückbank und beschrieb seinem neuen Freund den Weg zum Haus.

Caroline streckte ihre verletzten Beine vor sich aus und lehnte sich seufzend gegen Ted.

»Ich habe nicht vergessen, dass du mir gerade ein Geheimnis erzählen wolltest, als das hier passiert ist«, flüsterte er, in der Hoffnung, sie von dem Schmerz abzulenken.

»Ich komme noch darauf zurück.«

»Darauf verlass ich mich.« Er sagte sich, dass ihre Hand zu nehmen nur eine Geste des Trosts war und keine Kapitulation vor dem überwältigenden Verlangen, sie zu berühren. Erneut rief er sich mahnend in Erinnerung, dass sie *Smittys Freundin* war, und zog sich widerstrebend ein wenig zurück, als ihr duftender Pferdeschwanz seine Wange streifte.

Der Wagen fuhr durch ein Schlagloch, und Caroline drückte vor Schmerz Teds Hand.

»Wir sind gleich da«, versicherte er ihr.

Am Haus dankten sie dem Mann, dann hob Ted sie aus dem Wagen und setzte sie auf den Beifahrersitz seines Mercedes.

»Wo willst du hin?«

»Zur Notaufnahme. Jemand muss sich den Knöchel ansehen.«

Tränen liefen ihr über die Wange. »Ich will nicht.«

»Ärztlicher Befehl«, sagte er und lächelte sie mitfühlend an, während er gegen den Drang ankämpfte, ihr über die Wange zu streicheln. »Ich lauf nur schnell rein und lass den anderen eine Nachricht da. Bin gleich zurück, okay?«

Sie wischte sich über die Augen und nickte.

»Lass den Eisbeutel weiter darauf.«

Drinnen fand er eine Nachricht von Smitty: *Wir sind im Laden, um was fürs Mittagessen einzukaufen. Wir treffen uns dann am Strand.*

Ted rannte nach oben und schnappte sich Handy, Schlüssel und ein frisches T-Shirt.

»Sie sind schon am Strand, deshalb habe ich sie nicht erreicht«, erklärte er, als er sich hinters Lenkrad setzte. »Da draußen gibt es kein Handysignal.«

»Smitty hat nicht auf mich gewartet?«, fragte sie genervt.

»Er ist zum Laden, um fürs Mittagessen einzukaufen, und dann an den Strand. Er wusste ja, dass du in guten Händen bist.« Bei den Worten verspürte er leichte Schuldgefühle. Vielleicht war sie doch nicht in ganz so guten Händen, aber angesichts ihres schmerzverzerrten Gesichts schien ihr das im Moment egal zu sein.

»Tja, ich schätze, dann geht das in Ordnung.« Sie schloss die Augen und lehnte den Kopf gegen die Kopfstütze. Ted brachte sie zur Notaufnahme des Newport Hospital. Auf dem Weg hinterließ er seinen Freunden Nachrichten auf den Mailboxen, damit sie wussten, was los war.

»Glaubst du, die hören sie ab?«

»Mach dir keine Sorgen. Einer von ihnen wird sich bei mir melden, wenn ich nicht auftauche.«

»Ich fühle mich so schlecht«, stöhnte sie. »Ich habe dir total den Tag versaut. Der letzte Ort, an dem du sein willst, ist ein Krankenhaus.«

»Das ist kein Problem. Wir lassen dich jetzt verarzten, und dann bekommst du bestimmt auch was gegen die Schmerzen. Und danach können wir feiern.«

»Ja, klar.« Sie verzog das Gesicht, als sie versuchte, ihren geschwollenen Knöchel zu bewegen. »Danke, dass du so toll bist. Ich verstehe, warum deine Patienten dich lieben.«

Er sah sie an und fragte sich, ob er mehr in diese Aussagen hineinlesen sollte, doch in ihren Augen konnte er nur Freundschaft erkennen. Schnell wies er sich für seine Dummheit zurecht. Sie war nicht an ihm interessiert. *Sie ist Smittys Freundin.* Die Worte hallten wie ein Mantra durch seinen Kopf.

Am Krankenhaus angekommen, trug Ted sie in die leere Notaufnahme, wo er sich der diensthabenden Schwester als Arzt vorstellte.

Sie nahmen Caroline gleich mit, und Ted schob sie im Rollstuhl zum Röntgen. Die Aufnahmen zeigten, dass der Knöchel gebrochen war, weshalb der Notarzt sofort den Orthopäden rufen ließ.

Ted saß bei Caroline, während sie darauf warteten, dass der Spezialist eintraf.

»Ich weine normalerweise nicht so schnell«, sagte sie und wischte sich neue Tränen von den Wangen. »Ich kann bloß nicht fassen, dass das ausgerechnet am Sommeranfang passiert. Was für ein Mist.«

Ohne an die Konsequenzen zu denken, nahm Ted ihre Hand. »Zum Glück bist du die Freundin des Hünen, und der kann dich, bis es dir besser geht, überall hintragen, wo du hinwillst.«

Sie lachte durch ihre Tränen hindurch. »Das stimmt.«

Als eine Stunde verstrichen war, ohne dass der Orthopäde aufgetaucht wäre, gab die Krankenschwester Caroline etwas gegen die Schmerzen, und kurz darauf schlief sie ein.

Ted nutzte die Gelegenheit, um sie genau zu betrachten. Dabei wünschte er sich von ganzem Herzen, dass er sie zuerst kennengelernt hätte. Ihr Gesicht hatte die frische Farbe verloren, aber selbst so blass vom Schock ihrer Verletzung war sie umwerfend. Sie war zierlich, doch nicht winzig, auf attraktive Weise sportlich, und es war so leicht, mit ihr zu reden. Sein Blick wanderte zu ihrem sich gleichmäßig hebenden und senkenden Brustkorb, und er fragte sich, ob ihre vollen Brüste wohl so spektakulär waren, wie sie beim Laufen in ihrem Tanktop ausgesehen hatten. *Mein Gott, Ted. Das reicht.* Dennoch konnte er seine Augen nicht abwenden.

Smittys laute Stimme auf dem Flur riss ihn aus seinen Gedanken. »Wo ist sie?«

Ted stand auf und schaute um den Türrahmen herum. »Nicht so laut, okay? Sie ist hier und schläft.«

Smittys Augen wurden ganz groß, als er das Zimmer betrat und Caroline in dem Krankenhausbett liegen sah. »Was zum Teufel ist passiert?«, fragte er in einer Lautstärke, die wohl nur er für ein Flüstern hielt.

»Sie ist auf dem Weg bei Fort Adams in ein Loch getreten und hat sich den Knöchel gebrochen.«

»Mist. Werden sie sie hierbehalten?«

»Nur bis der Orthopäde da war. Wenn die Schwellung abgeklungen ist, wird sie vermutlich für sechs Wochen einen Gips bekommen und die ersten Wochen an Krücken gehen müssen.«

Smitty stöhnte. »Das wird sie hassen.« Er drückte Teds Schulter. »Danke, dass du sie hergebracht hast, Kumpel. Du musst nicht bleiben.«

Ted blickte zu der immer noch schlafenden Caroline. »Das macht mir nichts aus.«

»Nein, wirklich nicht«, beharrte Smitty. »Geh, genieß den Rest des Tages. Parker hat dein Surfbrett mit an den Strand genommen.«

Ted hätte am liebsten aufgeheult. Er wollte Smitty sagen, dass es keinen Platz auf der Welt gab, an dem er jetzt lieber wäre. »Wenn du dir sicher bist ...«

»Ganz sicher. Ihre Schicht ist beendet, Dr. Duffy.«

»Sie wird große Schmerzen haben, wenn sie aufwacht«, warnte Ted ihn.

»Keine Sorge. Ich werde mich gut um sie kümmern.«

»Okay. Wir sehen uns später im Haus.« Ted verließ die Notaufnahme mit schwerem Herzen und wünschte, er könnte bei ihr bleiben. Er fragte sich, wie es möglich war, dass er endlich eine Frau gefunden hatte, die solches Verlangen in ihm weckte – und dass die ausgerechnet mit seinem besten Freund zusammen sein musste.

KAPITEL 4

Nach einem langen Nachmittag am Strand und einem noch längeren Abstecher in die Bar, wo Ted sich – vergeblich – bemühte, sich zu betrinken, ließ er Chip, Elise, Parker und sein Auto im Ort und nahm ein Taxi zurück zum Haus. Er lauschte auf Geräusche von Smitty und Caroline, doch es war alles still, also begab er sich in die Küche, um sich ein Glas Wasser zu holen. In einem der Küchenschränke fand er eine Packung Kopfschmerztabletten und nahm zwei, um die Kopfschmerzen zu bekämpfen, die er immer bekam, wenn er in der Sonne Alkohol trank. Lange blieb er an die Arbeitsplatte gelehnt stehen, bevor er die Energie aufbrachte, nach oben zu gehen.

Im ersten Stock sah er, dass die Tür zu Smittys Zimmer offen stand und drinnen Licht brannte. *Geh einfach weiter*, sagte er sich. Aber die Tür zog ihn magnetisch an. Caroline lag schlafend im Bett, den gebrochenen Knöchel auf mehrere Kissen und einen Eisbeutel gebettet. Zwei Packungen mit verschreibungspflichtigen Medikamenten und ein leeres Wasserglas standen auf dem Nachttisch. Smitty hatte sich an sie geschmiegt, einen Arm besitzergreifend über sie gelegt.

Ted starrte die beiden einen unendlichen Moment lang an, bis er merkte, dass sein Kiefer schmerzte, weil er die Zähne so fest aufeinanderbiss. Er schaltete das Licht aus, und Dunkelheit senkte sich über den Raum.

Oben duschte er, um sich von dem harten Wasserstrahl die Anspannung aus Nacken und Schultern massieren zu lassen. Er dehnte den Kopf nach rechts und nach links, um die Muskeln zu lockern, und stand dann eine ganze Weile da und starrte die Wand an, bevor er das Wasser abstellte und sich ein Handtuch um die Hüften schlang.

Nachdem er sich Boxershorts angezogen hatte, ließ er sich aufs Bett fallen und drehte sich so auf die Seite, dass er die Lichter des Hafens in der Ferne sehen konnte. Das Bier, das er getrunken hatte, rumorte in seinem Magen und verursachte ihm Übelkeit. Bei dem Gedanken daran, wie blass Caroline nach ihrem Sturz gewesen war, schmerzte ihm das Herz. Und bei der Vorstellung, dass sie jetzt neben Smitty im Bett lag, hätte er am liebsten auf irgendetwas eingeschlagen. Oder auf irgendjemanden. Dieses Wochenende würde sicher als die katastrophalsten Tage und Nächte seines Lebens in die Geschichte eingehen. Was ein schönes Erlebnis hätte sein sollen – endlich die Frau kennenzulernen, von der seine Großmutter immer geschworen hatte, dass sie irgendwo da draußen auf ihn wartete –, hatte sich zu einem Desaster epischen Ausmaßes entwickelt.

Er musste irgendwann weggedöst sein, denn um kurz nach vier wachte er auf und konnte nicht wieder einschlafen. Er lag da und wünschte, er hätte sich ein Glas Wasser mitgenommen. Schließlich raffte er sich auf und lief nach unten, um sich eines zu holen.

Als er das Licht einschaltete, entdeckte er Caroline, die unter der plötzlichen Helligkeit zusammenzuckte, sodass Ted die Lampen sofort wieder ausmachte.

»Sorry. Geht's dir gut?«

»Die Wirkung der Schmerztablette hat vor ungefähr einer halben Stunde aufgehört, und ich habe gerade eine weitere genommen. Jetzt sitze ich hier und bete, dass sie bald hilft.«

Im schwachen Schein der Straßenlaternen, der durch die Fenster fiel, sah er, wie blass sie war. Die Schmerzen ließen ihre Augen noch größer wirken als sonst.

»Kann ich irgendetwas für dich tun?«

Sie schüttelte den Kopf. »Nein. Aber danke für deine Hilfe vorhin.«

»Kein Problem.« Mit einem Mal fiel ihm ein, dass er nichts trug außer Boxershorts. Schnell griff er nach einem Glas, füllte es mit Eis und Wasser und trank es mit drei großen Zügen aus.

»Durstig?«

»Hmm.« Er füllte sich nach. »Willst du auch was?«

»Nein, danke.«

Er beäugte ihren Fuß. »Wie bist du hier runtergekommen?«

Sie ließ ein schelmisches Grinsen aufblitzen. »Ich bin die Treppe auf dem Po heruntergerutscht, weil ich die Tablette nicht auf leeren Magen nehmen soll.«

Er lachte leise. »Und wie lautet der Plan für den Rückweg?«

»Über diese Frage habe ich gerade nachgedacht, als du aufgetaucht bist.«

Er leerte sein Glas in einem Zug und stellte es ab. »Kann ich dich tragen? Um der alten Zeiten willen.«

Sie kicherte, was er als Zeichen dafür nahm, dass die Medikamente anfingen zu wirken. »Warum nicht?« Sie ergriff seine ausgestreckten Hände und ließ sich von ihm aufhelfen.

Ted bemerkte fasziniert, wie der sanfte Schein der Straßenlaternen ihr wunderschönes Gesicht erhellte. Er war machtlos gegen die Anziehung und hob eine Hand, um ihr sanft über die Wange zu streicheln.

Keuchend landete Carolines Hand auf seiner nackten Brust.

Sie starrten einander an, und das Schweigen lud sich immer mehr auf.

Ted war dankbar, dass kein Licht brannte, sodass Caroline nicht sehen konnte, welche Wirkung ihre Nähe auf ihn hatte. Noch nie in seinem Leben hatte er einen anderen Menschen so sehr küssen wollen. Bevor er diesem Bedürfnis allerdings nachgeben konnte, riss er den Blick von ihr los und hob sie auf die Arme, um sie die Treppe hinaufzutragen. An der Tür zu Smittys Zimmer ließ er sie widerstrebend runter.

»Ted«, flüsterte sie, während sie auf ihrem gesunden Fuß balancierte.

Er schüttelte den Kopf. »Nicht. Sag nichts, was alles ändern würde.«

Sie schaute ihn lange an, bevor sie sich von ihm abwandte. In diesem kurzen Moment las er in ihren Augen das gleiche Bewusstsein, die gleiche Überraschung und Angst, die ihn erfasst hatten. Dass er eine ähnliche Wirkung auf sie hatte wie sie auf ihn, half nicht sonderlich, seine Schuldgefühle darüber zu mindern, dass er kein Recht hatte, so für sie zu empfinden.

Ted beobachtete, wie sie den kurzen Weg zum Bett hüpfte, in dem sein bester Freund schlief. Dann ging er schnell die Treppe zu seinem Zimmer hoch. Dort ließ er sich bäuchlings aufs Bett fallen und stöhnte laut in sein Kissen, während das Verlagen durch seinen erhitzten Körper raste. *Das ist verrückt*, dachte er und wusste doch, dass es vermutlich etwas viel, viel Schlimmeres war.

Am Morgen erwachte Ted voller Schuldgefühle und Bedauern. Smitty war der beste Freund, den er je gehabt hatte. *Das alles ist so unglaublich falsch. Ich darf nicht mehr an sie denken. Wenn es hieße: sie oder Smitty, würde ich mich sofort für ihn entscheiden. Natürlich, was auch sonst? Oder?*

Gequält begab er sich nach unten, wo Parker mit einer Tasse Kaffee und der Morgenzeitung am Tisch saß.

»Wo sind denn die anderen?«, fragte Ted.

»Chip und Elise sind frühstücken gegangen, und Smitty und Caroline schlafen noch. Elise hat dein Auto gestern Abend nach Hause gefahren.« Parker zeigte auf die Schlüssel auf dem Küchentresen.

»Oh, gut. Möchtest du auch frühstücken gehen?«, erkundigte sich Ted, weil er es nicht erwarten konnte, aus dem Haus zu kommen.

Parker schaute ihn überrascht an. »Willst du heute nicht joggen?«

»Ich laufe heute Nachmittag, wenn ich wieder zu Hause bin.«

»Okay. Lass mich nur schnell mein Portemonnaie holen.«

»Nicht nötig. Das übernehme ich.«

In Teds Wagen wandte Parker den Kopf, um seinen Freund zu betrachten. »Was ist los?«

Überrascht warf Ted ihm einen Blick zu. »Nichts. Warum?«

»Du siehst seltsam aus.«

»Definiere ›seltsam‹.«

Parker lachte. »Okay, ich probier es anders. Du siehst aus, als stündest du komplett neben dir.«

Ich sehe vermutlich aus, als wäre mir gerade der Boden unter den Füßen weggezogen worden. »Bei mir ist alles in Ordnung. Weder geht es mir seltsam, noch stehe ich neben mir. Aber danke, dass du fragst.«

»Hm, wenn du meinst.« Parker musterte ihn weiter. »Machst du heute mit? Wir haben das Boot, wenn wir wollen.« Das »Boot« war eine hochseetaugliche Achtundzwanzig-Meter-Jacht mit einer aus sechs Personen bestehenden Crew, die sich um alle Belange ihres Chefs kümmerte – oder in diesem Fall um die Belange des Sohns des Chefs und seiner Freunde.

»Ich fahre heute früher heim«, erklärte Ted, auch wenn er sich normalerweise liebend gern einen Tag lang an Bord hätte verwöhnen lassen. Heute jedoch fand er es besser, zu fahren, bevor sich die Lage zuspitzte. »Ich muss mich noch um ein paar Dinge kümmern, bevor morgen meine Achtundvierzig-Stunden-Schicht beginnt.«

Parker schüttelte den Kopf. »Ich habe keine Ahnung, wie du das Pensum durchhältst.«

»Man gewöhnt sich dran«, sagte Ted achselzuckend. »Bereitschaftsdienst zu haben gibt mir die Zeit, an einem Antrag für Fördergelder zu arbeiten, der diese Woche fällig ist. Ich brauche Unterstützung für ein Forschungsprojekt, bei dem es um diesen einen bestimmten Gehirntumor geht, der mir in letzter Zeit öfter untergekommen ist. Das ist ziemlich aufregend.«

»Klingt so«, erwiderte Parker trocken.

Ted lachte. »*Ich* finde es interessant.«

»Hey, nicht alle von uns können ein Heilmittel gegen Krebs finden, also müssen wir uns anderweitig behelfen.«

»Setzt dein Vater dir immer noch damit zu, dass du in den Big Apple und auf die Gehaltsliste deiner Familie wechseln sollst?«

»Ständig.« Parker verzog das Gesicht. »Er gibt einfach nicht auf.«

»Das wird er auch nie. Er weiß, dass du ein großartiger Anwalt bist, und er will, dass du dich um ihn kümmerst.«

»Was er wirklich will, ist, mich in der Nähe zu haben, damit er mein gesamtes Leben kontrollieren kann. Aber danke, nein. Das hatte ich schon mal.«

Sie aßen in einem ihrer Lieblingsdiner und blieben nach dem Frühstück auf eine weitere Tasse Kaffee sitzen.

»Also, was ist mit dem Mädchen, mit dem du ausgegangen bist?«, wollte Ted wissen. »Wie hieß sie gleich? Julie?«

»Julia«, korrigierte ihn Parker.

»Stimmt.« Ted hatte sie nur einmal getroffen.

»Es fehlte der Funke. Weißt du, was ich meine?« Parker rührte mit dem Löffel in seiner Tasse herum.

Vor achtundvierzig Stunden hätte Ted mit »Nein« geantwortet, doch jetzt wusste er genau, was Parker meinte. »Ja. Ich glaube schon.«

»Ja, du hattest das mit Marcy.«

Überrascht, dass er seine College-Freundin erwähnte, blickte Ted seinen Freund an. In diesem Moment erkannte er, dass das, was er in den drei Jahren ihrer Beziehung für seine Freundin empfunden hatte, nichts war im Vergleich zu dem, was er bereits nach einem Tag für Caroline fühlte. Eine Verzweiflung, wie er sie bisher nie erlebt hatte, breitete sich in ihm aus.

»Was ist mit dir los, Mann?«, fragte Parker besorgt. »Du wirkst, als hättest du gerade einen Geist gesehen.«

»Nichts«, erwiderte Ted leise. »Gar nichts. Ich muss jetzt los.«

»Zurück zum Haus?«

»Nein. Nach Hause.«

Ted war dankbar, dass Parker keine Fragen stellte, als er ihm aus dem Diner folgte.

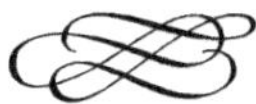

KAPITEL 5

Teds abrupte Abreise führte zu einer Flut von Anrufen von seinen drei Freunden, die wissen wollten, was los war. Ted erzählte ihnen allen das Gleiche: »Alles ist gut, es ist nur was dazwischengekommen, wir sehen uns in zwei Wochen« – denn am nächsten Wochenende hatte er Dienst.

Als er am späten Nachmittag durch den Jachthafen in der Nähe seiner Wohnung joggte, versuchte er, das emotional auslaugende Wochenende hinter sich zu lassen, indem er einen Plan schmiedete, wie er seine Vernarrtheit in Caroline überwinden konnte. *Ich brauche eine Freundin. Dann wird alles gut.*

Im Gegensatz zu den Gerüchten im Krankenhaus war er sich der bewundernden Blicke der Frauen, mit denen er arbeitete, durchaus bewusst. Genauso wie des Geflüsters hinter seinem Rücken, wenn sie über sein Privatleben – oder den Mangel daran – spekulierten.

Er wusste, dass sie sich fragten, ob er schwul war oder irgendeine soziale Störung hatte, denn wie sonst war es zu erklären, dass sich ein so begehrter Junggeselle komplett aus dem Dating-Wahnsinn im Krankenhaus heraushielt? Da Ärzte, Schwestern, Pfleger und sonstiges Personal so viele Stunden zusammenarbeiteten, war es unvermeidlich, dass sich Romanzen entspannen. Doch Ted hatte sich nie daran beteiligt. Vielleicht war es an der Zeit, das zu ändern. Vielleicht wäre seine Reaktion auf Caroline nicht so heftig ausgefallen, wenn er nicht so lange wie ein Mönch gelebt hätte.

Der Großteil seiner Liebe und Aufmerksamkeit galt den Kindern, um die er sich kümmerte, aber am Ende des Tages kehrte er in eine leere Wohnung und ein einsames Bett zurück. Mit einem Mal reichte ihm das Leben, mit dem er vor ein paar Tagen noch so zufrieden gewesen war, nicht mehr. Caroline zu treffen hatte ihm gezeigt, was ihm fehlte, und jetzt sehnte er sich nach mehr.

Entschlossen, seinem Liebesleben einen Schubs zu geben, beschloss Ted, sich in der nächsten Woche die Singlefrauen in der Klinik etwas genauer anzusehen und eine zu finden, die er am nächsten Wochenende zum Essen einladen konnte. Irgendwo musste er schließlich anfangen. Nachdem er diesen Plan gefasst hatte, legte Ted die letzte Meile zu seiner Wohnung voller Erleichterung, wenn nicht gar Befriedigung zurück.

Die Sonne des späten Nachmittags hing wie ein Feuerball über der belebten Marina. Während er beobachtete, wie ein Boot unter vollen Segeln in den Hafen einlief, merkte er, dass seine Gedanken trotz aller guten Vorsätze wieder zu Caroline zurückgewandert waren. Er fragte sich, wie es ihrem Knöchel ging, ob sie Schmerzen hatte und ob sie auch an ihn und diese unerklärliche Verbundenheit dachte, die sie empfunden hatten. Denn er hatte keinen Zweifel daran, dass sie es ebenfalls gespürt hatte.

Stöhnend erkannte er, dass nicht an sie zu denken ein ganz eigenes Projekt war. Er musste sich ein Leben zulegen, ganz zu schweigen von einem Sexleben. Es war viel zu lange her, dass er sich von einer Frau wirklich angezogen gefühlt hatte. Doch noch während er das dachte, musste er sich eingestehen, dass keine Anziehung es bisher mit der hatte aufnehmen können, die er bei Caroline empfand.

Er holte den Schlüssel unter dem Blumentopf auf seiner vorderen Veranda und schloss die Haustür auf. Die schicke Wohnung war genau wie sein Mercedes ein Geschenk von seinen Großeltern gewesen, die so viel Freude daran hatten, ihren einzigen Enkelsohn zu verwöhnen, dass er schon vor langer Zeit alle Versuche eingestellt hatte, ihre Großzügigkeit einzudämmen. Mit dem Treuhandfonds, den sie für ihn eingerichtet hatten, hatte er sein Studium bezahlt, während seine jüngere Schwester Tish ihren für ihre grausame Sucht nach Heroin verschleudert hatte – eine Sucht, die die gesamte Familie für beinahe zehn Jahre in Atem gehalten hatte. Erst als ihr das Geld und die Möglichkeiten ausgegangen waren, hatte Tish sich in eine Entzugsklinik einweisen lassen. Jetzt, sechs Jahre später, war sie mit einem netten Mann verheiratet und schwanger. Seitdem sie ihr Leben in den Griff bekommen hatte, erschienen die Jahre ihrer Drogensucht wie ein schlechter Traum, und niemand war stolzer darauf, wie sie dieses Kapitel hinter sich gelassen hatte, als Ted.

Er checkte seine Nachrichten auf dem Anrufbeantworter und hörte, dass Roger Newsome angerufen hatte, der Kollege, der ihn an den Sommerwochenenden vertrat. »Hey, Ted. Es ist ziemlich ruhig, also kein Grund, dich vor morgen bei mir zu melden. Ich habe Matthew Janik eingewiesen, weil er über neununddreißig Grad Fieber hatte und nach der ersten Chemo-Runde dehydriert war. Ich sehe heute Abend nach ihm. Außerdem hatte ich Hannah Ohrstroms Mutter am Telefon. Hannah hatte auch Fieber, das aber nach zwei Dosen Tylenol gesunken ist. Das war's. Ruf mich an, wenn du irgendwelche Fragen hast.«

Die nächste Nachricht war von seiner Mutter.

»Hallo, Darling«, sagte sie auf diese atemlose Weise, die so typisch war für die Leute aus Philadelphia. »Nur eine kleine Erinnerung an die Party am Einundzwanzigsten. Bring gerne eine Begleitung mit, und vergiss nicht, es ist eine hochoffizielle Veranstaltung. Außerdem erinnere doch bitte die Jungs daran, dass sie ebenfalls eingeladen sind. Wir würden dich gerne vorher sehen, wenn du dich an einem der Wochenenden von Newport losreißen kannst. Ich hoffe, du arbeitest nicht zu hart. Ruf mich diese Woche mal an. Ich hab dich lieb!«

Ted machte die Küsse nach, die Matilda »Mitzi« Dunbar Duffy wie üblich ans Ende ihrer Nachricht gehängt hatte. Die Party, auf die sie sich bezog, war der vierzigste Hochzeitstag von Teds Eltern und der fünfundsechzigste seiner Großeltern. Gefeiert wurde in einem Zelt im Garten des Sommerhauses seiner Eltern auf Block Island. Die beiden Paare begingen ihren gemeinsamen Ehrentag alle fünf Jahre mit einer eleganten Soiree.

Das bedeutete, dass eins seiner Wochenenden in Newport ausfiel. Ted seufzte, als er an das gesellschaftliche Ereignis der Saison dachte, das seine Mutter und seine Großmutter ohne Zweifel planten. Er war mit ihren kleinen Partys mit den zweihundert engsten Freunden aufgewachsen und wusste genau, was ihn erwartete. Aber trotz ihrer Liebe zu allen gesellschaftlichen Dingen waren seine Mutter und seine Großmutter die beiden besten Frauen, die er kannte: beschützend, liebevoll, treu und amüsant. Sein ganzes Leben lang waren sie Teds Ideal gewesen, und die Frauen, mit denen er ausgegangen war, hatten stets das Pech gehabt, mit ihnen verglichen zu werden – und dabei meistens schlechter abzuschneiden.

Mitzi, die eine etwas steife und schwierige Beziehung zu ihrer eigenen Mutter hatte, hatte die Mutter ihres Herzens gefunden, als sie Dr. Edward Theodore Duffy jr. geheiratet hatte. Sie und Lillian hatten sich vom ersten Augenblick an gut verstanden und waren seitdem beste Freundinnen geworden, die ihre Liebe zu Partys, einem aufregenden Tennismatch, einer Frozen Margarita am Ende eines langen Sommertages und die Segnungen und Bürden des Lebens als Frau eines Kinderonkologen immer fester verbanden.

Ihre Großeltern waren ein so großer Teil ihres Lebens gewesen, dass Ted und Tish mit dem Gefühl aufgewachsen waren, zwei Mütter und zwei Väter zu haben. Selbst mit Ende achtzig führten Lillian und Theo noch ein aktives, geschäftiges Leben, zu dem mindestens einmal in der Woche eine Achtzehn-Loch-Runde Golf gehörte.

Ted liebte sie alle – wenn sie sich nur nicht unablässig in sein Leben einmischen würden. Ständig riefen sie ihn an, weil sie gerade eine Frau kennengelernt hatten, die er einfach treffen *musste*, wegen einer Aktie, in die er investieren *musste*, einer Party, zu der er einfach kommen *musste*, oder ein wenig Klatsch und Tratsch aus ihren gesellschaftlichen Kreisen, von dem er einfach erfahren *musste*. Manchmal, wenn alle vier sich am gleichen Tag bei ihm meldeten, musste er sich zusammenreißen, um sie nicht daran zu erinnern, wie viel er zu tun hatte, und nicht die Geduld mit ihnen zu verlieren. Es verwunderte ihn, wie leicht es seinem Vater und seinem Großvater gefallen war, sich zur Ruhe zu setzen. Sie schienen vergessen zu haben, wie herausfordernd, herzzerreißend und überwältigend ihre Arbeit einst gewesen war – und für Ted immer noch war.

Das Einzige, was er bei ihnen tatsächlich erreicht hatte, war, dass sie auf den albernen Spitznamen verzichteten, den er bei seiner Geburt erhalten hatte. Als er nach Princeton gegangen war, hatte er ihnen erklärt, dass sein Name zwar Edward Theodore Duffy *der Dritte* sei, er aber beschlossen habe, sich ab jetzt Ted zu nennen, und er daher ab sofort nicht mehr auf den albernen Namen »Dritter« reagieren werde. Irgendetwas in seinem Ton oder seiner Miene musste ihnen klargemacht haben, dass er es ernst meinte, denn keiner von ihnen hatte ihn je wieder so genannt. Ab und zu rutschte es seinem Großvater noch mal raus, doch Ted hatte inzwischen einen eisigen Blick perfektioniert, der normalerweise dafür sorgte, dass sein Großvater sich sofort korrigierte. Der Namenswechsel war eines der wenigen Dinge, bei denen er sich je gegen die mächtigen vier durchgesetzt hatte, und darauf war er stolz.

Ted nahm das Telefon in seinem Büro in der Wohnung auf und wählte eine Nummer, die er nach drei Jahren, in denen er sich um Hannah Ohrstrom gekümmert hatte, auswendig kannte. Während er darauf wartete, dass jemand abnahm, beobachtete er durch das Fenster, wie die Sonne hinter dem Jachthafen unterging.

»Hi, Peg. Ich bin's, Ted Duffy.«

»Oh, hi. Danke für den Rückruf. Dr. Newsome meinte, Sie seien nicht in der Stadt.«

»Ich bin gerade wiedergekommen.«

»Ich hoffe, Sie haben etwas Schönes gemacht«, sagte sie sehnsüchtig.

Ted wusste, dass in ihrem Leben nichts mehr schön war, seitdem bei Hannah im Alter von sechs Jahren akute lymphatische Leukämie diagnostiziert worden war. Nach zwei Jahren Chemotherapie war Hannah jetzt seit einem Jahr in der Remissionsphase, und Ted war optimistisch, was ihre langfristige Prognose betraf. »Ich war in Newport, wo ich mit ein paar College-Freunden ein Haus gemietet habe, aber ich habe gehört, dass Hannah Fieber hatte, also wollte ich fragen, wie es ihr inzwischen geht.«

»Heute schon etwas besser als letzte Nacht. Sie ist jedoch immer noch etwas lustlos.«

»Hatte sie heute erhöhte Temperatur?« Er fuhr seinen Laptop hoch, um sich in den Terminplan des Krankenhauses einzuloggen.

»Heute Morgen waren es achtunddreißigeinhalb, inzwischen ist ihre Temperatur allerdings wieder normal.«

»Irgendwelche anderen Symptome?«

»Nein. Nur das Fieber.«

»Warum kommen Sie nicht morgen mit ihr in der Klinik vorbei? Ich kann Sie um elf Uhr einschieben, wenn Ihnen das passt.«

»Sicher«, sagte sie zögernd. »Das kriege ich hin.« Sie hielt inne. »Er ist aber nicht zurück, oder?«

»Ich weiß, es ist schwer zu glauben, nach allem, was Sie erlebt haben, trotzdem ist nicht jedes Fieber ein böses Omen. Ich will sie mir bloß kurz anschauen und ein großes Blutbild machen, um sicherzuge- hen, okay? Ich bin davon überzeugt, es gibt nichts, weswegen wir uns sorgen müssen.«

»Okay. Danke. Und danke, dass Sie angerufen haben. Ich habe so vielen Leuten erzählt, wie gut Sie zu uns sind. Niemand kann glauben, dass wir heutzutage einen Arzt haben, der Hausbesuche macht und sich so kümmert wie Sie. Vielen, vielen Dank.«

»Gern geschehen.« Ihre Worte rührten ihn. Menschen wie Peg und ihre Tochter waren das, was er an seinem Job am meisten liebte. »Rufen Sie mich an, wenn es während der Nacht Probleme gibt.«

»In Ordnung. Danke noch mal.«

»Wir sehen uns morgen.« Ted legte auf und hatte das Gefühl, an diesem elenden Tag endlich etwas Positives getan zu haben.

Der nächste Vormittag verging wie im Flug. Nachdem er die Entlassungspapiere des wieder gut mit Flüssigkeit versorgten Matthew Janik unterschrieben hatte, untersuchte Ted neun Patienten

– sieben von ihnen Stammgäste und zwei neue Kinder, die ihre Reise mit dem Krebs gerade erst angefangen hatten. Daher kam er erst eine Stunde nach dem vereinbarten Termin zu Hannah. Weil er wusste, wie viel Angst Peg vor einem Rückfall hatte, hasste er es, sie warten lassen zu müssen, aber er hatte sich die Zeit genommen, einen seiner Assistenzärzte durch sein erstes »Tag eins«-Gespräch zu coachen, in dem Eltern mitgeteilt werden musste, dass ihr Kind Krebs hatte, und man sie mit dem Behandlungsplan vertraut machte.

Diese wichtigen Unterhaltungen wurden mit höchster Vorsicht und Fingerspitzengefühl geführt. Es gab einen richtigen – und einen falschen – Weg, und Ted war zufrieden mit der Art, wie der Assistenzarzt das geschafft hatte. Er hatte alle wichtigen Punkte angesprochen und mehrmals das Wort »Krebs« benutzt, damit in den am Boden zerstörten Eltern kein Zweifel an dem blieb, was ihnen gerade gesagt wurde. Der Assistenzarzt hatte Statistiken über Heilungsraten eingebaut und ihnen die kalten, harten Fakten dessen erklärt, was sie während der Behandlung erwartete.

Ted hatte an Hunderten von diesen »Tag eins«-Gesprächen teilgenommen, aber es wurde nie leichter, zu sehen, wie die Pläne und Träume einer Familie vom Krebs zerstört wurden. Nachdem er die Familie in den fähigen Händen seines Assistenzarztes zurückgelassen hatte, gönnte Ted sich rasch eine Tasse Kaffee zum Runterkommen, bevor er mit seiner Sprechstunde fortfuhr.

Er drückte die Tür zum Untersuchungszimmer auf und fand Peg nervös an ihrem Daumennagel knabbernd.

»Guten Morgen«, sagte er. »Tut mir leid, dass ich Sie habe warten lassen.«

»Kein Problem. Sie haben uns ja eingeschoben.«

»Haben Sie Miss Hannah nicht mitgebracht?« Ted schaute sich im Zimmer um und sah alles an, bis auf das Mädchen, das im Schneidersitz auf der Untersuchungsliege saß. Er wusch sich die Hände und zog sich Latexhandschuhe an.

»Ich werde langsam zu alt für das Spiel, Dr. Duffy«, verkündete sie und verdrehte ihre sanften braunen Augen. Ihre dunklen Locken hatte sie heute zu einem Pferdeschwanz hochgebunden.

»Dann muss ich mir beim nächsten Mal wohl etwas Neues einfallen lassen.« Er setzte sich auf einen Hocker und rollte an die Liege heran. »Was macht das Fieber?«

»Ist weg. Mir geht's gut. Das habe ich meiner Mom auch gesagt, doch sie hat trotzdem am Wochenende hier angerufen.«

»Und das war ganz richtig von ihr.« Ted untersuchte sie schnell, aber gründlich. Die Blässe in ihren Wangen bereitete ihm keine allzu großen Sorgen. Trotzdem beschloss er, ein großes Blutbild zu veranlassen.

»Werden Sie mich wieder piksen?« Nun klang Hannah wieder mehr wie eine verängstige Neunjährige als wie ein gelangweilter Fast-Teenager.

»Ich fürchte ja. Allerdings wird es ganz schnell und schmerzlos sein, versprochen.«

»Machen Sie das selbst? Wenn Sie das tun, tut es nie weh.«

»Na klar«, erwiderte er, auch wenn ihn das in seinem Zeitplan noch weiter nach hinten werfen würde. »Bin sofort wieder da.«

Er ging nach vorn an die Rezeption und bat eine der Schwestern, alles für die Blutentnahme vorzubereiten.

»Ich kann das übernehmen«, bot Kelly Hopper an, eine seiner Lieblingskrankenschwestern. Sie war eine hübsche Blondine mit strahlend blauen Augen und einem ansteckenden Lächeln. Die Kinder liebten sie, und sie liebte die Kinder.

»Miss Hannah hat um ein Dr.-Duffy-Spezial gebeten«, erklärte er und verzog selbstironisch das Gesicht.

Kelly grinste, und Ted fiel zum ersten Mal auf, dass sie Grübchen hatte. Sehr süße Grübchen.

»Meine Güte, die Kleinen liegen dir zu Füßen, was?«

»O ja, es bilden sich schon Schlangen.«

»Gehst du auf Joeys Beerdigung?«

Die Erwähnung seines kürzlich erlittenen Verlustes ernüchterte ihn. Er nickte. »John hat heute Morgen angerufen und mich gebeten, ein paar Worte zu sagen. Kommst du auch?«

»Ein paar von der Station wollen zusammen hin. Du kannst gern bei uns mitfahren, wenn du willst.«

»Das wäre super. Danke. Ich habe mich nicht gerade darauf gefreut, allein hinzugehen.«

Er erinnerte sich an seinen Plan, eine Freundin zu finden, und musterte Kelly, als hätte er sie nicht seit beinahe sechs Jahren jeden Tag gesehen.

»Was?«

Ted räusperte sich. »Äh, sorry. Ich habe nur gerade nachgedacht.«

»Worüber?«

»Ob du wohl Lust hättest, mal mit mir essen zu gehen«, sagte er, bevor ihn der Mut verlassen konnte.

Kellys Augen weiteten sich geschockt, als hätte Ted ihr gerade mit einem Baseballschläger auf den Kopf gehauen.

»Oder, äh, ob du das zu seltsam findest. Ich meine, weil wir zusammen arbeiten und so …«

»Ja.«

»Oh. Okay.« Ted kam sich wie der größte Idiot auf Erden vor. Ganz eindeutig musste er das mit dem Verabreden noch üben. »Ich verstehe.«

Kopfschüttelnd hob sie eine Hand. »Ich meine, nein, ich finde das nicht seltsam. Ich würde gern was mit dir essen.«

»Wirklich?«

Sie nickte.

»Toll. Wie wäre es mit Donnerstag?«

»Donnerstag ist gut.«

»Überleg dir schon mal, wo du gerne hingehen würdest.«

»Mach ich. Und jetzt bereite ich alles für die Blutentnahme vor.«

»Ach ja. Stimmt. Danke.«

Ted sah ihr nach, als sie sich entfernte, und fragte sich, ob sie das mit ihren Hüften immer tat oder ob das nur für ihn war. Wie auch immer, es erregte seine Aufmerksamkeit. »Ist doch nichts dabei«, murmelte er, während er sich einen Schweißtropfen von der Stirn wischte.

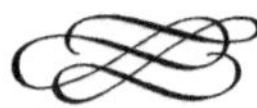

Am Dienstagmorgen trafen sich Ted, Kelly und zwei der anderen Krankenschwestern der Kinderonkologie auf dem Mitarbeiterparkplatz, um gemeinsam zu Joeys Beerdigung zu fahren. Drei von Teds Assistenzärzten und einer der Fachärzte würden in der Kirche zu ihnen stoßen. Ted trug einen dunkelblauen Anzug, ein weißes Hemd und eine Red-Sox-Krawatte zu Ehren von Joeys Liebe zu diesem Team.

»Super Krawatte.« Kelly nickte anerkennend. Sie trug ein schwarzes Kostüm und Schuhe mit hohen Absätzen, dank derer sie Ted beinahe bis zur Schulter reichte.

Er hielt ihr die Wagentür auf. »Ich glaube, Joey fände es gut.«

Sie saßen gemeinsam hinten im Auto, während eine der anderen Schwestern fuhr.

Während der einstündigen Fahrt Richtung Westen nach Worcester holte Ted die Notizen aus der Anzugtasche, die er sich vorhin im Büro für seine Rede aufgeschrieben hatte, und überflog sie ein letztes Mal.

»Ich weiß nicht, ob ich das könnte«, sagte Kelly leise.

Ted sah sie an. »Was?«

»Auf seiner Beerdigung sprechen.«

»Ich hoffe, dass ich es schaffe.«

»Hast du so was schon mal getan?«

Er schüttelte den Kopf. »Es ist das erste Mal, dass man mich darum gebeten hat.«

»Ich bin sicher, du machst das fabelhaft.«

»Ich hoffe nur, dass ich ihm gerecht werde.«

»Das wirst du.«

Ihr zuversichtliches Lächeln half, und Ted war froh, dass er sie zum Essen eingeladen hatte. Er freute sich sogar schon auf ihr Date.

Er blickte aus dem Fenster und sah die Meilensteine am Straßenrand an ihnen vorbeifliegen. »Wenn ich mir vorstelle, wie oft Joey und seine Eltern diese Strecke gefahren sind.«

»Hunderte Male.«

»Ich habe noch nie darüber nachgedacht, was die Leute durchmachen, um zu uns zu kommen. Als wäre die Krankheit nicht schon schlimm genug, müssen sie zum Teil auch noch diese langen Fahrten auf sich nehmen.«

Teds Handy unterbrach seine Gedanken. Bevor sie an der Kirche ankamen, hatte er sich um zwei kleinere Krisen im Krankenhaus gekümmert. Da er eigentlich Dienst hatte, hatte er eine Vertretung einsetzen müssen, um zu der Beerdigung gehen zu können. Er schaltete sein Handy aus und steckte es in die Tasche seine Jacketts.

Sie mischten sich unter die ernsten Leute, die die steinernen Stufen zu der großen katholischen Kirche hinaufstiegen. Oben auf der Treppe schüttelte Ted die Hand des Red-Sox-Catchers, der ebenfalls gebeten worden war, etwas zu sagen. Sie wurden zu zwei Sitzen vorn in der Kirche geleitet.

Ein großes Foto von Joey, bevor er krank geworden war, stand auf einer Staffelei inmitten eines Meers aus Blumen vor dem Altar. Ted starrte das Foto an und erinnerte sich an sein erstes Treffen mit dem Jungen. Damals hatte er noch gehofft, ihn retten zu können. In seinen Augen brannten Tränen, und er wandte den Blick ab. Er hatte persönlich nicht viele Fehlschläge in seinem Leben erlitten, aber der Krebs erinnerte ihn ständig an seine nur allzu menschlichen Grenzen. Die

Krankheit war furchtbar, und Ted wurde von Trauer darüber überwältigt, was sie dieser Familie genommen hatte.

Der Gottesdienst begann, als vier Sargträger – laut dem Programmheft Joeys Onkel – den kleinen Sarg in die Kirche trugen. Ein Freund der Familie, ein Cousin und Joeys fünfzehnjähriger Bruder John hielten zu Tränen rührende Ansprachen. Danach trat der Catcher der Red Sox ans Mikrofon.

»Im Namen des gesamten Teams der Red Sox möchte ich John, Melinda und der ganzen Familie mein Mitgefühl aussprechen. Es war so eine Freude für uns alle, Joey kennenzulernen und ihn in den letzten Jahren in unsere Familie aufzunehmen. Dank meines Berufs erhalte ich viele Briefe von Kindern, die mir sagen, dass ich ihr Held bin. Tja, Sie sollen wissen, dass Joey *mein* Held ist. Die Sox werden den Rest der Saison Joey widmen, und jeder von uns wird eine Armbinde mit seinem Namen darauf tragen, als Erinnerung an ein junges Leben, das viel zu früh geendet hat. Gott segne dich, Joey, und jeden, der deinen Verlust betrauert.«

Ted schluckte den Kloß in seiner Kehle herunter, als er sich dem Rednerpult näherte. Er nahm sich einen Moment, um seine Gefühle in den Griff zu kriegen, bevor er die Trauergesellschaft anschaute, die die Kirche füllte und bis durch die offenen Türen hinaus ins Freie reichte.

»Ich möchte John und Melinda danken, dass sie mich zu dieser Feier von Joeys Leben eingeladen haben. Ich weiß, ich muss Ihnen nicht sagen, was für ein besonderer Junge Joey gewesen ist. Oder wie mutig. Alle von uns am Children's Hospital Boston, die wir die Ehre hatten, uns um ihn zu kümmern, werden nie seine Begeisterung, sein Lachen, sein ansteckendes Lächeln und seine Großzügigkeit anderen Kindern gegenüber vergessen, die mit ihrer Behandlung gerade erst angefangen hatten. Er hatte die Gabe, es für sie ein bisschen weniger furchteinflößend zu machen.« Ted hielt inne und atmete tief durch, um sich zu sammeln. »Ich lerne Kinder und ihre Familien in der schlimmsten Zeit ihres Lebens kennen. Und doch stelle ich oft fest, dass die Krise das Beste in ihnen hervorbringt. Und das war hier ganz sicherlich der Fall. John und Melinda, Ihre Würde und Demut waren eine Inspiration für uns alle und eine große Quelle des Trosts für Ihren Sohn. Joey war für mich wesentlich mehr als nur ein Patient. Ich habe ihn geliebt, und ich vermisse ihn.«

John und Melinda standen auf und umarmten Ted.

Als er auf seinen Platz zurückkehrte, griff Kelly nach seiner Hand und drückte sie, während sie sich mit der anderen über die Augen wischte. Ihre Hand in seiner spendete Ted Trost, und so ließ er sie bis zum Ende des Gottesdienstes nicht mehr los.

Nach der Beisetzung fuhren sie alle gemeinsam zum Leichenschmaus im Haus von einer von Joeys Tanten. Bevor Ted mit den anderen die Rückfahrt nach Boston antrat, dankten Joeys Eltern ihm noch einmal für alles, was er in den letzten vier Jahren für sie getan hatte.

»Rufen Sie mich an, wenn Sie nach Boston kommen«, sagte Ted. Er beneidete sie nicht um den Weg, der jetzt vor ihnen lag. Es galt, die Scherben ihres zerschmetterten Lebens aufzusammeln und zu versuchen, mit ihren anderen Kindern wieder eine normale Beziehung aufzubauen. Dabei mussten sie gleichzeitig mit dem posttraumatischen Stress umgehen, der Eltern, deren Kinder mit dem Krebs gerungen hatten, oft nicht erspart blieb. »Wir können zusammen zu Abend essen oder so.«

»Das wäre schön«, erwiderte John.

Ted wusste, dass er vielleicht von ihnen hören würde, vielleicht auch nicht. Es geschah immer wieder, dass er ein fast freundschaftliches Verhältnis zu den Eltern aufbaute, deren Kinder er behandelte. Ab und zu – wenn auch nur sehr selten – war er durchaus froh, gewisse Eltern nicht wiedersehen zu müssen. John und Melinda allerdings würden ihm fehlen.

Um drei Uhr war Ted wieder zurück im Krankenhaus, und das Erste, was er tat, war, seine E-Mails zu checken, um nachzuschauen, ob die Ergebnisse von Hannahs Bluttest eingetroffen waren. Erleichtert stellte er fest, dass alles im normalen Bereich war, und rief Peg an.

Beim Klang seiner Stimme brach sie in Tränen aus.

»Es sind gute Neuigkeiten«, versicherte er ihr schnell. »Alles ist in bester Ordnung.«

»Oh, danke!«, weinte sie. »Danke, Gott.«

»Geht es Ihnen gut, Peg?«

Ihre Stimme klang klein und traurig, als sie antwortete. »Wie lange, glauben Sie, wird es dauern, bis ich nicht bei jedem Fieber durchdrehe?«

»Vielleicht wird es nie aufhören. Aber vergessen Sie nicht: Je länger die Remission anhält, desto besser ist die langfristige Prognose.«

»Ich weiß. Ich sage mir das ja auch immer, doch dann bekommt sie Fieber, und ich flippe aus. Was sie natürlich hasst.«

»Eines Tages wird sie eigene Kinder haben und es verstehen.«

»Glauben Sie?«, fragte Peg leise. »Glauben Sie wirklich, dass sie erwachsen werden und eigene Kinder haben kann?«

»Tja, Sie wissen, es ist möglich, dass die Chemo ihre Fortpflanzungsorgane beschädigt hat, im Moment kann ich aber nichts in ihren Unterlagen erkennen, worüber man sich heute Sorgen machen müsste.«

»Dann versuche ich, das nicht zu tun. Danke, dass Sie die Untersuchung so schnell durchgeführt haben.«

»Kein Problem. Wir sehen uns in ein paar Monaten für die regelmäßige Nachkontrolle. In der Zwischenzeit zögern Sie nicht, mich anzurufen, wenn Sie mich brauchen.«

»Ach, Sie wissen doch, dass ich das niemals tue«, sagte sie, und sie lachten beide.

Nachdem Ted aufgelegt hatte, schickte er eine E-Mail an seine Freunde, um sie an die Party auf Block Island zu erinnern. Die Jungs waren inzwischen bei mehreren dieser Hochzeitstagsfeiern gewesen, ganz zu schweigen von den ganzen anderen Partys, die die eine oder andere der Duffy-Frauen veranstaltet hatte, und Ted wusste, dass sie das auf keinen Fall verpassen wollten.

Eine Stunde später arbeitete er gerade an seinem Antrag für die Forschungsgelder, als Smittys Erwiderung kam. Ted fiel sofort auf, dass sein Freund Caroline in CC gesetzt hatte.

»Ich freue mich auf die Party«, schrieb Smitty. »Schick uns noch die Einzelheiten. Smoking, korrekt? Wie war die Beerdigung heute? Wie geht es dir?«

Ted starrte lange auf Carolines E-Mail-Adresse. Jetzt hatte er endlich eine Möglichkeit, mit ihr Kontakt aufzunehmen. Nicht, dass er das tun würde … Die Adresse war auf dem Bildschirm, als wolle sie ihm beweisen, wie einfach es wäre, ihr eine Nachricht zu schicken. Aber er tat es nicht, sondern antwortete allen.

»Ja, Smoking«, schrieb er. »Meine Mom hat erwähnt, dass wir über das Wochenende das Gästehaus haben können, also lasst uns am Freitagnachmittag zur Insel übersetzen. Die Beerdigung war heute, und ich wurde gebeten, etwas zu sagen. Meine Kollegen meinen, ich hätte mich nicht blamiert. Harter Tag, dann jedoch habe ich gute Neuigkeiten bezüglich einer anderen Patientin erhalten. Das Leben geht weiter, oder?« Er hielt mehrere Minuten lang inne, bevor er hinzufügte: »Was macht Carolines Knöchel?« Dann drückte er »Senden«, bevor er diese vollkommen unschuldige Frage wieder löschen konnte. Da er dabei gewesen war, als es passiert war, würde sich niemand wundern, dass er diese Frage stellte. Und er starb vor Neugierde auf die Antwort.

Ted hätte ja gerne Smittys E-Mail zusammen mit der verlockenden Adresse von Caroline gelöscht, aber das wäre sinnlos gewesen, weil sich die bereits in sein Gedächtnis gebrannt hatte.

Er versuchte, sich wieder auf seinen Antrag zu konzentrieren, doch er war zu abgelenkt. Also beschloss er, auf der Station nach seinen Patienten zu sehen. Zwei Stunden später kehrte er mit neuer Energie in sein Büro zurück. Die Kinder hatten etwas an sich, das seine Sorgen trivial erscheinen ließ. Während seiner Abwesenheit hatte er sowohl eine Nachricht von Smitty als auch eine von Caroline erhalten. Sein Herz schlug schneller, als er sich zwang, die von Smitty zuerst zu lesen.

»Sie haben ihr gestern einen Gips angelegt, und letzte Nacht hatte sie große Schmerzen. Im Moment wohnt sie bei mir, und ich bemühe mich, sie zu verwöhnen. Derzeit sitzt sie mit ihrem Laptop auf dem Sofa, also hörst du vielleicht gleich von ihr. Ignoriere ihre

Beschwerden über meine Kochkünste! Du wirst uns dieses Wochenende fehlen. Hoffentlich kannst du während deines Bereitschaftsdienstes ein wenig schlafen.«

An dem Bild gemütlicher Häuslichkeit, das Smitty zeichnete, störte Ted sich mehr, als er wollte. Das war ein weiteres neues Gefühl, das er erst entdeckt hatte, nachdem er Caroline getroffen hatte: Eifersucht. Er war zutiefst eifersüchtig auf seinen besten Freund und ertrug die Vorstellung nicht, dass die beiden die Woche gemeinsam in Smittys Wohnung an der Upper East Side verbrachten. Angesichts dessen, was am Wochenende passiert war, hatte Ted gehofft, dass Caroline das mit Smitty beenden würde, bevor sein Freund sich noch weiter auf sie einlassen konnte. Offensichtlich würde das nicht so schnell passieren. Im Gegenteil, es klang eher so, als wären die beiden einander durch ihre Verletzung nähergekommen.

Ted klickte Carolines E-Mail an.

»Hi, Ted, danke der Nachfrage nach meinem Knöchel. Es hat echt wehgetan (und den Gips verpasst zu kriegen war schrecklich), aber heute ist es schon besser als gestern. Ich habe mich so schlecht gefühlt, als du am Sonntag abgereist bist. Ich hoffe, das war nicht meinetwegen … Ich weiß, heute war ein schwerer Tag für dich, und ich hoffe, dass du dich ganz gut schlägst. Pass auf dich auf, Caroline.«

Sie weiß, warum ich gefahren bin. Warum musste sein Herz bei dieser Erkenntnis einen erfreuten Satz machen? Er lehnte sich zurück und schloss die Augen. Fast war es so, als hätte sie ihm die Erlaubnis gegeben, die mächtigen Gefühle, die sie in ihm geweckt hatte, noch einmal zu durchleben.

Als es zu schmerzhaft wurde, über sie nachzudenken, riss Ted sich zusammen und antwortete auf ihre Nachricht. »Caroline, ich bin abgereist, weil ich zu Hause noch etwas zu tun hatte, also zerbrich dir nicht den Kopf.« Von dem verzweifelten Wunsch getrieben, die Freundschaft mit Smitty zu bewahren, rang er den Drang nieder, ihr zu bestätigen, dass er tatsächlich ihretwegen und wegen dem, was sie in ihm ausgelöst hatte, gefahren war. »Ich hoffe, dass du Smitty nach Block Island begleitest und dass dein Knöchel schnell verheilt.« Da ihm sonst nichts mehr einfiel, was er schreiben konnte, tippte er seinen Namen und drückte auf »Senden«. Dann ließ er den Kopf mit der Stirn auf den Tisch sinken.

Ein Klopfen an der Tür riss ihn aus seinen Gedanken an Caroline.

»Herein.«

Kelly trat lächelnd ein. »Hi.«

»Hey.« Ted bemühte sich, sein inneres Gleichgewicht wiederzufinden. »Was gibt's?«

»Ich habe mich nur gefragt, ob es dir gut geht.« Sie knetete ihre Hände, als wäre sie nervös. »Nach dem heutigen Tag …«

Wenn sie wüsste, dass die Beerdigung im Moment mein kleinstes Problem ist, dachte er. »Joey hätte sich gefreut, dass die komplette Mannschaft der Red Sox da war.«

»Ja, es war schön, dass sie gekommen sind.«

Ted nickte.

»Es hat mir gefallen, was du da gesagt hast. Dass eine Krise das Beste in den Menschen hervorbringen kann.«

Er zuckte mit den Schultern. »Es stimmt.«

»Kann ich irgendetwas für dich tun, Ted?«

Er sah ihr Herz in ihrem Lächeln und fragte sich, warum ihm das vorher nie aufgefallen war. Oder vielleicht war es das, und er hatte sie deshalb gebeten, mit ihm auszugehen. Wie auch immer, ihm kam eine verstörende Erkenntnis: Sie hatte etwas für ihn übrig, und er hatte die Macht, ihr wehzutun. Sogar sehr.

Er stand auf und umrundete seinen Schreibtisch.

Ihre Augen weiteten sich, als er ihre Hand nahm und an seine Lippen zog.

»Ich möchte ehrlich zu dir sein.«

»Okay«, stammelte sie und schaute auf ihre miteinander verschränkten Hände. Der Puls in ihrer Halsschlagader pochte.

»Ich bin nicht auf der Suche nach etwas Ernstem.«

Ihr Blick zuckte zu ihm hoch. »Ich verstehe.«

»Ich will nicht, dass jemand verletzt wird.«

Kelly strich mit den Fingern über seine gelockerte Red-Sox-Krawatte. »Ich bin ein großes Mädchen, Ted. Ich kann auf mich aufpassen.«

Ted las das Verlangen in ihren Augen und beschloss, herauszufinden, ob er nur deswegen so heftig auf Caroline reagiert hatte, weil er zu lange allein gewesen war. Mit einer schnellen Bewegung schloss er die Tür zu seinem Büro und beugte sich vor, um Kelly zu küssen.

Sie schlang ihm die Arme um den Nacken und stieß einen Seufzer aus, als ihre Lippen sich trafen. Ihre Finger versanken in seinem Haar, während ihre Zunge mit seiner flirtete. Ihre Reaktion verriet Ted ganz genau, was sie von ihm wollte.

Sein Handy meldete sich, und er löste sich von Kelly, um nach ihm zu greifen. »Ich werde oben gebraucht«, sagte er und strich mit dem Daumen über ihre Wange.

Sie reckte den Hals, um ihn noch ein letztes Mal zu küssen. »Wir sehen uns morgen.«

Er blickte ihr nach, und Bedauern und Bestürzung erfüllten ihn. Kelly war alles, was er bei einer Frau wollen sollte. Sie war wunderschön, lustig, sensibel, fürsorglich und sexy – wirklich sehr sexy. Ganz zu schweigen davon, dass sie zu haben war. Und doch hatte er bei ihrem Kuss nicht das Geringste gespürt.

KAPITEL 7

John Smith war ein Hochstapler. Nach außen hin war er der lustige Smitty, eine Persönlichkeit, die er in den letzten Jahren derart perfektioniert hatte, dass er sie beinahe selbst für real hielt. Denn alles war besser als die Wahrheit. Sicher, er war in Newport aufgewachsen, aber nicht in dem Teil der Stadt, den man aus den Touristenbroschüren kannte. Manchmal fiel es ihm selbst schwer, zu glauben, wie weit er es seit seinen Anfängen in einer Sozialwohnung gebracht hatte. Der Sohn von James King, dem reichsten Mann Amerikas, war einer seiner besten Freunde. Offenbar war es Smitty gelungen, James zu beeindrucken, und als James ihm die Verwaltung seines persönlichen Vermögens anvertraut hatte, hatte er Smitty mit einem Handstreich die Partnerschaft in der Brokeragentur gesichert.

Seine erste Million hatte Smitty mit zweiunddreißig gemacht, und dank James und seinen Empfehlungen stand er mit siebenunddreißig kurz vor seiner sechsten Million. Und doch, als er nun aus dem Schlafzimmerfenster seiner schicken Wohnung im zweiundzwanzigsten Stock über die Lichter von Manhattan schaute, kam er sich wie der totale Versager vor. Er sprach nie über seine Kindheit im Getto, seine kokainabhängige Mutter und die endlose Parade von »Onkeln«, die ihre Hände nur deshalb von ihm gelassen hatten, weil

Smitty größer gewesen war als die meisten von ihnen. Was sie seiner Mutter für den Sex bezahlten, finanzierte ihre Sucht. Einer von ihnen war sein Vater, aber sie hatte keine Ahnung, wer.

Sie hatte ihn nicht einmal ausreichend geliebt, um ihm einen vernünftigen Namen zu geben. Stattdessen war er mit dem langweiligsten, nichtssagendsten Namen der Welt bedacht worden. Die Leute glaubten ihm oft nicht, wenn er erwähnte, dass sein Name John Smith war. Deshalb hatte er Smitty kreiert. Selbst seine drei besten Freunde hatten keine Ahnung, wie sein Leben gewesen war, bevor er sich ein Stipendium an der Princeton erkämpft hatte.

In den letzten fünf Sommern war Smitty jede Woche in seine Heimatstadt zurückgekehrt, wo seine Mutter, wie er annahm, immer noch lebte. Trotzdem traf er sich nie mit ihr, rief sie nie an, und er dachte auch nie an sie, außer wenn ihn eine dieser nachdenklichen Stimmungen überfiel. Was normalerweise der Fall war, wenn alles ein wenig zu gut lief. Er fragte sich, ob sie je einen Gedanken an ihn verschwendete. Wäre sie erfreut, zu hören, was er aus sich gemacht hatte? Was aus ihm geworden war? Würde sie ihrem Sohn gestatten, ihre Lebensumstände zu verbessern, oder würde sie jegliches Geld, das er ihr gab, durch die Nase ziehen?

Was würde aus diesem Leben werden, das er so sorgfältig kultiviert hatte, wenn die Leute aus seiner Welt herausfanden, wo er herkam? Würde James ihm immer noch zutrauen, sein großes Portfolio zu managen? Würden Parker, Chip und Ted – alle aus prominenten, angesehenen Familien – ihn immer noch als Bruder betrachten, wenn sie wüssten, dass er der uneheliche Sohn einer drogenabhängigen Prostituierten war? Der glücklichste Tag seines Lebens war zu Beginn seines zweiten Jahrs in Princeton gewesen, als ihm ein Zimmer mit Ted zugeteilt worden war und Chip und Parker nebenan gewohnt hatten. Alle glaubten, dass seine Eltern tot seien. Vor Jahren hatte er ihnen mal ein großes, schönes Haus in Newport gezeigt und ihnen erzählt, dass er als Kind dort gewohnt hätte. Sie hatten ihm geglaubt. Warum auch nicht? Was würden seine Lügen der beinahe zweiundzwanzig Jahre andauernden Freundschaft mit diesen drei Männern antun, die ihm mehr bedeuteten als alles andere auf der Welt?

Ihre Familien waren seine geworden. Smitty liebte vor allem Mitzi und Lillian Duffy, und wenn ihn jemand nach seiner Familie fragte, dachte er immer an die beiden. Am Muttertag waren es Mitzi und Lillian, die je zwei Dutzend pinkfarbene Rosen von ihm erhielten – nicht die kokainabhängige Prostituierte, die ihn auf die Welt gebracht hatte.

Ein Abschluss in BWL aus Princeton, ein MBA von Wharton und ein paar Millionen auf der Bank hatten Abstand zwischen ihn und seine beschämende Vergangenheit gebracht, aber sie hatten nicht gereicht, um seine Frau bei ihm zu halten. Cherie hatte ihn verlassen, als er ihr nach drei Jahren Ehe die Wahrheit gebeichtet hatte. Sie könne nicht mit jemandem leben, der log, hatte sie auf dem Weg zur Tür hinaus gesagt, und er hatte die Abscheu in ihrem Gesicht gelesen. Seine Freunde hatten geglaubt, er hätte die Ehe beendet, und Smitty hatte sie in dem Glauben gelassen, dass er genauso froh sei, sie gehen zu sehen, wie sie. Dabei hatte der Verlust seiner Frau ihn beinahe zerstört, und er hatte sich geschworen, nie wieder jemandem so viel Macht über sich zu geben.

Und dann hatte er Caroline getroffen, und seine Entschlossenheit, sein Herz zu beschützen, hatte sich in Luft aufgelöst. Würde sie ihn auch verlassen, wenn sie es wüsste? Smitty drehte sich vom Fenster weg und trat an das große Bett, in dem sie schlief. Ihr verletzter Knöchel war auf einen Stapel Kissen gebettet, den Arm hatte sie quer über den Kopf gelegt. Ihre bezaubernden rosigen Lippen waren leicht geöffnet, und sie atmete durch den Mund. Die Decke hatte sie von sich geschoben, und sein T-Shirt, das sie zum Schlafen angezogen hatte, war ihr bis zur Hüfte hochgerutscht und gestattete ihm einen Blick auf ihre spektakulären durchtrainierten Beine.

Sein Herz zog sich zusammen. Er liebte sie, aber er wusste, dass sie ihn nicht liebte – nicht so, wie er es wollte. Oder zumindest *noch* nicht. *Zeit*, sagte er sich. *Gib dem Ganzen ein wenig Zeit.* Sie waren erst seit etwas über einem Monat zusammen, und Caroline glaubte, dass er von seiner gescheiterten Ehe zu verletzt wäre, um sich wieder an jemanden zu binden. Und genau das sollten alle denken. Es war besser, wenn niemand wusste, wie sehr er sich nach einer Frau sehnte, die ihn liebte, nach einem echten Zuhause, nach Kindern, die er mit allem beschenken konnte, was er nie gehabt hatte. Jeden Tag ging er zur Arbeit, versuchte, den Markt zu bezwingen und sich ein kleines Vermögen als Grundstein für die Zukunft aufzubauen, die er sich so verzweifelt wünschte.

Er beugte sich vor und strich Caroline das Haar aus der Stirn. In jeder Fantasie über seine Zukunft, die er in letzter Zeit gehabt hatte, hatte sie die Hauptrolle gespielt. Irgendwie musste er es schaffen, ihr klarzumachen, dass sie zu ihm gehörte.

Sie schlug flatternd die Lider auf. »Kannst du wieder nicht schlafen?«, flüsterte sie mit schläfriger Stimme und streckte eine Hand aus, um ihn zu sich aufs Bett zu ziehen.

Er küsste jeden ihrer Finger. »Nein.«

»Ich weiß nicht, wie du mit so wenig Schlaf überhaupt funktionieren kannst.«

Er zuckte die Achseln. Die Schlaflosigkeit war für ihn nicht neu. Sorgen und Ängste, die er tagsüber wegdrücken konnte, kehrten in der Tiefe der Nacht meist lautstark zu ihm zurück.

Caroline griff nach ihm, und er ließ sich in ihre Umarmung sinken.

Mit sanften Fingern massierte sie ihm die Anspannung aus den Schultermuskeln. »Keine Sorgen und doch so verspannt. Wie kommt das?«

»Das liegt daran, dass ich versuche, meine Hände von deinem verletzten Körper zu lassen«, witzelte er und wich damit der Frage aus, weil die Antwort darauf der Wahrheit zu nahe käme.

Sie musterte ihn mit diesem Blick, der ihm das Gefühl vermittelte, sie könne direkt in ihn hineinsehen. Würde sie mögen, was sie dort vorfände, und was, wenn sie entdeckte, wer er in Wirklichkeit war?

Er gab ihr einen Kuss auf die Stirn. »Schlaf weiter.«

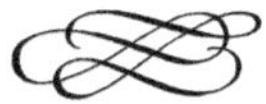

KAPITEL 8

Parker King war rastlos. Er tigerte von einem Ende seines Stadthauses in Beacon Hill zum anderen, schien diese Unruhe aber nicht loswerden zu können, die für seine hektischen Tage so essenziell war. In letzter Zeit hatte er Schwierigkeiten, sie abends abzulegen, wenn er nach Hause kam – normalerweise nach einem Vierzehn-Stunden-Tag, an dem er sich um eine gescheiterte Ehe nach der nächsten gekümmert hatte.

Zumindest wusste er, was diese rastlose Energie verursachte. Er war mit Ted nicht ganz ehrlich gewesen, als sie über »den Funken« gesprochen hatten. Parker hatte ihn sehr wohl verspürt – einen so hellen und heißen Funken, dass er ihn in den letzten Jahren beinahe verbrannt hätte. Sie war eine Klientin, die eine wirklich hässliche Scheidung hinter sich hatte, und Parker war wie verrückt in sie verliebt.

Sie hieß Gina, und sie war vor beinahe zwei Jahren in seine Kanzlei gekommen und hatte ausgesehen wie ein verwundetes Reh. Nach zehn Minuten mit ihr hatte Parker gewusst, dass sie alles war, was er je gewollt hatte. Angesichts dieser überraschenden Erkenntnis hatte er überlegt, ihren Fall nicht anzunehmen. Doch als er sein Herz und seine Hormone wieder im Griff gehabt hatte, hatte er sich eingestanden, dass er nicht wollte, dass sie von irgendjemand anderem vertreten wurde. Er war der beste Scheidungsanwalt in Boston, und er hatte dafür gesorgt, dass sie und ihre beiden jungen Söhne alles bekamen, was ihnen von ihrem betrügerischen Mistkerl von Ehemann zustand.

Die Scheidung war jetzt seit elfeinhalb Monaten rechtskräftig – elfeinhalb lange Monate der selbst auferlegten Folter. Parker beschäftigte sich schon lange genug mit Scheidungen, um zu wissen, dass Gina Zeit brauchte, um sich von der emotionalen Achterbahnfahrt zu erholen, die sie in den letzten Jahren durchgemacht hatte. Sobald die Scheidung durch gewesen war, hatte er sich in seinem Kalender einen Termin für genau ein Jahr später eingetragen und sich geschworen, sie dann zu umwerben, obwohl er keine Ahnung hatte, ob sie seine Gefühle erwiderte. Das war der Grund, warum er spätabends nach langen Tagen auf dem ehelichen Schlachtfeld von einer rastlosen Energie erfüllt war, während Bilder von ihr mit einem anderen Mann auf ihn eindrangen. Er hoffte, dass es nicht dumm von ihm gewesen war, so lange damit zu warten, Kontakt mit ihr aufzunehmen.

Niemand wusste von ihr, und Parker war gerade abergläubisch genug, um zu fürchten, wenn er es jemandem erzählte, würde nichts daraus werden. Je näher der Jahrestag rückte, desto langsamer schien die Zeit dahinzukriechen. Er wünschte, er könnte mit seinen Freunden darüber sprechen. Die nächsten zwei Wochen – die letzten beiden seiner Wartezeit – würden die reinste Qual werden.

Parker konnte nicht leugnen, dass ihre Kinder ihn ein wenig verunsicherten. Trotz der engen Beziehung zu seinem Vater glaubte Parker nicht, dass er selbst ein guter Vater wäre. Und da er genau wusste, wie wenig ihr eigener Vater sich für die Jungs interessiert hatte, wusste er, dass jeder Mann in Ginas Leben bereit sein musste, auch für ihre Kinder da zu sein. Parker hatte die beiden nie getroffen, hatte aber immer wieder Albträume von Monstern mit zwei Köpfen und Fangzähnen, die ihn aus dem Leben ihrer Mutter vertrieben. Er hoffte von ganzem Herzen, dass er die Kinder mögen und vielleicht im Laufe der Zeit sogar lieben lernen würde. Doch erst einmal musste er herausfinden, was Gina empfand. Das nicht zu wissen brachte ihn beinahe um.

Elfeinhalb Monate hatten ihm ausreichend Zeit dafür gelassen, einen Plan zu entwickeln, wie er sie davon überzeugen konnte, dass er der richtige Mann für sie war. Er hatte bereits alles so organisiert, dass am ersten Jahrestag ihrer Scheidung zwei Dutzend gelbe Rosen zu ihr nach Hause geliefert werden würden. Und nach ungefähr sechzig Entwürfen hatte er auch endlich den Satz gefunden, den er auf der Begleitkarte stehen haben wollte:

»Es hat mir gefehlt, Dich in diesem vergangenen Jahr zu sehen. Ruf mich an. Parker.«

Dazu hatte er die Visitenkarte mit seiner Büronummer, der Handynummer und sogar seiner Festnetznummer zu Hause beigelegt, nur für den Fall, dass sie keine Kontaktdaten mehr von ihm hatte. Immer wieder hatte er darüber nachgedacht, ob es die richtige Strategie war, ihr die Entscheidung zu überlassen, aber am Ende hatte er beschlossen, diesen ersten Schritt zu tun und abzuwarten, wie sie darauf reagierte.

Außerdem hatte er unglaublich viel Zeit darauf verwandt, sich zu fragen, ob sie eine Ahnung hatte, wer er war – oder vielmehr, wer sein Vater war. Parker hatte gelernt, sehr vorsichtig damit zu sein, welche Leute er in sein Leben ließ. Zum Großteil hatte er Glück gehabt, doch in seinen jüngeren Jahren hatte er sich ein paarmal die Finger an Goldgräbern – sowohl weiblichen als auch männlichen – verbrannt, die mehr daran interessiert gewesen waren, was sein Vater für sie tun konnte, als an ihm. Inzwischen hatte er sich selbst einen guten Ruf erarbeitet, aber trotzdem war er vorsichtig.

Sein Bauch sagte ihm, dass er sich darum bei Gina keine Gedanken machen musste. Während der Scheidungsverhandlungen hatte er sie ständig ermuntern müssen, zu verlangen, was ihr zustand, also wusste er, dass Geld für sie keine große Rolle spielte. Ihre sanfte Art war das Erste gewesen, was ihn an ihr angezogen hatte. Ganz zu schweigen von ihren unglaublichen Augen und den kastanienfarbenen Locken. Er konnte es nicht erwarten, sein Gesicht in diesen Locken zu vergraben oder Gina zu küssen. Allein der Gedanke daran, sie berühren zu können, ließ ihn vor Verlangen schwach werden.

Sie war die Frau, an die er sich an einem kalten Nachmittag auf der Couch kuscheln und mit der er Hand in Hand durch den Regen laufen wollte – und mit der er jede Nacht seines Lebens zusammen einschlafen könnte, ohne ihrer jemals überdrüssig zu werden.

Parker stöhnte. *Ich werde keine weiteren zwei Wochen überstehen. Und was ist, wenn sie am Ende dieser Qualen nicht einmal an mir interessiert ist? Tja, wenn das passiert, werde ich einfach alles daransetzen müssen, sie umzustimmen.*

Ted traf genau um sieben Uhr abends bei Kellys Wohnung ein. Er hatte sich beeilen müssen, um pünktlich zu sein, nachdem am Nachmittag eine Infektion bei einem seiner Knochenmarkempfänger alles auf den Kopf gestellt hatte. Das Gute daran, eine der Krankenschwestern zu daten, mit denen er arbeitete, war, dass er ihr solche Dinge nicht erklären musste.

Er wollte sich mehr auf die Verabredung freuen. Er wünschte, er hätte während des Tages einmal daran gedacht, hätte die Stunden gezählt, bis es an der Zeit war, Kelly abzuholen, und hätte sich Gedanken darüber gemacht, womit er sie erfreuen könnte. Doch in Wahrheit fühlte es sich für ihn eher wie ein Abendessen mit einer guten Freundin an als wie ein Date.

Er erinnerte sich an seinen Plan und beschloss, Kelly eine wirkliche Chance zu geben, als er an ihrer Tür klingelte.

Die Aufregung, die ihm fehlte, spiegelte sich auf ihrem Gesicht wider, als sie ihn begrüßte. »Hi, Ted. Komm doch rein.«

»Du siehst super aus.« Er bewunderte ihr kurzes schwarzes Cocktailkleid.

»Danke. Du auch.«

Er hatte sich im Krankenhaus ein blaues Jackett, ein hellblaues Seidenhemd und eine beigefarbene Anzughose angezogen.

»Deine Wohnung gefällt mir.«

»Sie ist klein, aber mein. Kann ich dir ein Bier oder einen Wein anbieten?«

»Nein, danke.« Er ging zum Fenster, um den Ausblick über den Stadtpark zu bewundern.

Mit einem Glas Wein in der Hand trat sie neben ihn. »Das hier wird nichts, oder, Ted?«

Überrascht drehte er sich zu ihr um. »Was wird nichts?«

»Ich habe Kinder an die Chemo angeschlossen, die begeisterter aussahen als du, als du die Wohnung betreten hast.«

»Was?«, stotterte er. »Ich verstehe nicht …?«

»Ich auch nicht.« Sie trank einen Schluck von ihrem Wein. »Warum hast du mich eingeladen?«

Er zuckte mit den Schultern. »Weil ich dich mag.«

»Nach sechs Jahren, in denen wir zusammengearbeitet haben, willst du auf einmal mit mir ausgehen?«

»Wenn du das so seltsam findest, warum hast du dann Ja gesagt?«

»Weil ich schon seit Jahren eine Schwäche für dich habe«, gestand sie.

Er ließ den Kopf hängen. »Sorry.«

»Was ist wirklich los, Ted?«

Er spannte den Kiefer an, während er sie anschaute und eine Freundin sah, in deren Miene sich Besorgnis spiegelte. »Ich fürchte, es könnte sein …«

»Was?«

»Ich scheine mich in die Freundin meines besten Freundes verliebt zu haben«, gestand er leise.

Sie riss überrascht die Augen auf. »Was ist das hier dann? Eine Ablenkung?«

»Nein, nicht wirklich.« Er klang selbst in seinen eigenen Ohren nicht sonderlich überzeugend. »Ich wollte dir nicht wehtun. Ich dachte nur …« Es war ihm peinlich, dass seine Kehle sich zusammenzog.

»Ach, Ted.« Sie nahm seine Hand und führte ihn zum Sofa.

»Es tut mir leid. Ich hätte dich nicht fragen sollen. Aber ich hatte diesen großartigen Plan, mir endlich ein Leben zuzulegen, um über diesen Wahnsinn hinwegzukommen. Ich schätze, ich habe immer gespürt, dass du dafür empfänglich wärst, doch es war falsch, dich in dieses … Chaos mit hineinzuziehen.«

»Willst du darüber reden?«, fragte sie, ohne seine Hand loszulassen.

Erleichtert, jemanden zu haben, dem er sich anvertrauen konnte, erzählte Ted ihr davon, wie er Caroline am letzten Wochenende kennengelernt hatte. Von den überwältigenden Gefühlen, die er von der ersten Minute an gespürt hatte. »Ich weiß nicht, was ich tun soll«, schloss er verzweifelt.

Kelly schüttelte den Kopf. »Du kannst nichts tun. Er ist dir zu wichtig, und du würdest dir nie verzeihen, ihm wehgetan zu haben.«

Er ließ den Kopf in die Hände sinken. »Ich weiß.«

Sie streckte die Arme aus, und er genoss den Trost ihrer Umarmung.

»Es ist nicht fair, das bei dir abzuladen«, sagte er, nachdem er sich von ihr zurückgezogen hatte.

»Heute Abend hast du vor allem eine Freundin gebraucht.«

»Danke.«

»Ich werde dich nicht anlügen – ich bin etwas enttäuscht, aber nicht wirklich überrascht. Ich bin nur nicht dahintergekommen, was sich so plötzlich verändert hatte, dass du mit mir ausgehen wolltest.«

»Ich habe mich dir gegenüber schrecklich benommen, und das tut mir aufrichtig leid.« Er drückte ihre Hand. »Kannst du mir verzeihen?«

»Natürlich. Ich wünschte bloß, ich könnte etwas für dich tun.«

»Eine Sache gibt es da.«

»Und die wäre?«

»Lass mich dich zum Essen einladen. Du siehst so schön aus, und wir haben einen Tisch reserviert. Was meinst du?«

»Klar«, erwiderte sie lächelnd. »Lass uns was essen gehen.«

～

Nach einem wunderschönen Abend mit Kelly fuhr Ted nach Hause. Sie hatten viel zusammen gelacht, was dabei geholfen hatte, ihn aufzumuntern. Er war dankbar, in ihr eine so gute Freundin gefunden zu haben, vor allem weil sie jedes Recht hätte, wütend auf ihn zu sein. Doch stattdessen hatte sie ihm ihre Unterstützung und ihr Mitgefühl angeboten, was genau das gewesen war, was er gebraucht hatte. Wie sehr er wünschte, er hätte sich in sie verliebt und nicht in ein Mädchen, das er nicht haben konnte.

Je mehr er darüber nachdachte, desto mehr erkannte er, in was für einem unlösbaren Dilemma er steckte. Wie sollte er Zeit mit seinen Freunden verbringen, ohne seine Gefühle für Caroline zu verraten? Wie sollte er es ertragen, in ihrer Nähe zu sein und zu wissen, dass er sie niemals haben konnte? Das nächste Wochenende würden sie gemeinsam auf Block Island verbringen. Wie sollte er das überstehen?

Tja, ich habe acht Tage dafür, mich zusammenzureißen und aufzuhören, an sie zu denken. Ich bin ein erwachsener Mann – verdammt, ich bin Arzt! Ich muss aufhören, mich wie ein verliebter Teenager zu benehmen.

Sein Kopf hatte die Situation klar im Blick. Wenn jetzt sein Herz noch mit an Bord käme, wäre alles geritzt.

KAPITEL 9

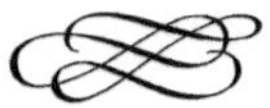

Ted legte den Kleidersack mit seinem Smoking auf den von Parker und drückte die Kofferraumklappe seines Mercedes zu.

Parker schloss seinen Porsche ab und stieg in Teds Wagen ein. »Dach offen oder geschlossen?«

»Offen«, sagte Ted.

»Wann geht die Fähre noch mal?«, wollte Parker wissen, während er auf den Knopf drückte, um das Verdeck herunterzulassen.

»Um Viertel vor zwölf.«

»Ich habe vor einer Stunde mit Chip gesprochen. Sie sind auf dem Weg.«

»Ich brauche einen Kaffee.« Ted war etwas mürrisch, nachdem er im Krankenhaus eine Nachtschicht eingelegt hatte, um rechtzeitig ins Wochenende aufbrechen zu können.

»Hast du letzte Nacht überhaupt geschlafen?«

»Insgesamt ungefähr drei Stunden.«

»Soll ich lieber fahren?«

»Nein. Ich bin irgendwie aufgedreht.«

Nachdem sie sich einen Kaffee geholt hatten, fuhren sie in südlicher Richtung auf der I-93, um auf die I-95 zu kommen. »Was für eine höllische Woche«, stöhnte Ted, nachdem er seinen Kaffee halb ausgetrunken hatte.

»Was ist passiert?«

»Es wäre vermutlich leichter, zu erzählen, was *nicht* passiert ist. Zuerst haben wir eine Sechsjährige mit einem Gehirntumor verloren, die allerdings von Rechts wegen schon vor drei Monaten hätte sterben müssen. Die armen Eltern waren am Boden zerstört. Dann haben wir den Wochenrekord für Neudiagnosen gebrochen. Und das Highlight war vermutlich meine siebzehnjährige Patientin Pilar, der Knochenmark transplantiert worden war und der es seit sechs Monaten außergewöhnlich gut ging.« Er warf Parker einen Blick zu. »Es ist wichtig, dass sie ein Jahr lang gesund bleiben, also kriegen sie quasi Hausarrest, um das Risiko einer Virusinfektion zu verringern. Sie hatte schon die Hälfte hinter sich, als sie beschloss, sich aus dem Haus zu schleichen, um sich mit ihrem Freund zu treffen.«

»Das kann man irgendwie verstehen, oder?«

»Natürlich. Aber unglücklicherweise hat der jüngere Bruder ihres Freundes zwei Tage später die Windpocken bekommen.«

»Was hat das mit ihr zu tun?«

»Das Varicella-Virus, das die Windpocken verursacht, kann für Transplantationspatienten tödlich sein. Und sie hatte als Kind nie Windpocken.«

»Oh.« Parker verzog das Gesicht.

»Ganz genau. Nun liegt sie wieder auf der Intensivstation und kämpft um ihr Leben. Daher meine schlaflose Nacht.«

»Mein Gott, was für ein Mist. Sie hat einfach nur getan, was jedes andere junge Mädchen tun würde, und das ist die Strafe dafür.«

»Sie ist eben nicht jedes andere junge Mädchen, und das hat sie gewusst.« Ted schlug frustriert mit der Hand auf das Lenkrad. »Ihre Familie hat bereits so viel durchgemacht, und jetzt das. Der Freund hat sich gestern auf dem Flur im Krankenhaus die Augen ausgeheult.«

»Der arme Kerl. Wird sie es schaffen?«

»Ich weiß es nicht«, erwiderte Ted niedergeschlagen. »Ich dürfte dieses Wochenende eigentlich gar nicht weg. Und wenn es irgendein anderer Anlass gewesen wäre, wäre ich in Boston geblieben. Aber ich habe ein gutes Team, und wenn ich nicht schnell da weggekommen wäre, hätte ich vermutlich jemanden umgebracht.«

Parker lachte leise. »Und Mord verstößt natürlich gegen die Krankenhausregeln, oder?«

Ted lachte. »Nur ein wenig. Sorry, dass ich das alles bei dir ablade. Es ist bloß manchmal so verdammt frustrierend. Wir kämpfen so schon eine ausreichend verzweifelte Schlacht, ohne dass die Patienten dumme Dinge tun, die ihnen schaden.«

»Passiert so etwas oft?«

»Zum Glück nicht. Die meisten von ihnen haben solche Panik vor der Rückkehr des Krebses, dass sie unseren Anweisungen punktgenau folgen. Mit Kindern ist es problematischer, vor allem mit Teenagern. Es liegt in ihrer Natur, zu rebellieren. Für ihre Eltern ist es viel schwieriger als für die von kleinen Kindern. Größere Kinder, größere Probleme. Dann kommt noch der Krebs dazu, und … Nun ja, du kannst es dir vorstellen.«

Das einzig Gute an dieser Woche aus der Hölle war, dass Ted beinahe keine Zeit dafür geblieben war, an Caroline zu denken. Leider hatte er so aber auch keine Zeit gehabt, sich seelisch auf das Wiedersehen mit ihr vorzubereiten.

»Diese Geschichten reichen, um mich davon abzuhalten, je Kinder zu bekommen«, sagte Parker.

»Ja, man nennt mich auch die wandelnde Antibabypille.«

Parker lachte.

»Man darf allerdings nicht vergessen, wir reden hier von einer sehr geringen Prozentzahl. Die meisten Kinder verfügen über eine robuste Gesundheit.«

»Siehst du dich selbst je als Vater?«

Ted blickte ihn an. »Nicht wirklich, aber andererseits habe ich das Gefühl, als hätte ich jederzeit hundert Kinder. Was ist mit dir?«

Parker zuckte mit den Schultern. »Manchmal denke ich darüber nach. Ich kann nicht glauben, dass wir alle auf die vierzig zugehen und keiner von uns verheiratet ist und Kinder hat. Wenn wir nicht aufpassen, werden wir nicht viele vierzigste Hochzeitstage feiern können.«

»Weil wir bei der Silberhochzeit schon im Altersheim sitzen.«

»Trotzdem, manchmal frage ich mich, ob wir nicht etwas verpassen, was der Rest der Welt als selbstverständlich betrachtet.«

»Ich denke, wir hatten viel Spaß, und wenn die richtige Frau unseren Weg kreuzt und wir beschließen, zu heiraten, tun wir das ohne Reue – anders als die armen Wichte, die sich zu jung binden und denen es später leidtut.«

»Das stimmt auch wieder.«

»Wieso bist du heute so nachdenklich? Laugen die Scheidungskriege dich langsam aus?«

Erneut zuckte Parker mit den Schultern. »Ich habe in letzter Zeit nur viel nachgedacht, mehr nicht.«

»Gibt es einen speziellen Grund dafür?«

Parker zögerte, als wollte er etwas sagen. »Nein, nicht wirklich. Aber bei meinen zerbrochenen Ehen und deinen kranken Kindern ist es kein Wunder, dass wir beide noch Single sind.«

Ted ließ sich von Parkers Versuch, den Ton der Unterhaltung zu ändern, nicht täuschen. »Bist du sicher, dass alles in Ordnung ist?«

»Ja.«

Ted beschloss, ihn nicht weiter zu bedrängen. »Hast du irgendwelche guten Scheidungsgeschichten auf Lager?«

»Die beste derzeit ist die Schlacht um einen Showpudel im Wert von hundertfünfzigtausend Dollar.«

»Das ist ein Witz, oder?«

»Oh, ich wünschte, es wäre so.« Parker seufzte. »Ich habe Leute gesehen, die sich weniger um ihre Kinder sorgen als diese Leute um ihren Pudel. Gertrude Givens Allister von Hinkle wirft die ganzen Scheidungsverhandlungen aus der Bahn.«

Ted lachte. »Sorry. Ich wollte nicht lachen.«

»Mach nur. Glaub mir, es ging uns beim Anblick des fluffigen Fellknäuels nicht anders.«

»Wie sind diese Leute so?«

»Genau so, wie du dir die Besitzer eines Showpudels vorstellst. Man sagt ja, dass Menschen ihren Hunden nach einer Weile ähnlich sehen, und das kann ich jetzt definitiv bestätigen.«

»Wer von beiden ist dein Klient?«

»Mummy.«

»*Mummy?*«

»So nennt sie sich, wenn sie von sich aus Sicht ihres Hundes spricht. Und das denke ich mir nicht aus.«

Ted lachte so sehr, dass ihm die Tränen kamen. »Und dafür hast du dich durchs Jurastudium gequält.«

»Wem sagst du das?«

»Also, was habe ich letztes Wochenende verpasst?« Ted versuchte sich einzureden, dass er *nicht* nach Informationen über Caroline fischte. »Irgendetwas Lustiges?«

»Genau genommen war es ziemlich ruhig. Nur Chip, Elise und ich.«

»Smitty war nicht da?«, fragte Ted schockiert.

»Nein, er ist in New York geblieben, weil Caroline nicht danach war, rauszukommen. Ich schätze, der Knöchel macht ihr noch Probleme.«

Teds Magen zog sich zusammen. »Ich kann nicht glauben, dass Smitty ein Wochenende in Newport verpasst hat.«

»Ich weiß. Chip meinte, er hätte ihn noch nie so mit einer Frau gesehen. Sie ist aber echt nett. Zum Glück überhaupt nicht wie Cherie.«

»Ja«, antwortete Ted leise. »Überhaupt nicht wie Cherie.«

»Du mochtest Caroline doch, oder?«

Erschreckt schaute Ted ihn an. »Natürlich. Wieso fragst du?«

»Nur so.«

»Ich mochte sie«, sagte Ted, was vermutlich die Untertreibung des Jahrhunderts war.

Chip, Elise, Smitty und Caroline waren schon da, als Ted und Parker am Fähranleger im Fischereihafen von Point Judith an der Südküste von Rhode Island ankamen. Schlangen von Menschen, Autos, Fahrrädern und angeleinten Hunden warteten darauf, die Fähre für die fünfundfünfzigminütige Überfahrt nach Block Island zu betreten.

»Hey«, sagte Chip. »Wir dachten schon, ihr würdet sie verpassen.«

»Wir sind in Providence im Verkehr stecken geblieben«, erklärte Parker.

»Wie geht's dem Knöchel?«, fragte Ted Caroline und strengte sich sehr an, die Gefühle im Griff zu behalten, die ihn bei ihrem Anblick sofort wieder überfallen hatten.

»Besser. Das Schlimmste ist das Jucken unter dem Gips. Das treibt mich echt in den Wahnsinn.«

Parker und Ted packten ihre Sachen zu dem Haufen von Taschen in Chips Landrover.

Smitty hielt die Tickets hoch, die er für alle gekauft hatte. »Wir treffen euch oben«, meinte er zu Chip und Elise, die den Landrover auf die Fähre fahren würden.

Ted beobachtete, wie geübt Smitty sich Carolines Krücken unter den Arm klemmte und dann vor ihr in die Hocke ging, damit er sie huckepack nehmen konnte.

»Soll ich die Krücken tragen?«, bot Ted an.

»Danke, nicht nötig«, erwiderte Smitty. »Wir sind hierin inzwischen ziemlich gut, oder, Baby?«

»Stimmt.« Caroline sah Ted an, als sie das sagte.

Smitty und Parker unterhielten sich auf dem Weg auf die Fähre und bemerkten nicht, dass Ted seinen Blick nicht von ihr lösen konnte.

KAPITEL 10

Sie gingen auf das Oberdeck der Fähre, wo in langen Reihen Bänke standen. Smitty führte sie zu einer ruhigen Ecke, weit entfernt von der Menschenmenge, die sich in der Mitte versammelt hatte. Als Chip und Elise zu ihnen stießen, lag Ted schon ausgestreckt auf einer der Bänke, die Red-Sox-Kappe tief über die Augen gezogen.

Er hörte, wie Parker seinen Freunden erklärte, dass er letzte Nacht nicht einmal drei Stunden Schlaf gehabt habe. Sie hatten sich inzwischen alle an die kurzen Nickerchen gewöhnt, die Ted oft nach den hektischen Nächten im Krankenhaus machte, und zogen ihn gern damit auf, unter welch widrigen Umständen er schlafen konnte.

Ted ließ sie in dem Glauben, dass er tatsächlich schlief, denn nachdem er Caroline gesehen hatte, brauchte er einen Moment, um seine Gefühle unter Kontrolle zu bekommen. Er wusste jetzt ohne jeden Zweifel, dass sie immer den gleichen Effekt auf ihn haben würde, und irgendwie musste er einen Weg finden, damit fertigzuwerden, dass er in sie verliebt war, sie aber nicht haben konnte.

Er döste ein wenig weg, war allerdings trotzdem mit einem Ohr bei der Unterhaltung. Smitty schlug vor, auf eine Bloody Mary nach unten an die Bar zu gehen, und bot an, Caroline eine mitzubringen. Dann war Ted auf einmal mit ihr allein.

Ein paar Minuten später vibrierte sein Handy in der Tasche seiner Cargohose, und er griff danach, ohne sich aufzusetzen.

»Duffy«, meldete er sich.

»Ted. Ich bin's, Kelly.« Er hörte ihrer Stimme an, dass sie weinte. »Ich dachte, du würdest wissen wollen, dass wir Pilar verloren haben.«

Ted legte sich den Arm quer über die Kappe, die seine Augen bedeckte, und fragte: »Wann?«

»Vor einer halben Stunde.«

Sein Herz zog sich vor Schmerz zusammen, als er an Pilars Eltern und die schreckliche Zeit dachte, die sie durchgemacht hatten, nur um ihre Tochter dann an die Windpocken zu verlieren.

Nach einem Moment des Schweigens fragte Kelly: »Ted? Geht es dir gut?«

»Ja.«

»Ich weiß, dass es dich trifft, aber versuch trotzdem, ein schönes Wochenende zu haben. Es gab nichts, was du hättest tun können.«

Ted war dankbar, dass sie genau wusste, was ihm gerade durch den Kopf schoss. »Danke, Kel.«

»Wie läuft es bei dir?«

»Alles wie vorher. Danke, dass du angerufen hast.«

Sie schien zu spüren, dass er im Moment nicht darüber reden konnte, denn sie sagte nur: »Okay. Pass auf dich auf.«

Ted beendete den Anruf und drückte das Handy an seine Brust, während er versuchte, diesen weiteren Schlag zu verdauen. Dieser Monat wurde langsam zum schlimmsten, den er in seiner Laufbahn als Arzt bisher erlebt hatte.

»Ist alles in Ordnung?«, fragte Caroline.

Nach einem tiefen Atemzug setzte Ted sich auf und schob die Kappe auf seinem Kopf zurück, damit er sie ansehen konnte. »Wir haben eine weitere Patientin verloren.«

»Das tut mir leid.«

»Ich weiß, ich klinge langsam wie ein Klischee, aber es war ein verdammt mieser Monat.«

Sie streckte die Hand über die blaue Bank zwischen ihnen aus.

Er blickte in ihre grünen Augen und konnte nicht anders, als den Trost anzunehmen, den sie ihm bot.

Sie schloss ihre Finger um seine, was eine heftige Welle des Verlangens durch seinen Körper sandte. Eine gefühlte Ewigkeit lang hielten sie sich an der Hand und schauten einander in die Augen. Alles und alle um sie herum verschwanden.

»Du bringst mich um den Verstand, Caroline«, sagte er leise.

»Ich habe mich schon gefragt, ob es nur mir so geht.«

»Nein, es geht nicht nur dir so.«

»Beinahe wäre ich dieses Wochenende nicht gekommen, doch als ich versucht habe, mich rauszuziehen – aus allem, nicht bloß aus diesem Trip –, ist Smitty so traurig geworden. Er hatte sich so auf die Party gefreut, und das wollte ich ihm nicht kaputtmachen. Nach dem Wochenende werde ich auf jeden Fall mit ihm reden.«

Ted ließ sie los und stand auf, um sich auf die Reling zu stützen, während die Fähre die Felsen am Nordende von Block Island passierte. Als er sich wieder einigermaßen im Griff hatte, drehte er sich zu Caroline um. »Ich liebe ihn. Nicht nur wie einen Freund, sondern wie einen Bruder. Er gehört für mich zur Familie. Er hat niemanden außer uns.«

»Er liebt dich auch. Euch alle, aber dich und deine Familie im Besonderen.«

»Und das ist der Grund, warum niemals etwas zwischen dir und mir sein kann. Über so einen Verrat würde er nie hinwegkommen.«

»Ich weiß.« Die Qual wegen der Situation war ihr deutlich anzumerken. »Ich weiß es wirklich, trotzdem habe ich mich gefragt: Was, wenn es das hier ist? Was, wenn du der eine für mich bist? Der, auf den ich gewartet habe?«

Ted zuckte unter dem Schmerz zusammen, der ihn jäh erfasste. »Caroline ...«

Sie hörten Smitty, bevor sie ihn sahen.

»Na bitte, ich habe euch ja gesagt, dass er auf ist, wenn wir zurückkommen«, meinte Smitty zu Chip. In den Händen hielt er Bloody Marys für Ted und Caroline.

Ted nahm ihm den Drink ab. »Danke.«

Smitty hob seinen Becher zum Toast. »Auf gute Freunde, gute Zeiten und gute Getränke.«

Ted hob seinen Becher ebenfalls und trank einen Schluck. Dabei fing er Carolines Blick über den Rand hinweg auf. Die Tränen, die in ihren Augen glitzerten, verrieten ihm, dass sie genauso litt wie er. Doch statt dass er sich dadurch besser fühlte, machte es die ganze Situation nur noch schlimmer.

Sie stiegen die drei Treppen zum Ladedeck hinunter und kletterten in den Landrover, um von der Fähre zu fahren und in das geschäftige Treiben am Old Harbor einzutauchen. Ted saß eingezwängt auf der Rückbank zwischen Parker und Smitty, der Caroline auf dem Schoß hielt. *Das hier ist der totale Albtraum*, dachte Ted, als er einen Blick riskierte und sah, dass Smitty seine Hand auf ihrem wohlgeformten Po liegen hatte.

Chip lenkte den Wagen geschickt um die Fahrradfahrer, Fußgänger, Kinderwagen und Motorräder herum und in Richtung Corn Neck Road, wo sich hoch auf einem Hügel das Haus von Teds Eltern befand. Von der Rückseite aus konnte man über den Great Salt Pond schauen, in dem Hunderte von Booten ankerten. Der Crescent Beach lag auf der anderen Straßenseite vor der dreigeschossigen Villa im viktorianischen Stil. Links neben dem Haus stand schon ein großes weißes Zelt mit Kunststofffenstern für die Party am Samstagabend. Das zweigeschossige Gästehaus befand sich rechts vom Haupthaus.

Mitzi Duffy trat durch die Haustür, als der Wagen die von pinkfarbenen gefüllten Rosen gesäumte Auffahrt mit dem Muschelsplittbelag hinauffuhr. Mitzi war groß und sportlich, mit schulterlangem aschblonden Haar und den gleichen blauen Augen wie ihr Sohn. Sie trug ein weißes Tenniskleid, das ihre gebräunte Haut gut zur Geltung brachte.

Smitty verließ den Landrover, hob sie hoch und gab ihr einen lauten Schmatzer auf die Wange.

»Lass mich runter, du Riese.« Sie lachte, wie immer bei Smittys Mätzchen.

»Mrs Matilda Mitzi Duffy, darf ich dir meine Freundin Caroline Stewart vorstellen?« Smitty präsentierte Caroline mit einer kleinen Verbeugung. »Caroline, das ist meine Adoptivmutter Mitzi.«

Mitzi begrüßte Caroline mit einem Kuss auf die Wange. »Ich freue mich so, dich kennenzulernen, Caroline. Willkommen in Sea Swept.«

»Danke, Mrs Duffy.«

»O bitte, nenn mich Mitzi«, sagte sie und begrüßte dann Chip, Elise und Parker mit Umarmungen und Küssen auf die Wange.

»Hast du für mich auch noch was übrig, Mom?«, fragte Ted und grinste sie an.

Sie zog ihren Sohn in ihre Arme. »Vielleicht ein kleines bisschen.«

Der Duft ihres Chanel No. 5 erinnerte Ted wie immer an zu Hause. »Schön, dich zu sehen.«

»Dich auch, Darling. Aber du schaust ja schrecklich aus.« Sie schnalzte missbilligend mit der Zunge, während sie ihn am Kinn festhielt und seine Züge musterte. »Hast du überhaupt geschlafen?«

»Natürlich nicht.« Als er aufblickte und seine Großmutter auf der Veranda entdeckte, lief Ted über die Einfahrt und nahm immer zwei Stufen auf einmal, um zu ihr zu kommen.

»Hallo, mein Lieber.« Um ihre blaugrauen Augen bildeten sich fröhliche Fältchen, als sie ihren Enkel anlächelte. »Du hast mir gefehlt.«

»Du mir auch.« Er gab ihr einen Kuss auf die Wange, und als er sie umarmte, stieg ihm ein Hauch von Emeraude in die Nase – ein weiterer Duft, der für ihn Zuhause bedeutete. »Du siehst bezaubernd aus, Grandy. Bist du gerade beim Friseur gewesen?«

Sie strich sich mit der Hand über ihr schneeweißes Haar. »Heute früh«, sagte sie. »Deine Mutter hat recht. Du wirkst erschöpft, mein Süßer.«

»Es geht mir gut.« Er bot ihr den Arm und stieg mit ihr gemeinsam die Treppe hinunter, damit sie seine Freunde begrüßen konnte. »Sind Tish und Steven schon da?«

»Sie kommen mit der Fähre um halb vier«, erwiderte Lillian. »Wer ist denn dieser attraktive große Mann, den du da mitgebracht hast, Ted?«

Smitty grinste und schloss die ältere Frau behutsam in die Arme. »Hallo, Liebe meines Lebens«, sagte er, bevor er sie Caroline vorstellte.

»Es ist mir ein Vergnügen, dich kennenzulernen, meine Liebe.« Lillian schüttelte Caroline die Hand. »Mit dem hier wird dir nicht langweilig werden.«

»Ach was, er ist ganz leicht zu handeln«, wehrte Caroline lächelnd ab, was schnaubendes Gelächter von Smittys Freunden zur Folge hatte, die gerade dabei waren, den Landrover auszuladen.

»Was hast du denn mit deinem Bein angestellt?«, wollte Mitzi wissen.

Caroline nahm die Krücken, die Smitty ihr reichte. »Ich habe mir vor ein paar Wochen beim Joggen mit Ted in Newport den Knöchel gebrochen.«

»Ach, das ist aber schade«, sagte Mitzi. »Nun ja, zumindest warst du mit dem Richtigen zusammen, als es passiert ist.«

»Er war super«, stimmte Caroline mit einem Blick zu Ted zu.

Er nahm das Kompliment mit einem kleinen Lächeln an, und als er aufschaute, sah er, dass seine Großmutter ihn interessiert beobachtete.

Genau wie im Haupthaus hatte man im Gästehaus von allen Zimmern aus eine schöne Aussicht entweder auf den See oder den Crescent Beach. Ted bestand darauf, dass Smitty und Caroline das Hauptschlafzimmer im Erdgeschoss nahmen, damit sie keine Treppen steigen musste. Dann zeigte er Chip und Elise ihr Zimmer im ersten Stock, das sie schon bei früheren Aufenthalten bewohnt hatten, und er selbst nahm das Zimmer daneben. Parker brachte seine Taschen in das dritte Schlafzimmer auf der Etage.

»Was wollen wir heute machen?«, fragte Ted, nachdem sie sich alle wieder im Wohnzimmer eingefunden hatten. Das Haus war in hellen

Farben eingerichtet, mit bequemen Möbeln und Kunstwerken, auf denen Strand- und Bootsszenen zu sehen waren. Große Blumentöpfe mit Petunien, Springkraut und Geranien standen auf der Veranda und verströmten ihren Duft, der bis ins Haus drang. »Strand? Pool? Boot? Wonach steht euch der Sinn?« Sein Vater hatte ein kleines Segelboot, das auf dem See ankerte und das Ted bei seinen Besuchen auf der Insel oft benutzte.

»Für Caroline wäre es vermutlich einfacher, wenn wir am Pool bleiben«, merkte Elise an.

Die anderen nickten zustimmend.

»Nehmt bitte keine Rücksicht auf mich«, protestierte Caroline. »Tut an diesem Wochenende, was immer ihr wollt, und ich mache so weit mit, wie ich kann. Glaubt mir, ich würde mich nicht gefangen oder zurückgesetzt fühlen, wenn ich allein hierbleiben müsste. Es ist wirklich wunderschön, Ted.«

»Danke. Wir sind gern in Sea Swept. Wie auch immer, ich bin mit dem Pool einverstanden. Mir fehlt heute noch ein wenig die Energie.«

»Ich bin dabei«, stimmte Parker zu.

»Meine Mutter meinte, Lunch ist im Kühlschrank, also bedient euch bitte.«

Sie nahmen das Essen mit an den Pool, wo sie den Nachmittag damit verbrachten, die Boote auf dem See zu beobachten, Musik zu hören, zu lesen, zu schlafen und sich zu entspannen. Smitty holte die Kühlbox mit Bier, die er mitgebracht hatte, hielt sich aber zurück, damit er vor dem Abendessen nicht zu müde wurde.

Ted schlief eine Stunde auf einer der Sonnenliegen, und als er aufwachte, sah er, dass Caroline auf der anderen Seite des Pools das Gleiche tat. Jemand hatte ein Strandhandtuch über sie gelegt, um ihre helle Haut vor der Sonne zu schützen. Die anderen waren zur rückwärtigen Veranda des Haupthauses weitergewandert, wo Mitzi und Lillian Frozen Margaritas servierten.

Ted fiel auf, dass sein Vater und sein Großvater vom Angeln zurück waren und auch Tish und ihr Mann sich zu ihnen gesellt hatten. Doch statt aufzustehen und zu ihnen zu gehen, nutzte Ted die

Gelegenheit, Caroline zu betrachten. Ihre Frage von vorhin hallte ihm durch den Kopf: *Was, wenn es das hier ist? Wenn du der eine für mich bist?*

Er wollte um das weinen, was nie sein konnte, denn im Gegensatz zu ihr hatte er keinen Zweifel daran, dass sie für ihn die Frau fürs Leben war. Das wusste er mit jeder Faser seines Herzens. Sie war die Frau, die er wollte, und es würde niemals eine andere für ihn geben. Nun, wo er wusste, was sie für ihn empfand, hoffte Ted, dass sie ihre Beziehung mit Smitty so schnell wie möglich beendete, bevor der sich richtig in sie verliebte. Smitty hatte in seinem Leben genügend Herzschmerz erlitten, und Ted hasste die Vorstellung, dass noch mehr davon auf ihn wartete.

Wenn sie sich bald von Smitty trennte, könnte Ted ihr in einem oder zwei Jahren vielleicht »zufällig« über den Weg laufen und mit ihr ausgehen, ohne seine Freundschaft mit Smitty zu zerstören. *Ich fasse es nicht, dass ich hier sitze und mir wünsche, dass die Freundin meines besten Freundes mit ihm Schluss macht,* dachte er angewidert. Die ganze Situation verwandelte ihn in jemanden, den er nicht sonderlich gut leiden konnte.

In dem Augenblick wachte Caroline auf und ertappte ihn dabei, dass er sie beobachtete. Sehr lange rührte sich keiner von ihnen, sondern sie nutzten die Gelegenheit, sich an dem sattzusehen, was sie beide haben wollten, aber nicht haben konnten.

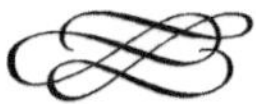

KAPITEL 11

Das Abendessen war eine ausgelassene Veranstaltung mit Gelächter, alten Geschichten und köstlichen Meeresfrüchten, die Adeline, die Köchin, die seit fünfundzwanzig Jahren für Teds Eltern arbeitete, zubereitet hatte. Nach dem Dessert verweilten sie noch bei ein paar Drinks. Ted hatte am Tisch den Stuhl zwischen seiner Schwester Tish und ihrem Mann Steven, hatte aber beim Essen immer ein Auge auf Caroline gehabt, die ihm gegenüber zwischen Smitty und Parker saß.

Ihm war klar geworden, dass er sie nach diesem Wochenende vermutlich nie wiedersehen würde, und er beschloss, sich ihre Züge genau einzuprägen. Vorhin hatte er den kleinen Hickser bemerkt, den sie machte, wenn sie gähnte. Als sie am Nachmittag nach ihrem Mittagsschläfchen aufgestanden war, hatte er genau zugeschaut, wie sie sich ausgiebig gereckt hatte – wie eine Löwin, die nach einem ausgiebigen Nickerchen erwachte.

Jetzt, während sie sich mit Smitty und Parker unterhielt, fiel ihm auf, dass sie beim Zuhören oft mit der Zunge über ihre Unterlippe strich und dass ihr Lachen entweder wie Donner aus ihrer Brust explodieren oder sanft über ihre Lippen perlen konnte, als wäre sie überrascht darüber, amüsiert zu sein. Smitty hatte ihr einen Arm um die Schultern gelegt und flüsterte ihr hin und wieder etwas ins Ohr, um sie teilhaben zu lassen, wann immer eine Person oder ein Ereignis aus der Vergangenheit erwähnt wurde.

Als Ted es nicht mehr ertrug, Zeuge dieser Intimität zu sein, fing er an, mit seinem Löffel zu spielen, während die lebhafte Unterhaltung um ihn herum weiterging. Mit einem Mal machten sich die schlaflosen Nächte bei ihm bemerkbar, und ihn überkam eine Müdigkeit, die bis tief in die Knochen reichte. Er überlegte gerade, ob er sich entschuldigen und sich in sein Bett zurückziehen sollte, als er seinen Namen hörte und aufschaute.

»Langweilen wir dich, mein Sohn?«, erkundigte sich sein Vater, und seine braunen Augen funkelten vergnügt.

»Was?«, fragte Ted verlegen. »Nein, natürlich nicht.«

»Du warst eine Million Meilen weit weg«, bestätigte Mitzi.

»Ich habe ehrlich gesagt gerade darüber nachgedacht, ins Bett zu gehen.«

»So früh?«, wunderte sich seine Schwester.

»Ich hab mir die ganze Nacht wegen einer Patientin um die Ohren geschlagen. Ich bin fix und fertig.«

»Gab es ein gutes Ende?«, wollte sein Großvater wissen.

Ted schüttelte den Kopf. Es tat weh, an Pilar zu denken, die einfach nur ein normaler Teenager hatte sein wollen.

»Das tut mir leid, mein Sohn«, sagte Theo Duffy ernst.

»Wir wollten noch ins *Nick's* und ins *Kittens*«, erklärte Smitty und bezog sich dabei auf zwei der beliebteren Bars der Insel.

Ted spürte, dass sein Freund ihn wie immer aus seinem Tief herausholen wollte, lehnte jedoch ab. Vor zehn Jahren hätte er zwei Nächte ohne Schlaf mühelos weggesteckt, heute war das anders.

Gerade als alle sich daranmachten, vom Tisch aufzustehen, kam Adeline herein, um das letzte Geschirr abzuräumen. Ted gab ihr einen Kuss auf die Wange. »Danke für ein tolles Essen, Addie.«

»Es war mir ein Vergnügen, Honey. Du siehst aus, als könntest du ein wenig Schlaf gebrauchen.«

»Und genau den werde ich mir jetzt holen.« Ted gab seiner Groß-mutter einen Gutenachtkuss.

»Du arbeitest zu hart und achtest nicht ausreichend auf dich«, ermahnte ihn Addie.

»Das habe ich ihm auch schon gesagt«, warf Mitzi ein und hakte sich bei ihrem Sohn unter. »Komm, Darling, ich bring dich nach drüben.«

»Hey, Duff!«, rief Chip von der hinteren Terrasse, wo sich alle versammelt hatten. »Vielleicht liest Mommy dir ja eine Gutenachtgeschichte vor, wenn du sie lieb bittest.«

Mitzi drehte sich zu ihm um. »Du bist nicht zu alt, um den Hintern versohlt zu bekommen, Charles.«

»Oh, Mitzi, ich *liebe* es, wenn du so unartige Sachen zu mir sagst.«

Elise gab ihm einen Klaps, während alle in Gelächter ausbrachen.

Schmunzelnd ging Mitzi neben Ted die Treppe hinunter auf den Kiesweg, der zum Gästehaus führte. Nachdem sie mehrere Minuten lang schweigend nebeneinander hergelaufen waren, sagte sie: »Ich mache mir Sorgen um dich, Ted. Du bist heute nicht du selbst.«

»Der letzte Monat im Krankenhaus war schrecklich. Der schlimmste von allen.«

»Das tut mir leid.«

»Mir auch.«

»Ich hatte gehofft, dass du dieses Wochenende jemanden mitbringen würdest.«

»Ich habe fünf Leute mitgebracht«, erwiderte er gespielt entrüstet.

»Du weißt, was ich meine.«

»Es gibt niemanden, den ich mitbringen könnte, Mom.«

»Deine Großmutter möchte noch miterleben, wie du sesshaft wirst und heiratest, bevor sie geht.« Diesen Satz hatte Ted schon Hunderte Male zuvor gehört.

Amüsiert zog er eine Augenbraue hoch. »Ach, meine Großmutter wünscht sich das, hm?«

»Ted.« Sie seufzte übertrieben. »Wir machen uns Sorgen um dich.«

»Das müsst ihr nicht. Es ist alles in Ordnung. Ich brauche nur ein paar Stunden in meinem Bett.«

Auf den Stufen zum Gästehaus gab sie ihm einen Gutenachtkuss.
»Schlaf morgen früh aus.«

»Ich versuch's.«

»Ich hab dich lieb.«

»Ich dich auch, Mom.«

Caroline ermunterte die anderen, ohne sie zu gehen. Sie nutzte ihren Knöchel als Vorwand, aber wenn sie ehrlich war, brauchte sie Zeit für sich, um das Gefühlschaos zu verarbeiten, das in ihr herrschte. *»Aufgewühlt« wäre noch milde ausgedrückt*, dachte sie, als sie in dem großen Bett in ihrem Zimmer lag. Wie hatte sie bloß in so eine vertrackte Lage geraten können? Eine Dreiecksgeschichte! Verdammt, das war wie etwas aus einer schlechten Seifenoper. Doch leider war es nur zu real, und sie steckte mitten zwischen zwei tollen Männern, deren Freundschaft den beiden beinahe mehr bedeutete als alles andere auf der Welt.

Sie hatte Smitty sehr, sehr gern. Er war genau das, was sie gebraucht hatte, als sie sich nach ihrer katastrophalen Verlobung wieder in die Datingszene gewagt hatte. Brad hatte ihr das Herz gebrochen, als er die Hochzeit einen Monat vor dem großen Tag abgesagt hatte – und noch dazu, nachdem sie ihren Job bei der *Times* gekündigt hatte, um sich auf ihre Ehe zu konzentrieren! Mit einem Mal hatte sie ohne Hochzeit, ohne Arbeit und ohne Hoffnung dagestanden. Zum Glück hatte sie ihr Geld immer klug investiert und hatte sich Zeit damit lassen können, ihre Optionen abzuwägen, während sie sich von der schrecklichen Enttäuschung und Demütigung erholte. Ihre Karriere hatte schnell wieder Fahrt aufgenommen, als ihr ein Freelance-Job nach dem nächsten angeboten worden war. Doch ihr Liebesleben hatte weiter auf »Pause« gestanden.

Nach über einem Jahr hatten ihre Freundinnen sie schließlich gedrängt, wieder auszugehen und neue Leute kennenzulernen. So war sie schließlich mit Chip, Elise, Elises Schwester, deren Freund und Smitty in einem Restaurant in Greenwich Village gelandet. Sie waren

Teil einer großen Gruppe von erfolgreichen jungen New Yorkern, und auch wenn Caroline Kuppelversuche normalerweise hasste, hatte sie dem Urteil ihrer Freunde vertraut und sich mit Smitty verabredet. Außerdem war sie ihre eigene Gesellschaft zu dem Zeitpunkt leid und bereit gewesen, sich wieder unter die Lebenden zu mischen.

Caroline hatte Smitty gleich gemocht. Er war lustig, und sie hatte mit ihm so viel gelacht wie in den letzten zehn Jahren zusammengenommen nicht. Als er sie am nächsten Tag anrief und einlud, hatte sie nicht gezögert. Von Anfang an hatte sie den Kontrast genossen, den sie in ihm gefunden hatte. Er kannte die Weinliste im *21* in- und auswendig, konnte aber auch die schmutzigsten Witze erzählen, die sie je gehört hatte. Er fühlte sich in einem Dreitausend-Dollar-Anzug genauso wohl wie in seiner fünfzehn Jahre alten Levi's. Er kümmerte sich um seine Freunde, als wären sie seine Familie, die er selbst nicht hatte. Und auch er war in einer vergangenen Beziehung verletzt worden und scheute sich vor einer festen Bindung. So gesehen war er zu dem Zeitpunkt der ideale Mann für sie gewesen.

Er hatte sie oft angerufen, um ihr zu sagen, dass er Karten für ein Knicks-Spiel, ein Stones-Konzert oder eine Galerie-Eröffnung in SoHo hatte. Sie hatte ihn damit aufgezogen, dass sie nie wusste, welche Abenteuer sie vor dem Ende eines Tages mit ihm erleben würde. Bei Smitty stand der Spaß im Vordergrund. Was für sie in Ordnung war, denn sie hatte keine Eile, sich erneut auf eine ernsthafte Beziehung einzulassen.

Sie waren dreimal miteinander ausgegangen, bevor er sie geküsst hatte – ein keuscher Kuss auf die Lippen an ihrer Haustür, nachdem sie mit Chip und Elise essen gewesen waren. Der nächste Abend hatte mit einer etwas heißeren Fummelsession auf ihrem Sofa geendet. In der Woche, bevor er sie zum ersten Mal mit nach Newport genommen hatte, war es ihm schließlich gelungen, sie in sein Bett zu locken – in der Woche, bevor sie Ted getroffen hatte, den Mann ihrer Träume und zugleich den besten Freund ihres Freundes. Wie sehr sie sich jetzt wünschte, damit noch etwas länger gewartet zu haben. Doch wie hätte sie wissen können, dass sich nur wenige Tage später ihr ganzes Leben ändern würde?

Du denkst jetzt nicht an Ted. Konzentrier dich auf Smitty. Du musst dir überlegen, was du seinetwegen tun willst.

Sex mit Smitty war, wie alles andere, lustig und unkompliziert, und da keiner von ihnen beiden nach etwas Dauerhaftem suchte, war es schwer für Caroline, von der mangelnden echten Verbindung zwischen ihnen enttäuscht zu sein. Denn diese Verbindung fehlte, und deshalb hatte sie angenommen, dass ihre Beziehung enden würde, sobald einer von ihnen jemand anderen kennenlernte oder etwas Festeres wollte.

Dann war in ihr langsam der Verdacht aufgekeimt, dass er sich in sie verliebt hatte. Er hatte es nicht ausgesprochen, aber die Zeichen waren schwer zu übersehen: ein Blick, eine Berührung, ein Wort in einem intimen Moment. Die Art, wie er sie anschaute, wenn er glaubte, dass sie es nicht merkte. Die Zärtlichkeit, mit der er sich um sie gekümmert hatte, nachdem sie sich den Knöchel gebrochen hatte. Auf gewisse Weise fühlte sie sich von seinen Gefühlen für sie hintergangen. Sie hatten diese Beziehung mit dem Ziel begonnen, Spaß zu haben, und nicht mit dem, sich zu verlieben. Doch sie konnte Smitty nicht böse sein. Wie auch? Vor allem nicht, nachdem er sein Leben nach ihrer Verletzung komplett um sie herumarrangiert hatte.

Und dann war da Ted, mit dem sie diese sofortige, spontane, überwältigende Verbindung gespürt hatte, nach der die meisten Menschen ein Leben lang suchten, ohne sie je zu finden. Wie sollte sie jetzt, wo sie wusste, dass er irgendwo da draußen war, so weitermachen, als hätte sie ihn nie getroffen? Wie sollte sie so tun, als hätte sich ihre Welt nicht an einem einzigen monumentalen Wochenende für immer verändert? Mit einem tiefen Seufzer erkannte sie, dass sie genau das tun musste, wenn sie nicht für das Ende einer langen und wichtigen Freundschaft zwischen zwei außergewöhnlichen Männern verantwortlich sein wollte, von denen keiner je wieder glücklich werden würde, wenn mit ihr zusammen zu sein seinen Freund verletzen würde.

Sie war das erste Wochenende mit Ted in Gedanken wieder und wieder durchgegangen, bis sie geglaubt hatte, verrückt zu werden. Alles an ihm sprach sie auf die tiefste, innigste Weise an. Sein Mitgefühl für die Kinder, um die er sich kümmerte, sein Kummer, wenn er eins von ihnen verlor, und die enge Bindung zu seinen Freunden und seiner Familie waren nur ein paar der Dinge, die sie an ihm bewunderte. Natürlich fühlte sie sich auch auf einer grundlegenderen Ebene von ihm angezogen – von seinem männlichen Körperbau, seinem dichten blonden Haar, diesen umwerfenden blauen Augen …

In diesem Moment lag er oben in seinem Bett und schlief. Zu wissen, dass er so nah, aber trotzdem außer Reichweite war, war beinahe unerträglich. *Niemand würde es je erfahren, wenn ich nach oben ginge, um ihn beim Schlafen zu beobachten, oder?*

Sie stöhnte. *Gott möge mir helfen, ich will ihn so sehr – mehr, als ich je jemanden gewollt habe. Sobald dieses Wochenende um ist, muss ich mit Smitty reden. Egal wie, ich kann nicht länger mit ihm zusammen sein – nicht, wo ich diese Gefühle für seinen Freund habe.* Die Hoffnungslosigkeit der Situation machte sie mutlos. Sehr lange lag sie da und stellte sich den schlafenden Ted vor, bis sie der Verlockung nicht länger widerstehen konnte.

Es war beinahe so, als beobachte sie eine andere, als sie aus dem Bett stieg und nur in ihrem weißen Nachthemd, das ihr bis zur Mitte der Oberschenkel reichte, durch das Haus humpelte. Am Fuße der Treppe schaute sie hinauf. Selbst wenn das, was sie gerade tat, gegen alles ging, woran sie glaubte, konnte sie sich nicht davon abhalten, den ersten Schritt zu tun. Und dann den zweiten. Im oberen Flur angekommen, hielt sie einen Moment inne und versuchte, ihr hämmerndes Herz zu beruhigen, bevor sie zu der einzigen Tür hüpfte, die geschlossen war. Sie legte ihre Hand auf die Klinke und lehnte ihre Stirn für einen Moment gegen das Holz, während sie versuchte, den Mut dafür aufzubringen, auch diesen Schritt zu machen.

Langsam drückte sie die Klinke herunter. Das Letzte, was sie wollte, war, ihn zu stören, denn es war unübersehbar gewesen, wie müde er war. Sie wollte bloß einen Blick auf ihn erhaschen, und das Licht vom Flur reichte gerade dafür aus, dass sie seinen Umriss im Bett erkennen konnte. Er lag auf dem Bauch, Arme und Beine von sich gestreckt. Die Bettdecke war ihm bis zu den Hüften hinuntergerutscht. Ihr Mund wurde trocken, als sie erkannte, dass er nackt schlief.

Ihr Herz klopfte heftig vor Verlangen und vom Adrenalin, als sie sich näher ans Bett vorwagte. Die Hälfte seines attraktiven Gesichts, die sie erkennen konnte, war im Schlaf ganz entspannt. Sie wollte so sehr mit ihrer Hand über seinen Rücken streichen, aber stattdessen schob sie ihm mit dem Zeigefinger eine blonde Locke aus der Stirn.

Seine Hand schoss vor und umfasste ihr Handgelenk.

Caroline schrie vor Schreck auf.

»Hatte ich erwähnt, dass ich einen sehr leichten Schlaf habe?«, murmelte er, ohne die Augen zu öffnen. »Was tust du hier?«

»Ich wollte nur, äh …« Sie seufzte. »Ich habe keine Ahnung, was ich hier mache.«

Er ließ sie los. »Du solltest nicht hier oben sein, Caroline.«

»Vertrau mir, das weiß ich. Ich glaube, mir wird gleich schlecht.« Sie presste sich eine Hand auf den Magen. »Ich bin noch nie in einer solchen Situation gewesen. Ich habe keine Ahnung, was ich unternehmen soll.«

»Du musst wieder nach unten gehen, bevor jemand nach Hause kommt und dich hier oben erwischt. Das ist das Letzte, was wir gebrauchen können.«

»Es tut mir leid, dass ich dich geweckt habe.«

Er sah sie mit einem intensiven Ausdruck in den Augen an. »Mir nicht.«

»Ted …«

Sie erstarrten, als von unten ein Geräusch zu ihnen drang.

»Mist«, flüsterte Ted. »Sag, dass du etwas gehört hast und nach oben gekommen bist, um nachzuschauen. Geh. Beeil dich.«

Mit einem letzten verzweifelten Blick zurück zu ihm eilte sie so schnell, wie es ihr gebrochener Knöchel zuließ, aus seinem Zimmer, bevor, wer auch immer unten war, sie hier finden konnte. Wenn sie vorhin schon geglaubt hatte, ihr Herz würde pochen, so schien es ihr jetzt beinahe aus der Brust zu springen. Sie erreichte die Treppe und hüpfte auf ihrem gesunden Fuß hinunter. Unten fand sie Parker, der im Wohnzimmer saß und ein Bier trank.

»Caroline?«, fragte er und schaute sie erstaunt an. »Was ist los?«

»Ach, Parker.« Ihr wurde bewusst, dass ihr dünnes weißes Nachthemd mehr zeigte, als Parker zu Gesicht bekommen sollte, daher verschränkte sie die Arme vor der Brust. »Du hast mir einen Schreck eingejagt. Ich dachte, du wärst bei den anderen.«

»Diese Bars sind zu verrückt für mich, also bin ich nach Hause gegangen. Was hast du da oben gemacht?«

»Ich habe ein Klappern gehört und bin hoch, um mich darum zu kümmern, bevor Ted davon aufwacht.«

»Hast du herausgefunden, was es war?«

»Die Jalousien in Chips und Elises Zimmer haben in der Brise geflattert.« Sie verfluchte sich, weil ihr nichts Besseres einfiel, und sie würde Parker keinen Vorwurf daraus machen, wenn er ihr nicht glaubte.

»Und das hast du von unten gehört?«

»Jap. Also dann bis morgen früh.«

»Bist du sicher, dass mit dir alles in Ordnung ist? Du bist ganz rot im Gesicht, als hättest du geweint oder so.«

»Das Geräusch hat mich aus einem tiefen Schlaf gerissen.«

»Ach ja, die Jalousien.« Er trank einen großen Schluck Bier und musterte sie.

»Gute Nacht, Parker.« Sie flüchtete in ihr Zimmer, bevor sie sich ein noch tieferes Loch graben konnte. Nachdem sie die Tür geschlossen hatte, lehnte sie sich dagegen. *Ich hätte nicht raufgehen sollen. Verdammt.* Sie kletterte ins Bett, und der glatte Kissenbezug kühlte ihre erhitzten Wangen. Sie konnte nicht aufhören, an den Blick zu denken, mit dem Ted sie angeschaut hatte.

Tränen der Verzweiflung sammelten sich unter ihren Lidern, als ihr bewusst wurde, dass sie *ihn* gefunden hatte. Den Mann, auf den sie schon immer gewartet hatte. Ihr letzter Gedanke, bevor sie schließlich in einen unruhigen Schlaf fiel, war, wie sie nur ohne ihn leben sollte, nun, nachdem sie ihm begegnet war.

~

Ted stand an der Tür seines Zimmers und lauschte der Unterhaltung zwischen Caroline und Parker am Fuß der Treppe. *Verdammt, das war knapp!* Sein Herz galoppierte in seiner Brust, als er leise die Tür schloss und sich wieder ins Bett legte. Er fuhr sich mit der Hand durchs Haar und konzentrierte sich, um seinen Puls und seine Atmung wieder unter Kontrolle zu bekommen.

Dann hielt er den Atem an, als er Parker auf der Treppe hörte. Schnell zog er die Decke über sich, drehte sich auf die Seite und schloss in dem Moment die Augen, in dem Parker vor seinem Zimmer stehen blieb. Die Tür wurde leise geöffnet.

»Duff?«, flüsterte Parker.

Als Ted sich nicht rührte, schloss Parker die Tür wieder und lehnte sich dagegen. Caroline hatte sich so seltsam benommen, beinahe, als hätte er sie bei etwas Verbotenem erwischt. Nur bei was? Parker kannte sie nicht gut, aber bisher war sie ihm nicht besonders flatterhaft vorgekommen. Ted schlief offensichtlich tief und fest, also konnte Parker ihn nicht fragen, ob er wusste, was hier los war.

Er ging nach nebenan, in das Zimmer von Chip und Elise, und die Härchen in seinem Nacken richteten sich auf, als er das Licht anschaltete und sah, dass am Fenster nur zarte Gardinen hingen, die sich sanft in der Brise bauschten.

KAPITEL 12

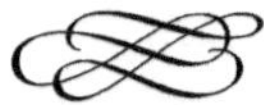

S mitty betrat das dunkle Haus. In seinem Zimmer legte er sein Portemonnaie und die Autoschlüssel leise auf die Kommode. Dann beugte er sich übers Bett und gab Caroline einen Kuss auf die Stirn, bevor er seine Hand über ihr glattes blondes Haar gleiten ließ, erleichtert, sie zu sehen, nachdem er eine Weile von ihr getrennt gewesen war.

Er musste sich eingestehen, dass er seine Hauptregel gebrochen hatte, als er sie in sein Herz gelassen hatte. Als das passiert war, hatte er auch schon angefangen, sich dafür zu wappnen, sie zu verlieren. Denn eines Tages würde sie gehen. Das taten sie immer. Aber für den Moment gehörte sie zu ihm, und daran klammerte er sich mit allem, was er hatte.

Er ließ sie schlafen und begab sich in die Küche, um sich ein Bier zu holen. Auf dem Weg nach draußen öffnete er die Flasche und trat auf die Veranda hinaus, wo Parker in einem der Schaukelstühle saß.

»Wie läuft's?«

Erschrocken blickte Parker zu ihm auf. »Oh. Hi. Ich habe dich gar nicht reinkommen gehört.«

Smitty schaute auf den ruhig daliegenden See hinaus und dann zum Himmel hinauf, der von Sternen übersät war. »Es ist so friedlich hier draußen, oder?«

»Jap.«

Smitty trank einen großen Schluck, dann setzte er sich in den anderen Schaukelstuhl. »Stimmt was nicht, Parker?«

Nach einer langen Pause sagte Parker: »Nope, alles klar. Sind Chip und Elise auch wieder zurück?«

»Nein. Sie hat im *Nick's* eine alte College-Freundin getroffen, und jetzt hängt Chip mit ihr fest und muss Mädchengespräche führen.«

Parker lachte leise.

»War in dieser Bar schon immer so eine Fleischbeschau?«, fragte Smitty. »Ich meine, heute Abend kam mir das beinahe surreal vor. Die Frauen haben sogar versucht, *mich* anzubaggern.«

»Verzweifelte Zeiten …«

»Hey«, rief Smitty mit gespielter Empörung. »Was mir am Aussehen fehlt, mache ich mit Portfolio-Power mehr als wett.«

»Zu schade, dass du den Satz nicht auf einem T-Shirt stehen hattest, als du noch in der Single-Szene unterwegs warst.«

Smitty lachte auf. »Kannst du dir das vorstellen?«

Parker schüttelte amüsiert den Kopf.

»Tja, diese Tage sind vorbei, seit ich Caroline getroffen habe.«

»Ja, ich schätze, das sind sie.«

»Du *schätzt*?«

»Sie *sind* es«, korrigierte sich Parker.

»Wie sieht es bei dir aus? Was Interessantes in Aussicht?«

»Ich habe da jemanden im Auge.« Parker überraschte sich selbst mit diesem Eingeständnis.

Smitty hakte sofort nach. »Wirklich? Wen? Kenn ich sie?«

Parker hob grinsend eine Hand, um den Vorstoß abzuwehren.

»Nein. Du hast sie noch nie getroffen.«

»Wie hast du sie kennengelernt?«

»Durch die Arbeit.«

»Mehr krieg ich aus dir nicht raus, oder?«

»Noch nicht. Aber ich hoffe, bald.«

Smitty musterte Parker einen Moment schweigend. »Dann werde ich in der Zwischenzeit die Daumen drücken, dass mein sehr guter Freund von der Frau, die er im Auge hat, das bekommt, was er sich erhofft.«

»Danke.« Parker prostete Smitty mit seiner leeren Bierflasche zu.

»Ich muss ins Bett«, erklärte Smitty und streckte sich gähnend.

»Ich auch.«

Gemeinsam gingen sie hinein und warfen ihre Flaschen in den Mülleimer in der Küche.

»Gute Nacht.« Smitty wandte sich in Richtung seines Zimmers.

»Smitty.«

»Ja?« Smitty drehte sich um.

Parker kaute auf der Innenseite seiner Wange, während er an Smitty vorbei zu der geschlossenen Zimmertür schaute. »Ach, nichts. Wir sehen uns morgen.«

»Okay.«

Smitty betrat sein Zimmer und dachte, dass mit Parker irgendetwas nicht stimmte. Erst war er früher nach Hause gegangen, und dann hatte er sich seit dem Moment, in dem Smitty sich auf der Veranda zu ihm gesellt hatte, so seltsam benommen. *Vielleicht liegt das an der Frau, die er im Kopf hat.* Er zog sich aus und ließ seine Sachen auf einem Haufen auf der Erde liegen. Es passte gar nicht zu Parker, so geheimnisvoll oder ernst zu sein, was eine Frau betraf. Das war an sich schon seltsam. *Ich werde Duff morgen fragen, ob er was darüber weiß.*

Er legte sich neben Caroline ins Bett, die sich von ihm weggedreht hatte. Smitty kuschelte sich an sie und strich ihr über den Rücken, bis er ihr samtiges Bein spürte. Allein das Gefühl ihrer Haut und der Duft ihrer Haare reichten, um ihn zu erregen.

»Caroline«, flüsterte er und begann an ihrem Ohr zu knabbern.

»Hmm.«

»Ich will dich.« Er ließ seine Hand unter ihr Nachthemd gleiten und umfasste ihre Brust.

Caroline drehte sich auf den Rücken und schien auf einen Schlag wach zu werden. »Smitty?« Sie schob seine Finger weg. »Was machst du da?«

Er fing ihre Hand ein und presste sie auf seine Erektion. »Einen guten Ständer sollte man nicht vergeuden«, witzelte er – ein Spruch, der sie in der Vergangenheit zum Lachen gebracht hatte. Aber heute Nacht nicht.

Sie zog ihre Hand weg. »Nicht.«

Er fuhr ihr mit der Zunge über den Hals. »Warum nicht?«

Sie schubste ihn von sich und stand auf.

Smitty stützte sich auf einen Ellbogen. »Süße, was ist los?«

»Ich will einfach nicht, okay?« Bevor er etwas erwidern konnte, floh sie ins Badezimmer und warf die Tür hinter sich zu.

Was zum Teufel?, fragte sich Smitty und ließ sich auf den Rücken fallen.

Zehn Minuten später kam Caroline zurück ins Bett, blieb jedoch so weit auf Abstand zu ihm, wie es nur ging.

»Tut mir leid, Süße.« Er rollte sich zu ihr herum, legte einen Arm um sie und spürte, dass sie vor Anspannung ganz steif war. »Weinst du?«

Sie antwortete nicht.

»Caroline?« Angst erfasste ihn. »Was ist los?«

»Ich bin einfach bloß sehr müde, okay?«, sagte sie leise.

»Na klar ist das okay. Ich hätte dich nicht wecken sollen.«

Sie umfasste seine Hand, die auf ihrer Hüfte lag. »Tut mir leid.«

»Nein, *mir* tut es leid.« Er richtete sich ein wenig auf und gab ihr einen Kuss auf die Wange. »Schlaf weiter.«

Sie entspannte sich neben ihm, und bald verriet ihm ihr ruhiger, gleichmäßiger Atem, dass sie wieder eingeschlafen war. Smitty lag noch lange neben ihr wach und überlegte, was los war.

Ted stand am nächsten Morgen früh auf, um eine Runde joggen zu gehen, bevor die anderen wach wurden. Er wollte nicht da sein, wenn Smitty und Caroline aus ihrem Zimmer kamen. Sich die beiden gemeinsam im Bett vorzustellen hatte gereicht, um ihn die halbe Nacht wach zu halten. Voller aufgestauter Energie und Anspannung trieb er sich härter an als sonst, während er in Gedanken bei Caroline war.

Egal, aus welchem Blickwinkel er die Situation betrachtete, er konnte nur das Ende seiner Freundschaft mit Smitty sehen – und vermutlich auch der mit Parker und Chip. *Denke ich ernsthaft über so ein Opfer nach? Muss es wirklich eine so schreckliche Entscheidung sein?* Er konnte sich ein Leben ohne die drei nicht vorstellen, aber ein Leben ohne Caroline schien genauso unmöglich.

Verwirrter als je zuvor kehrte Ted nach einer Stunde zum Haus zurück, wo Parker mit einem Becher Kaffee auf der vorderen Treppe saß.

Teds Magen zog sich zusammen, als ihm bewusst wurde, dass sein Freund auf ihn wartete.

»Hey«, keuchte er und stützte die Hände auf den Knien ab, um durchzuatmen.

»Gute Runde?«

»Ja.«

Ted richtete sich auf, streckte sich noch ein wenig und wischte sich mit dem Saum seines T-Shirts den Schweiß von der Stirn. »Wo sind denn alle?«, fragte er und schaute ins Haus, in der Hoffnung, einen Blick auf Caroline zu erhaschen.

»Auf der hinteren Veranda.« Parker stellte seinen Becher ab und stand auf. »Komm, geh ein Stück mit mir.«

»Was ist los?« Ted hoffte, dass sein Freund nicht bemerkte, wie schwer es ihm fiel, diese Worte auszusprechen.

»Ich bin mir nicht sicher.«

Gemeinsam schritten sie bis zum Ende des Wegs mit dem Belag aus gemahlenen Muschelschalen. Dort drehte Parker sich um und erzählte Ted von der seltsamen Begegnung, die er in der Nacht zuvor mit Caroline gehabt hatte.

Ted bemühte sich, sich seine Anspannung nicht anmerken zu lassen.

»Warum, glaubst du, hat sie mich angelogen? Das war so bizarr.«

»Ich weiß es nicht. Hast du mit Smitty darüber geredet?« Ted blieb beinahe das Herz stehen, während er auf Parkers Antwort wartete.

»Nein. Aber ich wollte es. Ich hasse es nur, aus einer Mücke einen Elefanten zu machen, und ich will nicht, dass Caroline mich für ein Klatschmaul hält.«

»Ja, das ist vermutlich eine weise Entscheidung«, bestätigte Ted erleichtert. Der Anwalt in Parker verhinderte jedoch, dass er das Thema auf sich beruhen ließ, was Ted ziemliche Sorgen bereitete.

»Du hast also nichts gehört? Ich meine, ihr beide wart die Einzigen im Haus.«

»Nein«, sagte Ted und sah seinem Freund direkt in die Augen. »Ich habe nichts mitbekommen.«

Parker kehrte ins Gästehaus zurück, während Ted mit schwerem Herzen zum Haupthaus ging, um seine Eltern und Großeltern zu begrüßen. Diese ganze Sache wurde mit jedem Tag zu einem größeren Albtraum. Er konnte sich nicht erinnern, jemals jemanden so offen angelogen zu haben, schon gar nicht einen seiner besten Freunde.

Im Haupthaus wimmelte es nur so von Caterern, Floristen und anderen Arbeitern, die alles für die abendliche Party vorbereiteten.

»Guten Morgen«, sagte Ted, als er zu seinen Eltern und Großeltern trat, die ein gemütliches Frühstück in der Küche einnahmen und das um sie herum herrschende Chaos komplett auszublenden schienen.

»Guten Morgen.« Mitzi sprang auf, um ihm einen Kuss auf die Wange zu geben und ihm einen Kaffee einzuschenken. Heute trug sie ein gelbes Sommerkleid, in dem sie eher wie vierzig als wie sechzig wirkte. »Ted, mein Liebster, warum siehst du immer noch so müde aus?«

»Hör auf, den Jungen zu nerven, Mitzi«, warf sein Großvater ein und zwinkerte Ted zu. »Er hat Urlaub.«

»Wenn er so weitermacht, reibt er sich vollkommen auf«, erklärte Lillian, und das Missfallen war ihrem hübschen Gesicht deutlich anzusehen.

»Genau wie wir damals«, verkündete Teds Vater Ed. »Das ist gut für ihn. So läuft er nicht Gefahr, Unsinn anzustellen.«

»Hallo-ho!« Ted wedelte mit der Hand, um ihre Aufmerksamkeit auf sich zu ziehen – nicht, dass er davon noch mehr gebrauchen konnte. »Ich bin direkt hier, Leute.«

Lillian schmunzelte. »Keiner hat uns erzählt, dass Smitty eine neue Freundin hat. Ich finde sie bezaubernd.«

»Mhm«, murmelte Ted zustimmend und nahm den Becher, den seine Mutter ihm reichte.

»Glaubst du, das mit den beiden ist ernst?«, erkundigte sich Mitzi.

Ted hätte am liebsten gestöhnt, begnügte sich aber damit, die Achseln zu zucken. »Schwer zu sagen.«

»Smitty kennt die Bedeutung des Wortes ›ernst‹ doch gar nicht«, warf Ed ein. »Sie wird im Nullkommanichts Geschichte sein, so wie alle anderen.«

»Da wäre ich mir nicht so sicher.« Mitzi setzte sich wieder neben ihren Mann. »Ich habe gestern Abend mitbekommen, wie er sie angesehen hat. Vielleicht ist sie die eine, die bleibt.«

»Was meinst du, Dritter?«, wollte sein Großvater von Ted wissen. Lillian warf ihm einen scharfen Blick zu.

»Oh, ich meine natürlich Ted. Tut mir leid.«

»Ich habe wirklich keine Ahnung.« Ted wünschte, er wäre einfach im Bett geblieben. Wieder spürte er, dass die weisen Augen seiner Großmutter auf ihn gerichtet waren, und hatte kurz das Gefühl, dass sie alles sah, was er zu verbergen versuchte. Um das Gefühl abzuschütteln und das Thema zu wechseln, fragte er: »Kann ich bei den Vorbereitungen für die Party irgendwie helfen?«

»Nein, Darling«, sagte Mitzi und winkte ab. »Wir haben alles unter Kontrolle. Warum gehst du heute nicht mit deinen Freunden an den Strand?«

»Ich werde mal gucken, worauf sie Lust haben.«

∼

Nachdem er eine weitere halbe Stunde mit seinen Eltern und Großeltern verbracht hatte, kehrte Ted zum Gästehaus zurück und fühlte sich wie ein zum Tode Verurteilter auf dem Weg zum Galgen. Er ertrug die Vorstellung nicht, seine Gefühle für Caroline verbergen zu müssen, auch wenn es nur für zwei kurze Tage war. Zum ersten Mal in seiner Karriere wünschte er sich einen Notfall im Krankenhaus, der seine sofortige Anwesenheit erforderte. Alles, um hier wegzukommen. Aber das würde nicht passieren. Er hatte sich fürs Wochenende ausgetragen, und Roger würde nicht im Traum daran denken, ihn zurückzuholen. Außerdem würde es Stunden dauern, bis er da wäre, und überhaupt, so etwas könnte und würde er seinen Eltern und Großeltern niemals antun.

Er saß hier fest.

Als er die Hintertreppe zum Gästehaus hinaufstieg, fand er Elise und Caroline am Esstisch sitzend vor, wo sie sich die Nägel lackierten.

Caroline schaute zu ihm auf, und sofort war er wie gebannt von ihren grün-goldenen Augen. In dieser endlos erscheinenden stummen Sekunde gelang es ihr, ihn mit nicht mehr als ihrem Blick an die Heftigkeit der Gefühle zu erinnern, die zwischen ihnen hin- und herschossen. Dann fiel ihm ein, dass sie nicht allein waren.

»Alles klar?«, fragte er. Seine Stimme klang in seinen Ohren vollkommen falsch, und er fragte sich, ob die beiden es bemerken würden.

Aber Elise streckte ihm nur eine Hand hin, um ihm ihren Nagellack zu zeigen. »Was meinst du?«

Ted versuchte, so zu tun, als würde es ihn interessieren. »Sieht gut aus.«

»Smitty hat was vom Frühstück für dich zurückgehalten«, informierte ihn Caroline. »Der Teller steht im Ofen.«

»Danke.« Ted schaute sich um. »Wo sind die Jungs?«

»Sie sind in den Ort gefahren.« Elise pustete sich die Nägel trocken. »Sie meinten, sie würden in einer Stunde zurück sein.«

Als Ted den Teller mit Omelett und Bacon aus dem Herd holte, den Smitty ihm gemacht hatte, musste er einen Anflug von beinahe schmerzhaften Schuldgefühlen unterdrücken. Bei dem ersten Bissen wurde er von einer unguten Vorahnung übermannt und schaffte es nicht, das Essen um den dicken Kloß in seinem Hals herum zu schlucken. Schnell kippte er den Rest in den Müll. Dabei fragte er sich, ob seine Freundschaft mit Smitty auf die gleiche Weise enden würde.

»Ted?«

Er straffte die Schultern und drehte sich zu Caroline um. »Wo ist Elise?«

»Draußen. Hast du was gegessen?«

»Ich konnte nicht. Nicht essen und nicht schlafen.«

Sie musterte ihn mit diesen umwerfenden Augen. »Ich auch nicht.«

Sie zuckten zusammen, als das Zuschlagen der Fliegengittertür sie warnte, dass Elise zurück war.

»Wir *müssen* heute einfach an den Strand«, sagte Elise, der die Spannung im Raum nicht aufzufallen schien. »Es ist der perfekte Tag dafür. Ich bereite schon mal alles vor, damit wir loskönnen, sobald die Jungs zurück sind.«

»Ich helfe dir«, bot Caroline an.

»Ich spring schnell unter die Dusche«, verkündete Ted, der es nicht erwarten konnte, hier rauszukommen, um mit seinen Gedanken allein zu sein – und weit weg von der Versuchung.

Nach einem langen, zähen Nachmittag am Strand, wo er vom Anblick von Caroline im Bikini gefoltert worden war, stand Ted das zweite Mal an diesem Tag unter der Dusche. Dieses Mal rasierte er sich auch in Vorbereitung für die Party. Er blieb länger als nötig unter dem pulsierenden Wasserstrahl stehen und dachte an die Unterhaltung, die er am Strand mit Chip geführt hatte.

Chip hatte ihm von einer Patientin erzählt, die seit Jahren zur Aknebehandlung zu ihm kam. »Dann sagte sie beim letzten Mal plötzlich: ›Dr. Taggert, können Sie sich mal diesen Leberfleck auf meiner Schulter ansehen?‹ Sie hat ihr Shirt heruntergezogen und mir ein Melanom gezeigt. Ich brauchte keine Biopsie, um zu wissen, was das war. Sie ist erst sechzehn!« Chip hatte betrübt den Kopf geschüttelt. »Versteh mich nicht falsch, ich sehe jede Menge Melanome in meiner Praxis, aber normalerweise an Leuten, die seit Jahren Sonnenanbeter sind. Dieses Mädchen war mein erstes Kind. Und ich musste an dich denken und daran, dass du jeden Tag mit so was und mit viel Schlimmerem umgehen musst. Ich kann mir einfach nicht vorstellen, wie du das erträgst.«

Ted hatte die Achseln gezuckt. »Ich sage es nicht gern, weil es so gefühllos klingt, doch nach einer Weile gewöhnt man sich daran. Das erste Jahr war das schlimmste. Ich erinnere mich noch an das Gefühl, wie betäubt zu sein, aber nach einer Weile fängt man an, Schutzmechanismen zu entwickeln.«

»Trotzdem, du musst dem gegenüber doch abstumpfen.«

»Ja, vermutlich schon. Deshalb mache ich ja einmal im Monat meine Praxisstunde in der Kinderklinik. Um Kinder mit Haaren zu sehen und mich daran zu erinnern, dass nicht alle von ihnen krank sind.«

»Ich bewundere dich echt, Duff. Wir sind beide Ärzte, aber was du tust, ist so viel wichtiger.«

Ich frage mich, ob er mich immer noch bewundern würde, wenn er wüsste, dass ich mich in Smittys Freundin verliebt habe, dachte Ted, als er aus der Dusche trat. Mit dem Handtuch wischte er den Dampf vom Spiegel und musterte sein Gesicht. *Sie wird nicht mehr lange Smittys Freundin sein. Trotzdem, du kannst nicht in der Minute was mit ihr anfangen, in der sie mit ihm Schluss macht. Was wäre denn, wenn es keiner wüsste? Was, wenn wir es ein paar Monate geheim halten?*

»Duff!«, rief Elise und klopfte an die Badezimmertür. »Wieso brauchst du so lange?«

Ted warf seinem müden Gesicht einen letzten Blick zu, bevor er sich das Handtuch um die Hüften schlang und die Tür öffnete. »Sorry. Ich musste mich rasieren.«

»Du weißt, dass ich mich darauf verlasse, dass du schnell bist«, sagte sie und schob sich an ihm vorbei. »Chip und Parker sind metrosexuell. Von dir hätte ich mehr erwartet.«

Ted lachte leise. »Es ist nicht einfach, das einzige Mädchen in dieser Gruppe zu sein, oder?«

»Du hast ja keine Ahnung«, erwiderte sie und schloss die Tür vor seiner Nase.

Ted liebte Elise. Sie war perfekt für seinen Freund, weil sie Chip Chip sein ließ. Selbst wenn er sie ab und zu in den Wahnsinn trieb. Elise war die Top-Fotografin des *New-York-Style*-Magazins und groß, mit langen Beinen, dunklen Haaren und großen grauen Augen. Ted hatte keinen Zweifel daran, dass sie auch auf der anderen Seite der Kamera stehen könnte, wenn sie es wollte. Aber sie liebte es, zu fotografieren, und ihre Arbeit hatte ihr in der Modewelt viel Ruhm eingebracht.

Chip hatte sie vor sechs Jahren kennengelernt, und von Anfang an hatte sie sich problemlos in ihre Gang aus vier eingefleischten Junggesellen eingefügt.

Ted zog sein Smokingjackett an und dankte dem Himmel für die Brise vom Meer, die die Luftfeuchtigkeit auf einem Minimum hielt. Ohne sie würde er in seinem Jackett nicht lange durchhalten. Er schaute ein letztes Mal in den Spiegel, um sich zu vergewissern, dass seine Fliege richtig saß, und ging zur Treppe.

Auf halbem Weg nach unten erspähte er Caroline auf der hinteren Veranda. Sie trug ein bodenlanges rotes Neckholder-Kleid, das ihre Arme und ihren Rücken frei ließ. Ein halbes Dutzend glitzernder Spangen hielt ihre langen blonden Haare auf eine lässige Art zurück, und sein Herz setzte einen Schlag aus.

Als spürte sie seine Anwesenheit, drehte sie den Kopf, und ihre Blicke trafen sich. Das Vorderteil des Kleides schmiegte sich an ihre üppigen Brüste, und die Hand, die sie auf ihr Herz presste, verriet ihm, was sie von ihm im Smoking hielt.

Smitty unterbrach den Zauber, als er aus seinem Zimmer gestürmt kam. »Süße, kannst du mir mit den Manschettenknöpfen helfen?«

Caroline räusperte sich. »Ich bin hier draußen.«

»Siehst gut aus, Duff«, merkte Smitty an, als Ted den Fuß der Treppe erreichte. »Gehst du schon rüber?«

»Ja.«

»Wir kommen gleich nach.«

KAPITEL 13

Ted betrat das Haupthaus durch die Hintertür. Im Wohnzimmer war Tish gerade dabei, Lillian zu helfen, die Perlenohrringe anzulegen, die Theo ihr zu ihrer Hochzeit geschenkt hatte. Lillian trug ein lilafarbenes Chiffonkleid mit durchsichtigen Ärmeln und Manschetten aus Seide.

»Hey, Baby.« Ted gab ihr einen Kuss auf die Wange. »Willst du mit mir durchbrennen?«

Sie legte ihre Hände auf seine Jackettaufschläge. Ihre Augen funkelten amüsiert. »Wann geht's los?«

»Versuchst du, mir die Frau zu stehlen?«, dröhnte Theo, als er das Zimmer betrat. Er sah gut aus in seinem Smoking, und seine weißen Haare waren für den Anlass gezähmt worden.

»Sie kommt freiwillig mit. Sie meinte, sie könne es nicht erwarten, dich alten Kerl endlich los zu sein.«

Theo schlang seinem Enkel einen Arm um den Nacken. »Ich kämpfe mit dir um sie.«

Tish kicherte. »Da wäre ich gerne dabei.«

»Ich schlage dir einen Deal vor«, sagte Ted. »Wenn du mich mit ihr tanzen lässt, kannst du sie nachher mit nach Hause nehmen.«

Theo verengte die Augen und tat, als dächte er ernsthaft über Teds Angebot nach. »Damit kann ich leben.«

»Mist«, schmollte Lillian. »Er vermiest mir den ganzen Spaß.«

»Tu dir einen Gefallen, mein Sohn, und heirate keine schamlose Flirterin«, erklärte Theo. »Da musst du dauernd auf der Hut sein.«

Ted lächelte. »Ich versuche, mich daran zu erinnern, Grampa.« Wie sehr er diese beiden liebte, und wie weh es ihm tat, an all die Jahre zu denken, die er irgendwann ohne sie würde leben müssen. Würden sie noch lange genug da sein, um zu sehen, wie er heiratete und eigene Kinder bekam? Er dachte an Caroline. Vielleicht.

»Wie war es am Strand?«, fragte Tish und riss Ted damit aus seinen Gedanken.

»Gut. Du hättest mitkommen sollen.«

»Ich musste mich ausruhen.« Sie tätschelte ihren runden Bauch. »Sonst würde ich den heutigen Abend nicht überstehen.«

»Mom hat schon erwähnt, dass du ziemlich müde bist.«

»Das kommt davon, wenn man als alte Frau schwanger wird«, witzelte sie. Sie war fünfunddreißig und hatte die braunen Augen ihres Vaters und hellbraunes Haar, das sie in einem Pagenkopf trug.

Ted strich mit der Hand über ihren Babybauch, der an diesem Abend in einem schwarzen Umstandskleid steckte. »Erschieß mich nicht, weil ich frage, aber …«

»Ja, ich bin dicker, als ich es nach sieben Monaten sein sollte«, sagte sie seufzend. »Stevens Mutter hat gewartet, bis ich schon schwanger war, bevor sie mir verraten hat, dass er bei der Geburt zwölf Pfund gewogen hat. Kann ich sie verklagen, weil sie mir diese Information vorenthalten hat?«

Ted lachte. »Ich denke schon. Frag mal Parker. Er kann dir dazu sicher einen Rat geben.«

»Lass dir nur Zeit damit, dieses Riesenbaby zu kriegen, Tish«, sagte Theo. »Das Wort ›Urgroßvater‹ lässt mich so alt klingen.«

»Du *bist* alt, Theo«, warf Lillian ein und hakte sich bei ihm unter. »Aber ich finde dich immer noch süß.«

»Süß«, murmelte er.

Hand in Hand betraten Teds Eltern das Wohnzimmer. Mitzi war in ihrem dunkelblauen Kleid einfach umwerfend, und ihre blauen Augen funkelten vergnügt. »Seht mal, was euer Vater mir geschenkt hat.« Sie streckte ihre Hand aus, um ein glitzerndes Diamantarmband zu zeigen.

»Das ist wunderschön, Mom!«, rief Tish.

»Sehr chic«, bestätigte Ted. »Gut gemacht, Dad.«

Edward reichte seiner Mutter eine Schachtel. »Und hier noch etwas für die andere Braut.«

»Honey!«, sagte Lillian. »Das hätte doch nicht sein müssen.«

»Du lässt mich schlecht dastehen, mein Sohn«, grummelte Theo.

Lillians Geschenk war eine Diamantbrosche in Form eines Delfins – ihr Lieblingstier. »Oh, die ist bezaubernd«, rief sie und bedankte sich mit einem Kuss bei ihrem Sohn.

Mitzi half ihr, die Brosche anzustecken, und gab ihrer Schwiegermutter dann einen Kuss auf die Wange. »Du siehst wunderschön aus, Lil. Das Kleid ist perfekt.«

»Dafür habe ich dir zu danken, Honey.«

»Tja, guck sich einer diese wohlgeratene Familie an«, sagte Smitty, der mit Caroline, Parker, Chip und Elise hereinkam, die ihre Kamera dabeihatte.

»Wie wäre es mit einem Familienfoto?«, fragte sie.

»Das wäre wunderbar«, rief Mitzi aus. »Kommt, gehen wir raus auf die Veranda.«

Elise arrangierte die Familie so, dass sie perfekt im Licht des Sonnenuntergangs stand.

»Wo ist Steven?«, fragte Mitzi und schaute sich nach ihrem Schwiegersohn um.

»Ich hole ihn«, bot Parker an. Ein paar Minuten später kehrte er mit einem verlegen dreinblickenden Steven zurück, der an seinem Smoking herumzupfte, als er sich zu den anderen gesellte.

»Sorry, ich wollte nur das Spiel der Sox rasch zu Ende gucken.«

»Haben sie gewonnen?«, wollte Ted wissen.

»Na klar«, sagte Steven und legte für das Foto seinen Arm um Tish.

Caroline lehnte sich gegen die Brüstung der Veranda und beobachtete das Treiben. Ted wollte rufen: »Wartet! Stopp! Da fehlt noch jemand.« Aber er unterdrückte den Drang und lächelte auf Kommando.

»Wie wäre es mit einem Foto von allen Jungs?«, schlug Mitzi vor.

Parker und Chip stellten sich auf die eine Seite der Duffys und Smitty und Ted auf die andere.

Dann traten Teds Eltern und Großeltern beiseite, und als Ted Parkers Hand auf der einen und Smittys auf der anderen Schulter spürte, dachte er an die vielen Fotos von ihnen vieren, die im Laufe der Jahre gemacht worden waren. *Wird das hier das letzte sein?*

Carolines gequälter Miene nach zu urteilen, schien sie sich das Gleiche zu fragen.

Elise nahm noch ein Foto von Ted und Tish mit ihren Eltern auf und danach eins mit ihren Großeltern, bevor sie alle zu dem großen Zelt gingen, um die ersten Gäste zu begrüßen.

In diesem Jahr lautete das Motto der Party »Hawaii«, und so war alles mit Palmen und Fackeln geschmückt.

»Wow«, hörte Ted Caroline sagen, als ihnen der Duft der frischen Blumen entgegenwehte, die auf den Tischen standen.

Ein Musiker in einem Hawaiihemd spielte auf der Ukulele, während immer mehr Gäste eintrafen. Kellnerinnen in Baströcken schlängelten sich mit Tabletts voller warmer Horsd'œuvres – oder »pupu«, wie sie auf Hawaii genannt wurden – durch das Gedränge. Die großen Seitenwände des Zelts in Richtung Salzsee waren aufgerollt worden, damit man den Sonnenuntergang bewundern konnte und um die warme Sommerbrise einzulassen.

»Ich glaube, Mitzi und Lillian haben sich diesmal tatsächlich selbst übertroffen«, erklärte Smitty.

»Es ist wirklich wunderschön.« Elise schien gar nicht aufhören zu können, Fotos zu machen.

Ted wurde zu einem Tisch im vorderen Bereich geführt, an dem er mit seiner Familie sitzen würde. Er suchte die Menge mit den Augen nach seinen Freunden ab und hätte beinahe aufgehört zu atmen, als er sah, wie Smitty eine rote Hibiskusblüte aus dem Gesteck auf dem

Tisch zupfte und Caroline in die Frisur steckte. Sie lächelte ihn an, und er beugte sich vor, um ihr einen Kuss zu geben.

»Mistkerl«, flüsterte Ted, und sein Magen zog sich vor Eifersucht und Wut zusammen.

»Süßer?« Lillian legte eine Hand auf seinen Unterarm und musterte ihn besorgt. »Was ist los?« Sie folgte seinem Blick zu Smitty, der neben Caroline saß und seinen Arm um sie gelegt hatte.

»Nichts.« Ted schüttelte das Gefühl ab und zwang sich für seine Großmutter zu einem Lächeln. »Hast du Spaß, Grandy?«

»Wie lange bist du schon in sie verliebt?«, fragte Lillian und ignorierte seine Frage.

Ted wurde blass. »Was? In wen verliebt?«

»Komm, lass uns einen kleinen Spaziergang machen.« Sie zog an seinem Arm.

»Nicht jetzt, Grandy«, sagte Ted mit einem Anflug von Verzweiflung in der Stimme. »Du kannst deine Gäste nicht allein lassen.«

»Deine Mutter hat alles unter Kontrolle, und das Dinner wird erst in einer halben Stunde serviert.«

Ted erkannte, dass sie ein Nein als Antwort nicht akzeptieren würde, und verließ mit ihr das Zelt. Aus Rücksicht auf ihren langen Rock ging er langsam über den Pfad, der zum Ufer führte.

»Sprich mit mir, Honey«, sagte sie nach einer Weile. Die Luft war erfüllt von leisem Stimmengewirr, von Gelächter, dem Klirren von Gläsern und der Ukulele-Musik. »Was ist los?«

»Ich weiß nicht, was du hören willst, Grandy.« Ted bemühte sich um einen leichten, amüsierten Tonfall. »Ich bin nicht verliebt.«

Sie kniff die Augen zu schmalen Schlitzen zusammen. »Doch. Du bist in Caroline verliebt.«

Geschockt blieb er stehen und sah sie an. »Aber wie … Ich meine, woher weißt du das?«

»Es steht dir ins Gesicht geschrieben, wenn du glaubst, dass niemand dich beobachtet. Trotzdem, das ist kein Grund für Panik. Ich denke nicht, dass die anderen es mitbekommen haben – zumindest *noch* nicht.«

Ted biss die Zähne zusammen und richtete seinen Blick auf den See.

»Ach, Honey.« Sie legte ihre Arme um ihn und lehnte den Kopf an seine Brust. »Was willst du nun tun?«

»Ich weiß es nicht«, flüsterte Ted.

»Was empfindet sie?«

»Offenbar das Gleiche wie ich«, sagte er, und in seiner Stimme klang die Verwunderung über diese neue Erkenntnis mit.

Lillian schaute zu ihm auf. »Was passiert dann mit Smitty?«

»Nach dem Wochenende wird sie mit ihm Schluss machen.«

»Der Arme.« Lillian seufzte. »Ich glaube, deine Mutter hatte heute Morgen recht, als sie meinte, dass es ihn bös erwischt hat.«

»Ich hoffe immer noch, einen sauberen Ausweg zu finden, bei dem ich sie haben und trotzdem mit ihm befreundet bleiben kann. Aber bisher ist mir nichts eingefallen.«

»Ich habe so lange darauf gewartet, dass du dich in die richtige Frau verliebst und sesshaft wirst. Es tut mir leid, dass es so gekommen ist.«

»Mir auch. Du hast ja keine Ahnung, *wie* leid es mir tut. Allerdings tut es mir nicht leid, dass ich sie liebe. Es ist nur … Ich hatte nicht den blassesten Schimmer, dass es so sein kann.«

Lillian umfasste seine Hände. »Ich werde dir etwas über mich verraten, das bloß dein Großvater weiß. Selbst deine Eltern haben es nie erfahren.« Sie atmete tief ein und drückte seine Hände, als wollte sie ihnen beiden Mut machen. »Ich sollte eigentlich einen anderen heiraten.«

»Wen?«, fragte Ted erstaunt.

»Er war ein Freund der Familie, jemand, mit dem ich aufgewachsen bin. Wir waren sehr gut befreundet, und ich war damit zufrieden, ihn zu heiraten. Bis ich bei einem Tanzabend an der Universität Theo kennengelernt habe. Nach zwei Stunden mit ihm wusste ich, dass ich auf gar keinen Fall einen anderen nehmen konnte.«

Ted versuchte, sich seine Großmutter als junge Frau vorzustellen, die zwischen zwei Männern stand. »Was hast du getan?«

»Nun, anfangs hatte ich Angst, etwas zu sagen. Das Letzte, was ich wollte, war, meine Eltern zu enttäuschen oder sie in eine peinliche Situation mit seinen Eltern zu bringen, mit denen sie gut befreundet waren. Ich war so traurig über den Schmerz, den ich einem netten jungen Mann verursachen würde, der das nicht verdient hatte. Aber je mehr Zeit ich mit Theo verbrachte, desto mehr habe ich mich in ihn verliebt. Irgendwann hatte ich dann den Punkt erreicht, an dem ich meine Gefühle nicht länger verbergen konnte.«

»Du hast es deinen Eltern erzählt?«

Sie nickte, und Ted sah ihr an, dass sie in Gedanken zu dem Moment zurückgereist war. »Dein Großvater kam zu uns nach Hause, und wir haben es ihnen gemeinsam erzählt. Sie waren außer sich. Mein Vater hat geschrien und gebrüllt und mir gesagt, dass ich ein Versprechen gegeben hätte, das ich einhalten müsse. Meine Mutter machte sich, wie zu erwarten war, am meisten Sorgen darüber, was die anderen Leute denken würden. Das waren damals andere Zeiten. Gute Mädchen ließen nicht einfach lebenslange Freunde für einen Mann fallen, den sie bei einer Tanzveranstaltung kennengelernt hatten, selbst wenn es sich bei ihm um einen attraktiven Medizinstudenten handelte.«

»Und doch feiern wir heute euren fünfundsechzigsten Hochzeitstag. Du hast eindeutig die richtige Entscheidung getroffen.«

»Aber zu einem schrecklichen Preis.« Sie schaute ihn mit traurigen Augen an. »Meine Eltern haben Theo nie als Mitglied der Familie akzeptiert. Und sie haben unsere Jungs kaum gekannt. Ich habe die richtige Entscheidung getroffen, doch es *war* eine Entscheidung, Ted. Ich habe Theo meinen Eltern vorgezogen. Sie haben mir den Rest ihres Lebens über gefehlt, trotzdem habe ich es nicht eine Minute bereut, mich für ihn entschieden zu haben. Er hat alle Leere in mir ausgefüllt.«

»Was für eine unglaubliche Geschichte. Ich weiß von Dad, dass deine Eltern nie wirklich Teil seines Lebens gewesen sind, habe allerdings nicht geahnt, warum.«

»Er ahnt es auch nicht. Vielleicht verstehst du jetzt, warum wir so engagierte Großeltern sind«, sagte sie, und das Funkeln kehrte in ihre

Augen zurück.

Ted lachte leise. »Engagiert. Ja, das ist gut ausgedrückt.«

»Du verstehst, warum ich dir das erzähle, oder?«

»Ja, ich glaube schon.« Er gab ihr einen Kuss auf die Wange. »Danke, Grandy.«

Sie nahm sein Gesicht in die Hände. »Du bist ein guter und anständiger Mann, Ted Duffy. Du hast einen schwierigen Weg vor dir, aber glaube nicht für eine Minute, dass du durch deine Liebe zu dieser Frau zu einem schlechten Menschen oder einem schlechten Freund wirst. Du warst so lange ein wundervoller Freund für Smitty, und irgendwann wird er verstehen, dass du ihm niemals wehtun wolltest. Vielleicht wird er anfangs wütend oder verletzt sein, doch tief im Herzen wird er wissen, dass es keine Absicht war.«

»Unsere Familie ist seine Familie, Grandy. Wenn er mich verliert, verliert er euch alle ebenfalls«, sprach Ted den Gedanken aus, der ihn am meisten belastete.

»Deine Mutter und ich haben ihn zu einem Teil der Familie gemacht, und das wird sich niemals ändern. Ich liebe ihn, als wäre er mein Enkel, aber dich liebe ich mehr, und ich werde dich unterstützen, egal, wofür du dich entscheidest. Wage es ja nicht, das jemals infrage zu stellen. Du hast mich gerettet, nachdem ich meinen Tommy verloren hatte«, sagte sie und bezog sich damit auf ihren jüngeren Sohn, der in Vietnam gefallen war. »Deine Geburt hat mir einen Grund gegeben, weiterzuleben, und ich liebe dich so sehr, wie man jemanden nur lieben kann.«

Diese Worte hatte Ted sein ganzes Leben lang gehört, und er hatte nie daran gezweifelt, dass sie wahr waren. Und doch bildete sich jedes Mal ein Kloß in seiner Kehle, wenn sie das sagte.

»Wenn sie genau die Richtige für dich ist und sie das Gleiche für dich empfindet, werdet ihr einen Weg finden, zusammen zu sein. Der Rest wird sich ergeben.«

»Selbst wenn es bedeutet, dass ich die drei verliere?«

»Sie wird die Leere füllen.«

Er umarmte sie. »Du bist die Beste, Grandy.«

»Ich liebe dich auch. Wenn du jemanden zum Reden brauchst, weißt du, wo du mich findest.«

»Ja.« Er bot ihr seinen Arm an. »Sollen wir zu deiner Party zurückkehren?«

Sie legte ihre Hand in seine Armbeuge. »Sehr gerne.«

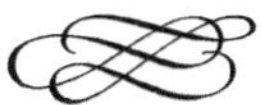

KAPITEL 14

»Ach, da seid ihr beiden ja«, bemerkte Mitzi, als Ted und Lillian zum Zelt zurückkehrten. »Wir haben schon angefangen, uns Sorgen zu machen.«

»Wir sind ein bisschen spazieren gewesen, um den Sonnenuntergang zu bewundern«, erklärte Lillian und schenkte Ted ein kleines Lächeln, während er ihr den Stuhl am Tisch zurechtrückte.

»Ich habe gehört, dass meine Frau dabei gesehen wurde, wie sie mit einem jungen blonden Mann das Zelt verlassen hat«, sagte Theo und setzte sich neben Lillian. »Ich bin froh, dass es nur du warst, Ted.«

Ted überraschte seinen Großvater, indem er sich vorbeugte und ihm einen Kuss auf die Wange gab. »Sie gehört ganz dir, Grampa. Es würde mir nicht im Traum einfallen, mich in eine im Himmel geschlossene Verbindung einzumischen.« Seine Großmutter zwinkerte ihm zu, als er auf dem Stuhl auf ihrer anderen Seite Platz nahm.

Das Menü war typisch hawaiianisch, mit Avocado-Salat, Teriyaki-Rind mit Shrimps, Reis, Schweinefleisch auf Kalua-Art, in Ingwer gekochter Ananas und Gemüsespießen.

»Das ist unglaublich gut, Grandy«, stellte Ted fest. »Wen hast du dafür engagiert?«

»Eine Cateringfirma aus Boston. Wir dachten, es könnte lecker sein.«

»Das ist es.« Ted beobachtete, wie sein Vater aufstand, um ein paar Spätankömmlinge zu begrüßen – seinen alten Freund und Teds Chef Martin Nickerson mit seiner Frau Jenny. Ed Duffy war einst Martins Chef und Mentor gewesen. Als Ed sich zur Ruhe gesetzt hatte, war Martin zum Chef der Kinderonkologie aufgestiegen und hatte später Ted eingestellt. Ted erhob sich, um ihm die Hand zu schütteln.

»Tut mir leid, dass wir jetzt erst da sind«, meinte Martin. »Die Fähre hatte Verspätung.«

Mitzi schob zwei Stühle zwischen Ted und Lillian und sorgte dafür, dass Martin und seiner Frau Essen serviert wurde.

»Wie schön, dass ihr gekommen seid«, sagte Ted zu ihm.

»Um nichts in der Welt würde ich eine Feier von Mitzi und Lillian verpassen. Heute Abend haben sie sich mal wieder selbst übertroffen.«

»Da hast du allerdings recht.«

»Ich wollte eigentlich nicht über die Arbeit reden, aber ich habe die ganze Woche versucht, zu dir runterzukommen, um mit dir zu sprechen. Du hast ein paar schwere Wochen hinter dir.«

Bei der Erinnerung an die schlimmen Verluste zog sich Teds Magen zusammen. »Ja, es war nicht mein bester Monat.«

»Du bist inzwischen lange genug dabei, um zu wissen, dass wir alle solche Monate haben.«

»Das macht es nicht leichter. Joey zu verlieren war ein besonders harter Schlag für mich.«

»Ich bin sicher, dass du dich immer gut um deine Mitarbeiter kümmerst«, sagte Martin und trank einen Schluck von seinem Wodka Martini.

»Ich gebe mein Bestes, doch einige von ihnen nehmen es sehr schwer.«

»Das ist zu erwarten. Hör mal, es steht eine dreitägige Konferenz im Sloan Kettering Center an, zu der ich dich gerne schicken würde. Es geht um Bewältigungsmethoden bei Trauer für Ärzte. Ich weiß, du hasst diesen Kram, aber angesichts dessen, was im Moment los ist ...«

Das Sloan-Kettering-Krebszentrum befand sich in New York – genau wie Caroline. »Ich übernehme das«, verkündete Ted.

Martin musterte ihn überrascht. »Das war zu leicht. Ich hatte meine Argumente so gut vorbereitet.«

Ted zuckte mit den Schultern. »Ich könnte einen Tapetenwechsel gebrauchen.«

»Okay. Dann buche ich alles für dich.«

»Wann ist es denn?«

»In zwei Wochen.«

»Marty, lass Ted doch bitte die Feier genießen, ja?«, schaltete sich Martins Frau ein und verdrehte die Augen.

»Keine Sorge, meine Liebe. Wir sind fertig.«

Die Reden begannen direkt nach dem Essen. Weil er wusste, dass seine Mutter es von ihm erwartete, stand Ted auf und nahm das Mikrofon, das ihm der Sänger der Band reichte, die für die Tanzmusik engagiert worden war.

Als er die Aufmerksamkeit der Gäste hatte, sagte Ted: »Im Namen der Familie Duffy möchte ich allen danken, die heute zu diesem besonderen Anlass nach Block Island gekommen sind. Viele waren auch vor fünf Jahren hier, aber für die, die es nicht waren, möchte ich ein wenig von den beiden Paaren erzählen, die meine Schwester und mich großgezogen haben, und von den beiden Ehen, die – meiner Meinung nach – den Standard dafür setzen, wie solche Beziehungen sein sollten. Theo und Lillian haben sich im Frühling des Jahres 1941 bei einer Tanzveranstaltung an der Harvard University kennengelernt. Ihre Heiratspläne wurden am 7. Dezember 1941 gestört, als die Japaner Pearl Harbor bombardiert haben.«

Ted erzählte die Geschichte, die er so gut kannte, doch in Gedanken war er noch bei dem, was seine Großmutter ihm vorhin anvertraut hatte. Zwischen den beiden war so viel mehr gewesen, als er – oder sein Vater – je geahnt hatte.

»Am 9. Dezember haben sie geheiratet, und etwas später im selben

Monat ist Theo in die Sanitätstruppe eingetreten. Er wurde nach Europa entsandt, und Lillian hat ihn für drei lange Jahre nicht zu Gesicht bekommen. In dieser Zeit arbeitete sie als Freiwillige für das Rote Kreuz. Ihr Sohn Edward Theodore junior wurde beinahe auf den Tag genau zehn Monate nach Theos Rückkehr aus dem Krieg geboren, und ein zweiter Sohn, Thomas, folgte drei Jahre später. Second Lieutenant Thomas Duffy ist 1968 in Vietnam gefallen. Nach dem Zweiten Weltkrieg hat Theo sein Medizinstudium beendet und eine lange, erfolgreiche Karriere als Kinderonkologe in verschiedenen Bostoner Krankenhäusern begonnen. Lillian ist in Boston bekannt für ihre philanthropische Arbeit, vor allem im Namen der Jimmy-Fund-Klinik des Dana-Farber-Krebsinstituts. Wie allgemein bekannt, liegt dieses Thema der gesamten Familie Duffy sehr am Herzen. Theo und Lillian haben sich im Jahr 1985 in den Ruhestand zurückgezogen und verbringen ihre Zeit nun damit, Golf zu spielen und ihre beiden Enkelkinder zu verwöhnen. Und wenn ich ›verwöhnen‹ sage, meine ich ›verwöhnen‹.« Alle lachten. »Und bald haben sie noch einen Urenkel, den sie nach Strich und Faden verziehen können – ich meine, verwöhnen.«

Theo bedachte ihn mit einem gespielt bösen Blick, aber seine Augen funkelten amüsiert und gerührt.

»Bitte gratuliert mit mir zusammen meinen Großeltern Theo und Lillian Duffy zu ihrem fünfundsechzigsten Hochzeitstag.« Ted begann zu klatschen, und sogleich erfüllte donnernder Applaus das Zelt.

Theo erhob sich und bot seiner Frau den Arm, um sie auf die Tanzfläche zu führen. Ted beobachtete, wie sich seine Großeltern zu »The White Cliffs of Dover« elegant über die Tanzfläche bewegten, und dachte wieder an das, was seine Großmutter ihm vorhin erzählt hatte. Sie bedauerte ihre Entscheidungen nicht, und Ted konnte nur hoffen, dass es ihm einmal genauso gehen würde, wenn er eines Tages auf sein Leben zurückschaute.

In diesem Moment wurde ihm bewusst, dass er an einem Scheideweg stand. Was auch immer er in den nächsten Wochen und Monaten beschloss, es würde die Richtung seines restlichen Lebens bestimmen. Er konzentrierte sich wieder auf die Feier, als die Gäste am Ende des Lieds begeistert klatschten.

Mit einem breiten Lächeln kehrten Theo und Lillian an ihren Tisch zurück.

Ted stand auf, um die beiden zu umarmen, bevor er erneut zum Mikrofon griff. »Unsere anderen Ehrengäste, meine Eltern Ed und Mitzi Duffy, lernten sich in Washington, D. C., während eines Protestmarschs gegen den Krieg kennen, der später meinen Onkel das Leben kosten sollte. Wie schon sein Vater zuvor begann Ed sein Medizinstudium an der Harvard Medical School. Mitzi war Studentin am Bryn Mawr, und beide waren aktiv in der Studentenbewegung, die ein Merkmal der Sechzigerjahre war. Sie heirateten 1966 und ließen sich in Boston nieder, wo Ed in die Fußstapfen seines Vaters trat. Er beschloss, als Chef der Kinderonkologie des Kinderkrankenhauses in Boston zurückzutreten, bevor er ein paar Jahre später vor der schweren Gewissensfrage gestanden hätte, ob er mich anstellen sollte oder nicht.« Ted legte eine Pause ein, als die Gäste über seinen Witz lachten. »Wie ihre Schwiegermutter widmete sich auch Mitzi ihren Kindern und wurde eine unermüdliche Kämpferin für das Dana-Farber und andere Wohltätigkeitseinrichtungen im Großraum Boston. Ed und Mitzi werden im September zum ersten Mal Großeltern. Bitte gratuliert gemeinsam mit Tish und mir unseren Eltern Ed und Mitzi Duffy zu ihrem vierzigsten Hochzeitstag.«

Während Ed und Mitzi zu »When a Man Loves a Woman« tanzten, bemerkte Ted, dass seine Großmutter sich die Tränen abtupfte, und griff nach ihrer Hand.

»Es kommt mir vor, als wäre ihre Hochzeit erst fünf Minuten her«, flüsterte Lillian ihm ins Ohr.

Lächelnd drückte er ihre Hand.

Das Mikrofon wurde an Freunde und Verwandte weitergereicht, die ihre Glückwünsche aussprachen.

»Wann immer Leute behaupten, dass alle Familien dysfunktional seien, denke ich an die Duffys, die der Inbegriff von ›funktional‹ sind«, erklärte Smitty, als das Mikrofon seinen Tisch erreichte. »Ich danke euch vieren, dass ihr mich in eure funktionale Familie aufgenommen habt, und ich liebe euch alle.«

Ted war gerührt, als er hörte, wie Smittys Stimme am Ende des Satzes brach.

»Ich verbringe meine Tage damit, mich um gescheiterte Ehen zu kümmern, und es wäre so leicht für mich, ein zynischer Pessimist zu werden«, sagte Parker. »Ich denke, der einzige Grund, warum das bisher nicht passiert ist, ist meine langjährige Freundschaft mit den Duffys. Diese beiden Ehen halten nun schon so lange, und das stets mit Stil und Anstand. Auch ich danke euch, dass ihr mich in eure Familie aufgenommen habt, und ich werde in fünf Jahren zur Feier eures fünfundvierzigsten und siebzigsten Hochzeitstages garantiert wieder dabei sein.«

Lillian verdrehte die Augen und stöhnte, woraufhin alle lachten.

Chip nahm das Mikrofon von Parker und stand auf. »Ich hatte ebenfalls die große Ehre, als Mitglied in die Duffy-Familie aufgenommen zu werden, und seien wir mal ehrlich, wir alle wollen, was sie haben. Passend zu dieser großartigen Feier ihrer Ehen habe ich Mitzi und Lillian gefragt, ob es ihnen etwas ausmacht, wenn ich fünf Minuten ihrer Party für mich in Anspruch nehme, um etwas zu tun, was ich schon vor langer Zeit hätte tun sollen. Ich habe Glück, dass meine wunderschöne Freundin Elise nun seit beinahe sechs Jahren an meiner Seite ist, und ich hoffe, dass sie und ich eines Tages ebenfalls einen solchen Anlass mit unserer Familie und unseren Freunden feiern können.«

Elise schaute Chip aufmerksam und ein wenig erwartungsvoll an.

»Elise. Ich liebe dich. Willst du mich heiraten?«, fragte Chip und holte einen Ring aus seiner Smokingtasche.

Sie keuchte auf und brach dann unter dem Applaus der Gäste in Tränen aus.

Verblüfft und erfreut fingen Smitty und Parker an zu jubeln, als Chip seine Liebste in die Arme nahm und sie küsste, bevor er ihr den Ring an den Finger steckte.

Ted stand auf und sah, dass Caroline sich die Tränen von den

Wangen wischte. »Das habt ihr vor mir geheim gehalten«, wandte er sich vorwurfsvoll an seine Mutter und an seine Großmutter.

Beide zuckten unschuldsvoll, aber eindeutig zufrieden die Achseln.

»Du hast es nicht gewusst?«, fragte Mitzi.

»Ich hatte keine Ahnung. Ich glaube, Chip hat uns alle überrascht. Elise wirkt total überwältigt.«

»Los, geh zu ihnen«, ermunterte ihn Lillian. »Du hast deine Pflicht hier am Tisch getan.«

»Und du hast das ganz wundervoll gemacht, mein Liebling«, ergänzte Mitzi.

»Ich komme später wieder, für den Tanz, den du mir schuldest«, sagte Ted zu seiner Großmutter, bevor er sich einen Weg durch das Zelt zum Tisch seiner Freunde am anderen Ende bahnte. Er umarmte Chip und küsste Elise, die immer noch weinte und den Blick nicht von dem Ring an ihrem Finger losreißen konnte.

»Wow, Kumpel«, meinte Ted zu Chip. »Du hast uns alle überrascht.«

»Es hat mich fast umgebracht, weil ich es dir am Strand so gerne erzählt hätte«, erwiderte Chip mit einem glücklichen Grinsen. »Ich hätte nicht gedacht, dass ich es schaffe, es für mich zu behalten.«

»Hat sie denn Ja gesagt?«, zog Ted ihn auf. »Ich habe nichts gehört.«

»Natürlich habe ich Ja gesagt«, mischte sich Elise ein.

»Das ist das Ende einer Ära«, beschwerte sich Smitty mit gespielter Ernsthaftigkeit.

»Ach was«, widersprach Parker. »Es wird sich gar nichts ändern.«

Ted warf Caroline einen Blick zu und erkannte schlagartig, dass sich *alles* ändern würde.

KAPITEL 15

Ted tanzte gerade mit seiner Großmutter, als er bemerkte, wie Caroline aus dem Zelt schlüpfte und in Richtung Gästehaus ging. Smitty, Parker und Chip genossen auf dem Rasen eine Zigarre. Elise konnte Ted nicht sehen, aber er nahm an, dass sie bei ihnen war.

Als das Lied endete, geleitete er Lillian zurück zu ihrem Platz und wollte sich gerade davonstehlen, als seine Mutter ihn aufhielt.

»O Ted, Liebling, erinnerst du dich an Madeline und John Harrington?«

Sie waren schon so lange Sommerfreunde seiner Eltern, wie sie auf die Insel kamen. »Natürlich.« Ted schüttelte beiden die Hand. »Ich bin Jack vor einem Monat oder so in Newport über den Weg gelaufen«, sagte er über ihren Sohn. »Er hat einen großen Kinderwagen vor sich hergeschoben.«

Madeline lachte. »Seine Zwillingsjungs sind zwei Jahre alt.«

»Hat er nicht noch mehr Kinder?«, fragte Mitzi.

»Ja. Insgesamt vier. Die Älteste ist auf dem College. Die Zwillinge hat er mit seiner zweiten Frau.«

Dieser Small Talk brachte Ted beinahe um. »Würdet ihr mich bitte entschuldigen? Es war toll, euch zu treffen.«

»Gleichfalls«, erwiderte John.

114

Er ließ sie im Gespräch mit seiner Mutter zurück und folgte dem Kiesweg durch die stockfinstere Nacht zum Gästehaus, wo das Knarzen eines Schaukelstuhls ihm verriet, dass Caroline auf der Veranda saß.

»Ich habe dich verschwinden sehen. Geht es dir gut?«

Sie antwortete nicht.

»Caroline?« Sein Herz schlug gegen seine Rippen. »Was ist los? Ist mit dir alles in Ordnung?«

»Ich wollte wirklich …«

»Was?«, fragte er atemlos.

»Ich wollte trotz meines gebrochenen Knöchels zu dir laufen und den Tanz mit deiner Großmutter unterbrechen.«

Er steckte die Hände tief in die Hosentaschen, um den überwältigenden Drang zu unterdrücken, sie zu berühren. »Das heute ist der längste Tag meines Lebens«, flüsterte er.

»Für mich auch. Ich fand es so schön, zu hören, wie deine Großeltern und Eltern sich kennengelernt haben.«

»Meine Großmutter hat uns durchschaut.«

Caroline keuchte auf. »O nein! O mein Gott, Ted, was muss sie nur von mir denken?«

»Sie findet dich bezaubernd.«

»Hält sie uns für schreckliche Menschen?«

»Nein, sie ist der Ansicht, wir haben Glück gehabt. Mein Chef schickt mich in zwei Wochen zu einer Konferenz nach New York.«

»Wirklich?«

»Ja. Und ich möchte dich treffen, während ich dort bin.«

»Ich dich auch. Ich weiß allerdings nicht, wie ich die zwei Wochen überstehen soll.«

»Ich möchte, dass du dann dieses Kleid trägst – aber dieses Mal nur für mich.«

»Alles, was du willst«, hauchte sie. »Alles.«

~

Smitty drückte seine Zigarre aus und schlenderte zum Zelt zurück, um Caroline zu suchen. Elise kehrte gerade von den Waschräumen zurück, wo sie den Schaden, den ihre Tränenflut an ihrem Make-up angerichtet hatte, behoben hatte.

»Hast du eine Ahnung, wo Caroline ist?«, fragte Smitty und ließ seinen Blick über die Gäste schweifen. Ihr rotes Kleid war nirgendwo zu entdecken.

»In der letzten Viertelstunde oder so habe ich sie nicht gesehen.«

»Vielleicht ist sie zum Haus zurück, um sich eine Schmerztablette zu holen.«

»Ich dachte, die nimmt sie nicht mehr?«

»Heute war sie ziemlich viel auf den Beinen. Da kann es gut sein, dass sie eine braucht.«

»Soll ich nach ihr schauen?«

»Nein, ist schon gut, ich mach das.« Er gab ihr einen Kuss auf die Stirn. »Geh du nur zu deinem Verlobten.«

»Mein Verlobter.« Elise lachte leise. »Ich werde ein wenig Zeit brauchen, um mich daran zu gewöhnen.«

»Ich kann immer noch nicht glauben, dass Chip uns nichts davon gesagt hat.«

»Er steckt eben voller Überraschungen.«

»Ich bin in einer Minute zurück.« Smitty schritt vom Zelt über den Rasen zum Haupthaus. Über ihm erstreckte sich der mit Sternen übersäte Himmel. Smitty hielt einen Moment inne und blickte hinauf, nutzte die seltene Gelegenheit, sie ohne Lichtverschmutzung zu betrachten. Er fand den Großen Wagen, bevor er seinen Weg zum Gästehaus fortsetzte.

Kurz bevor er die hintere Veranda erreichte, ließ ihn ein Geräusch innehalten. Ein Flüstern. Jemand flüsterte.

»Ich möchte, dass du dann dieses Kleid trägst – aber dieses Mal nur für mich.«

»Alles, was du willst. Alles.«

»Rufst du mich morgen an, nachdem du mit ihm geredet hast?«

Duff? Warum flüstert er? Und mit wem redet er?

»Ich habe deine Nummer nicht.«

Caroline? Was zum Teufel?

Smitty hörte das Rascheln von Kleidung und schluckte gegen eine Flutwelle aus Panik, Wut und Fassungslosigkeit an. Wobei die Fassungslosigkeit am größten war.

»Hier ist meine Visitenkarte. Ruf mich auf dem Handy an. Ich warte darauf.«

»Das mach ich.«

»Egal, was passiert, vergiss nicht, dass wir das gemeinsam durchstehen. Und irgendwie werden wir einen Weg finden, zusammen zu sein.«

Smitty zog sich zurück, bevor die beiden ihn entdecken konnten. Das Herz schlug ihm bis zum Hals, als er zwischen den beiden Häusern hindurch zur Auffahrt ging. Sobald er das Knirschen des Muschelsplitts unter seinen Schuhen hörte, begann er zu rennen.

KAPITEL 16

Die ersten Gäste machten sich zum Aufbruch bereit, als Ted mit immer noch hämmerndem Herzen von seiner Unterhaltung mit Caroline zum Zelt zurückkehrte. Chip, Elise und Parker saßen an ihrem Tisch und ließen es sich bei einer Flasche Champagner gut gehen.

»Hey«, sagte Parker. »Wo hast du denn gesteckt?«

»Meine Mutter hat mich gebeten, ein paar der älteren Damen zu ihren Autos zu begleiten, weil es so dunkel ist.« Das Lügen fiel ihm von Mal zu Mal leichter.

»Von der eigenen Mutter verkauft«, bemerkte Chip mit schiefem Grinsen. »Ein trauriger Tag für die Menschheit.«

Ted lachte trotz der Anspannung in seinem Inneren, die jeden Moment zu explodieren drohte. »Wo ist Smitty?«

»Er ist vor ein paar Minuten losgezogen, um Caroline zu suchen«, antwortete Elise und fügte mit einem Zwinkern hinzu: »Ich wette, den sehen wir heute Nacht nicht wieder.«

Ted musste sich bemühen, ruhig zu bleiben, während Chip und Parker leise lachten.

»Ich kann nicht glauben, wie gut das zwischen den beiden läuft«, fuhr Elise fort. »Er ist so glücklich mit ihr.«

»Ich frage mich, ob sie die Nächsten sind, die sich verloben«, sagte Chip und küsste den Ring an Elises Finger.

»Was meinst du, Duff?«, wollte Elise wissen.

Alle Blicke richteten sich auf ihn.

»Wer weiß?« Er zuckte mit den Schultern und unterdrückte die Übelkeit, die in ihm aufstieg.

Smitty rannte, bis seine Lungen brannten und die Beine unter ihm nachzugeben drohten. Die Nacht war so dunkel, dass nur das Anbranden der Wellen am Ufer zu seiner Rechten ihm anzeigte, dass er den nördlichsten Zipfel der Insel erreicht hatte. So gerade eben konnte er den aufragenden Schatten eines großen Felsens neben der Straße erkennen und ließ sich darauf nieder. Nach Luft schnappend und schwitzend vergrub er seinen Kopf in den Händen und versuchte, zu begreifen, was er gerade gehört hatte.

Wie zum Teufel konnte das passieren? Die beiden haben was miteinander? Seit wann? Soweit Smitty wusste, hatten sie sich gestern erst zum zweiten Mal gesehen. *Niemand verliebt sich so schnell. Vielleicht habe ich sie falsch verstanden. Nein, habe ich nicht. Auf keinen Fall.*

Während Smitty im Geist jede Minute durchging, die er und Caroline mit Ted zusammen verbracht hatten, zog er sein Smokingjackett aus und löste seine Fliege, um das Hemd aufzuknöpfen, dessen Kragen sich wie eine Schlinge um seinen Hals anfühlte. Am ersten Morgen, nachdem sie sich kennengelernt hatten, während er geschlafen hatte, hatte Ted einen Witz darüber gemacht, mit ihr durchzubrennen und sie zu heiraten. Dieser Witz bekam jetzt eine ganz neue Bedeutung.

Smitty erinnerte sich daran, wie Ted später am Tag nur widerstrebend die Notaufnahme verlassen hatte, nachdem Caroline sich den Knöchel gebrochen hatte. *War er da bereits in sie verliebt?* Damals hatte Smitty angenommen, dass Ted sie in einer medizinischen Notsituation nicht hatte allein lassen wollen. *War damals schon mehr zwischen ihnen?* In der folgenden Woche hatte Ted sich per E-Mail erkundigt, wie es Caroline mit ihrem Knöchel ging. Wieder hatte Smitty das als Frage seines Freundes, des Arztes, interpretiert, der bei dem Unfall bei ihr gewesen war. Smitty hatte Caroline sogar ermutigt, selbst auf die E-Mail zu antworten. Wann hatten die beiden, außer an dem Tag, an dem sie zusammen joggen gewesen waren, Zeit miteinander verbracht?

Smitty war sicher, dass er keine Anzeichen übersehen hatte, weil es einfach keine gegeben hatte.

Ihm kam ein weiterer Gedanke. *Gestern Abend haben sich Parker und Caroline so seltsam benommen. Hat Parker die beiden bei irgendetwas überrascht, als er so früh nach Hause kam? Ted und Caroline waren stundenlang allein im Haus. O mein Gott! Parker hat sie in flagranti erwischt! Aber hätte er mir das nicht erzählt? Ich erinnere mich, dass er mir irgendetwas sagen wollte, es sich dann jedoch anders überlegt hat. Wenn die Situation umgekehrt wäre, hätte ich es ihm dann erzählt? Da bin ich mir nicht sicher ... Mein Gott, weiß Parker was? Caroline hat nicht mit mir schlafen wollen. Lag das daran, dass sie schon mit Ted zusammen war?* Bei dem Gedanken wurde Smitty übel.

Ted Duffy. Mein bester Freund auf der Welt. Wenn man mich vor einer halben Stunde gefragt hätte, wem ich am meisten auf der Welt vertraue, hätte ich »Ted Duffy« gesagt. Während er versuchte, den beinahe zweitrangigen Schlag zu verarbeiten – dass seine Beziehung mit Caroline vorbei war –, überkam ihn eine andere Form von Enttäuschung. Auch wenn er sie erst seit sechs Wochen kannte, hatte er so viel Hoffnung in sie gesetzt, die nun zerschlagen worden war, weil sie offensichtlich glaubte, in Ted verliebt zu sein – einen Mann, den sie erst zweimal im Leben getroffen hatte.

Plötzlich kam ihm die ganze Situation urkomisch vor. Er lachte so sehr, dass er beinahe von dem Felsen gefallen wäre. Dann kehrte mit quälender Heftigkeit der Schmerz zurück, und nichts war mehr lustig, denn er kannte Ted Duffy. Kannte ihn wirklich. Und der Ted Duffy, den er kannte, würde so etwas nicht tun. Er würde eine Freundschaft wie die ihre nicht riskieren, außer er glaubte aufrichtig, dass er in die Frau verliebt war.

Irgendwie schmerzte das mehr als alles andere – dass Ted ihre zwanzigjährige Freundschaft für jemanden aufs Spiel setzte, den er nur zweimal in seinem Leben gesehen hatte.

Trotz seines Erfolgs, trotz seines Geldes, trotz seiner ganzen sogenannten guten Freunde erkannte Smitty in diesem Moment, dass sein Leben das gleiche Kartenhaus war wie damals, als er die Sozialbausiedlung verlassen hatte. Während er dem Rauschen der Wellen lauschte, die sich an den Felsen weit unter ihm brachen, kam ihm der Gedanke, sich in den Abgrund zu stürzen. *Wen würde es schon groß interessieren? Ted wäre vermutlich erleichtert, mich aus dem Weg zu haben.* Aber der Teil von Smitty, der ernsthaft wütend war, wollte seinen *Freund* nicht so leicht vom Haken lassen.

Also, wie lautet der Plan? Er betrachtete die Situation von allen Seiten und beschloss, dass die Freundschaft mit Chip und Parker zu bewahren für ihn nun oberste Priorität hatte. Er konnte sie nicht alle verlieren. Das durfte einfach nicht passieren. Ted würde ein ausreichend großes Loch in seinem Leben und seinem Herzen hinterlassen. *Und Teds Familie,* dachte er und wurde von einer neuen Welle der Traurigkeit überrollt.

Mit zitternder Hand strich er sich durch die Haare und erinnerte sich an all die Thanksgiving- und Weihnachtsfeiern mit den Duffys. Sie waren die einzige Familie, die er hatte. Mitzi und Lillian riefen ihn jedes Jahr an seinem Geburtstag an. Er verreiste nie für längere Zeit, ohne sie wissen zu lassen, wo er war, damit sie sich keine Sorgen machten, wenn sie ihn nicht erreichen konnten. Manchmal glaubte er, dass sie die einzigen Menschen auf der Welt waren, denen wirklich etwas an ihm lag. Seine Freunde verbrachten gerne Zeit mit ihm, aber Mitzi und Lillian lag er am Herzen, und sie kümmerten sich um ihn. Das war etwas anderes.

Gib dich keinen Illusionen hin, Mann. Wenn sie wählen müssen, werden sie sich auf seine Seite stellen, denn Blut ist dicker als Wasser. Du magst sie als deine Familie betrachten, doch du gehörst nicht wirklich zu ihnen. Das tut nur der goldene Junge, auf den sie schon sein ganzes Leben lang so stolz sind. Ich frage mich, ob sie das immer noch wären, wenn sie wüssten, was er getan hat.

Nachdem er sehr lange darüber gegrübelt hatte, stand Smitty

langsam auf und schleuderte in einem Anfall von rasender Wut sein Smokingjackett über den Rand der Klippe. Dann ging er auf müden, zitternden Beinen zurück zum Haus. *Ich weiß, was ich tun muss. Ich hoffe nur, dass ich es auch durchziehen kann.*

Das Quietschen von Turnschuhen auf Holzstufen verriet Smitty am nächsten Morgen, dass Ted auf dem Weg nach unten war.

Ted blieb abrupt auf der zweituntersten Stufe stehen, als er Smitty in den Überresten seines Smokings schlafend auf dem Sofa vorfand.

Smitty hielt die Augen geschlossen und atmete gleichmäßig. Er merkte, dass Ted ihn eine volle Minute lang musterte, bevor er seinen Weg fortsetzte und durch die Haustür nach draußen ging, um zu joggen.

Nachdem er weg war, stieß Smitty den Atem aus, den er unbewusst angehalten hatte. Die Ereignisse der letzten Nacht stürmten wieder auf ihn ein, und seine Augen brannten. Er hatte Kopfschmerzen von der halben Flasche Wodka, die er in dem verlassenen Zelt geleert hatte, nachdem er auf das Grundstück der Duffys zurückgekehrt war.

Gerne hätte er sich etwas gegen die Kopfschmerzen geholt, aber er konnte sich nicht dazu aufraffen, aufzustehen. Je länger er hier liegen blieb, desto länger konnte er es hinauszögern, sich mit dem zu beschäftigen, was dieser Tag für ihn bereithielt.

Ted war ungefähr seit einer halben Stunde weg, als sich die Tür zum unteren Schlafzimmer öffnete. Caroline kam in dem pinkfarbenen Seidenmorgenmantel heraus, den Smitty ihr nach ihrer ersten gemeinsam verbrachten Nacht geschenkt hatte. Die Erinnerung presste ihm schier das Herz ab.

Caroline blieb kurz stehen, als sie ihn in den Klamotten vom Vorabend auf dem Sofa entdeckte.

Anders als Ted kam sie zu ihm und ging neben dem Sofa in die Hocke.

»Smitty?«, flüsterte sie.

Als er sich nicht rührte, strich sie ihm mit der Hand über die Wange, und er musste sich zusammenreißen, um sie nicht wegzuschlagen. Er wollte Caroline nicht in seiner Nähe haben. Dennoch tat er weiter so, als würde er schlafen.

Sie stand auf und begab sich in die Küche. Ein paar Minuten später stieg Smitty der Duft von frisch gebrühtem Kaffee in die Nase, und er machte die Augen gerade weit genug auf, um zu verfolgen, wie Caroline mit ihrem Becher auf die hintere Veranda hinaustrat.

Die anderen kamen einer nach dem anderen nach unten und wiederholten das Spiel, als sie Smitty auf dem Sofa sahen. Er hörte sie flüstern, während sie darüber spekulierten, warum er dort geschlafen hatte und warum er immer noch seinen Smoking trug.

Chip stellte Caroline auf der Veranda zur Rede. Ihre Stimmen drangen durch das offene Fenster zu Smitty herein.

»Was ist mit Smitty los?«, wollte Chip wissen.

»Keine Ahnung. Ich bin ins Bett gegangen und habe ihn nicht hereinkommen gehört.«

»Wir dachten, er wäre bei dir«, erklärte Elise.

»Nein«, erwiderte Caroline. »Das war er nicht.«

»Wo war er dann?«, fragte Parker.

»Das kann ich dir nicht sagen, Parker.« In Carolines Stimme schwang ein genervter Unterton mit, der verriet, dass sie seinen vorwurfsvollen Tonfall nicht zu schätzen wusste.

Ja, dachte Smitty, *Parker weiß was, sonst wäre er nicht so bissig zu ihr.*

Ted kehrte von seiner Joggingrunde zurück und blieb für einen weiteren langen Blick auf Smitty am Sofa stehen, bevor er sich auf der Veranda zu den anderen gesellte. »Was ist mit Smitty los?«, wollte er wissen.

»Das fragen wir uns auch«, entgegnete Parker.

Smitty konnte sich nur zu gut vorstellen, wie Parker bei diesen Worten Caroline angeschaut hatte. Er war in seinem Kreuzverhör-Modus, wie sie es immer nannten.

Und wie eine Zeugin im Kreuzverhör hörte er Caroline antworten: »Ich habe ihnen schon gesagt, dass ich keine Ahnung habe. Ich habe geschlafen.«

Smitty wollte nicht daran denken, was zwischen Caroline und Ted passiert war. Er lauschte ein paar Minuten lang den Spekulationen, bevor er sich aufrichtete und sich widerstrebend vom Sofa erhob. *Du musst diesen Tag einfach eine Stunde nach der anderen durchstehen, bis du wieder allein sein kannst.* Mit einer stummen Bitte um Kraft an einen Gott, an den er nicht wirklich glaubte, verzog er das Gesicht und ging nach draußen.

Alle Augen richteten sich auf ihn.

»Morgen«, grummelte er und massierte sich seinen pochenden Schädel. Dabei bemühte er sich, den Blickkontakt mit Ted und Caroline zu vermeiden. Die grelle Sonne blendete ihn und ließ seine Augen tränen.

»Hey«, meinte Chip. »Was ist passiert? Du siehst furchtbar aus.«

»Dann sehe ich genau so aus, wie ich mich fühle.« Smitty ließ sich mit einem dramatischen Stöhnen in einen der Schaukelstühle fallen. *Übertreib es nicht, Mann.*

»Wo bist du letzte Nacht gewesen?«, wollte Parker wissen.

»Ich war total betrunken, also habe ich einen kleinen Spaziergang gemacht und mich im Dunkeln verlaufen. Als ich zurückkam, wart ihr alle schon im Bett. Ich wollte Caroline nicht wecken, also habe ich auf dem Sofa geschlafen.« Er hatte diese kleine Rede letzte Nacht so oft geübt, dass er sie beinahe selbst glaubte. *Perfekt abgeliefert.* Natürlich konnte er nicht sagen, dass er lieber auf einem Nagelbett geschlafen hätte als neben Caroline.

»Du hast gar nicht betrunken gewirkt.« Parker musterte ihn misstrauisch und zog fragend eine Augenbraue in die Höhe.

»Das letzte Glas Champagner hat mich auf einmal bös erwischt«, erklärte Smitty und zählte darauf, dass sein Ruf als Leichtgewicht, was das Trinken betraf, seine Geschichte glaubwürdig erscheinen ließ.

»Ah, okay.« Chip nickte. »Willst du eine Aspirin?«

»Liebend gern. Ich denke, zehn oder zwölf sollten helfen.«

»Drei sind mehr als genug«, beschied ihm Chip und ging ins Haus, um die Tabletten zu holen. Elise folgte ihm.

»Ich mache dann mal Frühstück«, bot Parker an.

Er verschwand ebenfalls und ließ Smitty mit Ted und Caroline allein. *Großartig.*

»Ich springe eben unter die Dusche und helfe Parker dann.« Damit war Ted auch fort.

Smitty schloss die Augen und lehnte den Kopf gegen die Rückenlehne des Schaukelstuhls, der sich sanft vor und zurück wiegte.

»Bist du sicher, dass mit dir alles in Ordnung ist?«, erkundigte sich Caroline.

»Könnte nicht besser sein – abgesehen von den Kopfschmerzen natürlich.«

Chip kehrte mit den Tabletten und einem Glas Wasser zurück.

»Danke.« Smitty erhob sich. »Ich dusch mich rasch und leg mich dann hin, bis die Tabletten wirken.«

Als er weg war, wandte Chip sich an Caroline. »Ist alles in Ordnung mit ihm?«

»Scheint so.«

Achselzuckend wandte Chip sich ab und ging in die Küche, um Parker bei den Frühstücksvorbereitungen zu helfen.

KAPITEL 17

Smitty schlief etwas über eine Stunde. Er wachte auf, als Caroline ins Zimmer schlich, um ihr Badezeug zu holen. Aus dem anderen Raum drangen die Stimmen seiner Freunde herüber, die darüber sprachen, an den Pool zu gehen, bis es an der Zeit wäre, zur Fähre zu fahren.

Jetzt, wo der ursprüngliche Schock ein wenig nachgelassen hatte, setzte die Wut ein. Er konnte sich nicht erinnern, je so sauer gewesen zu sein – außer als er das letzte Mal seine Mutter gesehen hatte.

Er beobachtete Caroline, die in ihrem Bikini aus dem Bad kam, und versuchte, sich zu erinnern, was ihm je so an ihr gefallen hatte. Was auch immer es gewesen war, jetzt war es fort. Selbst ihr sexy Körper, der wochenlang seine Gedanken beherrscht hatte, ließ ihn völlig kalt.

Smitty schäumte innerlich, als er sich daran erinnerte, wie er sie geliebt hatte – zumindest war es das für ihn gewesen. Hatte sie ihm nur was vorgespielt? *Das werde ich vermutlich nie erfahren.* Ihm fiel auf, dass sie sich nicht mehr geliebt hatten, seitdem Caroline und Ted sich kennengelernt hatten. Der Gedanke vermochte ihn nicht zu trösten.

Nachdem sie das Zimmer verlassen hatte, drehte Smitty sich auf die Seite und zog ein Kissen an seine Brust. Über die Musik hinweg hörte er seine Freunde am Pool lachen und sich unterhalten. Teds Familie war auch da.

Warum verstecke ich mich hier? Ich habe doch nichts falsch gemacht.

Ihm kam ein Gedanke, und in einem plötzlichen Anfall von Energie setzte er sich auf. *Ich habe noch ein paar Stunden mit den beiden, bevor unsere Wege sich trennen. Vielleicht ist es an der Zeit, dafür zu sorgen, dass sie sich ein bisschen winden.* Ein Lächeln breitete sich auf seinem Gesicht aus. *O ja. Zeit für ein wenig Spaß.*

Ted schwamm gerade seine Bahnen im Pool, als Smitty in Badehose und offenem Hemd nach draußen kam. Zwischen seinen Fingern baumelte eine dicke Zigarre.

»Sieht aus, als ginge es dir besser!«, rief Chip ihm zu.

»O ja. Ich bin wieder ganz der Alte.« Smitty beugte sich vor, um Caroline einen langen, feuchten Kuss zu geben. »Tut mir leid, dass ich dich den ganzen Tag allein gelassen habe, Süße.«

Ted verbrannte innerlich, während er beobachtete, wie Caroline sich mit der Hand über den Mund wischte.

»Ist schon gut«, erwiderte sie verlegen.

Smitty zündete die Zigarre an und setzte sich auf das Fußende ihrer Liege. »Hattet ihr gestern Abend Spaß?«, fragte er beiläufig, während er die Sohle ihres gesunden Fußes mit dem Daumen massierte.

Carolines Blick war beinahe panisch, als sie verstohlen zu Ted im Pool schaute.

»Es war eine tolle Party«, sagte Mitzi. »Alles war genau so, wie wir es uns erhofft hatten.«

»Und dass ihr auch hier wart, hat es perfekt gemacht«, ergänzte Lillian.

Ted fiel auf, dass seine Großmutter Smittys Hand beobachtete, die nun Carolines Bein massierte. Er stemmte sich am Beckenrand hoch und setzte sich mit dem Rücken zu dem glücklichen Paar auf die Terrasse.

»Wie wäre es mit einer letzten Runde Margaritas, bevor ihr losmüsst?«, fragte Mitzi und schlüpfte in ihre Sandalen.

»Ich helfe dir, Mom«, bot Ted an.

»Ist schon gut, Darling. Kommt einfach auf einen Drink rüber, bevor ihr aufbrecht.«

»Hast du mich gestern in dem großen Bett vermisst, Süße?«, fragte Smitty und lehnte sich mit dem Rücken an Caroline.

»Hör auf, Smitty. Sei nicht so vulgär.«

»Tut mir leid.« Er gab ihr einen Kuss auf den Handrücken und beugte sich dann vor, um ihr einen weiteren Kuss auf den Mund zu geben.

»Man könnte fast meinen, die beiden hätten sich gestern verlobt«, witzelte Chip.

Elise kicherte. »Ich sage doch, sie sind die Nächsten.«

Ted fühlte sich, als würde ein Elefant auf seiner Brust stehen. Es fiel ihm schwer, zu atmen.

»Da könntest du recht haben, Elise.« Smitty küsste jeden einzelnen von Carolines Fingern. »Ich habe zwar immer behauptet, ich wolle nie wieder heiraten, nur war das, bevor ich meine bezaubernde Caroline kennengelernt habe.«

Sie zog ihre Hand weg, schob Smitty von sich und stand auf. »Ich fange mal an zu packen.«

Smitty sprang ebenfalls auf. »Ich helfe dir«, erklärte er und zwinkerte Elise zu.

»Ich brauche keine Hilfe«, antwortete Caroline.

»Aber, aber, meine Süße. Ich bestehe darauf.« Er legte ihr einen Arm um die Schultern und ging mit ihr zum Haus.

Ted sah ihnen nach. Hilflose, eifersüchtige Verzweiflung erfüllte ihn. Er warf seiner Großmutter einen Blick zu und las dieselbe Verzweiflung in ihren Augen.

～

Caroline marschierte durchs Schlafzimmer, so gut das mit ihrem verletzten Knöchel ging, und warf ihre Sachen in ihre Tasche. Mit dem Gehgips konnte sie sich wesentlich besser bewegen, sodass sie die Krücken kaum noch benutzte. »Was sollte das eben?«, fragte sie Smitty.

Er lehnte sich auf dem Bett zurück und beobachtete sie beim Packen. »Was sollte was?«

»Du hättest genauso gut dein Bein heben und mich als dein Revier markieren können.«

»Warum um alles in der Welt sollte ich das vor diesen Menschen tun wollen?«, fragte er unschuldsvoll. »Ich habe mich einfach gefreut, mein Mädchen zu sehen. Was ist daran falsch?«

Sie hielt inne und schaute ihn an. »Nichts ist falsch. Ich stehe nur nicht auf diesen Austausch von Intimitäten in der Öffentlichkeit.«

»Wir waren doch unter Freunden.«

»Darum geht es nicht.«

»Worum dann?«

Sie hielt seinen Blick für einen Moment fest, und er spürte, dass sie überlegte, ob sie etwas sagen sollte. »Nichts. Egal.«

Er griff nach ihrer Hand und zog sie daran neben sich aufs Bett. »Erzähl es mir.«

»Da gibt es nichts zu erzählen.«

Wann genau hast du vor, mir zu gestehen, dass du auf meinen besten Freund stehst? Doch anstatt ihr diese brennende Frage zu stellen, sagte er: »Okay. Dann küss mich.« Schnell schob er sich zwischen ihre Beine und küsste sie hart und tief. Seine Zunge nahm ihren Mund in Besitz, während er seine Hände unter ihr knappes Bikinihöschen schob, um ihren Hintern zu packen.

Er hätte fluchen können, als sein Penis auf den Druck ihres Körpers an seinem reagierte. *Verräter!*

Sie stemmte sich protestierend gegen seine Brust, aber er ignorierte das, machte weiter.

»Hör auf!«, sagte sie scharf und drehte sich von seinem Kuss weg. »Hör sofort auf!«

»Warum?« Er küsste sich an ihrem Hals entlang und öffnete gleichzeitig den Verschluss ihres Bikinioberteils. »Ich will dich, Caroline. Lass dich von mir lieben.« Er zupfte an dem kleinen Stückchen Stoff, das ihre Mitte bedeckte.

»Smitty!«, rief sie und schob ihn weg. »Hör auf. Ich will das nicht.«

Ihm wurde schlagartig bewusst, dass er sich zum ersten Mal beinahe einer Frau aufgezwungen hätte, und er ließ sie los, angewidert von sich selbst. »Was willst du dann, Caroline?«

Sie stand auf und zog mit zitternden Händen ihr Oberteil wieder an. »Nicht das hier«, flüsterte sie, bevor sie ins Bad ging und die Tür hinter sich zuwarf.

~

Caroline lehnte sich innen gegen die Tür, ließ sich daran hinunter auf den Badezimmerboden sinken und brach in Tränen aus. *Das ist ein Albtraum*, dachte sie, während sie von Schluchzern geschüttelt wurde. *Ich brauche dich, Ted. Komm und hol mich, bring mich von hier weg.*

~

Smitty lag auf dem zerwühlten Bett und versuchte, seine Atmung und seine Gefühle zu beruhigen. Noch nie hatte er einer Frau so etwas angetan, schon gar nicht einer, von der er einen Tag zuvor noch gedacht hatte, er würde sie lieben. *Tja, ich schätze, das beweist, dass du deiner alten Lady doch nicht so unähnlich bist, wie du immer gedacht hast. Aber sie hat Sex wenigstens absichtlich als Waffe eingesetzt.*

~

Ted betrat das Haus und blieb stehen, um die geschlossene Tür zum Schlafzimmer im Erdgeschoss zu mustern. Als er glaubte, Caroline verängstigt aufschreien zu hören, musste er sich sehr zusammenreißen, um nicht reinzustürmen. *Mistkerl!*

~

Parker kam mit einem Bier in der Hand aus der Küche und entdeckte Ted dabei, wie er die Tür zu Smittys Zimmer mit schmalen Augen anstarrte.

Was zum Teufel geht hier vor sich?

»Duff?«

Ted schaute ihn an, ohne ihn wirklich zu sehen.

»Was ist los?«

»Ich dachte, ich hätte jemanden weinen gehört.«

»Am Pool wirkte sie genervt.« Parker nickte in Richtung der geschlossenen Tür.

»Ja.« Ein Muskel in Teds Kiefer zuckte. »Ich werde dann auch mal packen.«

»Okay.« Parker trank einen großen Schluck Bier und blickte seinem Freund hinterher, der die Treppe hinauflief, dabei immer zwei Stufen auf einmal nahm.

Was zum Teufel?

~

»Chip«, flüsterte Elise kichernd und riss sich von ihm los. »Spar dir das auf, bis wir zu Hause sind. Wir müssen packen.«

Er fasste sie um die Mitte und zog sie wieder an sich. »Bis dahin sind es noch Stunden. So lange kann ich nicht warten.«

Sie drückte ihren Po an ihn, während sie so tat, als wolle sie sich von ihm lösen. »Wir haben es doch gerade erst heute früh gemacht.«

Er stöhnte unter der Berührung. »Das ist Stunden her.« Von hinten umfasste er ihre Brüste und spielte mit den Spitzen. »Komm schon. Nur ein Quickie.«

»Was ist heute bloß mit dir los?«, fragte sie amüsiert und drehte sich zu ihm um.

»Die Verlobung hat eine anregende Wirkung auf mich.«

Lachend legte sie ihm die Arme um den Nacken. »Wie soll das bloß werden, wenn wir erst verheiratet sind?«

Er drängte sie rückwärts aufs Bett und ließ sich auf sie fallen. »Ich glaube, dann wird es noch schlimmer.«

Sie zitterte vor Verlangen. »Oje.«

KAPITEL 18

Mit Ausnahme der Frischverlobten Chip und Elise war es eine stille Gruppe, die das Zuhause der Duffys verließ, um die Fähre um halb vier zu erreichen. Außer einem herzlichen Abschied und einem Dankeschön an Teds Eltern und Großeltern hatte Caroline kein Wort zu einem von ihnen gesagt, bevor sie das Haus verlassen hatten. Dieses Mal quetschte sie sich neben Elise auf den Vordersitz, anstatt hinten auf Smittys Schoß zu sitzen.

Der tränenreiche Abschied von seiner Mutter und seiner Großmutter stimmte Ted traurig. Er verbrachte nicht so viel Zeit mit ihnen, wie er gerne würde, aber nach dem Labor Day würden sie nach Boston zurückkehren. *Dann werde ich mich mindestens einmal die Woche mit Grandy und Grampa treffen. Schließlich werden sie nicht für immer da sein.*

Er sah zu Smitty, der auf seiner Seite aus dem Wagenfenster schaute. *Er und Caroline scheinen sich gestritten zu haben. Gutes Timing angesichts dessen, was sie ihm sagen will, wenn sie zu Hause sind. Wenn dieser Tag vorüber ist, wird sie frei sein – und sein Herz gebrochen.*

Smittys Verhalten am Pool hatte Ted verstört, und nicht nur, weil ihm der Anblick der Hände eines anderen Mannes auf der Frau, die er inzwischen als die seine betrachtete, nicht gefallen hatte. Nein, es war mehr gewesen. Smittys demonstratives Verhalten hatte Ted vor Augen geführt, wie tief Smittys Gefühle für Caroline reichten.

Der Gedanke, dass sein Freund verletzt werden würde, störte Ted, allerdings nicht so sehr wie der Gedanke an Caroline mit Smitty im Bett. Er wollte unbedingt erfahren, was zwischen ihnen vorgefallen war, nachdem sie vom Pool ins Haus zurückgekehrt waren. Aber er würde seine Neugierde zügeln müssen, bis Caroline ihn später anrief.

Auf der Fähre, die sie zurück zum Festland brachte, standen Chip und Elise kichernd und flüsternd an der Reling. Caroline tat, als wäre sie ganz in ein Buch vertieft. Smitty verzog sich nach unten an die Bar. Parker lehnte den Kopf zurück und schlief. Und Ted nutzte die Gelegenheit, während niemand auf ihn achtete, um Caroline zu betrachten.

Zehn Minuten bevor die Fähre anlegte, rief eine Lautsprecherdurchsage die Fahrer der Wagen hinunter aufs Ladedeck. Die New Yorker standen auf und sammelten ihre Sachen zusammen. Mit einer kurzen Umarmung für Ted und Parker und gemurmeltem »War schön« und »Danke, dass wir dabei sein durften« und »Wir sehen uns nächstes Wochenende« gingen sie nach unten.

Vier Stunden Rückfahrt in die Stadt und eine Stunde, um mit Smitty zu reden. Ted schaute auf seine Uhr. *Ich sollte gegen halb zehn von ihr hören. Spätestens um zehn. Das sind noch fünf Stunden.*

Smitty bot an, sich hinters Steuer zu setzen, und so landete Caroline auf dem Beifahrersitz und lauschte Chip und Elise, die auf der Rückbank flüsterten und knutschten. *Das werden lange vier Stunden.* Smitty ignorierte sie seit dem Vorfall im Schlafzimmer, was ihr nur recht war. Als sie einen Blick zu ihm riskierte und sah, wie ausdruckslos er auf die Straße starrte, konnte sie kaum glauben, was vorhin vorgefallen war. Er war wie jemand gewesen, den sie überhaupt nicht kannte und der keinerlei Ähnlichkeit mit dem großzügigen, rücksichtsvollen Mann aufwies, mit dem sie die letzten Wochen verbracht hatte. Sie hatte keine Ahnung, was in ihn gefahren war.

Im Kopf ging sie wieder und wieder durch, was sie ihm sagen wollte. *Es war wirklich eine tolle Zeit. Ich bin froh, dass ich dich kennengelernt habe. Aber das mit uns funktioniert nicht. Ich hoffe, wir können Freunde bleiben.* Ihr Magen zog sich nervös zusammen, wenn sie sich seine Reaktion auf diese Worte vorstellte. Und dann dachte sie an Ted. Das Wissen, dass sie beide in zwei Wochen zusammen sein würden, würde sie alles durchstehen lassen, was mit Smitty passieren konnte.

So muss ich es machen. Ich muss mich auf Ted und meine Gefühle für ihn konzentrieren. Das wird mir helfen, das hier hinter mich zu bringen. Er wird für mich da sein, wenn das alles vorüber ist. Ich wünschte, ich wäre jetzt bei ihm.

Mit einem tiefen Seufzer lehnte sie ihren Kopf zurück und ließ sich vom Schlaf übermannen, um die endlose Zeit im Auto zu überstehen.

Auf der Fahrt nach Boston herrschte ebenfalls Schweigen. In Teds Kopf wirbelten Erinnerungen an die Ereignisse des Wochenendes durcheinander. Eine gewisse Anspannung erfüllte ihn, als er daran dachte, dass Caroline mit Smitty Schluss machen würde. Ted wünschte sich für alle Beteiligten, dass dieser Schritt so schnell wie möglich erfolgen würde.

»Was ist eigentlich los, Duff?«, wollte Parker wissen, ungefähr eine halbe Stunde nachdem sie Point Judith verlassen hatten.

»Nichts. Wieso fragst du?«

»Ich kenne dich schon lange, Mann. Irgendetwas stimmt nicht.«

»Das Gleiche könnte ich von dir behaupten. Smitty hat sich gestern erkundigt, ob ich etwas über die Frau weiß, an der du interessiert bist. Wegen irgendwas, das du vor Kurzem ihm gegenüber erwähnt hast, hat er sich gefragt, was mit dir los ist.«

»Wieso sprechen wir auf einmal über mich? Du warst das Thema.«

»Tja, jetzt reden wir aber über *dich*.«

»Da gibt es nicht viel zu sagen. Ich bin an jemandem interessiert, will jedoch im Moment noch nichts Näheres dazu verraten.«

»Wer ist sie?«, fragte Ted, erleichtert, sich mit etwas anderem befassen zu können als seiner eigenen Situation.

»Jemand, den ich durch die Arbeit kennengelernt habe.«

»Mag sie dich auch?«

Parker zuckte die Achseln. »Ich habe keine Ahnung.«

»Und wann wirst du es erfahren?«

»In vier Tagen.«

»Was ist denn in vier Tagen?«

»Der erste Jahrestag ihrer Scheidung.«

»Sie ist eine Klientin von dir?«

»Ex-Klientin.«

»Komm, erzähl es mir«, drängte Ted.

Parker warf ihm einen Blick zu und schien mit sich zu ringen, ob er mehr sagen sollte. »Ich habe Angst, es irgendwie zu beschreien.«

»Dann überkreuz eben die Finger oder so.«

Parker lachte. »Was ist das denn für ein alberner Aberglaube?«

»Alte irische Folklore.«

Parker hob eine Hand, legte die Finger übereinander und berichtete Ted von Gina.

Als er fertig war, wandte Ted lang genug die Augen von der Straße, um seinen Freund anzustarren. »Du bist seit *zwei Jahren* in diese Frau verliebt und hast nie ein Wort zu uns gesagt?«

Parker zuckte die Achseln. »Es hatte keinen Sinn, mit euch darüber zu reden, solange ich nichts unternehmen konnte. Ihre Scheidung war hässlich – so hässlich, wie es nur sein kann. Sie hat Zeit dafür gebraucht, ihr Leben wieder auf die Reihe zu kriegen, bevor sie darüber nachdenken kann, sich auf jemand Neues einzulassen.«

»Aber du bist in den letzten zwei Jahren mit anderen Frauen zusammen gewesen.«

»Bloß um die Zeit totzuschlagen. Ich habe mit keiner von ihnen geschlafen.«

»Das ist ein Scherz.«

»Nein.«

»Heilige Scheiße, dich hat es ja wirklich schlimm erwischt. Wenn ich du wäre, würde ich nicht einen einzigen Tag länger damit warten, Kontakt mit ihr aufzunehmen.«

»Ich habe so lang gewartet, da machen vier Tage auch keinen Unterschied mehr.«

»Komm schon, Parker! Das hier ist nicht mehr das neunzehnte Jahrhundert. Ritterlichkeit hat auch ihre Grenzen. Was ist, wenn du bereits zu lang gewartet hast?«

»Glaub mir, diese Möglichkeit hat mir jede Menge schlaflose Nächte bereitet. Doch irgendetwas sagt mir, ihr das volle Jahr zu geben ist das Richtige. Und jetzt bin ich schon auf der Zielgeraden.«

Ted seufzte. »Ich hoffe, du weißt, was du tust.«

»Ich habe keine Ahnung, was ich tue. Ich weiß nur, was ich fühle, wenn sie in der Nähe ist, und dieses Gefühl will ich jeden Tag bis zum Ende meines Lebens haben.«

Ted wusste genau, was Parker meinte.

»Es ist, wie Chip gestern Abend gesagt hat. Wir alle wollen, was deine Eltern und Großeltern haben. Ist das zu viel verlangt?«

»Nein«, antwortete Ted. »Niemand sollte sich mit weniger zufriedengeben.«

»Ganz genau. Erzählst du mir jetzt, was mit dir los ist?«

Oh, wie sehr ich wünschte, ich könnte mit dir darüber reden. Ich würde nichts lieber tun, als alles bei dir abzuladen. Aber ich werde dich nicht in diese Zwickmühle bringen, Parker. »Zum ersten Mal graut mir davor, morgen wieder arbeiten gehen zu müssen«, sprach Ted einen Gedanken aus, der ihn in letzter Zeit öfter beschäftigt hatte.

»Warum?«

»Bis vor Kurzem habe ich es geschafft, die ganzen Höhen und Tiefen wegzustecken, doch die Tiefschläge treffen mich immer härter und halten länger an als jemals zuvor. Ich frage mich langsam, ob ich einen Burn-out habe oder so.«

»Ich bin überrascht, dass es so lange gedauert hat.«

»Manchmal ist es schwer, die Perspektive zu behalten, wenn man mittendrin steckt«, fuhr Ted fort. »Mein Chef schickt mich zu einer Konferenz über Trauer und Verlust für Ärzte, die in ein paar Wochen im Sloan Kettering Center stattfindet. Du weißt, dass du Probleme hast, wenn du meinst, von so einem Unsinn tatsächlich profitieren zu können.«

»Tja, wenigstens kommst du mal für ein paar Tage raus und kannst ein wenig Spaß haben, während du in New York bist.«

»Ja.«

»Hör mal, Duff. Nur weil dein Vater und dein Großvater ihre gesamte Berufszeit in der Kinderonkologie verbracht haben, heißt das nicht, dass du das ebenfalls tun musst. Ich weiß, du möchtest sie auf keinen Fall enttäuschen, aber das hier ist *dein* Leben. Du musst das tun, was für dich das Beste ist.«

»Du hast recht. Ihre Meinung bedeutet mir viel, auch wenn ich manchmal wünschte, es wäre nicht so. Ich werde in den nächsten Monaten darüber nachdenken und schauen, wie es sich entwickelt. Ich will es nicht an einem Patienten allein festmachen, doch Joey zu verlieren war ein echter Schlag für mich. Es ist, als wäre danach irgendeine Tür in mir zugefallen.«

»Du hast einen schweren Monat hinter dir, da ist es am besten, keine überstürzten Entscheidungen zu treffen.«

»Ich weiß. Ich muss es noch eine Weile länger aushalten, bis sich die Dinge normalisiert haben und ich wieder klar denken kann.«

»Das ist eine gute Idee. Du liebst deine Arbeit, Duff. Im Moment zieht sie dich runter, aber ich glaube, du würdest es bedauern, wenn du ihr den Rücken kehrst, ohne alles sorgfältig durchdacht zu haben.«

»Ja, da hast du recht.«

»Ich bin da, wenn du Dampf ablassen musst.«

»Danke. Und ich werde vor Neugierde sterben, bis ich weiß, was passiert ist, nachdem Gina die Blumen erhalten hat.«

»Ich auch.« Parker seufzte. »Ich auch.«

Um zehn Uhr fuhr Smitty vor dem Haus mit Carolines Wohnung darin vor. Der Verkehr in Connecticut und auf dem New England Thruway hatte ihre so schon unendlich erscheinende Fahrt um eine weitere Stunde verlängert. Chip und Elise stiegen hinten aus und halfen Smitty und Caroline, ihre Sachen aus dem Kofferraum zu holen.

Chip schüttelte Smitty zum Abschied die Hand. »Wir sehen uns spätestens Freitag.«

»Klingt gut.«

Caroline umarmte Elise. »Noch mal herzlichen Glückwunsch. Halt mich über die Hochzeitspläne auf dem Laufenden.«

»Oh, das werde ich, keine Sorge.«

Chip und Elise stiegen wieder ein und fuhren los. Smitty und Caroline blieben allein auf dem Bürgersteig zurück.

Sie schaute ihn an. »Ich wollte dich eigentlich bitten, noch mit raufzukommen, weil wir reden müssen, aber nach dem, was vorhin passiert ist, weiß ich nicht, ob ich dich in meiner Wohnung haben will.«

»Das von vorhin tut mir leid. Das war völlig daneben, und ich entschuldige mich dafür.«

Sie musterte ihn misstrauisch. »Okay. Dann lass uns reingehen.«

Smitty trug die Taschen und Carolines Krücken die Treppe zu dem Backsteinhaus hinauf, in dem sie die Wohnung im Erdgeschoss gemietet hatte.

Caroline schloss die Tür auf und schaltete das Licht an.

Er ließ seine beiden Taschen neben der Tür fallen. »Wo sollen die hin?«, fragte er und hielt ihre hoch.

»Stell sie einfach da ab. Ich kümmere mich später darum. Kann ich dir etwas zu trinken anbieten?«

»Nein, danke.«

Nach einem Moment unangenehmen Schweigens drehte sie sich zu ihm um. »Smitty …«

»Caroline …«

»Nur zu.« Sie verknotete ihre Finger. »Du zuerst.«

»Was vorhin passiert ist, tut mir wirklich wahnsinnig leid. Für so ein Verhalten gibt es keine Entschuldigung. Überhaupt keine. Ich hoffe, du kannst mir verzeihen.« Er senkte den Blick und stieß mit der Schuhspitze ein paarmal gegen die Kante des Orientteppichs, der auf dem Parkettfußboden lag.

»Ich verzeihe dir.«

Er hob den Kopf und sah sie an. »Ich denke, wir wissen beide, dass das hier nicht funktioniert.«

Sie schaute ihn überrascht an. *Er* machte mit *ihr* Schluss? *Ernsthaft? Danach, wie er sich am Pool benommen hat?*

»Ich hatte wirklich viel Spaß mit dir, aber ich denke, die Sache hat sich totgelaufen, oder?«

»Wenn du das so empfindest«, erwiderte Caroline verblüfft. »Doch was hatte dieses ganze Alphamännchen-Verhalten heute am Pool zu bedeuten?«

Er zuckte mit den Schultern. »Ich wollte einfach die Zeit genießen, die uns auf Block Island blieb. Ich kann nicht glauben, dass du wirklich überrascht bist. In den letzten zwei Wochen oder so habe ich von dir nicht gerade viel Zuneigung zu spüren bekommen.«

»Siehst du, das ist das Problem. Ich habe sie nämlich von dir gespürt. Also, die Zuneigung.«

Er schnaubte. »Süße, du bist eine tolle Frau, und wir hatten echt viel Spaß, aber mehr war das nicht. Spaß. Es tut mir leid, wenn du da mehr hineininterpretiert hast.«

Etwas aus der Bahn geworfen, sagte Caroline: »Das muss dir nicht leidtun. Wir hatten wirklich viel Spaß, und ich habe es sehr genossen, Zeit mit dir zu verbringen. Ich hoffe, wir können Freunde bleiben.«

»Na klar. Ich werde einen Monat, vielleicht auch zwei, außer Landes sein, doch wenn ich zurück bin, können wir mal auf einen Drink ausgehen oder so.«

»Wo fährst du hin?«, fragte sie verwirrt. *Was ist hier los?*

»Meine Partner haben mich gebeten, nach Sydney zu fliegen, um eine Firma zu überprüfen, die wir kaufen wollen und die ihren Hauptsitz dort hat. Ich wollte vor der Party der Duffys nichts darüber sagen.«

»Du hast es den Jungs noch nicht erzählt?«

Er schüttelte den Kopf. »Du bist die Erste, die es erfährt. Ich habe diese Reise bisher aufgeschoben, weil Sommer ist und wir das Haus in Newport haben. Aber sie meinten am Donnerstag, dass ich diese

Woche hinfliegen soll. Ich wollte vor dem Wochenende nicht alle aufregen.«

Caroline geriet innerlich ins Taumeln. »Gibst du Bescheid, wenn du sicher angekommen bist?«

»Kann ich machen. Also, was wolltest du mir sagen?«

»Nichts.« Sie trat einen Schritt auf ihn zu. »Das ist jetzt nicht mehr wichtig.«

Er beugte sich vor und gab ihr einen Kuss auf die Wange. »Pass auf dich auf.«

»Du auch auf dich.«

Er nahm seine Tasche und drehte sich noch einmal zu Caroline um, sah sie an. Doch er sagte nichts mehr.

Nachdem die Tür leise hinter ihm ins Schloss gefallen war, ließ sich Caroline auf den nächstbesten Sessel sinken. *Was zum Teufel ist hier gerade passiert?*

KAPITEL 19

Smitty verließ Carolines Wohnung und stellte sich an die Straßenecke, um sich ein Taxi zu rufen. Für einen Sonntagabend im Juli herrschte dichter Verkehr auf der Upper East Side, und nachdem er fast eine Viertelstunde lang vergeblich gewartet hatte, beschloss er, die zehn Blocks weit nach Hause zu laufen.

Er warf sich seine Tasche und den Kleidersack über die Schulter und ging langsam Richtung Norden durch die stickige Nacht. Nach ungefähr drei Blocks ließ die Taubheit langsam nach, und der Schmerz brach durch. Er setzte sich auf die Stufen vor einem der Häuser und ließ den Kopf in die Hände sinken. Nach den längsten vierundzwanzig Stunden seines Lebens war er endlich allein und musste nicht länger verbergen, wie tief ihn der Verrat der zwei Menschen, die ihm am meisten am Herzen lagen, verletzt hatte.

Sie hat gewusst, dass ich sie liebe. Smitty rieb sich mit den Händen über das Gesicht. *Sie hat es gewusst, was bedeutet, dass er es vermutlich ebenfalls weiß. Machen sie sich jetzt gerade über mich lustig? Nein, so etwas würde Ted niemals tun.*

Smitty lachte bitter. *Tja, du hättest auch nicht geglaubt, dass er dir die Freundin ausspannt.*

Er saß im Dunkeln da und dachte an die Zeit, die er mit Caroline verbracht hatte. An die Jahre, in denen er Ted Duffy als seinen besten Freund betrachtet hatte, und an die Aufgabe, die jetzt vor ihm lag: zu lernen, ohne sie zu leben.

Was er ihr über die Reise nach Sydney erzählt hatte, entsprach zur Hälfte der Wahrheit. Seine Firma hatte wirklich vor, ein kleines Investment-Unternehmen zu kaufen, das dort seinen Sitz hatte. Dieser Teil stimmte also, genauso wie der Teil, dass er gebeten worden war, jemanden hinzuschicken, der sich die Sache einmal ansah. Er hatte sogar schon den idealen Kandidaten dafür im Auge gehabt. Bis er Ted und Caroline am Vorabend belauscht hatte, hatte er keinen Gedanken daran verschwendet, selbst hinzufliegen. Dann jedoch hatte er erkannt, dass ein oder zwei Monate am anderen Ende der Welt vielleicht genau das Richtige für ihn wären.

Auf keinen Fall würde er hierbleiben und zuschauen, wie die beiden zusammenkamen. Da er vorhatte, seine Freundschaft mit Parker und Chip aufrechtzuerhalten, würde er auch Ted ab und zu treffen müssen. Das ließ sich nicht vermeiden. Aber er brauchte Zeit, um sich an die Vorstellung von Ted und Caroline als Paar zu gewöhnen, bevor er es mit eigenen Augen sehen musste.

Ich frage mich, was er Parker und Chip sagen will. Ich meine, er kann ja nicht einfach am nächsten Wochenende in Newport mit ihr auftauchen und so tun, als wäre das keine große Sache. Also, wie lautet dein Plan, Ted? Du wirst es eine Weile für dich behalten, oder? Du willst es dir mit Parker und Chip bestimmt nicht verderben, also wirst du ihnen erst davon erzählen, nachdem eine angemessene Frist verstrichen ist. Doch lass mich dich eins fragen, mein Freund: Was ist angemessen, wenn du deinem besten Freund die Freundin gestohlen hast? Ich bin sicher, ich werde davon hören, wenn du beschließt, das mit ihr öffentlich zu machen. Allerdings werde ich auf keinen Fall live dabei sein.

Er stand auf, schnappte sich seine Sachen und legte den Weg die letzten sieben Blocks entlang in großen Schritten zurück. Mit einem Mal wollte er einfach nur nach Hause.

~

Ted tigerte in seinem Wohnzimmer auf und ab, bis Caroline sich endlich um Viertel nach elf bei ihm meldete. Sein Herz pochte wie verrückt, als er den Anruf entgegennahm. »Hey.«

»Hi. Tut mir leid, dass es so spät geworden ist.«

»Ich hab langsam angefangen, mir wirklich Sorgen zu machen. Geht es dir gut?«

»Ich glaube schon.«

»War es schlimm?«

»Nein, es war … äh … seltsam.«

»Inwiefern?«

»Er hat mit mir Schluss gemacht.«

Ted war sprachlos.

»Er meinte: ›Wir wissen beide, dass das hier nicht funktioniert. Wir hatten Spaß zusammen, du bist eine tolle Frau, aber es führt nirgendwohin.‹« Als Ted nichts erwiderte, fragte sie: »Bist du noch da?«

»Ja, ich bin hier. Ich bin bloß überrascht. Ich meine, er hat mich mit seinem besitzergreifenden Verhalten heute am Pool beinahe in den Wahnsinn getrieben.«

»Ich habe ihn gefragt, warum er das getan hat, wenn er ohnehin vorhatte, die Sache zu beenden. Und er meinte, er wollte die letzten Stunden, die wir auf Block Island hatten, genießen. Es täte ihm leid, wenn ich da mehr hineininterpretiert hätte.«

»Alle waren sich so sicher, dass er in dich verliebt ist.«

»Er hat nur gelacht, als ich das angesprochen habe.«

»Ich verstehe das nicht.«

»Ich auch nicht. Und noch was: Er geht für mindestens einen Monat nach Sydney, um dort zu arbeiten.«

Ted fuhr sich mit der Hand durchs Haar und versuchte, das alles zu verarbeiten. »Wann ist die Entscheidung denn gefallen?«

»Angeblich haben seine Partner ihm am Donnerstag mitgeteilt, dass er dort eine Firma überprüfen soll, bei der sie einen Ankauf erwägen. Er wollte vor dem Wochenende nichts davon sagen.«

»Nichts von alldem ergibt einen Sinn.«

»Ich denke seit einer halben Stunde darüber nach und verstehe es ebenfalls nicht.«

»Du glaubst nicht …«

»Was?«

»Nichts …«

»Was wolltest du sagen?«

»Glaubst du, er hat das mit uns irgendwie mitbekommen?«

»Auf keinen Fall«, erklärte sie. »Dann wäre er ausgetickt, meinst du nicht?«

»Ja, das hätte ich auch gedacht. Was ist, wenn Parker ihm erzählt hat, was er am Freitagabend beobachtet hat, und Smitty irgendwie eins und eins zusammengezählt hat?«

»Hat Parker dich deswegen angesprochen?«

»Er hat mich gefragt, ob ich was gehört habe, und ich habe Nein gesagt. Ich hasse es, ihn anzulügen, aber ich konnte ja schlecht zugeben, dass du oben warst und dich mit mir unterhalten hast, während ich im Bett gelegen habe. Er meinte, er würde Smitty nichts davon erzählen, und ich hatte den Eindruck, dass er das wirklich nicht vorhatte.«

Sie seufzte gequält. »Das ist ein schrecklicher Anfang für unsere Beziehung, Ted. All die Lügen und die Menschen, die unseretwegen verletzt werden.«

»Ich weiß. Ich hab das Gefühl, dass ich von dem ganzen Stress noch ein Magengeschwür bekomme.« Er hörte, dass sie weinte. »O Caroline, nicht.«

»Ich kann nicht anders. Es war ein sehr langer Tag.«

»Was ist passiert, nachdem ihr beide vom Pool weg seid?« Das Verlangen, es zu erfahren, brannte schon seit Stunden in ihm.

»Nichts«, flüsterte sie.

»Als ich dich im Zimmer habe weinen hören, hätte ich beinahe die Tür eingetreten.«

Jetzt schluchzte sie so heftig, dass sie nicht mehr sprechen konnte.

Ted biss die Zähne zusammen. »Caroline, Liebste, erzähl es mir.«

»Ich kann nicht.«

»Du machst mir Angst. Bitte. Sag es mir.« Er hörte sie schniefen, in dem Versuch, ihre Fassung zurückzugewinnen.

»Er wollte … du weißt schon … Sex haben.«

Ted atmete langsam aus und wartete darauf, dass sie fortfuhr.

»Ich habe ihm gesagt, dass er aufhören soll, doch er hat es nicht getan. Er ist ziemlich grob zu mir geworden, und kurz dachte ich …«

»Was, Liebste?«, flüsterte Ted.

»Ich dachte, er würde mich vergewaltigen.«

»Nein.« Ted keuchte auf. »Nein. So etwas würde er nicht tun. Das könnte er nicht.«

»Aber er war kurz davor, das weiß ich. Ich habe verlangt, dass er mich in Ruhe lässt, und dann bin ich endlich zu ihm durchgedrungen. Es war beinahe so, als wäre er für einen Moment verrückt geworden oder so.«

»Ich komme sofort zu dir.«

»Nein, Ted! Das geht nicht! Es ist zu spät, und du musst morgen arbeiten. Mit mir ist alles in Ordnung. Er hat sich entschuldigt.«

»Es ist mir egal, ob er sich entschuldigt hat. Ich kann nicht fassen, dass er so etwas getan hat. Das ist nicht der Smitty, den ich kenne.« Erneut zog sich Ted der Magen zusammen, als er daran dachte, was hätte passieren können. »Ich fahre sofort los.« Er nahm die Tasche vom Wochenende, die er bisher nicht ausgepackt hatte. Was auch immer er sonst brauchen würde, konnte er in New York kaufen. »Gib mir deine Adresse, und ich bin in wenigen Stunden da.«

»Du musst nicht kommen«, beharrte sie mit einer Stimme, die rau von Tränen und Emotionen war. »Was ist mit deiner Arbeit?«

»Ich werde etwas machen, was ich in sechs Jahren nicht getan habe – ich melde mich krank. Ich muss jetzt bei dir sein, Caroline. Nach alldem kann ich keine zwei Wochen warten.«

»Du wirst am Steuer einschlafen. Das kann ich nicht zulassen.«

Er klemmte sich das Handy zwischen Schulter und Ohr und warf seine Tasche ins Auto. »Glaubst du wirklich, dass ich nach dem, was du mir gerade erzählt hast, schlafen könnte, ohne mich mit eigenen Augen davon überzeugt zu haben, dass es dir gut geht?«

»Ted …«

»Ich bin schon unterwegs. Ich fasse es immer noch nicht, dass das passiert ist, aber wie es scheint, habe ich mich bis über beide Ohren in dich verliebt und werde bei dir sein, so schnell ich kann. Verrätst du mir jetzt, wo du wohnst?«

Sie lachte unter Tränen und nannte ihm ihre Adresse. »Das ist verrückt. *Du* bist verrückt.«

»Verrückt nach dir«, erwiderte er leise und beschleunigte den Mercedes auf dem Weg zur I-93 South.

»Ich hätte nie gedacht, dass ich mich gleichzeitig so gut und so schlecht fühlen kann.«

»Es wird besser. Wir müssen nur diese Phase überstehen, dann wird alles gut.«

»Versprochen?«

»Versprochen. Ich kann gar nicht glauben, dass ich jetzt jederzeit mit dir reden kann, wenn mir danach ist. Du wirst es sicher bald leid sein, dass ich dich ständig anrufe.«

»Ich glaube nicht, dass mir je die Themen ausgehen, über die ich mit dir reden will.«

»Das hoffe ich. Angesichts deiner neu gewonnenen Freiheit gibt es etwas, das ich dich schon seit zwei Wochen unbedingt fragen wollte.«

»Was denn?«

»Kurz bevor du gestürzt bist, wolltest du mir etwas erzählen, das noch ein Geheimnis war. Wir sind nie dazu gekommen, diese Unterhaltung zu Ende zu führen.«

Sie lachte leise. »Stimmt.«

»Also, was ist das große Geheimnis?«

»Ich werde ein Buch schreiben«, gestand sie. »Ich habe ehrlich gesagt schon damit angefangen.«

»Wirklich? Das ist ja großartig. Worum geht es?«

»Um einen attraktiven jungen Arzt, der sich in die Freundin seines besten Freundes verliebt«, zog sie ihn auf.

Er lachte. »Ich bin mir sicher, das wird ein Bestseller.«

»Na, warten wir mal ab«, erwiderte sie sanft. »Aber es wird auf jeden Fall eine wahnsinnige Liebesgeschichte.«

»O ja.« Der Ansturm der Gefühle machte ihn atemlos. »Ja, das ist es jetzt schon.«

KAPITEL 20

Ted verlor zwanzig Minuten, als er außerhalb von Greenwich, Connecticut, wegen zu schnellen Fahrens von der Polizei angehalten wurde. Er warf den Strafzettel über vierhundert Dollar auf den Beifahrersitz und trat aufs Gas, sobald die Polizisten außer Sicht waren.

Er hatte Caroline überredet, sich ein wenig hinzulegen. Er würde sie anrufen, sobald er in der Nähe war. Um kurz nach Mitternacht hielt er an, um sich einen Kaffee zu kaufen und im Krankenhaus anzurufen. Er sagte, er hätte eine Halsentzündung, und bat darum, dass man einen der anderen Ärzte fragte, ob er in den nächsten zwei Tagen für ihn einspringen könnte. Als er sich New York City näherte, fing sein Herz vor Aufregung, Nervosität und Vorfreude an, wie wild zu pochen. Zwölf Stunden waren vergangen, seitdem er Caroline das letzte Mal gesehen hatte, und das war viel zu lange.

Die Stadt, die niemals schlief, war tatsächlich hellwach an diesem Montagmorgen um Viertel vor drei. Ted suchte sich seinen Weg zwischen Lkw und Taxen hindurch in Richtung Upper East Side. Als er das östliche Ende der Fünfzigsten Straße erreicht hatte, rief er Caroline an, und der Klang ihrer schläfrigen Stimme reichte, um ihn zu erregen. »Ich bin in fünf Minuten da.«

»Ich warte schon auf dich.«

Er legte das Handy beiseite und zwang sein pochendes Herz und seinen nervösen Magen, sich zu beruhigen. Auch wenn er es gewohnt war, mit wenig oder ohne Schlaf auszukommen, erforderten nächtliche Autofahrten Konzentration, und er war rastlos von dem vielen Kaffee, den er getrunken hatte, um wach zu bleiben.

Jemand parkte gerade direkt vor Carolines Haus aus, was Ted als gutes Omen für das betrachtete, was vor ihm lag. Er stellte den Wagen ab und lief dann über die Straße. In einem blassgrünen Morgenmantel über einem kurzen Nachthemd wie dem, das seine Gedanken beherrschte, seitdem er sie am Freitagabend darin gesehen hatte, wartete Caroline oben auf der Treppe auf ihn.

Er nahm zwei Stufen auf einmal und hatte sie so schnell in seinen Armen, dass keiner von ihnen Zeit hatte, sich gegen den Ansturm von Gefühlen zu wappnen, der sie übermannte. Ihre Tränen tropften heiß auf seinen Hals, als er sie fest an sich drückte.

Mehrere Minuten später löste er sich von ihr, um ihr die Tränen von den Wangen zu küssen, bevor er ihren Kopf zu sich anhob und seine Lippen auf ihre presste. »Endlich«, flüsterte er.

Die Auswirkungen dieses innigen, heißen Kusses spürte Ted überall. Er hob Caroline hoch, und sie schaffte es, ihm trotz ihres Gipses die Beine um die Taille zu schlingen. Ohne den Kuss zu unterbrechen, ging er durch die offene Tür und in ihre Wohnung. Dort stieß er die Wohnungstür mit dem Fuß hinter sich zu, setzte Caroline vorsichtig auf dem Sofa ab und legte sich auf sie. Das Verlangen pulsierte durch seine Adern, aber er zwang sich, langsam zu machen und sich daran zu erinnern, weshalb er überhaupt mitten in der Nacht hier war.

Er gab ihr kleine Küsse auf die Lider, die Nase, ihre Wangen und dann wieder auf die Lippen, doch dieses Mal war er ganz sanft.

Stöhnend schlang sie die Arme fester um ihn.

»Hat er dich verletzt?«, flüsterte Ted. »Hast du irgendwo Schmerzen?«

»Nein, so war das nicht. Und ich will nicht, dass du weiter daran denkst.«

»Wenn er jemand anderes wäre, würde ich ihn umbringen wollen, weil er dir wehgetan hat.«

»Er hat mir weniger wehgetan als vielmehr Angst gemacht.«

Ted erzitterte, als er ihre Finger an seinem Nacken spürte. »Ich liebe dich«, flüsterte er an ihrem Hals. »Ich liebe dich so sehr. Du sollst nie wieder solche Angst haben müssen.« Er fand ihre Lippen, und sie versanken in einem weiteren innigen Kuss.

»Ich liebe dich auch«, sagte sie nach einer Weile. »Ich kann es selbst nicht glauben, aber es stimmt.«

»Glaub es nur.« Erst in diesem Moment erkannte er, dass er sie für den Rest seines Lebens jeden Tag so küssen wollte. Noch nie hatte er etwas so süchtig Machendes erlebt, wie Caroline zu küssen.

»Hast du im Krankenhaus angerufen?«, fragte sie, als sie sich endlich voneinander lösten.

»Mhm«, murmelte er an ihren Lippen. »Ich habe mir zwei Tage freigenommen, weil ich so krank bin.«

»Zwei Tage.« Sie seufzte zufrieden. »Womit genau werde ich mich in dieser Zeit anstecken?«

»Mit einer Halsentzündung.« Er ließ seine Zunge in ihren Mund gleiten.

Sie biss ihm spielerisch in die Zungenspitze. »Ich glaube, ich bin dem noch nicht ausreichend ausgesetzt gewesen.«

Er lachte leise. »Das lässt sich schnell ändern.«

Sie wand sich unter ihm, drückte sich gegen seine Erektion, wovon ihm der Atem stockte.

»Caroline, Honey, warte.«

»Was ist los?«

»Ich will dich so sehr, dass ich manchmal glaube, vor Verlangen verrückt zu werden. Aber das geht alles so schnell. Findest du mich seltsam, wenn ich dich einfach nur ein wenig im Arm halten will, bis ich wieder zu Atem gekommen bin? Jetzt, wo wir alle Zeit der Welt haben, möchte ich es nicht überstürzen. Ergibt das Sinn?«

Sie brachte ihn mit einem Kuss zum Schweigen. »Ehrlich gesagt bin ich erleichtert, das zu hören. Die letzten Tage waren so verrückt und emotional. Ich glaube, wir brauchen beide eher ein wenig Schlaf als sonst etwas. Und bevor wir uns hinlegen, wie wäre es da mit einem Snack?«

Er setzte sich auf und nahm ihre Hand, um sie ebenfalls hochzuziehen. »Was schlägst du vor?«

»Ich mache ein verdammt gutes Omelett.«

Bei diesen Worten fing sein Magen an zu knurren. »Das klingt super.« Als er aufstand, um ihr zu folgen, schaute er sich in der Wohnung um. Die Wände waren in einem dunklen Taupe-Ton gestrichen, die Sofas rot, die Bilder bunt und die Kissen dick und kuschelig. Ein überquellendes Bücherregal nahm eine ganze Wand ein. Später würde er sich das näher ansehen, um herauszufinden, was sie gerne las. Er konnte es nicht erwarten, alles über sie zu erfahren. Die Küche war klein, aber da die Wände hellgelb waren, wirkte sie größer und freundlich. »Deine Wohnung gefällt mir.«

»Danke. Willst du einen Kaffee?«, fragte sie, während sie die Zutaten für das Omelett herausholte.

»Nicht, wenn ich in den nächsten zwölf Stunden schlafen will. Ich hatte bereits jede Menge.«

Lächelnd schnitt sie eine rote Paprika klein und steckte einen Bagel in den Toaster auf der Arbeitsplatte.

Ted setzte sich an den winzigen Tisch und beobachtete, wie sie effizient in der Küche hantierte. Nachdem sie Eier, Paprika und Käse in eine Pfanne gegeben hatte, stand er auf, um sie von hinten zu umarmen, während sie am Herd stand.

»Kochst du gerne oder nur, wenn es nötig ist?«, wollte er wissen.

Sie lehnte ihren Kopf an seine Schulter. »Ich liebe es, zu kochen.«

»Ich Glücklicher. Ich liebe es nämlich, zu essen.«

Sie lachte, und ihm wurde ganz warm ums Herz.

Während er sie auf den Nacken küsste, strich er mit den Händen langsam von ihrem Bauch zu ihren Brüsten. Als er die Spitzen berührte, schluckte sie hörbar.

»Wenn du so weitermachst, lasse ich die Eier noch anbrennen«, sagte sie und drückte sich gleichzeitig gegen seine Erektion.

In dem Moment schoss der Bagel aus dem Toaster, und sie zuckte erschreckt zusammen.

Ted lachte. »Der Bagel ist fertig.«

Sie drehte sich um, um ihn zu küssen. Dabei drängte sie ihn sanft rückwärts auf den Stuhl, damit sie sich wieder um das Omelett kümmern konnte. Doch bevor sie entkommen konnte, packte er ihre Hand und zog sie daran auf seinen Schoß.

»Ted!«

Er erstickte ihren Protest mit einem tiefen Kuss und ließ sie dann so plötzlich los, wie er sie gepackt hatte.

»Du lenkst mich ab«, beschwerte sie sich gespielt erbost.

»Du liebst mich.«

Sie drehte sich zu ihm um. »Ja, das tue ich.«

Er hielt ihren Blick einen Moment lang fest, bis ein Zischen in der Pfanne sie zwang, sich dem Herd zuzuwenden.

Als das Omelett fertig war, deckte sie den Tisch mit fröhlich bunten Tellern und Besteck. Vor der offenen Kühlschranktür sagte sie: »Ich habe O-Saft, Wasser und Milch. Was möchtest du?«

»O-Saft wäre super. Danke.«

Sie brachte zwei volle Gläser an den Tisch und setzte sich dann Ted gegenüber.

Er stöhnte vor Vorfreude. »Fabelhaft.« Nach einem Schluck Saft fuhr er fort: »Es gibt so viel, was ich über dich nicht weiß. Wie zum Beispiel, dass deine Kochkünste ein Traum sind.«

»Ach, das ist doch gar nichts.« Sie spießte mit der Gabel ein Stück Omelett auf. »Was willst du sonst noch wissen?«

»Du hast schon meine gesamte Familie kennengelernt, aber ich weiß nicht mal, ob du Geschwister hast.«

»Einen Bruder und eine Schwester. Courtney ist Krankenschwester in einer Unfallklinik in L. A. und mit einem Trickfilmzeichner namens Paul verheiratet. Sie haben zwei Söhne – Jimmy und Justin. Mein Bruder Cooper ist Manager bei einer Versicherungsgesellschaft in Chicago. Er hat erst im April geheiratet, und seine Frau heißt Ellen.«

»Wer von euch ist am ältesten?«

»Ich. Ich bin zwei Jahre älter als Courtney und vier Jahre älter als Coop.«

Ted lachte leise. »Ich weiß nicht mal, wie alt du bist.«

»Dreiunddreißig. Und du bist siebenunddreißig, richtig?«

Er nickte. »Im September werde ich achtunddreißig.«

»Wann genau?«

»Am vierten.«

»Vierter September.« Sie stützte das Kinn in eine Hand und sah ihn an. »Dieser Tag wird für mich nie wieder derselbe sein.«

»Und wann hast du Geburtstag?«, erkundigte er sich lächelnd.

»Am neunten Januar.«

»Und dieser Tag wird für *mich* nie wieder derselbe sein.« Er trank seinen Saft aus. »Was ist mit deinen Eltern?«

»Die leben immer noch in Upstate New York, wo ich aufgewachsen bin.«

»In welcher Stadt?«

»In Saratoga Springs.«

»Da war ich als Kind ein paarmal mit meinen Großeltern beim Pferderennen«, erklärte er.

»Ich frage mich, ob ich zu der Zeit auch da war! Wir sind eigentlich immer hingegangen.«

Er streckte den Arm über den Tisch aus und ergriff ihre Hand. »Vielleicht sind wir uns schon vor Jahrzehnten begegnet, und es war unser Schicksal, uns wiederzufinden.«

»Ja, vielleicht.«

»Glaubst du an solche Sachen?«

»Jetzt schon.«

Er küsste ihren Handrücken. »Was ich mehr möchte als alles andere, ist, dich ins Bett zu bringen und dich zu lieben, bis du jeden anderen Mann vergisst, den du je gekannt hast.«

»Die habe ich bereits vergessen«, erwiderte sie atemlos. »Es gibt nur dich.«

Er behielt ihre Hand an seinen Lippen. »Aber ich will, dass es perfekt ist, und mit dem Stress in meinem Job und der Tatsache, dass ich die halbe Nacht durchgefahren bin, und weil ich davor ständig an dich gedacht habe und daran, dass du mit meinem besten Freund im

Bett bist, habe ich seit einer gefühlten Woche nicht mehr geschlafen.
Ich bin so unglaublich müde.«

Sie stand auf und zog an seiner Hand, damit er mitkam.

»Wir müssen hier noch aufräumen«, sagte er.

»Später.«

Er folgte ihr ins Wohnzimmer. »Ich laufe bloß schnell raus zu
meinem Wagen und hol meine Tasche.« Ein paar Minuten später
kehrte er mit einem verlegenen Grinsen im Gesicht zurück. »Ich hatte
das Auto vorhin nicht mal abgeschlossen.«

»Das ist in dieser Stadt gefährlich. Vor allem bei einem Auto wie
deinem.«

»Ich glaube, ich hab nicht klar denken können, als ich hier
ankam.«

Sie lächelte schüchtern. »Und jetzt?«

»Jetzt fange ich langsam an, zu begreifen, dass ich wohl nie wieder
klar denken werde.«

Sie legte ihre Hände an seine Hüften und drückte ihn an sich. »Die
Phase der frischen Verliebtheit wird irgendwann enden, und dann
läuft alles wieder normal.«

»O nein, die wird nicht enden.« Er zog sie noch enger an sich, um
sie zu küssen. »Niemals.«

Gemeinsam gingen sie den Flur hinunter, und sie zeigte ihm, wo
sich das Badezimmer und ihr kleines Büro befanden. Dann betraten
sie ihr Schlafzimmer. Die Wände waren in einem blassen Lilaton
gestrichen. Ein gerahmtes Bild von Georgia O'Keeffe in knalligen
Rottönen hing über einem kunstreich verzierten schmiedeeisernen
Tor, das als Kopfteil des Betts diente. Das Bett war zerwühlt, weil sie
vorhin darin geschlafen hatte, und sie zog schnell die Decke glatt und
schlug sie für ihn zurück. Auf dem Nachttisch lag ein weiterer Stapel
Bücher neben einem gerahmten Foto von zwei blonden Jungen, die,
wie er annahm, ihre Neffen waren.

Ted stellte seine Tasche auf den weißen Korbsessel in der Ecke und
suchte seine Zahnbürste heraus. »Halt mir einen Platz frei. Ich bin
gleich wieder da.« Als er aus dem Bad zurückkehrte, verschwand sie
schnell darin, um sich frisch zu machen. Ted streifte sich das T-Shirt

über den Kopf und die Flipflops von den Füßen. Dann trat er ans Fenster und sah zu, wie die Sonne langsam aufging und ihr blasses Licht auf die Blumen in Carolines winzigem Garten warf. Das Rascheln von Seide verriet ihm, dass Caroline zurück war und aus ihrem Morgenmantel schlüpfte.

Sie stellte sich hinter ihn, schlang die Arme um seine Mitte und schmiegte ihr Gesicht an seinen Rücken. »Du fühlst dich so gut an.«

Er legte seine Hände auf ihre. »Ich kann immer noch nicht glauben, dass ich hier bei dir bin – in deinem Schlafzimmer, kurz davor, mit dir ins Bett zu gehen, als würden wir das schon seit einer Ewigkeit tun.« Er drehte sich zu ihr um und strich mit den Händen über ihr Nachthemd. »Dieses kleine Ding hat eine große Rolle in meinen Fantasien gespielt, seitdem ich dich vor ein paar Tagen das erste Mal darin gesehen habe.«

Sie lächelte. »Davon habe ich noch mehr.«

»Ich will sie mir alle nacheinander anschauen – erst an dir und dann in einem Haufen auf dem Boden.«

Sie lachte. »Das lässt sich arrangieren. Komm. Du brauchst ein wenig Schlaf.«

»Ich bezweifle, dass ich mit dir neben mir überhaupt schlafen kann.«

»Bestimmt.«

Er entledigte sich seiner Shorts, legte sich neben Caroline ins Bett und streckte die Arme nach ihr aus. »Endlich«, seufzte er. »Endlich mit dir in einem Bett.« Mit einem Finger hob er ihr Kinn ein wenig an, damit er ihr in die Augen blicken konnte. »Es gibt keinen Platz auf der Welt, an dem ich lieber wäre, Caroline.«

»Ich habe so lange auf dich gewartet. Ich dachte, ich würde dich niemals finden.«

»Jetzt, wo du mich gefunden hast, werde ich dich nie wieder gehen lassen.« Er küsste sie, und kurz ließ sie es zu. Dann zog sie sich zurück und legte ihm sachte eine Hand über die Lider.

»Schlaf«, flüsterte sie.

Mit geschlossenen Augen sagte er: »Ich habe mehr Fragen.«

»Okay. Zwei noch. Und dann wird geschlafen.«

»Wer ist deine beste Freundin?«

»Tiffany Bartlett Wallingbrook.«

Er öffnete ein Auge, um zu sehen, ob das ihr Ernst war. »Ist sie so eingebildet, wie ihr Name klingt?«

Caroline lachte. »Sie ist supernett, und wir sind seit der ersten Klasse beste Freundinnen. Ich habe ein Foto von uns beiden in unseren Brownies-Uniformen.«

»Du warst bei den Pfadfindern? Hast du Beweise?«

»Die zeig ich dir, nachdem du geschlafen hast.«

»Wo ist Tiffany Bartlett Wallingbrook jetzt?«

»Sie war auf dem Emory College in Atlanta und hat Brett Wallingbrook geheiratet, den Sohn des Ex-Gouverneurs von Georgia. Sie wohnen mit ihren Töchtern Savannah und Augusta in Atlanta, und Brett macht gerade ebenfalls Karriere in der Politik.«

»Sie haben ihre Töchter Savannah und Augusta genannt?«

»Jap. Wenn sie einen Jungen bekommen hätten, würde er Macon heißen.«

Ted lachte leise, während der Schlaf ihn langsam übermannte. »Augusta hat Glück, dass sie ein Mädchen geworden ist«, murmelte er. »Kann ich jetzt meine zweite Frage stellen?«

»Nun, eigentlich ist es ja schon deine dritte, aber gut. Und nur, wenn du mir versprichst, danach zu schlafen.«

»Hm«, murmelte er zustimmend, und sein Atem wurde tiefer. »Wovor hast du am meisten Angst?«

Sie zögerte nicht. »Dich zu verlieren, jetzt, wo ich dich endlich gefunden habe.«

Er schob ein Bein über ihre und zog sie eng an sich, um sie wissen zu lassen, dass er es ernst gemeint hatte, als er gesagt hatte, dass er sie nie wieder würde gehen lassen.

KAPITEL 21

S mitty wusste, dass es masochistisch von ihm war, seinen
Chauffeur am Montagmorgen zu bitten, auf dem Weg zum
Finanzdistrikt in Lower Manhattan durch Carolines Straße zu fahren.
Limousine und Chauffeur waren einer der Vorteile davon, Partner in
der Firma zu sein, und er nutzte sie voll aus, denn sich von einem
Ende der verstopften Stadt zum anderen zu quälen war der Teil seines
Arbeitstages, der ihm am wenigsten gefiel. Normalerweise nutzte er
die Zeit im Auto, um Anrufe zu tätigen und seine E-Mails sowie die
Börsen in Tokio und London auf seinem Smartphone zu checken.
Heute starrte er allerdings nur aus dem Fenster, ohne wirklich etwas
zu sehen.

Die Limousine bog in Carolines Straße ein, die um halb sieben
Uhr am Morgen ruhig dalag. Smitty hielt den Blick auf ihre Haustür
gerichtet, und hätte er nicht vor Schmerz über das, was dort gestern
vorgefallen war, den Kopf abgewandt, wäre ihm der schwarze
Mercedes mit dem unverkennbaren Kennzeichen aus Massachusetts,
ETD3MD, vermutlich nicht aufgefallen. Smitty war vor zwei Jahren
an Weihnachten dabei gewesen, als Lillian jedem der Ärzte in der
Duffy-Familie ein personalisiertes Kennzeichen geschenkt hatte:
ETD1MD für Theo. ETD2MD für Ed. Und ETD3MD für Ted. Das

alberne – und ein wenig eitle – Geschenk war den drei Männern peinlich gewesen, aber das hätten sie Lillian nie merken lassen, die sich so sehr über ihre clevere Idee gefreut hatte.

Smitty hatte vorher schon geglaubt, wütend zu sein, doch was ihn jetzt überfiel, war purer, weiß glühender Zorn. *Dieser Mistkerl hat ja wahrhaftig keine Zeit vergeudet. War er schon auf dem Weg hierher, als ich noch bei ihr war? Sind sie jetzt gemeinsam im Bett und versuchen, die verlorene Zeit aufzuholen? Mistkerl.*

Er musste zugeben, dass er trotz allem, was passiert war, bis zu diesem Moment gehofft hatte, seine Freundschaft mit Ted irgendwie retten zu können. Er hatte gehofft, dass Ted sein Tun auf eine Weise erklären könnte, die es Smitty erlauben würde, damit zu leben und weiterhin mit ihm befreundet zu bleiben. Aber diese Hoffnungen hatten sich in der Minute zerschlagen, in der er den Wagen auf der Straße hatte stehen sehen.

»Mr Smith?«, sagte der Chauffeur. »Mr Smith?«

Aus seinen Gedanken gerissen, antwortete Smitty: »Ja?«

»Haben Sie hier gesehen, was Sie sehen wollten?«

»Ja. Ja, ich habe mehr als genug gesehen.«

Immer noch wie betäubt, fuhr Smitty mit dem Fahrstuhl in den sechsunddreißigsten Stock hinauf. Aus seinem großen Büro schaute man direkt auf das Gelände, auf dem früher einmal die Türme des World Trade Center gestanden hatten. Heute verschwendete er keine Sekunde an die Aussicht. Er ließ seine Aktentasche auf den Schreibtisch fallen, auf dem wie stets Chaos herrschte, und ging direkt ins Büro eines der Seniorpartner.

Bill Keplers Assistentin winkte ihn durch.

Nach einem kurzen Klopfen betrat Smitty das weitläufige Büro mit dem Panoramablick über Manhattan, den Hudson River und New Jersey in der Ferne.

»Morgen.«

»Hey, Smitty, komm rein. Gerade habe ich von dir gesprochen. Hat es dir in den Ohren geklingelt?«

Smitty ignorierte das verschmitzte Lächeln seines Chefs, und es war ihm auch egal, was Kepler gerade über ihn gesagt haben mochte. Doch er wusste es besser, als diesem Mann gegenüber kurz angebunden zu sein, der in den zehn Jahren, in denen er schon in dieser Firma arbeitete, so gut zu ihm gewesen war. »Nein, kein Klingeln. Was ist los?«

»Ich habe gerade mit James King telefoniert. Er ist sehr glücklich über den letzten Bericht und hat ein Loblied auf dich gesungen.«

»Freut mich, das zu hören. Ich muss ihn heute auch noch anrufen, um ein paar Ideen mit ihm zu besprechen. Aber deshalb bin ich nicht hier.«

Kepler lehnte sich in seinem großen Schreibtischsessel zurück und musterte Smitty interessiert. »Was ist los?«

»Ich habe beschlossen, das Projekt in Australien persönlich zu übernehmen. Ich wollte dich nur wissen lassen, dass ich mir einen Flug nach L. A. für heute Abend buchen lasse.«

Kepler war die Überraschung anzusehen. »Ich hatte dich so verstanden, dass du Peter schicken wolltest.«

»Ich habe übers Wochenende darüber nachgedacht und gemerkt, dass ich mich gerne persönlich darum kümmern möchte.«

»Ist irgendetwas passiert? Ich meine, versteh mich nicht falsch, ich freu mich, wenn du das machst, aber mir wäre nie in den Sinn gekommen, dass du dazu bereit wärst.«

Smitty zuckte mit den Schultern. »Es interessiert mich einfach. Mehr nicht.«

Kepler legte die Fingerspitzen aneinander und stützte sein Kinn darauf, während er über den Vorschlag nachdachte. »Ich nehme an, du könntest deine Kunden von Sydney aus weiter betreuen?«

Smitty wusste, dass er damit vor allem James King meinte. »Natürlich.«

Kepler beugte sich vor, um einen dicken Ordner aus einem Stapel auf seinem Schreibtisch zu ziehen. »Hier ist die Akte über die Jergenson Investment Company. Wie ich im Partnermeeting vor ein paar Tagen schon erwähnt hatte, ist Norman Jergenson vor zwei Monaten gestorben. Seine Tochter Marjorie sucht einen Käufer, was gut zu unseren Plänen passt, auf dem australischen Markt zu expandieren. Sie hat uns als Erste angesprochen und wird keine anderen Angebote in Betracht ziehen, bis wir uns entschieden haben. Als ich letzte Woche mit ihr telefoniert habe, hatte ich den Eindruck, dass ihr hauptsächlich die Angestellten am Herzen liegen und sie nach einem Käufer sucht, der so viele von ihnen behält wie nur möglich.«

»Wenn alles passt, vermute ich, werden wir den Namen ändern, aber sonst nicht viel«, sagte Smitty und blätterte die Akte durch. »Siehst du das genauso?«

»Ganz genauso. Wenn dir irgendwas bei Jergenson nicht gefällt, gib mir Bescheid, und ich schicke dir Informationen zu ein paar weiteren Möglichkeiten da unten, die du dir anschauen kannst.«

»Okay.«

»Marjorie hat erwähnt, dass sie in ihrem Firmengebäude eine Wohnung haben, die sie demjenigen, der für die Diligence-Prüfung kommt, zur Verfügung stellen.«

»Das macht es ja noch leichter.« Smitty erhob sich und schüttelte Kepler die Hand.

»Marjorie ist … wie soll ich das sagen … Sie ist etwas kratzbürstig. Nun, du wirst selbst merken, was ich meine. Ich bin mir sicher, dass du trotzdem mit ihr klarkommst.«

Smitty nickte. »Ich halte dich auf dem Laufenden.«

Kepler sah ihn ein letztes Mal prüfend an. »Pass auf dich auf.«

Smitty kehrte in sein Büro zurück und schloss die Tür hinter sich. Dann holte er sein Handy heraus und wählte die Nummer von Chips Praxis in Midtown. Als man ihm sagte, dass Dr. Taggert gerade einen Patienten behandele, hinterließ er eine Nachricht und rief Parker an.

»Hey, du hast mich gerade noch erwischt«, erklärte der. »Ich muss in fünfzehn Minuten bei Gericht sein.«

»Ich kann mich auch später melden.« Smittys Nerven lagen blank, während er alle nötigen Schritte für einen sauberen Abgang einleitete.

»Ein paar Minuten habe ich. Was gibt's?«

»Ich wollte nur Bescheid sagen, dass ich den nächsten Monat über, vielleicht länger, in Sydney bin.«

»Wie? Was willst du denn da?«

Smitty erzählte ihm von der Reise, behielt den Grund dafür aber für sich.

»Wow, das ist ja schade. Dann verpasst du den Rest des Sommers in Newport.«

»Ich weiß. Ihr könnt euch überlegen, ob ihr mein Zimmer solange an einen anderen abgeben wollt. Das Geld ist mir egal.«

»Ohne dich wird es nicht das Gleiche sein.«

»Ja, ihr werdet definitiv nicht so gut essen«, witzelte Smitty.
Parker lachte. »Stimmt.«

»Äh, es gibt da noch etwas, das ich dir erzählen wollte.«

»Und zwar?«

»Caroline und ich haben Schluss gemacht.«

»Wirklich?« Parker wirkte geschockt. »Warum?«

»Ach, es kam mir nicht fair vor, sie zu bitten, auf mich zu warten, während ich einen Monat oder länger weg bin. Vor allem, weil wir beide wussten, dass es nichts für die Ewigkeit war.«

»Den Eindruck habt ihr aber nicht vermittelt.«

»Es ist entweder da oder nicht.« Smitty schnitt eine Grimasse. »In ihrem Fall war es das nicht.«

»Mein Gott, Smitty. Ich weiß nicht, was ich darauf erwidern soll. Es tut mir leid. Ich habe wirklich gedacht, dass du vielleicht die Richtige für dich gefunden hast.«

Das hab ich auch, überlegte Smitty. »Die Suche geht weiter. Irgendwelche Fortschritte auf deiner Seite?«

»Noch nicht, ich hoffe jedoch, dass ich in ein paar Tagen mehr dazu sagen kann.«

»Okay. Viel Glück. Schick mir eine E-Mail, wenn du mehr weißt.«

»Mach ich.«

»Kannst du mir einen Gefallen tun und Duff darüber informieren, was bei mir los ist? Ich habe heute ein paarmal versucht, ihn anzurufen, erreiche allerdings immer nur seine Mailbox. Ich will keine dreiminütige Nachricht hinterlassen, daher meine Bitte, dass du ihm Bescheid gibst. Kannst du das tun?«

»Klar, kein Problem. Und bleib in Kontakt, während du da unten bist, okay?«

»O ja, du wirst von mir hören, keine Sorge.«

»Pass auf dich auf, Smitty.«

»Geht klar.«

Smitty legte auf, und als Chip zwanzig Minuten später zurückrief, führte er beinahe genau die gleiche Unterhaltung mit ihm. Zum Schluss rief er Mitzi auf Block Island an.

»Hey, Honey, das ist ja eine nette Überraschung«, sagte sie mit ihrer immer ein wenig atemlos klingenden Stimme.

»Danke noch mal für das fabelhafte Wochenende. Du und Lillian, ihr wisst wirklich, wie man eine Party schmeißt.«

»Ja, das hat Spaß gemacht, oder? Wie süß von dir, anzurufen.«

»Ich wollte dir auch sagen, dass ich für einen Monat oder länger nach Australien fliege.«

»Ach nein! Dann verpasst du ja den August in Newport.«

»Ich weiß. Aber es ist eine großartige Gelegenheit, ein wenig Zeit in einem anderen Land zu verbringen, und die wollte ich gern nutzen.«

»Caroline muss ja außer sich sein.«

Genau genommen liegt sie gerade mit deinem Sohn im Bett. »Wir haben gestern Schluss gemacht.«

»Ach, Smitty«, seufzte Mitzi. »Was ist passiert?«

»Ich schätze, es sollte einfach nicht sein.«

»Ich war mir so sicher, was sie betrifft. Wir mochten sie alle wirklich gern. Das tut mir sehr leid.«

»Mir auch. Nun, ich muss wieder an die Arbeit, damit ich nachher rechtzeitig zum Flughafen komme.«

»Ich bin froh, dass du angerufen hast. Geht es dir gut, Honey?«

»Ich bin enttäuscht.« Er drückte sich absichtlich milde aus. »Aber ich werde es überleben. Das tu ich immer.«

»Ich bin hier, wenn du mich brauchst, das weißt du, oder?«

Berührt von ihren Worten, sagte er: »Ja, das weiß ich.«

»Schick uns eine Postkarte aus Australien.«

»Das mach ich. Grüß alle ganz lieb von mir, und danke noch mal für das tolle Wochenende.«

»Wir lieben dich, Smitty. Vergiss das nie.«

»Werd ich nicht«, flüsterte er und merkte überrascht, dass ihm die Augen feucht wurden. »Danke.«

Um sechs Uhr abends flog Smitty am Kennedy Airport in New York los und landete um Viertel vor neun abends kalifornischer Zeit in Los Angeles. Am dortigen Flughafen schlug er drei Stunden in der Qantas-Lounge tot, bevor er um fünf vor zwölf das Flugzeug nach Sydney bestieg. Vierzehn Stunden und fünfunddreißig Minuten im Luxus der ersten Klasse später landete er am Mittwochmorgen in Australien. Irgendwo über dem Pazifik hatte er den Dienstag verloren, aber das war ihm egal. Es wäre sowieso ein beschissener Tag gewesen.

KAPITEL 22

Ted jagte Caroline im Nebel. Kreischende Möwen, das Rauschen der Brandung, pudriger Sand unter seinen Füßen am Strand. Die sanfte Brise hatte sich in ihren langen blonden Haaren und im Rock ihres weißen Kleids verfangen. Zwei blonde Kinder liefen immer um ihre Beine herum und lachten glücklich. Ted versuchte, zu ihnen aufzuschließen, aber egal, wie schnell er rannte, er erreichte sie nicht. Als sie langsam außer Sicht gerieten, rief er nach ihnen.

»Hey«, flüsterte Caroline ihm ins Ohr. »Das ist nur ein Traum.«

Ted wachte langsam auf und war für einen kurzen Moment desorientiert. »Ich konnte dich nicht einholen.« Seine Stimme war noch ganz rau vom Schlaf. »Und dann bist du langsam verschwunden.«

»Ich bin hier.« Sie kuschelte sich an ihn und legte ihren Kopf auf seine Brust. »Ich gehe nirgendwohin.«

»Da waren zwei Kinder.« Er zwirbelte eine Strähne ihres langen Haares um seinen Finger. »Zwei blonde Kinder«, fügte er an und gab ihr einen Kuss. »Wenn unsere Kinder keine blonden Haare haben, bekommen du und der Postbote es mit mir zu tun.«

Lächelnd schaute sie zu ihm auf, und ihre grünen Augen strahlten. »Unsere Kinder.« Sie seufzte. »Hatten wir Jungs oder Mädchen?«

»Das konnte ich nicht erkennen.« Er gähnte und streckte sich. »Wie spät ist es?«

»Halb drei.«

Er drehte den Kopf zu ihr, um zu sehen, ob sie das ernst meinte. »Wirklich?«

Sie nickte grinsend.

»Wir haben *neuneinhalb* Stunden geschlafen?«

»*Du* hast neuneinhalb Stunden geschlafen.«

Er verzog das Gesicht. »Wie lange bist du schon wach?«

»Seit ungefähr zwei Stunden.«

»Tut mir leid.«

»Warum? Es war schön, dich beim Schlafen zu beobachten.«

Ted war nicht sicher, ob er gerührt oder verlegen sein sollte. Er setzte sich auf und strich sich mit der Hand durchs Haar, wobei er merkte, dass die Müdigkeit, die seit Tagen auf ihm gelastet hatte, sich endlich verflüchtigt hatte. Er konnte sich nicht erinnern, wann er das letzte Mal eine so konzentrierte Dosis Schlaf bekommen hatte. »Ich bin gleich wieder da«, sagte er und stand auf, um ins Bad zu gehen. Ein paar Minuten später kehrte er zurück und legte sich wieder zu Caroline ins Bett. »Du hast mir also wirklich zwei Stunden lang beim Schlafen zugeschaut?«

Sie stützte sich auf einen Ellbogen und sah ihn an. »Mhm.«

»Hattest du nichts Besseres zu tun?«

Sie schüttelte den Kopf.

Langsam streckte er eine Hand aus und strich ihr eine Locke hinters Ohr. »Habe ich geschnarcht oder gesabbert oder sonst etwas Peinliches gemacht?«

»Nein. Du warst sehr süß. Dein Handy hat ein paarmal geklingelt. Ich war nicht sicher, ob ich dich wecken sollte, damit du den Anruf annehmen kannst, habe dann aber beschlossen, dass dein Schlaf wichtiger ist.«

»Ein klingelndes Telefon zu überhören widerspricht zwar meiner Ausbildung, doch was immer es war, ich schätze, es hat Zeit. Ich habe jetzt wesentlich Besseres zu tun, nun, wo ich sehr gut ausgeruht bin.«

Sie lächelte ihn an.

Er vergrub seine Finger in ihren Haaren und strich mit den Lippen sanft über ihre. Dann zog er sie auf sich, fand den Saum ihres Nachthemds und streifte es ihr über den Kopf. Nachdem er es auf den Boden hatte fallen lassen, flüsterte er: »Da unten gefällt es mir besser.«

Ihr Lachen verwandelte sich in ein Stöhnen, als seine Hände jeden Zentimeter der warmen, weichen Haut erkundeten, die er freigelegt hatte. Mit einer Leidenschaft, die er noch nie zuvor verspürt hatte, kehrte er ihre Positionen um und eroberte Carolines Mund. Ein Beben überlief ihn, als sie seine Schultern mit den Händen packte und dann langsam über seinen Rücken streichelte.

»Ich muss ein Kondom holen«, stieß er aus.

»Ich nehme die Pille.«

Er lehnte sich zurück, um sie anzusehen, und strich ihr eine Strähne aus der Stirn. »Wir werden für die Arbeit zweimal im Jahr getestet. Ich hab nichts.«

»Ich auch nicht. Ich habe bisher immer auf Kondomen bestanden.«

»Und dieses Mal nicht?« Sein Herz klopfte vor Aufregung, Verlangen und Liebe so wild wie nie zuvor.

»Nein, dieses Mal nicht.« Sie hakte ihre Finger unter das Bündchen seiner Boxershorts, um sie herunterzuschieben. Sobald er nackt war, streichelte sie ihn, bis er so hart war, dass er glaubte, gleich zu explodieren.

»Caroline«, seufzte er und packte ihre Hand, um sie aufzuhalten, bevor es zu spät war. »Ich liebe dich.«

»Und ich liebe dich. Mach Liebe mit mir, Ted.«

Er küsste sie erneut, wobei er sich vornahm, langsam vorzugehen, sich Zeit zu lassen und das erste Mal mit ihr zu genießen. Doch das hier war einfach zu überwältigend. Er hatte gedacht, er wüsste, was Leidenschaft war, aber nichts ließ sich mit der brennenden Lust vergleichen, die er jetzt empfand. Ihre glatte Haut, ihr Duft, ihre seidigen Haare, ihr sanftes Stöhnen, ihre Finger auf seinem Rücken, die ihn drängten … Bis zu diesem Moment war die Liebe für ihn ein Mysterium gewesen. Nie hatte er verstanden, welche Macht sie besaß, wie sie Leben verwandelte und Schicksale veränderte. Jetzt, mit beinahe achtunddreißig Jahren, begriff er es endlich – dass er, vor die Wahl gestellt, nur zu gerne sein Leben für sie gegeben hätte.

Ihre Brüste passten genau in seine Hände. Er senkte den Kopf, um eine Spitze in den Mund zu nehmen, und Caroline stöhnte. Ermutigt saugte er daran, ehe er mit seiner Zunge über die rosige Spitze fuhr.

Caroline schlang ihre Beine um seine Hüften und flehte um mehr.

Ted keuchte auf, als er die feuchte Hitze an seiner pochenden Erektion spürte. Er zog sich ein wenig zurück, verweigerte sich ihr – zumindest für den Moment. Zärtlich küsste er sich über ihren Bauch nach unten, wobei er seine Schultern nutzte, um ihre Beine auseinanderzuhalten.

»Ted, bitte …«

»Was?«, fragte er leise. »Was brauchst du?«

»Komm wieder rauf.«

»Ich bin in einer Minute zurück.« Aufreizend ließ er seine Zunge über ihre Mitte gleiten.

»Oh …«

Dann schob er seine Hände unter sie und verwöhnte sie mehrere Minuten lang mit seinen Lippen und seiner Zunge, bis er sich schließlich auf den Punkt konzentrierte, an dem sie ihn am meisten wollte. Er jagte sie in einen Orgasmus, der sie beide erschütterte. Ihre inneren Muskeln zuckten noch leicht, als er in sie eindrang.

Für einen Moment blieben sie beide ganz still und blickten einander tief in die Augen. Überwältigt von dem Wunder, das er erlebte, begann Ted, sich zu bewegen, und schnell flammte ein Feuer in ihm auf. Mit einer Hand griff er unter sie und zog Caroline enger an sich. Er musste die Zähne zusammenbeißen, um nicht die Kontrolle zu verlieren, als sie erneut vor Lust aufschrie.

Ein Ausdruck äußersten Erstaunens lag auf ihren Zügen, und sie schaute zu ihm auf.

Ted drückte sein Gesicht in Carolines Haare und wurde von einem explosiven Höhepunkt überrollt, der ihn atemlos zurückließ. Er versuchte, sein rasendes Herz zu beruhigen, während er sich sanft an ihrem Kinn entlangküsste und erneut ihre Lippen fand. »Mein

Gott, Caroline«, stieß er seufzend aus. »Das werde ich sehr bald und sehr oft wieder tun müssen.«

Sie lachte und zog ihn so fest an sich, dass er nicht wegkonnte. Ihr Handy klingelte. Nach einem Blick aufs Display sagte sie: »Das ist Elise. Da geh ich besser ran.«

Ted löste sich von ihr, damit sie das Telefon nehmen konnte.

»Caroline? Chip hat mir gerade erzählt, dass du und Smitty Schluss gemacht habt. Ich bin geschockt. Ich komme sofort vorbei. Ich bin so schnell da, wie ich kann.«

»Das musst du nicht. Mit mir ist alles in Ordnung.«

Ted kuschelte sich an ihren Rücken und legte einen Arm um sie. Er hörte jedes Wort, das Elise sagte.

»Was ist passiert? Ich kann das einfach nicht glauben.«

»Es ist nicht wirklich was passiert. Wir haben uns letzte Nacht darüber unterhalten und festgestellt, dass es vorbei ist. Außerdem muss er nach Australien.«

»Er ist schon weg. In einer Stunde geht sein Flug nach L. A.«

Caroline setzte sich auf. »Er ist schon weg?«

»Ja. Chip meinte, er hätte komisch geklungen.«

»Mir war nicht klar, dass er so bald aufbrechen würde.«

Ted überraschte es ebenfalls, dass Smitty so schnell abgereist war. Er stand auf und holte sein Handy aus dem Wohnzimmer. Auf dem Weg zurück zum Bett scrollte er durch die Liste seiner verpassten Anrufe: zwei von Parker, einer von Chip und einer von der Nummer seiner Eltern auf Block Island.

»Du musst wirklich nicht kommen, Elise«, erklärte Caroline gerade. »Mir geht es gut. Ich rufe dich später in der Woche an. Danke, dass du dich gemeldet hast.«

Ted hörte die Nachricht von Parker ab.

»Hey, ich habe gerade mit Smitty geredet. Er meinte, er hätte heute Vormittag ein paarmal versucht, dich zu erreichen, und er hat mich gebeten, dir zu sagen, dass er geschäftlich nach Sydney muss. Er wird mindestens einen Monat weg sein. Und außerdem hat er gestern Nacht mit Caroline Schluss gemacht. Ruf mich an, wenn du kannst.«

Die nächste Nachricht war von Chip. »Irgendwas stimmt nicht mit Smitty. Ruf mich an.«

Auch seine Mutter hatte Ted eine Nachricht draufgesprochen: »Hi, Darling. Ich habe mit Smitty telefoniert. Hast du das von ihm und Caroline gehört? Der arme Kerl. Ruf mich mal an.«

Ted schloss die Mailbox und überprüfte noch einmal die Liste der verpassten Anrufe. Von Smitty war keiner darunter. »Er weiß es«, sagte er.

»Was meinst du?«

»Smitty weiß von uns.«

Caroline keuchte auf. »Wie kommst du darauf?«

»Wenn alles normal wäre, würde er nicht für einen Monat das Land verlassen, ohne mich anzurufen. Nein, auf keinen Fall. Himmel, er hat meine Mutter angerufen und nicht mich? Er hat Parker erzählt, er hätte heute Morgen ein paarmal versucht, mich zu erreichen, aber ich habe keinen verpassten Anruf von ihm.«

»Vielleicht hat er deine Nummer im Krankenhaus angerufen.«

Ted schüttelte den Kopf. »Er weiß, dass ich am ehesten an mein Handy gehe.« Er zog seine Boxershorts an und begann, im Zimmer auf und ab zu laufen. »Wie hat er es herausgefunden? Das verstehe ich einfach nicht.«

Nachdem sie ihn ein paar Minuten lang beobachtet hatte, räusperte sich Caroline. »Darf ich etwas sagen, das total unsensibel und vielleicht sogar ein wenig unangemessen ist?«

Ted blieb stehen und sah sie an. »Natürlich.«

»Es ist mir genau genommen egal, ob er es weiß.« In ihren Augen schimmerten Gefühle. »Wir haben uns gerade zum ersten Mal geliebt, und ich will nicht über ihn reden. Ich will über *dich* reden. Ich will über *uns* reden. Ich will, dass du mit mir zusammen bist. Ich weiß, die Situation ist schrecklich, und er ist dein bester Freund …«

»Nein, du hast recht.« Ted schaltete sein Handy aus und warf es in seine Tasche. »Es tut mir leid.« Er kam zurück ins Bett und zog Caroline in seine Arme.

Sie legte ihren Kopf an seine Brust. »Bin ich ein schrecklicher Mensch?«

»Nein, Honey.« Er hob ihren Kopf an, um ihr einen Kuss zu geben. »Du hast vollkommen recht. Diese Zeit gehört uns. Mit allem anderen werden wir uns früh genug herumschlagen müssen, aber nicht heute und nicht morgen.«

»Danke für dein Verständnis.«

»Wirst du das immer tun?«

»Was?«

»Mir geradeheraus sagen, was du brauchst, so wie du es eben getan hast?«

»Es könnte sein, dass du es nicht immer hören willst«, antwortete sie.

»Es ist mir lieber als Ratespielchen. Die hasse ich mehr als alles andere.«

»Was hasst du noch?«

»Oliven.«

Darüber musste sie lachen. »Das ist alles?«

Er überlegte einen Moment. »Ja, ich glaube schon.«

Sie rollte sich auf ihn. »In dem Fall wird es sehr leicht sein, dich zufriedenzustellen.«

»Hmm«, machte er, als sie sich zu seinem Bauch hinunterküsste. »Es sieht ganz so aus, als würde ich im Nullkommanichts zufriedengestellt sein.«

»Ich brauche eine Dusche«, verkündete Caroline über eine Stunde später, nachdem sie sich ausgiebig gestreckt hatte.

Ted lag bäuchlings im Bett und lauschte dem Heulen einer Autoalarmanlage und dem Durcheinander von Stimmen, die von der Straße zu ihnen herüberklangen. Die zarten Gardinen bauschten sich in der spätnachmittäglichen Brise. »Das hast du auf Block Island auch gemacht.«

Sie drehte sich zu ihm um. »Was?«

»Dich von den Zehen bis in die Fingerspitzen zu strecken. Das und hundert andere Dinge habe ich mir genau eingeprägt, für den Fall, dass ich dich nicht so bald wiedersehe.«

Sie strich sich mit den Fingern durch die Haare. »Du bist so süß.«

»Ich hatte solche Angst, dass wir das hier nie erleben würden.«

»Ich hatte das Gefühl, dass wir einen Weg finden. Das hier ist viel zu groß, um ignoriert zu werden.«

»Du warst an diesem ersten Abend auf der Terrasse, als ich dir von Joey erzählt habe, im Mondlicht so wunderschön.«

»Ich wünschte …« Sie biss sich auf die Unterlippe.

»Was, Honey?«

»Ich wünschte einfach, dass es anders gelaufen wäre. Ich weiß, dass dich die Umstände, unter denen wir zusammengekommen sind, sehr traurig machen.«

»Als ich mit meiner Großmutter über dich gesprochen habe, hat sie etwas gesagt, das ich nicht wirklich verstanden habe. Bis heute, wo wir zusammen sein können.« Er legte ihr eine Hand in den Nacken und zog sie zu sich, um sie zu küssen. »Sie meinte, wenn es mit meinen Freunden schlecht läuft, wirst du die Leere füllen.«

Carolines Blick wurde ganz weich. Zärtlich streichelte sie über seine Brust. »Sie hat recht. Egal, was passiert, wir haben einander.«

Er kämpfte gegen den Kloß an, der sich auf einmal in seiner Kehle bildete. »Ich werde mich sehr anstrengen, nichts anderes zu benötigen. Wenn sie sich von mir abwenden, werde ich mein Bestes geben, damit zu leben.«

»*Wir* werden damit leben.«

Er umfasste ihre Hand und nickte.

»Wie wäre es mit einer Dusche?«, fragte sie mit einem neckischen Lächeln. »Ich schrubbe dir den Rücken, und du vergisst all deine Sorgen.«

Sofort erhellte sich seine Miene, und er setzte sich auf. »Dazu kann ich nicht Nein sagen.«

Den einzigen farblichen Bruch in dem weißen Badezimmer bildeten die kleinen schwarzen Fliesen, die unter die weißen auf dem Boden gemischt waren. »Ich glaube, ich bin farbenblind geworden«, witzelte Ted, als Caroline zwei dicke weiße Handtücher herausholte.

»Wusstest du denn nicht, dass Weiß das neue Schwarz ist?«, fragte sie und grinste frech. »Natürlich hat mir keiner vorher verraten, wie schwer es ist, ein weißes Bad sauber zu halten.«

Die auf gusseisernen Löwenfüßen stehende Badewanne hatte einen umlaufenden Duschvorhang. Caroline beugte sich über den Wannenrand, um das Wasser anzustellen.

Während sie darauf warteten, dass es warm wurde, legte Ted die Arme um sie. »Du hast mich komplett verdorben.«

Sie schaute zu ihm auf. »Wie das?«

»Ich habe nicht mal ein schlechtes Gewissen, weil ich mich krankgemeldet habe. Das ist total untypisch für mich.«

»Betrachte es als Auszeit für deine mentale Gesundheit. Die hast du gebraucht.«

»Ich habe *dich* gebraucht.« Er zog sie an sich.

Caroline kicherte an seinen Lippen. »Kommen Sie nicht auf komische Ideen, Mister. Mein Gips darf nicht nass werden.«

»Und wie genau soll das funktionieren?«

»Indem wir ganz vorsichtig sind.«

»Wäre es nicht leichter, zu baden? Dann könntest du das Bein über den Rand hängen.«

»Kann ich dir dann trotzdem den Rücken waschen?«

»Auf jeden Fall.«

»Dann musst du mich runterlassen, damit ich den Stöpsel einstecken kann.«

»Muss ich wirklich?« Er küsste sie so innig, dass sie ganz atemlos war, als er sie endlich langsam absetzte.

Nachdem die Wanne vollgelaufen war, stieg Ted als Erster hinein und hielt Caroline fest, während sie auf einem Bein balancierte, um ihren Gips auf dem Wannenrand abzulegen. Sie lehnte sich gegen ihn und seufzte zufrieden. »Wenn das hier nicht gut für deine geistige Gesundheit ist, dann weiß ich auch nicht.«

»Ich kann mir nichts Besseres vorstellen«, stimmte er zu, während er ihr die Haare einschäumte.

»Ted«, stöhnte sie, als er ihre Kopfhaut massierte. »Das fühlt sich sündig gut an, aber ich sollte doch eigentlich dir den Rücken waschen.«

»Dazu kommen wir noch. Also erzähl mir, wovon handelt dein Buch wirklich?«

»Von einem alleinerziehenden Vater namens Cameron Littlefield. Er ist groß, dunkelhaarig und attraktiv. Er wohnt schon seit mindestens drei Jahren in meinem Kopf.«

»Ich wusste gar nicht, dass du große, dunkelhaarige, attraktive Männer bevorzugst. Muss ich auf diesen Cameron Littlefield eifersüchtig sein? Ich schätze, ich habe hier ein Problem.« Er versuchte, nicht daran zu denken, wie gut diese Beschreibung auf Smitty passte.

Lachend streckte sie die Hände nach hinten, um ihm die Haare zu zausen. »Du erfüllst zwei der drei Kriterien. Ich bin definitiv in Cameron verknallt, aber in dich bin ich *verliebt*. Also gibt es nichts, worüber du dir Sorgen machen musst.«

Er küsste ihren Nacken. »Ich werde es niemals leid werden, das zu hören.«

Sie drehte den Kopf zu ihm um. »Wann immer du es hören musst, lass es mich wissen.«

Er umfasste ihr Gesicht mit den Händen und gab ihr einen Kuss. »Also, was ist das Problem von Cameron Littlefield?«

»Ich glaube, dein Ton gefällt mir nicht«, erwiderte sie belustigt. »Seine Ex-Frau ist dabei erwischt worden, wie sie vom Keller ihres gemeinsamen Hauses aus Crack verkauft hat, und sitzt deswegen für zwei Jahre im Knast. In der Stadt gehen Gerüchte um, dass sie mehr als nur Crack verkauft hat, wenn du verstehst, was ich meine.«

»Ah ja, das *andere* Crack.«

Sie stieß ihm mit dem Ellbogen in die Rippen, sodass das Wasser über den Wannenrand schwappte. »Das ist eklig«, kicherte sie. »Wie auch immer, Camerons kleine Töchter Stella und Avery werden in der Schule gehänselt, und er erkennt, dass er sie aus der Stadt bringen muss, wenn das Stigma nicht für immer an ihnen kleben bleiben soll. Weil er im Baugewerbe tätig ist und überall arbeiten kann, überlässt er den Kindern die Entscheidung, an welchen Ort in den USA sie ziehen wollen.«

»Und wofür entscheiden sie sich?«

»Da bin ich mir noch nicht sicher.«

»Du weißt nicht, was weiter passieren wird?«, fragte er überrascht.

»Ich weiß genug, um anzufangen. Ich hoffe, der Rest kommt, während ich schreibe.«

»Ich dachte immer, dass Leute, die Bücher schreiben, einen Plan haben, dem sie folgen, und dass sie schon wissen, wie das Ende aussieht, bevor sie anfangen.«

»Nach allem, was ich gelesen habe, macht jeder Autor das anders. Ich will nicht so viel Zeit an einen Plan verschwenden, weil ich dann das Gefühl hätte, ich müsste mich sklavisch daran halten, damit die ganze Mühe nicht umsonst gewesen ist. Was ist, wenn ich halb fertig bin und mich entschließe, eine ganz andere Richtung einzuschlagen?«

»Das ist ein gutes Argument.«

»Komm, lass uns die Plätze tauschen.«

Er stand auf und stieg vorsichtig über sie hinweg, während sie nach hinten gegen den Wannenrand rutschte.

»Wie geht es dem Gips?«

»Noch trocken. Darunter juckt es allerdings höllisch.«

»Tut dein Knöchel noch weh?«

»Nicht wirklich. Ich habe gehört, dass es die Hölle ist, wenn der Gips abkommt und man wieder anfängt, den Knöchel zu bewegen. Und auf die Physiotherapie freue ich mich auch nicht gerade.«

»Ich werde deine Hand halten.«

»Von Boston aus?«, fragte sie, während sie ihm den Rücken massierte.

Er entspannte sich unter ihrer Berührung. »Darüber habe ich schon nachgedacht. Warum kommt du und Cameron Littlefield morgen nicht mit zu mir nach Hause?«

Carolines Hände an seinem Rücken hielten inne. »Meinst du das ernst?«

»Warum nicht?« Als sie schwieg, drehte er den Kopf, um sie anzusehen, wobei mehr Wasser über den Rand schwappte. »Ich will dich bei mir haben, Caroline. Pack deinen Laptop und deine Pflanzen ein, und komm mit zu mir.«

Sie lächelte. »Woher wusstest du, dass ich an meine Pflanzen gedacht habe?«

Er grinste nur. »Ich muss am Mittwoch wieder zur Arbeit. Meine Patienten brauchen mich, aber ich brauche *dich*. Wir können übernächste Woche für die Konferenz wieder nach New York zurückkommen.«

»Und was dann?«

Er zuckte die Achseln. »Ich habe noch keinen Plan, denn wenn ich den hätte, hätte ich das Gefühl, ich müsste mich daran halten.« Er küsste sich an ihrem Hals entlang. »Und dadurch könnte mir was wirklich Umwerfendes auf dem Weg entgehen.«

Amüsiert antwortete sie: »Du hältst dich wohl für besonders clever, Ted Duffy.«

»Kommst du mit? Bitte, sag mir nicht, dass ich dich morgen verlassen muss.« Er presste seine Lippen auf ihre. »Dazu werde ich morgen noch nicht bereit sein.«

Sie legte die Arme um ihn und erwiderte seinen Kuss. Ohne die Lippen voneinander zu lösen, sanken sie unter die Wasseroberfläche. Prustend und hustend tauchte Caroline wieder auf. »Okay«, keuchte sie lachend. »Ich komme mit.«

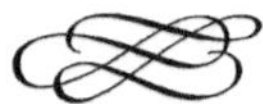

Nach dem gemeinsamen Bad schaute sich Ted ein altes Fotoalbum an, während Caroline sich auf dem Sofa an ihn kuschelte und ihm erklärte, wer die Leute auf den Bildern waren.

»Das ist Tiffany. Damals waren wir auf der Highschool. Und das ist meine Schwester. Blätter mal um. Ich glaube, als Nächstes kommt unser Foto als Pfadfinderinnen.«

Ted lachte, als er die Aufnahme von den beiden Mädchen in ihren orangefarbenen und braunen Uniformen erblickte. »Oh, du warst niedlich! Ich will ein kleines Mädchen, das genauso aussieht wie du.« Er zeigte auf die junge Caroline mit braunen Socken und dem Barett.

Sie küsste ihn, und das Fotoalbum landete mit einem dumpfen Knall auf dem Boden. Spielerisch fuhr sie mit ihrer Zunge seine Lippen nach und lachte, als Ted aufstöhnte.

Er versuchte, sie näher zu sich zu ziehen, doch sie behielt eine Hand an seiner nackten Brust und fuhr fort, ihn zu necken.

»Caroline …« Er schob die Finger unter sein T-Shirt, das sie trug.

»Was ist?«, flüsterte sie und widmete sich seinem Ohr.

»Du machst mich verrückt.«

»So mag ich dich.«

»Du spielst mit dem Feuer.«

»Das Risiko gehe ich ein.« Sie strich weiter nach unten, um zu fühlen, ob ihre Bemühungen den gewünschten Effekt hatten.

Als sie ihr Ziel erreichte, atmete Ted scharf ein. »Zufrieden?«

»Noch nicht, aber wir nähern uns.«

Das Lachen blieb ihm im Hals stecken, als sie ihn durch seine Shorts hindurch streichelte. »Caroline.« Seufzend schloss er die Augen und gab sich ganz der Lust hin.

»Dafür habe ich mich ja nicht groß anstrengen müssen.« Sie öffnete den Knopf seiner Shorts und zog den Reißverschluss auf.

»Du musst nur im gleichen Zimmer mit mir sein, das reicht schon.«

»Wirklich?«, fragte sie erstaunt, während sie ihn von seinen Klamotten befreite.

Im Bann der sanften Bewegung ihrer Hand konnte er bloß sagen: »Hmm.«

»Hattest du schon viele Freundinnen?«, fragte sie, während sie mit der Zunge über die Spitze seiner Erektion strich.

Er riss die Augen auf. »Ein paar«, stieß er aus.

»Ich wette, es waren *viele*.« Sie schloss die Lippen um ihn und nahm ihn tief in ihren Mund.

»Aber keine von ihnen war du«, flüsterte er, während er mit ihren Haaren spielte. »Keine von ihnen hat etwas bedeutet.«

Langsam lehnte sie sich zurück und sah zu ihm hoch. »Ganz sicher hat dir doch *irgendeine* von ihnen etwas bedeutet.«

Er griff nach ihrer Hand, die ihn immer noch streichelte. »Wenn du erwartest, dass ich mich mit dir unterhalte, musst du damit aufhören, Honey.«

»Ich habe eine bessere Idee.«

»Ich fürchte mich beinahe davor, zu fragen …«

»Wie wäre es, wenn ich das hier beende und wir uns danach unterhalten?« Ohne den Blick von seinem zu lösen, nahm sie ihn in den Mund und ließ ihre Zunge um ihn kreisen.

Stöhnend vergrub Ted eine Hand in ihren Haaren. »Caroline …«

»Hmm?«

»O Gott …«

Die Kombination aus der Bewegung ihrer Hand, ihrem warmen Mund und ihrer Zunge trieb ihn schnell an den Rand des Abgrunds.

»Baby«, keuchte er. »Warte … Das reicht.«

Statt aufzuhören, saugte sie härter, und kurz darauf erlebte Ted einen Höhepunkt, der alles übertraf, was er bislang gekannt hatte. Erschöpft sank er zurück.

Caroline seufzte zufrieden und kuschelte sich wieder an seine Brust.

»Das war umwerfend, Honey«, sagte er, als er wieder sprechen konnte. »*Du* bist umwerfend.«

»So etwas habe ich noch nie zuvor getan.« Ihre Wangen röteten sich vor Verlegenheit.

Der Anblick rührte ihn. »Was hast du noch nie zuvor getan?«

»Jemanden in … meinem Mund kommen lassen.«

Nun seufzte Ted zufrieden und schloss die Arme fester um Caroline. »Ich weiß nicht, womit ich dich verdient habe.«

»Verrätst du mir jetzt, was du mir vorhin erzählen wolltest?«

Ted atmete tief ein, um seine Gefühle in den Griff zu bekommen. »Auf dem College bin ich drei Jahre lang mit einem Mädchen namens Marcy zusammen gewesen. Ich dachte, ich würde sie lieben. Aber jetzt, wo ich weiß, wie es sich wirklich anfühlt, verliebt zu sein, erkenne ich, dass es nicht so war. Nicht so, wie ich dich liebe.«

Tränen stiegen in ihre grünen Augen. »Auch wenn ich dich nicht deswegen gefragt habe, ist es doch schön, das zu hören.«

»Es stimmt. Was ist mit dir? Mit diesem Mann, den du beinahe geheiratet hättest?«

Sie zuckte zusammen und legte ihre Wange an seinen Bauch. Dann hob sie den Blick, um Ted anschauen zu können. »Ich schätze, ich habe förmlich um diese Frage gebeten, oder? Ich wünschte, ich könnte ebenfalls sagen, dass ich so etwas wie das jetzt noch nie zuvor empfunden habe …«

»Das erwarte ich nicht von dir. Unsere Leben haben nicht an dem Tag angefangen, an dem wir uns begegnet sind.« Obwohl Ted sich fragte, ob das für ihn nicht vielleicht tatsächlich so gewesen war.

»Ich habe ihn geliebt, aber er war ganz anders als du. Nachdem wir Schluss gemacht hatten, habe ich erkannt, dass er in vielen Dingen sehr egoistisch war. Ich habe ihm viel zu viel nachgesehen.«

»Was zum Beispiel?« Er spürte, wie die Leidenschaft von eben wich und etwas wesentlich Zärtlicheres ihren Platz einnahm. Die Vorstellung, dass sie unglücklich gewesen war, weckte seinen Beschützerinstinkt.

»In unserer Beziehung ging es nur um ihn – seine Arbeit, seine Familie, seine Freunde. Ich habe mich nach einer Weile verloren. Ich habe sogar meinen Job gekündigt – einen Job, den er gehasst hat und ich geliebt habe –, um mehr Zeit für ihn zu haben. Nach allem, was ich jetzt weiß, würde ich so etwas nie wieder tun – und das liegt nicht bloß daran, dass er die Hochzeit abgeblasen hat. Ich habe ihm zu viel Macht in unserer Beziehung und über mich eingeräumt.«

»Ich hoffe, dass du so etwas nicht irgendwann auch bei uns feststellst. Meine Arbeit kann mich manchmal komplett vereinnahmen, und ich habe dich bereits gebeten, morgen mit mir nach Boston zu kommen. Mein Job bringt oft meine Pläne durcheinander und lässt sich nicht von meinem Privatleben trennen. Es wird Tage geben, an denen es wirkt, als wäre mir meine Arbeit wichtiger als du.« Er küsste ihre Hand. »Aber das wird sie niemals sein.«

»Es wird Tage geben, an denen deine Arbeit wichtiger sein sollte, und das ist in Ordnung. Da gebe ich mich keinen Illusionen hin.«

»Bist du über ihn hinweg, Caroline?«

Sie schwieg lange. »Wenn jemand einen so verletzt, wie er mich verletzt hat, zerbricht man innerlich. Im Laufe der Zeit setzt man diese Teile wieder zusammen, doch das Gesamtbild verändert sich. Man ist nicht mehr wirklich die Gleiche, falls das irgendeinen Sinn ergibt.«

»Es tut mir leid, dass du das durchmachen musstest.«

Sie zuckte mit den Schultern. »Wenn nicht, wäre ich jetzt nicht hier. Trotzdem hoffe ich, dass ich das nie wieder erleben muss. Es war der absolute Tiefpunkt in meinem Leben.«

Er drückte ihre Hand. »Uns wird so etwas nicht passieren.«

»Das hoffe ich. Also, um deine Frage zu beantworten: Ja, ich bin über ihn hinweg, aber ich bin jetzt eine andere.«

»Tja, ich bin in die Caroline verliebt, die jetzt hier bei mir ist. Die andere Caroline habe ich nicht gekannt, doch diese hier mag ich sehr.«

»Weißt du, was? Ich auch. Sie ist wesentlich zäher, als die vorher war.«

Ted lachte. »Ich Glückspilz.«

»Ja, du gibst besser acht.« Sie warf ihm einen drohenden Blick zu.

»Wenn ich anfange, den gleichen Mist zu machen wie er, lass es mich wissen, okay?« Er zog sie an sich, um sie zu küssen.

»Hmm«, murmelte sie an seinen Lippen. »Werde ich. Hey, nachdem du den ganzen Tag faul herumgelegen hast, verspürst du bestimmt das Bedürfnis, zu laufen, oder?«

»Nope«, erwiderte er, ohne den Kuss zu unterbrechen. »Nicht ohne dich.«

»Das Laufen fehlt mir«, stöhnte sie.

»Im Nullkommanichts bist du wieder auf den Beinen. Ich kann es kaum erwarten, mit dir zu joggen.«

»Ich auch nicht. Wir passen gut zusammen.«

»Und nicht nur in dem Punkt«, sagte er mit einem anzüglichen Lächeln.

Sie lachte leise. »Hast du Hunger?«

»So langsam. Wollen wir was essen gehen?«

Sie überlegte kurz. »Was ist, wenn uns jemand sieht?«

Ted zuckte die Achseln. »Die Stadt ist groß. Ich denke, das wird nicht passieren.«

»Magst du thailändisches Essen?«

»Ich liebe es.« Er stand auf und half ihr auf.

Nachdem sie sich angezogen hatten, folgte sie ihm ins Wohnzimmer. »Es gibt zwei Blocks von hier ein gutes Restaurant. So weit kann ich laufen.«

»Das musst du nicht. Du hast ja mich.« Er hockte sich vor sie und bot ihr seinen Rücken an. »Spring auf.«

»Du musst mich nicht tragen.«

»Ich will aber.«

»Du wirst dich gleich nicht mehr aufrichten können.«

»Halt den Mund, und spring auf.«

»Okay.« Sie kletterte auf seinen Rücken und legte die Arme um seinen Hals. »Sag nicht, ich hätte dich nicht gewarnt.«

»Ich habe dich schon mal getragen, schon vergessen?«

»Wie könnte ich? Ich denke, auf diesem langen Weg zurück zum Parkplatz habe ich mich in dich verliebt.«

»Wirklich? Da schon?«

Während er mit ihr auf den Bürgersteig hinaustrat, gab sie ihm einen Kuss auf den Nacken, der ihm einen Schauer der Erregung über den Rücken jagte. »Du warst so fürsorglich und kompetent. Wie hätte ich mich da nicht in dich verlieben können? Wann hat es für dich angefangen?«

»An dem Abend auf dem Balkon, als ich dich zum ersten Mal gesehen habe. Ich erinnere mich noch sehr gut an das Gefühl. Es war, als hätte ich mein gesamtes Leben lang geschlafen und wäre endlich aufgewacht. Es war ein umwerfender Moment, den ich nie vergessen werde.«

»Ted«, flüsterte sie und verstärkte den Griff um ihn.

»Normalerweise fällt es mir schwer, über Verluste zu sprechen, aber in jener Nacht nicht, weil es so leicht war, mit dir zu reden. Es ist einfach so aus mir herausgesprudelt. Das war definitiv der Anfang.«

»Ich habe danach die ganze Nacht wach gelegen«, gestand sie.

»Ich auch.«

Sie drückte ihn und zeigte dann mit einer Hand auf das Restaurant an der Ecke. Sie fanden einen kleinen Tisch draußen und teilten sich eine Flasche Wein. Auf der Straße herrschte reges Treiben. Der Abend war warm, doch zum Glück nicht allzu schwül.

Als Ted sie nach dem Essen zur Wohnung zurücktrug, knabberte sie an seinem Ohr.

»Wenn du so weitermachst, läufst du Gefahr, dass ich dich fallen lasse.«

Sie richtete ihre Aufmerksamkeit auf seinen Hals.

»O ja, das ist viel besser«, witzelte er.

Sie setzte ihre Folter unbeeindruckt fort.

Als sie ihr Gebäude erreichten, nahm Ted zwei Stufen auf einmal und zog den Schlüssel aus der Tasche. Sobald sie drinnen waren, ließ er Caroline langsam herunter und drehte sich zu ihr um. Er presste sie gegen die Wand und eroberte ihren Mund mit einem langen, innigen Kuss. »Siehst du, was du da angefangen hast?«, flüsterte er ihr ins Ohr und ließ seine Hände unter ihr Oberteil gleiten.

Sie öffnete den Knopf an seinen Shorts. »Und? Wirst du es beenden?«

»Was meinst du?« Er schob ihr den Rock nach oben und den Slip aus dem Weg. Dann hob er sie hoch, drückte sie gegen die Wand, legte sich ihre Beine um die Taille und drang mit zwei Fingern in sie ein.

Stöhnend barg Caroline den Kopf an seiner Schulter und vergrub ihre Hände in seinem Haar.

Nach ein paar Minuten zupfte er an ihrem Top. »Zieh das aus«, bat er mit rauer Stimme.

Sie bemühte sich, seinem Wunsch nachzukommen, während er mit seinen Fingern immer schneller in sie hineinstieß.

»Den BH auch«, flüsterte er drängend.

Ihre Sachen landeten auf dem Boden. Ted hob Caroline noch höher und schloss seine Lippen um ihre Brustspitze.

Als Caroline kam, klammerte sie sich an Teds Schultern und schrie auf.

Ted schob seine Hose herunter und war so schnell in ihr, dass er noch die letzten Wellen ihres Orgasmus spürte. Sie war so eng und so heiß, dass er sich sehr beherrschen musste, damit es nicht sofort vorbei war.

Keuchend drängte Caroline sich an ihn und schlang die Arme fester um seinen Nacken.

Mit der Zunge erkundete er ihren Mund, ahmte die Bewegungen seiner Hüften nach. Was langsam und sinnlich angefangen hatte, wurde nun schnell und hektisch. Als es vorbei war, überwältigte Ted die Erkenntnis, dass Caroline im Verlaufe nur eines Tages wichtiger für ihn geworden war als alles und jeder andere.

»Ich liebe dich«, flüsterte sie.

Da der dicke Kloß in seiner Kehle ihm das Sprechen unmöglich machte, hielt er sie einfach bloß ganz fest.

KAPITEL 24

Ted trug Carolines Taschen und einen Karton mit ihren Pflanzen zu seinem Auto und kehrte dann zurück, um seine eigenen Sachen zu holen. »Hast du alles?«

»Ich überlege gerade. Ich habe einen Antrag auf Postlagerung gestellt, den Kühlschrank ausgeräumt und den Müll rausgebracht.« Sie schaute sich in ihrer Wohnung um. »Ich habe das Gefühl, dass ich irgendwas vergessen habe.«

»Wir haben noch Zeit. Wieso küsst du mich nicht einfach, während du weiterüberlegst?«

»Weil ich, wenn ich das tue, nicht mehr klar denken kann. Du bleibst schön da drüben.«

Ted ließ sich aufs Sofa fallen und tat, als würde er schmollen, während er sie beim Nachdenken beobachtete. Er war so froh, dass sie mit ihm kam, vor allem, nachdem er die Nacht eng umschlungen mit ihr verbracht hatte und am Morgen neben ihr aufgewacht war. Noch nie hatte er etwas so Schönes erlebt, wie an einem neuen Tag die Augen zu öffnen und Caroline neben sich zu finden.

Sie beugte sich über ihren Schreibtisch, womit sie Ted einen wunderbaren Blick auf ihren Po in dem engen weißen Rock bot. Er konnte nicht fassen, dass er sie schon wieder wollte.

Caroline drehte sich um und ertappte ihn beim Gucken. »Was machst du da?«

»Ich genieße bloß die Aussicht, die, wie ich sagen muss, von vorne noch besser ist.« Er bemühte sich nicht, zu verbergen, dass seine Augen auf ihr Dekolleté gerichtet waren, das von ihrem hellblauen Neckholder-Top wunderbar zur Geltung gebracht wurde.

Sie humpelte zum Sofa und setzte sich auf seinen Schoß. »Ich schmelze immer dahin, wenn du mich so anschaust.«

Er zog sie an sich. »Ich will dich immer, selbst wenn ich dich gerade erst hatte.«

»Das bekommst du besser in den Griff, Matrose. Du musst morgen wieder zur Arbeit.«

»Erinnere mich nicht daran«, stöhnte er. »Ich teile dir jetzt schon mal mit, dass ich im August eine Woche Urlaub nehme und wir irgendwo hinfahren, wo ich dich die ganze Zeit lang nackt bei mir haben kann.«

»Oh, die Idee gefällt mir.« Sie küsste ihn ausgiebig. »Warte!« Schnell richtete sie sich auf und ließ ihn mit dem Verlangen nach mehr zurück. »Jetzt fällt es mir ein. Ich hätte beinahe vergessen, die Rechnungen zu bezahlen, weil du mich so abgelenkt hast.«

»Nimm sie einfach mit. Wir sollten schauen, dass wir vor dem Berufsverkehr hier wegkommen.« Widerstrebend schob er sie von seinem Schoß und stand auf. »Brauchst du deine Krücken?«

»Nein. Lass die ruhig hier.« Sie stopfte die Rechnungen und ihr Scheckbuch in die Tasche zu ihrem Laptop. »Die brauche ich nicht mehr.«

Ted nahm ihr die Tasche ab und hängte sie sich über die Schulter.

Caroline schloss die Tür ab und folgte ihm dann die Außentreppe hinunter.

Nachdem sie in den Mercedes eingestiegen war, verstaute er die Tasche hinter ihrem Sitz.

»Das letzte Mal war ich in diesem Auto, als wir zur Notaufnahme gefahren sind.«

»Schwer zu glauben, dass das erst wenige Wochen her ist.« Er drückte auf den Knopf, um das Verdeck herunterzulassen. »Ich fühle mich, als wäre seitdem ein ganzes Leben vergangen.« An der Ampel am Ende ihrer Straße hielt er an und wandte sich Caroline zu. »Ich weiß, was du vergessen hast.«

»Was?«, fragte sie alarmiert.

»Cameron Littlefield!«

Ein breites Grinsen erhellte ihr Gesicht. »O nein, den habe ich nicht vergessen. Der ist *immer* bei mir.« Sie legte sich dramatisch eine Hand aufs Herz.

»Ich hasse ihn.«

Sie beugte sich zu ihm herüber, um ihm einen Kuss auf die Wange zu geben. »Er ist nicht derjenige, mit dem ich den Großteil der letzten Nacht – und des heutigen Morgens – im Bett verbracht habe.«

»Stimmt«, sagte Ted selbstgefällig. »Verzehr dich ruhig nach ihr, Cameron, alter Junge.« Er legte einen Arm um Carolines Schultern und fuhr weiter. »Ich habe darüber nachgedacht, dass du eine Pause einlegst, um über Cameron zu schreiben, und da fiel mir auf, dass ich gar nicht gefragt habe, ob du diese Woche irgendwelche anderen Jobs hast, von denen ich dich entführe.«

Sie schüttelte den Kopf. »Ich habe mir drei Monate für das Buch gegeben. Danach muss ich wieder an die Arbeit. Das Honorar von meinem letzten Projekt reicht für drei Monate Miete, was mir ein wenig Zeit erkauft hat.«

Er strich mit den Lippen über ihre weichen blonden Haare. »Wenn du bei mir einziehen würdest, könntest du dich ganz aufs Schreiben konzentrieren – also, falls du das willst.«

Sie hob den Kopf von seiner Schulter und sah ihn an. »Das ist sehr süß von dir, aber so bin ich nicht. Ich muss etwas beisteuern können.«

»Trotzdem, du *müsstest* nicht. Vielleicht schreibst du einen absoluten Bestseller, und am Ende fütterst du mich mit deinem Einkommen durch.«

»Okay, mit dem Szenario könnte ich leben.«

»Was ist, wenn …?«

»Wenn was?«

»Wenn wir eines Tages Kinder haben – also vor dem Bestseller, meine ich. Würdest du dann mit ihnen zu Hause bleiben wollen?«

»Ja. Das würde ich sehr gerne. Doch vermutlich würde ich trotzdem nebenbei freiberuflich arbeiten. Und außerdem dürfen wir Cameron nicht vergessen.«

»Ich werde dich nicht jeden Tag mit ihm allein lassen. Auf keinen Fall.«

»Ich hätte dich nie für den eifersüchtigen Typ gehalten.«

Er hörte ihr tiefes Seufzen. »Hey, was geht gerade in deinem hübschen Kopf vor sich?«

»Ich kann nicht glauben, dass wir gerade darüber gesprochen haben, dass ich als Mutter unserer Kinder zu Hause bleiben werde.«

»Ist es dafür zu früh an unserem zweiten vollen gemeinsamen Tag?«

»Nein. Heute fühlt es sich an, als wäre alles möglich, oder?«

»Das ist es auch. Ich war noch nie an zwei aufeinanderfolgenden Tagen so zufrieden wie an den letzten beiden. Ich könnte einen ganzen Monat so verbringen und würde mich nicht langweilen. Mir würden auch nie die Gesprächsthemen ausgehen, und ich würde nie, nie, nie aufhören, dich zu wollen.«

Caroline presste ihre Lippen auf seine, bis er sich von ihr lösen musste, um sich wieder auf die Straße zu konzentrieren. »Danke, dass du die ganze Nacht gefahren bist, um zu mir zu kommen, als ich dich gebraucht habe.«

»Auf dem Weg zu dir dachte ich, ich drehe durch.«

Sie hielt den Strafzettel hoch. »Hast du dir den dabei eingefangen?«

Er zuckte zusammen. »Den hättest du eigentlich nicht sehen sollen.«

»Autsch! Vierhundert Dollar! Ich bin wirklich kein billiges Mädchen, oder?«

»Zum Glück hast du gestern Abend nicht viel gegessen.«

Sie lachte. »Ich hatte keine Ahnung, dass ich dich bereits so viel Geld gekostet habe, sonst hätte ich nicht die Shrimps bestellt.«

»Für dich, meine Liebste, ist mir nichts zu teuer.«

»Puh«, stieß sie aus. »Der Verkehr ist echt heftig. Wenn das nicht besser wird, brauchen wir bis nach Boston ewig.«

»Willst du einen Umweg in Kauf nehmen und die Nacht in Newport verbringen?«

»Hast du denn so viel Zeit?«

»Ich habe morgen die Schicht von zwölf bis acht, und das Haus gehört uns bis zum Labor Day, auch wenn wir es normalerweise nur an den Wochenenden nutzen.«

»Was ist, wenn Chip oder Parker überraschend dort auftauchen?«

»Das würden sie niemals tun.«

»Das Gleiche sagen sie vermutlich über dich, oder?«

Er lächelte. »Ja, da hast du recht. Ich muss ohnehin noch ihre Anrufe von gestern erwidern, also könnte ich das jetzt machen und gleichzeitig herausfinden, wo sie sind. Was meinst du?«

»Du bist derjenige, der morgen arbeiten muss, also tu, was immer du meinst.«

»Hey, bloß weil du im Moment nicht arbeitest, heißt das nicht, dass deine Meinung nicht zählt. Ich will dich nicht so behandeln wie der andere Typ, wie auch immer er heißt.«

»Du könntest mich niemals so behandeln, wie Brad es getan hat.«

»Brad.« Ted rümpfte missbilligend die Nase. »Brad und Cameron. Ich hasse sie beide.«

»Ist schon gut, Baby«, antwortete sie. »Du bist der Einzige, den ich will.«

Beruhigt lächelte Ted. »In dem Fall lass ich dich nur so lange los, wie es dauert, die Anrufe zu tätigen, und dann will ich dich wieder hier an meiner Seite haben.« Er griff nach seinem Handy, um Parker anzurufen.

»Hey, Duff«, begrüßte der ihn. »Wo hast du dich denn versteckt?«

Ted schluckte. »Ach, es war einfach eine dieser Wochen. Ich habe deine Nachricht erhalten, konnte dich aber nicht früher zurückrufen. Was gibt's?«

»Mein Gott, hast du das mit Smitty nicht mitbekommen? Er hat mit Caroline Schluss gemacht und ist für einen Monat oder so nach Australien geflogen. Und das alles, seitdem wir ihn am Sonntag zuletzt gesehen haben!«

Ted warf Caroline einen Blick zu, die aus dem Beifahrerfenster schaute. »Ja, so viel hatte ich deiner Nachricht entnommen.«

»Hast du mit ihm gesprochen?«

»Nein, wir haben uns immer verpasst.«

»Das tut mir leid. Die ganze Sache ist so bizarr. Am Wochenende war er total verliebt in sie, und dass es zwischen ihnen aus ist, hat er mir dann so beiläufig erzählt, als wäre es keine große Sache.«

»Hast du mit Chip gesprochen?«

»Ja. Er findet das auch mehr als seltsam. Aber ich schätze, wir müssen warten, bis Smitty aus Australien zurück ist, um die ganze Geschichte zu erfahren.«

»Vermutlich ja. Hast du Gina angerufen?«

»Noch zwei Tage. Ich halte durch.«

»Du bist ein Masochist.«

»Ich glaube langsam, damit könntest du recht haben.«

»Wie läuft deine Woche?«

»Schrecklich. Heute habe ich den ganzen Tag mit eidesstattlichen Aussagen verbracht, und morgen bin ich den ganzen Tag vor Gericht. Fahren wir am Freitag zusammen?«

»Ich weiß noch nicht, ob ich kann. Rogers Frau ist schwanger, und es gibt ein paar Komplikationen, deshalb möchte ich ihn im Moment ungern fragen, ob er für mich einspringen kann.« Nur ein Teil davon entsprach der Wahrheit – nämlich dass Rogers Frau schwanger war.

»Ah, das ist Mist. Du hast das Haus diesen Sommer kaum benutzen können, und jetzt, wo Smitty weg ist, schwindet unsere Gang immer mehr dahin.«

»Ich weiß.«

»So, ich habe jetzt ein Meeting. Ruf mich am Freitag an, ob du kommen kannst oder nicht.«

»Okay. Und du halt mich wegen Gina auf dem Laufenden. Und falls du was von Smitty hörst.«

»Mach ich. Gleichfalls.«

Ted legte auf. »Parker ist heute über Nacht in Boston.«

»Wer ist Gina?«

Ted erzählte ihr von der Frau, an der Parker interessiert war.

»Er hat ein ganzes Jahr darauf gewartet, sie zu kontaktieren? Das ist so romantisch.«

»Findest du? Ich habe ihm mitgeteilt, es sei verrückt, so lange zu warten.«

»Es war das Richtige. So hatte sie Zeit, sich erst mal zu sortieren.«

»Meine Liebste ist nicht nur wunderschön, sondern auch sehr weise.«

Sie lächelte. »Was hat er über Smitty gesagt?«

»Bloß, dass ihm das Ganze sehr bizarr vorkommt. Ich rufe eben Chip an. Mal sehen, ob er mehr darüber weiß.«

»Verdammt verrückt«, war Dr. Taggerts Meinung. »Er verbringt das ganze Wochenende mit uns und verliert nicht ein Wort darüber, dass er für einen Monat nach Sydney geht? Was soll das?«

»Ich schätze, er wollte der Party keinen Dämpfer verpassen.« Ted fragte sich, ob Smitty die Reise bereits geplant hatte oder ob ihm die Idee gekommen war, nachdem er herausgefunden hatte, was zwischen Ted und Caroline lief. Die Frage, wie *genau* er dahintergekommen war, nagte immer noch an Ted.

»Wenn du mich fragst, ist daran irgendwas faul«, meinte Chip. »Hast du mit ihm gesprochen? Was hat er zu dir gesagt?«

»Nein, wir hatten vor seiner Abreise gar keinen Kontakt mehr. Ich war gestern den ganzen Tag in der Klinik, weswegen wir uns verpasst haben.« Ted biss die Zähne zusammen, um den Anfall von schlechtem Gewissen zu unterdrücken. Er sah zu Caroline, und ihr Anblick reichte, um ihn daran zu erinnern, dass das mit ihr seine Lügen wert war. »Also, wie geht es dir? Habt ihr schon ein Datum für die Hochzeit festgelegt?«

»Heute Abend kommen Elises Eltern aus Massapequa zum Essen zu uns.«

»Schön. Lass es mich wissen, wenn ihr euch entschieden habt.«

»Du weißt, dass du bei der Hochzeit eine Rolle spielen wirst, oder? Ich lasse euch drei Streichhölzer ziehen, wer mein Trauzeuge wird, aber ich weiß, dass ihr alle für mich da sein werdet.«

»Na klar. Smitty und ich hätten vollstes Verständnis, wenn du Parker fragen würdest. Wir wissen, dass ihr schon länger befreundet seid.« Die beiden hatten sich auf der Privatschule kennengelernt, die sie besucht hatten.

»Das hatte ich auch gedacht, doch ich wollte nicht, dass ihr Jungs denkt …«

»Chip, das würden wir nicht. Versprochen.«

Die Erleichterung war ihm anzuhören. »Danke, Duff. Ich rufe dich an, sobald das Datum feststeht.«

»Gib der Braut einen Kuss von mir.«

»Nur zu gerne.«

Ted lachte und legte auf. »Also, außer wenn Smitty nicht wirklich nach Australien geflogen ist, haben wir Newport heute Abend ganz für uns allein«, wandte er sich an Caroline.

»Gibt es eine Möglichkeit, das herauszufinden?«

Ted nickte und wählte die Nummer von Smittys Büro.

»Es tut mir leid, Mr Smith ist außer Landes. Aber er hört regelmäßig seine Mailbox ab, falls Sie ihm eine Nachricht hinterlassen wollen.«

Ted wollte gerade ablehnen, überlegte es sich dann doch anders. »Ja, gerne.«

Sie stellte ihn zu Smittys Mailbox durch. Beim Klang der Stimme seines Freundes zog sich ihm der Magen zusammen.

»Hier ist der Anschluss von John Smith. Ich bin derzeit außer Landes. Hinterlassen Sie mir eine Nachricht, dann rufe ich Sie so schnell wie möglich zurück. Wenn Sie sofortige Unterstützung benötigen, kontaktieren Sie bitte Peter Nielson unter der Durchwahl 337.«

Nach dem Ton sagte Ted: »Hey, ich bin's, Duff. Wir machen uns alle Sorgen um dich. Ruf mich mal an, wenn du die Gelegenheit dazu hast.« Er wollte noch mehr hinzufügen, beschloss dann aber, dass es für den Moment reichte.

Er legte auf und schaute zu Caroline: »Smitty ist wirklich weg.«

Sie griff nach seiner Hand. »Dann lass uns nach Newport fahren.«

KAPITEL 25

Smitty ging durch den Zoll am Flughafen von Sydney und wurde draußen von Marjorie Jergensons persönlichem Assistenten Harvey Wardell erwartet. Er war ein nervöser Kerl mit feuerroten Haaren und Sommersprossen und wirkte neben Smitty wie eine Krabbe.

»Ms Jergenson lässt sich entschuldigen, weil sie Sie nicht persönlich abholen kann«, sagte Harvey mit deutlichem australischen Akzent und einem leichten Stottern. Er musste sich beeilen, um mit Smitty mitzuhalten, als sie das internationale Terminal verließen. »Sie wurde heute früh zu einem wichtigen Meeting gerufen. Sie lässt ausrichten, Sie würden sich später am Vormittag treffen – oder auch am Nachmittag, wenn Sie sich nach der langen Reise erst einmal ausruhen wollen.«

»Ich habe während des Flugs geschlafen. Heute Vormittag passt es mir also gut.«

Harvey trat zu einer dunklen Limousine und öffnete den Kofferraum.

Smitty war kurz verwirrt, als er sah, dass das Lenkrad sich auf der anderen Seite befand. »Wir sind nicht mehr in Kansas, Toto«, murmelte er leise.

»Haben Sie etwas gesagt, Mr Smith?«

»Nein.«

»Ah. Na dann.«

Auf dem Weg in die Innenstadt erfuhr Smitty, dass Sydney die Hauptstadt des Staates New South Wales war und sechs Jahre hintereinander zur freundlichsten Stadt der Welt gewählt worden war. Außerdem fiel ihm auf, dass er den Sommer zu Hause zurückgelassen hatte. Laut Harvey war der Juli zwar nicht der kälteste Monat des Jahres in Australien, aber dennoch erreichten die mittleren Temperaturen nur um die neun Grad.

Harvey wählte die malerische Route in die Stadt, die am Hafen entlangführte, wo Smitty einen ersten Blick auf die weltberühmte Sydney Harbour Bridge und das Opernhaus erhaschte.

»Sie können die Brücke besteigen, wenn Sie mögen«, sagte Harvey in dem Versuch, eine Unterhaltung zu beginnen.

Den Verkehr auf der falschen Straßenseite an sich vorbeirauschen zu sehen verursachte Smitty Übelkeit. »Ich bin zum Arbeiten hier. Ich bezweifle, dass ich für so etwas Zeit habe.«

Harvey schwieg, bis er in eine Parkgarage unter einem schwarzen Glasgebäude fuhr. »Ihre Wohnung befindet sich im sechzehnten Stock.« Er reichte Smitty den Schlüssel und eine Visitenkarte. »Wenn Sie irgendetwas brauchen, können Sie mich jederzeit anrufen. Ich stehe Ihnen Tag und Nacht zur Verfügung.«

»Danke. Ich bin sicher, dass ich das nicht in Anspruch nehmen muss.« Zum ersten Mal seit mehreren Stunden dachte er an Ted und Caroline, und der übelkeiterregende Schmerz, der ihn dabei überfiel, bewirkte, dass er sich fragte, ob es ihm wohl jemals wieder gut gehen würde. Er zwang sich, sich auf die vor ihm liegende Aufgabe zu konzentrieren. Er und seine Partner könnten bei diesem Deal sehr viel Geld verdienen, also schwor er sich, ihm seine gesamte Aufmerksamkeit zu widmen.

Harvey half ihm mit seinem Gepäck und brachte ihn zum Aufzug. »Um bis zum sechzehnten Stock zu fahren, benötigen Sie den Schlüssel.«

Oben öffnete sich der Lift zu einem Flur mit zwei Türen. Harvey wandte sich zu der auf der linken Seite. Er machte einen Schritt zurück, damit Smitty die Wohnungstür öffnen und vor ihm das luxuriöse Apartment betreten konnte, das einen Ausblick über den Hafen von Sydney bot.

»Das Schlafzimmer ist hier entlang. Es gibt zwei Badezimmer, eines auf diesem Flur und das andere neben dem Schlafzimmer. Die Küche ist gut bestückt, aber wenn Sie irgendetwas anderes benötigen, lassen Sie es uns wissen.«

»Vielen Dank, Harvey«, sagte Smitty, der es nicht erwarten konnte, den nervösen kleinen Kerl loszuwerden. »Ich weiß es sehr zu schätzen, dass Sie so früh aufgestanden sind, um mich abzuholen.«

»Oh, es war mir ein Vergnügen, Mr Smith. Wenn Sie so weit sind, kommen Sie hinunter in den zwölften Stock und fragen nach mir. Ich zeige Ihnen dann das Büro, das wir für Sie vorbereitet haben.«

»Ich komme in einer, spätestens zwei Stunden runter, nachdem ich mich mit meinem Büro in New York in Verbindung gesetzt habe.«

»Sehr gut. Ich erwarte Sie.«

Sie schüttelten einander die Hand. Nachdem Harvey verschwunden war, ging Smitty an eines der bodentiefen Fenster, um sich die Aussicht anzuschauen. Sehr lange stand er da, ohne wirklich etwas zu sehen. Der Schmerz lauerte direkt unter der Oberfläche. Er hatte eine halbe Welt zwischen sich und die Quelle dieses Schmerzes gelegt, musste allerdings zu seinem großen Missfallen feststellen, dass er ihm nicht entkommen konnte. Er fühlte sich, als würde er durch Treibsand waten, so anstrengend war es für ihn, den nächsten Schritt zu tun, den nächsten Atemzug zu machen.

Der Gedanke, dass die beiden zusammen waren, verstärkte sein Elend nur. *Ich will zum Samstag zurückkehren, als ich noch keine Ahnung hatte, was da direkt vor meiner Nase passierte. Ich will zu dem Punkt zurückkehren, an dem ich noch nicht wusste, dass mein Freund dazu fähig ist, mich so sehr zu verletzen.* Er schüttelte den Kopf, um die unangenehmen Gedanken zu vertreiben, wandte sich vom Fenster ab und holte seinen Laptop.

Eineinhalb Stunden später hatte er alle aufgelaufenen E-Mails beantwortet, die letzten Börsenkurse gecheckt und mehrere Nachrichten an seine Mitarbeiter in New York geschickt, wo es sieben Uhr abends am Dienstag war. *Es wird eine Weile dauern, sich an die vierzehn Stunden Zeitunterschied zu gewöhnen*, dachte er. Zwei seiner Mitarbeiter meldeten sich sofort auf seine E-Mails hin, und es freute ihn, dass sie so spät noch im Büro waren, obwohl er außer Landes war.

Nachdem er ausgepackt, geduscht und sich rasiert hatte, zog Smitty einen dunklen Anzug an, nahm seine Aktentasche mit den Jergenson-Unterlagen und trat auf den Flur hinaus, um den Fahrstuhl zu rufen. Im zwölften Stock öffnete er die gläserne Doppeltür, die zu den Büros der Jergenson Investment Company LLC führten, die offensichtlich die gesamte Etage einnahmen. Am Empfang fragte er nach Harvey, der anscheinend auf der anderen Seite der Wand gestanden und auf Smitty gewartet hatte, denn er kam sofort.

Er ging mit Smitty einen langen Flur entlang, an Büros vorbei, in denen Mitarbeiter entweder hart arbeiteten oder für den potenziellen neuen Eigner eine gute Show hinlegten.

»Wissen die, warum ich hier bin?«

»Ja, Sir. Ms Jergenson legt Wert auf eine sehr offene Kommunikation mit ihren Mitarbeitern. Es ist bewundernswert, wie sie ihre Trauer über den Verlust ihres Vaters beiseitegeschoben hat, um sich auf die Firma und die hier arbeitenden Menschen zu konzentrieren.«

Smitty fragte sich, ob der junge Harvey vielleicht ein wenig in seine Chefin verschossen war.

»Mochten die Mitarbeiter ihren Vater?«

»Sehr sogar.« Harvey bedeutete Smitty, ein Büro am Ende des Flurs zu betreten. »Sie werden feststellen, dass mehr als ein Dutzend Mitarbeiter schon für die Firma tätig sind, seitdem Mr Jergenson das Unternehmen vor dreißig Jahren gegründet hat. Ich bin sicher, ich muss nicht extra betonen, dass die Leute sich Sorgen darüber machen, was sie nach einem möglichen Verkauf zu erwarten haben.«

Smitty nickte, sagte aber nichts, was die Sorgen des jungen Mannes zerstreuen würde. Dazu wäre später noch Zeit, falls er und seine Partner entschieden, die Firma zu kaufen.

»Ich lasse Ihnen dann mal ein wenig Zeit dafür, sich einzurichten, und gebe Ms Jergenson Bescheid, dass Sie hier sind.«

»Danke, Harvey.« Smitty zog die Jalousien vor den Fenstern hinter seinem Schreibtisch hoch. Genau wie in seinem Apartment hatte er auch von hier aus einen Blick über den Hafen von Sydney. Er beobachtete ein Containerschiff, das durch das klare blaue Wasser pflügte, während zwei Segelboote sich beeilten, ihm Platz zu machen.

»Hallo, John. Ich sehe, Sie sind angekommen. Harvey hat sich hoffentlich gut um Sie gekümmert?«

Smitty drehte sich um und entdeckte eine junge Frau in einem gut geschnittenen schwarzen Kostüm in der Tür. Das einzige Anzeichen dafür, dass sie schon erwachsen war, war ihre Größe – sie war fast eins achtzig groß.

»Äh, ja. Das hat er.«

»Marjorie Jergenson.« Sie reichte ihm mit einem freundlichen Lächeln die Hand, bei dem sich kleine Fältchen um ihre braunen Augen bildeten. Ihre langen kastanienfarbenen Locken, die von einem Batiktuch gehalten wurden, schienen besser zu einer Sechstklässlerin als zu der Chefin eines großen Unternehmens zu passen.

Wie alt ist sie – zwölf?, fragte sich Smitty.

Er schüttelte ihr die Hand. »*Sie* sind Marjorie? Es tut mir leid. Ich hatte jemand … Älteres erwartet.«

»Ich bin achtundzwanzig. Und *ich* hatte nicht erwartet, dass mein Vater stirbt und mir die Verantwortung für eine internationale Investmentfirma hinterlässt, die beinahe dreihundert Leute beschäftigt – von denen die meisten mindestens zehn Jahre älter sind als ich. Ich denke, wir sind quitt.«

»Deshalb sind Sie so erpicht darauf, zu verkaufen?«

»Das ist einer der Gründe.«

»Das mit Ihrem Vater tut mir leid.«

»Mir auch. Er war ein guter Mann.«

»Was ist passiert?«

»Bei ihm ist abends zu Hause ein Aneurysma geplatzt. Als man ihn fand, war er schon einige Zeit tot.« Ihre Stimme war neutral, doch ihre Augen verrieten ihren Schmerz.

»Haben Sie vor seinem Tod hier gearbeitet?«

»Nein. Aber ich habe die letzten beiden Monate damit verbracht, alles zu lernen, was ich wissen muss, um die Firma gut zu verkaufen. Meine Hauptsorge gilt dem Schutz der Mitarbeiter, die ihr Leben meinem Vater und seinem Unternehmen gewidmet haben. Alles andere ist zweitrangig.«

Er nickte. »Ist notiert.«

»Nun, John.« Mit ihrem Akzent klang es wie »Jahn«. »Soll ich Sie allen vorstellen?«

Er wollte sie gerade korrigieren, was seinen Namen anging, überlegte es sich dann jedoch anders. Smitty war tot. Hier war er John. »Ja, bitte.«

Bis zum frühen Abend hatte er die meisten leitenden Angestellten kennengelernt. Jetzt schloss er den Tag mit einem Meeting mit Marjorie und David McAvoy ab, dem Finanzchef des Unternehmens.

»Sie werden sehen, dass mein Vater und David vor sieben Jahren angefangen haben, den von der US-Regierung vorgegebenen Regeln für die Buchhaltung zu folgen, in Vorbereitung auf einen möglichen Verkauf an ein amerikanisches Unternehmen. David hat Kopien der letzten sieben Prüfberichte, die alle von unabhängigen amerikanischen Prüfern verfasst wurden.«

David, ein Mann Ende fünfzig, strahlte vor Stolz, als Marjorie über die Buchhaltungsprinzipien und Prüfberichte sprach. Offensichtlich hatte sie in den letzten zwei Monaten nach dem Tod ihres Vaters hart daran gearbeitet, sich mit den Themen vertraut zu machen.

»Morgen werde ich ein paar Fragen zu den Berichten haben«, sagte Smitty.

»Die Mitarbeiter sind angewiesen worden, Ihnen jederzeit zur Verfügung zu stehen, wenn Sie sie benötigen«, versicherte Marjorie ihm.

»Vielen Dank.«

»Was auch immer Sie brauchen«, bot David an. »Lassen Sie es

mich wissen.« Er stand auf, um Smitty die Hand zu schütteln. »Wir sehen uns morgen wieder.«

Nachdem er Marjories Büro verlassen hatte, wandte sie sich an Smitty. »Hätten Sie Interesse an einem gemeinsamen Abendessen, John?«

Darüber musste Smitty kurz nachdenken. »Da ich seit dem Frühstück im Flugzeug nichts mehr gegessen habe, sollte ich vermutlich hungrig sein. Aber mein Körper hat keine Ahnung, wie spät es gerade ist.«

»Es dauert ein paar Tage, sich zu akklimatisieren.« Sie stand auf und nahm eine Speisekarte von der Anrichte hinter ihrem großen Schreibtisch. »Wir können etwas vom Restaurant unten im Haus bestellen und es in meine Wohnung liefern lassen.«

»Sie wohnen in diesem Gebäude?«

»Ja, derzeit wohne ich in der Wohnung meines Vaters, die Ihrer genau gegenüberliegt.«

Er überflog die Speisekarte und entschied sich für ein Steak. Damit konnte man nichts verkehrt machen. Dann ging er in sein Büro, um seine Aktentasche zu holen.

Zehn Minuten später tauchte Marjorie an seiner Tür auf. »Bereit?«

Smitty schaltete das Licht aus und folgte ihr den langen Flur hinunter.

Marjorie blieb immer wieder stehen, um den wenigen Mitarbeitern, die noch an ihren Schreibtischen saßen, einen schönen Abend zu wünschen.

Ihm fiel auf, dass sie für jeden ein persönliches Wort über die Kinder, Ehepartner oder Haustiere hatte. »Es ist bewundernswert, wie Sie es geschafft haben, sich die Unterstützung Ihrer Mitarbeiter zu sichern«, sagte er, als sie im Fahrstuhl standen.

Sie zuckte die Achseln. »Ich profitiere davon, dass sie meinen Vater geliebt haben.«

Smitty fand, dass sie ihr Licht damit zu sehr unter den Scheffel stellte, behielt diese Meinung aber für sich.

Im sechzehnten Stock öffnete sie die Tür zu der Wohnung, die auf

der anderen Seite des Flurs lag. Kartons, Klebeband und Luftpolster-
folie waren überall in dem großen Raum verteilt. »Bitte entschuldigen
Sie das Chaos. In meiner freien Zeit bin ich dabei, die Sachen meines
Vaters einzupacken.«

»Das ist bestimmt nicht leicht.«

»Es muss erledigt werden, und es gibt sonst niemanden, der das
übernehmen könnte.« Sie bedeutete ihm, es sich in der Sitzecke am
Fenster bequem zu machen, von der aus man über den nun im
Dunkeln liegenden Hafen schaute.

»Stört es Sie, wenn ich mich kurz umziehe?«, fragte sie.

»Natürlich nicht.«

»Bedienen Sie sich ruhig«, meinte sie und zeigte auf die Bar. »Ich
bin gleich zurück.«

Smitty zog sein Jackett aus, lockerte die Krawatte und öffnete den
obersten Knopf seines Hemds. Dann schenkte er sich zwei Finger-
breit Whiskey in ein Glas. Das Brennen des Alkohols in seiner Kehle
wirkte nach der langen Reise und dem geschäftigen Tag beruhigend
auf ihn.

Marjorie kehrte in Jeans und einer locker fallenden Tunika
zurück, in der sie noch jünger wirkte als vorher. Sie holte sich ein
Glas Weißwein und setzte sich zu John aufs Sofa. Mit einem tiefen
Seufzer legte sie die Füße auf den Couchtisch.

»Ein langer Tag, hm?«

»Eher zwei lange Monate.«

»Wo haben Sie gelebt, bevor Ihr Vater gestorben ist?«

»In Paris. Ich habe Kunstgeschichte an der Sorbonne studiert und
bin danach dortgeblieben.«

»Das ist ziemlich weit weg.«

»Zweimal im Jahr bin ich nach Hause geflogen, um meinen Vater
zu sehen. Und er hat mich besucht, wann immer er konnte.«

Der verträumte Blick verriet ihm, dass sie sich an glücklichere
Zeiten erinnerte. »Werden Sie nach dem Verkauf des Unternehmens
nach Paris zurückkehren?«

Sie zuckte mit den Schultern. »Ich bin mir noch nicht sicher.
Vorher habe ich in einer Galerie am linken Seine-Ufer gearbeitet,

doch den Job habe ich aufgegeben, als ich erkannt habe, dass ich eine Weile hierbleiben muss. Irgendwann muss ich nach Paris zurück, um mich um meine Wohnung zu kümmern. Wenn der Verkauf der Firma durch ist, werde ich vermutlich erst einmal sechs Monate irgendwo am Strand sitzen wollen.«

Bill Kepler hatte sie als kratzbürstig beschrieben, aber das fand Smitty gar nicht. Auf ihn wirkte sie eher überwältigt als alles andere. Und das war kein Wunder, war sie doch in eine Situation geworfen worden, auf die sie nicht vorbereitet gewesen war. Und nun gab sie sich alle Mühe, sie auf die bestmögliche Art zu handeln.

Als ihr Essen geliefert wurde, ging Marjorie an die Tür, um es in Empfang zu nehmen.

»Guten Abend, Ms Jergenson«, sagte der livrierte Kellner, der einen für zwei gedeckten Tisch hereinrollte.

»Hallo, William.«

William nickte Smitty zu. Dann entzündete er die Kerzen und hob die Silberhauben von den Tellern. »Ist alles zu Ihrer Zufriedenheit, Ma'am?«

»Das sieht wundervoll aus. Danke.« Sie drückte ihm einen Schein in die Hand.

»Einen schönen Abend noch, Ms Jergenson«, wünschte er auf dem Weg zur Tür.

»John?«, lud sie Smitty zu sich an den Tisch ein.

Erst jetzt, wo das Aroma ihm den Mund wässrig machte, merkte er, wie hungrig er war.

Eine Weile aßen sie in angenehmem Schweigen.

Marjorie trank einen Schluck von ihrem Wein. »Wie ist Amerika so? Ist es so groß und laut, wie es in den Filmen immer dargestellt wird?«

»Sie sind nie dort gewesen?«

Sie schüttelte den Kopf. »Ich war fast überall auf der Welt, aber nie in den USA. Ich würde allerdings gerne eines Tages mal hin. Vielleicht, wenn ich hier alles erledigt habe.«

»New York ist so laut und verrückt, wie es in Filmen und im Fernsehen gezeigt wird. Doch Amerika hat wesentlich mehr zu bieten. Es gibt viele ruhige, friedvolle Orte.« Er dachte an Block Island und war genervt, als der Schmerz unter völliger Missachtung seines eisernen Willens, das alles hinter sich zu lassen, wieder aufflammte.

»Sind Sie traurig, John?«

Überrascht schaute er auf. »Traurig? Nein. Wieso fragen Sie?«

Sie hielt ihr Weinglas in beiden Händen, die Ellbogen auf den Tisch gestützt, und blickte ihn mit Augen an, die weiser waren, als ihr Alter vermuten ließ. »Sie haben für einen Moment sehr traurig ausgesehen.«

Verstört von ihrer Beobachtung schüttelte Smitty den Kopf und stand auf, um sich Whiskey nachzuschenken. »Aber ich bin es nicht«, erklärte er, als er an den Tisch zurückkehrte.

»Ich bin in letzter Zeit ständig traurig«, gestand sie.

»Das ist nur natürlich. Es muss ein schwerer Schock gewesen sein, Ihren Vater so plötzlich zu verlieren.«

»Als David mich anrief …« Bei der Erinnerung stiegen ihr die Tränen in die Augen. Schnell schüttelte sie den Kopf. »Es tut mir leid.«

»Das muss es nicht.«

Sie betupfte sich die Augen mit der Serviette. »Ich hoffe bloß, dass Sie alles so vorfinden, wie Sie es wünschen, damit der Verkauf über die Bühne gehen kann. Ich muss das abschließen. Wenn Sie hier heute auf einem weißen Pferd angeritten gekommen wären, hätte ich über Ihre Ankunft nicht glücklicher sein können.«

Bezaubert von ihrer Aufrichtigkeit und ihrem Akzent, lachte Smitty leise. »Wenn ich das gewusst hätte, hätte ich meine Ritterrüstung eingepackt.«

»Sie glauben, ich mache Witze.«

»Nein, ich weiß, dass Sie das nicht tun. Gibt es jemanden, der Ihnen beim Packen und mit der Firma helfen kann?«

»Nein. Es gibt nur mich. Ich bin ein Einzelkind, und meine Mutter ist gestorben, als ich auf der Highschool war. Die Familie meines Vaters lebt in Neuseeland. Außer bei der Beerdigung habe ich sie seit Jahren nicht gesehen. Seine Schwestern waren bei der Testamentseröffnung dabei, haben das Geld genommen und sind wieder abgereist.

Zum Glück habe ich David und die anderen, die mir im Büro helfen. Ich weiß nicht, was ich ohne sie tun würde.«

Smitty hatte noch nie jemanden getroffen, der genauso allein auf der Welt war wie er. Mit einem Mal wollte er den Verkauf genauso sehr für sie über die Bühne bringen wie für sich und seine Partner. Die Verantwortung lastete schwer auf Marjories Schultern, und er fragte sich, wie sie wohl wäre, wenn sie von dieser Last befreit wäre.

»Danke, dass Sie gekommen sind, John«, sagte sie leise.

»Sie haben keine Ahnung, wie froh ich darüber bin, hier zu sein.«

KAPITEL 26

Ted schloss die Tür des Hauses in Newport auf, schaltete das Licht an und gab die Zahlenkombination zum Ausschalten der Alarmanlage ein. »Es überrascht mich, dass ich die Kombination auswendig weiß. Ich bin nie der Erste hier.«

Caroline kam hinter ihm herein und blieb im Eingang stehen. Als sie sich zu ihm umdrehte, fiel ihm auf, dass ihre grünen Augen unruhig hin und her schauten.

»Was ist los, Honey?«

»Es fühlt sich irgendwie seltsam an. Das einzige andere Mal, dass ich hier war, war an dem Wochenende, an dem ich dich kennengelernt habe.«

»Willst du lieber weiterfahren? Wir müssen nicht bleiben. Es ist bloß eine Stunde bis zu meiner Wohnung.«

Sie schüttelte den Kopf. »Nein. Alles gut. Es war nur kurz ein seltsames Gefühl.«

Ted legte die Arme um sie. »Ich habe es auch gespürt. Dieses Haus gehört uns vieren, aber Smitty ist derjenige, der es organisiert hat. Ich sehe ihn überall.«

Sie legte den Kopf an seine Brust. »Ich hasse den Gedanken, dass er wütend und verletzt und ganz allein auf der anderen Seite der Welt ist.«

»Geht mir genauso. Ich würde mich ja mehr bemühen, ihn zu erreichen, wenn ich dächte, dass er im Moment mit mir reden wollte.«

»Ja. Ich schätze, es ist besser, ein wenig Zeit verstreichen zu lassen und zu hoffen, dass er uns verzeiht, wenn er zurückkommt.«

Ted rechnete nicht damit, dass Smitty ihm jemals vergeben würde, doch er glaubte nicht, dass Caroline das hören musste. »Wollen wir in den Ort gehen und etwas essen?«

»Gerne.«

Er beugte sich für einen Kuss vor. Nach ein paar langen, heißen Minuten seufzte er. »Das habe ich gebraucht.«

»Vielleicht sollten wir was zu essen bestellen.«

Er hob eine Augenbraue. »Das ist die beste Idee, die du heute hattest.« Erst als er ihre Finger in seinen Brusthaaren spürte, bemerkte er, dass sie sein Hemd aufgeknöpft hatte. Er fing ihre Hände ein und zog Caroline mit sich die Treppe hinauf.

»Wo willst du hin?«

Sie hatte Mühe, mit ihm Schritt zu halten, also hob er sie auf die Arme und trug sie in den zweiten Stock. Dort setzte er sie ab, um die Überdecke und die Dekokissen vom Bett zu holen und mit hinaus auf den Balkon zu nehmen. Dann kam er zurück und streckte Caroline die Hand hin. »Ich will dich an dem Ort lieben, an dem ich dich kennengelernt habe.«

Sie nahm seine Hand und folgte ihm hinaus.

Ein Halbmond hing über dem Hafen von Newport, und vom Wasser wehte eine leichte Brise zu ihnen herüber.

Ted legte seine Hände an Carolines Taille und senkte den Kopf, um seine Lippen sanft auf ihre zu pressen. »Ich erinnere mich noch an alles von jenem Abend.« Er verteilte kleine, heiße Küsse auf ihrem Hals, während er ihr im Nacken den Knoten ihres Oberteils löste. Caroline erschauerte, als er ihr Top nach unten schob und sich zu ihren Brüsten hinunterküsste. »Nach einem schrecklichen Tag bin ich hergekommen, ohne zu ahnen, was mich hier erwartet.« Er nahm eine

Spitze in den Mund, und Caroline stöhnte. »Am nächsten Morgen war alles anders. Die Welt hatte sich verändert.«

Während er mit der Zunge über ihren Bauch strich, vergrub sie die Finger in seinen Haaren. »Ted.« Sie zog seinen Kopf zu sich hoch und schob ihm das Hemd von den Schultern. Dann machte sie sich daran, ihn von seinen Shorts zu befreien.

Als ihre Kleidung in einem Haufen auf dem Boden lag, drückte Ted Caroline sanft auf die Decke.

Sie schaute ihn an. »Ich lag dort drüben auf der Liege, als ich deinen Wagen gehört habe. Und als du dann hier herausgekommen bist, wurde die Nacht so still, dass ich dachte, die ganze Welt hielte den Atem an. Ich habe gesehen, dass du traurig warst, und dann stand ich schon neben dir. Ich kann mich nicht mal mehr daran erinnern, aufgestanden und zu dir gegangen zu sein. Ich weiß nur, dass ich es einfach tun musste.«

Er legte sich auf sie, kam in sie. »Caroline«, seufzte er.

Ohne die Verbindung zu lösen, rollte sie ihn auf den Rücken und übernahm die Kontrolle. Die Augen hatte sie geschlossen, den Kopf in den Nacken gelegt, ihre Brüste hoben und senkten sich bei jedem Auf und Ab ihrer Hüften. Ted konnte nichts weiter tun, als sich dem hinzugeben, bis er es nicht eine Sekunde länger ertrug. Er packte sie, hielt sie fest und stieß Sekunden vor ihr einen tiefen Schrei aus.

Weiter mit ihm vereint, ließ sie sich heftig atmend auf ihn sinken.

Er spürte ihr Herz im Takt mit seinem schlagen. Immer wenn er glaubte, es könnte nicht besser werden, wurde es das. Immer wenn er glaubte, er könnte sie nicht mehr lieben, entdeckte er, dass es an ihr noch so viel mehr zu lieben gab. »Wir werden dieses Haus kaufen und eine kleine Plakette auf dem Balkon anbringen müssen.«

»Genau hier haben Ted und Caroline entdeckt, dass es so etwas wie Liebe auf den ersten Blick gibt«, sagte sie und küsste ihn.

»Hier, an diesem Ort, hatte Ted den besten Sex seines Lebens«, fügte er grinsend hinzu.

Sie lächelte selbstgefällig. »Hier, an diesem Ort, hat Caroline den Mann ihrer Träume dahinschmelzen lassen.«

Er nickte und fand ihre Lippen. Überrascht merkte er, dass er schon wieder erregt war. »Und hier, an diesem Ort, hat Ted Caroline gefragt, ob sie seine Frau werden will.«

Sie erstarrte.

Das Herz klopfte ihm bis in den Hals. Er hielt sie fest und schaute ihr in die Augen, die in dem Licht von drinnen ganz weich aussahen. »Ich liebe dich. Ich habe nie jemanden so geliebt, wie ich dich liebe, und da sich das weder in sechs Monaten noch in einem oder fünfzig Jahren ändern wird, gibt es keinen Grund, zu warten. Ich habe bereits mein ganzes Leben auf dich gewartet. Willst du mich heiraten, Caroline?«

Heiße Tränen fielen auf seine Brust. »Ja, Ted. Ja, ich will dich heiraten.«

Sanft rollte er sie auf den Rücken und liebte sie erneut.

Aus Gewohnheit wachte Ted am nächsten Morgen früh auf und nutzte die Gelegenheit, um die schlafende Caroline zu betrachten. Ihre Haare waren wie ein Heiligenschein auf dem Kissen ausgebreitet, und sie hatte einen Arm über ihren Kopf gelegt. Ted strich sanft mit einer Fingerspitze über ihre Unterlippe.

»Hmm«, seufzte sie und drehte sich zu ihm, um sich an ihn zu kuscheln.

Dem Flattern seines Herzens, als er sie so nah an sich spürte, folgte eine Welle der Aufregung, als er sich daran erinnerte, dass sie jetzt verlobt waren. Auch wenn er seit Tagen wusste, dass er sie irgend- wann heiraten wollte, hatte er nicht geplant gehabt, sie gestern Abend zu fragen. Die Worte waren in dem Moment einfach aus ihm heraus- gekommen, doch jetzt, im hellen Tageslicht, verspürte er keine Reue.

Mit geschlossenen Augen ließ Caroline ihre Hände langsam über seine Brust gleiten.

Er gab ihr einen Kuss auf die Wange und dann je einen auf die Lider. »Wir müssen aufstehen«, flüsterte er.

»Noch nicht.«

»Ich muss zur Arbeit«, murmelte er in ihre Haare.

Sie stieß einen kleinen Protestlaut aus und zog ihn näher zu sich. »Du hast immer noch diese böse Halsentzündung. Das merke ich.«

»Und worauf basiert Ihre Diagnose, Dr. Stewart?«

Sie umfasste seine Erektion. »Auf den geschwollenen Drüsen.«

Sein Lachen hallte durch das Zimmer. »Der war gut.«

Sie schaute zu ihm auf, und ihre Blicke trafen sich. »Du kannst es noch zurücknehmen, weißt du?«

»Auf keinen Fall. Ich werde dir einen Ring besorgen und es richtig machen, aber auf keinen Fall werde ich es zurücknehmen. Und du hast Ja gesagt, das kannst du auch nicht zurücknehmen.«

»Das würde ich niemals tun. Und ich will es nicht noch mal. Das erste Mal war perfekt.«

»Ich kaufe dir einen Ring«, beharrte er.

»Den brauche ich nicht.«

»Da ich vorhabe, das hier nur einmal zu tun, wird meine Verlobte einen Ring bekommen.«

»Verlobte.« Sie seufzte. »Das ist echt verrückt, wenn man darüber nachdenkt. Wir kennen uns erst seit etwas über zwei Wochen.«

»Ich wusste es nach zwei Sekunden.«

Sie legte eine Hand an seinen Nacken, damit sie seinen Kopf zu sich herunterziehen konnte. »Müssen wir wirklich schon aufstehen?«, fragte sie und küsste ihn.

Er blickte auf die Uhr. »Ich schätze, ein wenig Zeit bleibt uns noch, aber wir müssen uns beeilen.«

»Das krieg ich hin.«

Um Viertel nach elf kamen sie bei Teds Wohnung an. Er trug die Taschen und Carolines Pflanzen hinein und hielt ihr die Tür auf. »Unter dem Blumentopf liegt ein Schlüssel, falls du rausgehen willst. Heute Abend suche ich dir einen eigenen. Der Code für die Alarmanlage ist 0409– mein Geburtstag.«

»O Ted, die Wohnung ist großartig.« Sie drehte sich zu ihm um. »Hast du die eingerichtet?«

Er schnaubte. »Verdammt, nein. Das ist eine Mitzi-und-Lillian-Produktion.«

Sie strich mit der Hand über die Rückenlehne des dunklen Ledersofas. »Ich liebe es. Und die Aussicht! Sieh dir all die Boote an!« Sie schob die Glastür zur Veranda auf und trat hinaus. »Cameron und ich werden sehr viel Zeit hier draußen verbringen.«

»Vergiss nur nicht, ihm mitzuteilen, dass du verlobt bist«, erwiderte Ted grimmig.

»Das habe ich ihm heute Morgen unter der Dusche vorsichtig beigebracht. Sein Herz ist gebrochen.«

Ted lächelte und gab ihr einen Kuss. »Ich sage das nicht gerne, aber ich muss mich ein wenig beeilen. Ich kann dir noch eben zeigen, wo alles ist, doch wenn ich nicht innerhalb von fünfzehn Minuten losfahre, komme ich zu spät.«

»Mach dich fertig.« Sie versetzte ihm einen leichten Schubs. »Ich finde mich schon allein zurecht – das heißt, wenn es dich nicht stört, dass ich mich umschaue.«

»Was mir gehört, gehört auch dir, Honey. Fühl dich hier komplett wie zu Hause.« Zwei Stufen auf einmal nehmend eilte er nach oben zu dem Loft, das sein Schlafzimmer war. Auf halbem Weg die Treppe hinauf blieb er stehen und drehte sich zu Caroline um. »Ich bin froh, dass du hier bist.« Dann lief er weiter und verschwand im Schlafzimmer.

Caroline ging wieder hinaus auf die Veranda, um noch einmal den Hafen zu betrachten. In der Ferne konnte sie die Flugzeuge am Logan Airport starten und landen sehen.

Ted kehrte zehn Minuten später zurück. Er trug ein gelbes Oberhemd, gebügelte Stoffhosen und Nikes. Während er zu ihr hinaustrat, band er sich die Krawatte.

Sie griff nach dem Ausweis, der an einem Band um seinen Hals hing. Amüsiert zog sie eine Augenbraue hoch, als sie die Aufkleber bemerkte, die hinter dem Ausweis in der Hülle steckten. »SpongeBob?«

»Der regierende König des Kinderfernsehens.«

»Dr. Ted Duffy«, las sie von dem Ausweis ab. »Kinderonkologie.«

»Das bin ich.« Er richtete seine Krawatte und den Kragen. »Ich habe keine Ahnung, was im Kühlschrank ist, aber in der Küche liegt ein Flyer von einem Supermarkt in der Nähe, der liefert. Ich habe da ein Konto, also kannst du einfach anrufen und bestellen, was immer du willst.«

»Mach dir keine Sorgen um mich. Ich komme schon klar.«

Er hob ihr Kinn an, um ihr in die Augen zu schauen. »Hör mir gut zu, denn was ich dir jetzt sage, ist sehr wichtig. Verstanden?«

Seine ernste Miene ließ sie kichern. »Ja, Dr. Duffy. Sie haben meine volle Aufmerksamkeit.«

»Ich will nicht, dass wir später noch mal darüber reden müssen.«

Sofort wurde sie ernst. »Worüber?«

»Die einzigen beiden Dinge von Wert, die ich besitze, sind mein Auto und diese Wohnung. Beides habe ich widerstrebend als Geschenk von meinen überaus großzügigen Großeltern angenommen. In den letzten sechs Jahren habe ich neunzig Stunden die Woche gearbeitet und beinahe kein Leben außerhalb des Krankenhauses gehabt. Weißt du, was passiert, wenn man so viel arbeitet und kein Leben hat?«

Sie schüttelte den Kopf.

»Das Geld neigt dazu, sich ein wenig anzuhäufen. Wir werden jetzt anfangen zu leben. Du wirst diesen Supermarkt anrufen und mein Geld ausgeben, als gäbe es kein Morgen. Hast du mich verstanden?«

»Okay«, sagte sie, gerührt von seiner Ansprache.

»Und das gilt genauso für alles andere, was du brauchst oder willst. Ich möchte nicht, dass du dir Gedanken um Geld oder darum machst, meins auszugeben. Mein Geld ist dein Geld.«

»Das ist sehr süß von dir«, erklärte sie und ließ sich in seine Umarmung sinken.

»Wir sind jetzt ein Team. Nach der letzten Nacht gibt es kein ›du‹ und ›ich‹ mehr, sondern nur noch ein ›wir‹.«

Sie nickte.

»Und nun, wo wir das geklärt haben, werde ich dir auch etwas versprechen: Die Neunzig-Stunden-Wochen sind ab sofort Vergangenheit. Also zumindest so weit wie möglich.«

»Du tust, was du tun musst. Ich werde hier sein, wenn du nach Hause kommst.«

»Meine Schicht endet heute um acht. Ich melde mich, falls es später wird.«

»Ruf mich auf dem Handy an. Die Nummer hast du von unserem Telefonat Sonntag Nacht. So muss ich mir keine Gedanken machen, ob ich Anrufe annehmen kann.«

Er gab ihr einen Kuss. »Okay.« Dann lehnte er seine Stirn gegen ihre und sagte: »Ich bringe es irgendwie nicht über mich, zu gehen.«

»Ich werde hier auf dich warten.«

»Versprochen?«

»Versprochen.«

»Und du wirst in den nächsten acht oder neun Stunden nicht deine Meinung ändern?«

»Keine Chance.«

Er ergriff ihre Hände. »Die letzten paar Tage waren die besten meines Lebens. Selbst wenn wir fünfzig Jahre lang verheiratet sind, werde ich sie nicht vergessen.«

»Ich auch nicht. Ich liebe dich. Und jetzt geh, und kümmere dich um deine Kinder. Und wenn du nach Hause kommst, kümmere ich mich um dich.«

Stöhnend beugte er sich für einen letzten Kuss vor, der so schnell so heiß wurde, dass Ted sich zurückziehen musste, um sich nicht vollkommen in ihm zu verlieren. »Hast du meine Visitenkarte noch? Wenn du mich aus irgendeinem Grund erreichen musst, versuch es auf meinem Handy. Und zögere nicht, es zu tun, in Ordnung?«

Nickend drehte sie ihn herum, gab ihm einen sanften Schubs und folgte ihm durch das Haus.

An der Haustür hielt er für einen weiteren Kuss inne. »Ich liebe dich.«

»Ich dich auch. Hab einen schönen Tag, mein Liebster.«

Er grinste und lief winkend die Treppe hinunter. Unten drehte er sich um und kam wieder herauf. Er umfasste Carolines Gesicht und gab ihr einen allerletzten Kuss.

»Geh«, flüsterte sie an seinen Lippen.

»Ich kann nicht.«

»Du musst.« Sie legte ihm die Hände auf die Brust und schob ihn von sich.

»Ich hätte sagen sollen, dass ich Malaria oder Typhus oder etwas anderes habe, von dem man sich nicht innerhalb von zwei Tagen erholt«, murmelte er, als er die Stufen wieder hinunterstieg.

Lächelnd rief sie ihm nach: »Nächstes Mal!« Dann sah sie ihm nach, als er sich ins Auto setzte, und warf ihm noch eine Kusshand zu, bevor er vom Parkplatz fuhr.

KAPITEL 27

Caroline wanderte durch die Wohnung. Wohnzimmer und Küche waren ein großer, offener Raum mit einem Tresen und Barhockern, die als Raumteiler dienten. Die Küche glänzte, und alles wirkte neu und kaum benutzt. Vom Wohnzimmer ging ein Büro ab, das in hellen Holztönen gehalten war. Teds Laptop stand auf dem großen Schreibtisch, der so positioniert war, dass er den besten Blick auf den Jachthafen bot. An einer Wand hingen seine Diplome von Princeton und der Duke Medical School. An einer anderen gab es lauter gerahmte Fotos von Familie und Freunden. Caroline trat näher, um eines der Bilder genauer zu betrachten: Ted, Tish, ihre Eltern und Großeltern, als Ted ungefähr zehn gewesen sein musste.

»Oh.« Sie strich mit dem Finger über das Foto. »Selbst damals schon so süß.« Sie schlenderte weiter zu einem Gruppenbild, das vermutlich seine Schulfreunde zeigte, und zu weiteren von ihm und Tish in unterschiedlichen Phasen ihres Lebens.

Caroline lachte leise, als sie ein Bild fand, auf dem Ted bei seiner Abschlussfeier in Princeton mit langen Haaren neben seinen Eltern stand. Zum Abschluss an der Duke waren seine Haare jedoch schon wieder kürzer gewesen. Inmitten der Bilderrahmen hingen auch mehrere Fotos von Ted mit seinen besten Freunden – mit Talar und

Mütze bei der Abschlussfeier in Princeton, am Strand, auf einem Segelboot, in Smokings mit nicht angezündeten Zigarren zwischen den Zähnen. Auf jedem Bild war die Zuneigung der vier Männer zueinander beinahe greifbar.

Ihr Handy, das im Wohnzimmer lag, klingelte, und Caroline humpelte aus dem Büro, um es zu suchen. Sie lachte, als sie Teds Nummer auf dem Display sah. »Hast du jetzt schon solche Sehnsucht?«, fragte sie.

»Du fehlst mir.«

Er klang so verloren, dass sie lächeln musste. »Du mir auch. Wo bist du?«

»Ich bin gerade am Krankenhaus angekommen und gehe jetzt rein. Mein Hals fühlt sich schon wieder ganz kratzig an. Vielleicht sollte ich doch besser umdrehen.«

»Die Kinder werden dich nach fünf Tagen vermissen. Sie brauchen dich.«

»Das ist nicht fair«, beschwerte er sich. »Was machst du gerade?«

»Ich habe mir die Fotos in deinem Büro angeschaut. Du warst so ein süßer kleiner Junge. Und die langen Haare auf dem College haben mir besonders gut gefallen.«

»Ich lasse sie gerne wieder für dich wachsen, auch wenn meine Mutter darüber nicht glücklich sein wird. Sie hat diese Frisur gehasst.«

»Mir gefällt es heute auch besser. Es ist gerade lang genug, um meine Finger darin zu vergraben.«

»Caroline …«

Sie lachte. »Jetzt ab mit dir an die Arbeit. Du belästigst mich.«

»O ja, und wie ich dich belästigen werde. Ungefähr zwei Minuten nachdem ich heute Abend zu Hause angekommen bin. Wenn es überhaupt so lange dauert.«

»Danke für die Warnung.«

»Hab einen schönen Tag.«

»Du auch. Ich liebe dich.«

»Und ich dich. Bye.«

»Bye«, sagte sie.

»Leg auf.«

»Nein, du zuerst.«

Lachend beendete er den Anruf.

Caroline drückte sich das Handy an die Brust und wurde mit einem Mal von einer solchen Freude übermannt, dass sie im Zimmer herumgetanzt wäre, wenn sie nicht diesen verdammten Gips gehabt hätte. Mit einem Mal wollte sie unbedingt jemandem von ihm erzählen. Sie suchte in ihren Kontakten und wählte die Nummer ihrer Eltern.

»Hallo, Liebes«, begrüßte ihre Mutter sie. »Das ist aber eine schöne Überraschung. Wie geht es deinem Knöchel?«

»Schon viel besser. Allerdings juckt es unter dem Gips, und ich kann es kaum erwarten, mir das Bein wieder zu rasieren, doch wenigstens tut es nicht mehr weh.«

»Es muss schlimm für dich sein, dass du im Moment nicht joggen kannst.«

»Das stimmt. Ich fühle mich wie gefangen.«

»Wie war das Wochenende auf Block Island?«

Caroline kaute auf der Innenseite ihrer Wange herum, während sie versuchte, die Worte zu finden, mit denen sie ihrer Mutter alles erzählen konnte, was passiert war. »Es war super. Die Party war unglaublich.«

»Wer hat noch mal gefeiert? Ich kann mich nicht mehr daran erinnern, was du gesagt hast.«

»Die Eltern und Großeltern von Smittys Freund. Ted Duffy.« Als sie seinen Namen aussprach, flatterten Schmetterlinge in ihrem Bauch. »Sie sind seit vierzig beziehungsweise fünfundsechzig Jahren verheiratet.«

»Das hat man auch nicht alle Tage, oder?«

»Nein. Es war wirklich toll.« Caroline hielt inne, atmete tief ein und wagte den Sprung. »Hör mal, Mom, es gibt da etwas, das ich dir beichten muss. Keine Angst, es ist nichts Schlimmes. Es ist nur …«

»Was, Liebes? Ist alles okay?«

»Ja, klar. Die letzten zwei Wochen waren wirklich verrückt. Ich möchte dir so gerne davon erzählen, aber es wird total wahnsinnig klingen.«

»Rück einfach damit raus, Caroline. Du machst mich nervös.«

»Es gibt keinen Grund, nervös zu sein. Es sind gute Neuigkeiten. Die besten sogar. Ich habe mich wie verrückt in den tollsten Mann der Welt verliebt. Ich kann es gar nicht erwarten, ihn euch vorzustellen.«

»Du meinst Smitty, oder? Der Mann, mit dem du ausgegangen bist?«

»Nein, Mom. Nicht Smitty. Sondern Ted.«

»Smittys Freund?«

»Ja«, flüsterte Caroline. »Ich weiß, wie das klingt, aber du wirst nicht glauben, was passiert ist.« Und dann sprudelte die ganze Geschichte aus ihr heraus und endete damit, dass sie und Ted verlobt waren. »Mom? Sag doch was. Bitte.«

»Ich weiß nicht, was ich dazu sagen soll, Caroline. Du erzählst mir, dass du dich mit einem Mann verlobt hast, den du erst seit zwei Wochen kennst, und dass du dich zwischen ihn und seinen besten Freund gestellt hast. Was willst du dazu von mir hören?«

Caroline hätte weinen können, weil es so schäbig klang.

»Nach allem, was du mit Brad erlebt hast, kann ich einfach nicht glauben, dass du dein Herz noch einmal so aufs Spiel setzt.«

»Ich setze mein Herz nicht aufs Spiel. Wenn du Ted kennenlernst, wirst du verstehen, warum ich ihn so sehr liebe. Es ist ganz anders als mit Brad. Noch nie habe ich mich so umsorgt und geschätzt gefühlt wie jetzt. Wenn ich mit ihm zusammen bin, habe ich das Gefühl, dass alles möglich ist.«

Ihre Mutter seufzte. »Du bist eine erwachsene Frau, Caroline. Deshalb kann ich nicht mehr tun, als dir zu raten, vorsichtig zu sein. Ich will nicht, dass du ein weiteres Mal verletzt wirst.«

»Er würde mir niemals wehtun. Er ist der wundervollste Mensch, den ich je kennengelernt habe.«

»Was macht er denn beruflich?«

»Er ist Kinderonkologe im Krankenhaus. Er kümmert sich so

rührend um die Kinder, und er ist einfach … Na ja, er ist perfekt. Ich weiß, du wirst ihn lieben.«

»Und wann werden wir deinen perfekten Doktor kennenlernen?«

»Bald. Wir kommen irgendwann in den nächsten Wochen vorbei, sobald er sich freinehmen kann.«

»Sag mir rechtzeitig Bescheid, Liebes.«

»Auf jeden Fall. Freu dich für mich, Mom. Ich bin noch nie in meinem Leben so glücklich gewesen. Ich brauche es, dass du dich für mich freust.«

»Ich will, was immer du willst, Caroline. Das weißt du. Ich hoffe nur, dass du vorsichtig bist.«

»Wenn du Ted erst mal kennst, wirst du begreifen, dass deine Sorgen unbegründet sind.«

»Ich bin schon darauf gespannt, ihn kennenzulernen. Wie geht es mit deinem Buch voran?«

»Drei Kapitel hab ich schon. Bisher fühlt es sich gut an.«

»Das ist wundervoll. Ich freu mich schon drauf, es zu lesen. Darf ich der Familie erzählen, dass du verlobt bist?«

»Na klar«, erwiderte Caroline, und in diesem Moment wurde ihr bewusst, dass es damit offiziell wurde. »Ich ruf dich an, wenn ich weiß, wie Teds Schichtpläne aussehen.«

»Fein. Ich hab dich lieb, Caroline. Und ich bin froh, wieder Freude in deiner Stimme zu hören. Das ist viel zu lange her.«

»Ja«, stimmte Caroline zu. »Das ist es. Wir sprechen uns bald wieder.«

Ted trat um kurz nach neun in seine Wohnung und wurde von Kerzenlicht, sanfter Musik und einem Duft aus der Küche empfangen, bei dem ihm das Wasser im Mund zusammenlief.

»Oh, du bist zu Hause!« Caroline kam in einem blass pfirsichfarbenen Kleid die Treppe herunter.

Ted warf seine Schlüssel auf den Tresen und ging ihr entgegen. Sie stand eine Stufe über ihm, als er einen Arm um ihren Nacken legte und sie mit all der aufgestauten Leidenschaft des langen Tages küsste.

Dann drängte er sie rückwärts die Treppe hinauf.

»Hast du Hunger?«

Er nickte, schob sie aber weiter in Richtung Schlafzimmer.

»Ich habe Linguine mit Muschelsoße gekocht«, sagte sie an seinen Lippen.

»Hmm, das mag ich«, flüsterte er und legte sie sanft aufs Bett.

»Dann willst du also was essen?«

»Später.«

Ihr leises Lachen verwandelte sich schnell in ein Stöhnen, als er sich ihrem Hals widmete.

»Ich konnte es nicht erwarten, zu dir nach Hause zu kommen.«

»Bist du wieder zu schnell gefahren?«

Nickend knöpfte er ihr das Kleid auf und zog es ihr aus. Dann begann er, ihre Brüste und ihren Körper zu küssen – überall, nur nicht da, wo sie ihn am meisten wollte. »Womit hast du dir heute die Zeit vertrieben?«

»Ich kann nicht reden, wenn du das machst«, keuchte sie.

»Sag es mir, oder ich höre auf«, drohte er im Spaß.

»Ich habe an meinem Buch gearbeitet.« Sie bog den Rücken durch. »Und das Abendessen gekocht.«

»Was noch?« Mit den Lippen strich er über ihre Brustspitze.

Sie keuchte erneut auf. »Ted …«

»Was noch?«

»Äh, ich habe meiner Mutter erzählt, dass wir verlobt sind.«

Dafür wurde sie endlich belohnt.

»Willst du jetzt was essen?«, fragte er.

»Nein«, seufzte sie. »Jetzt will ich *dich*.«

Um halb elf schafften sie es endlich nach unten zum Essen. Caroline trug Teds blau-weiß gestreiften Bademantel, und er hatte sich Shorts angezogen. Die Kerzen auf dem Tisch waren beinahe komplett heruntergebrannt, als sie endlich die Teller aus dem Ofen holte.

Er griff nach ihrer Hand und gab ihr einen Kuss auf die Handfläche. »So etwas habe ich noch nie zuvor gemacht.«

Sie setzte sich ihm gegenüber. »Was?«

»Ich bin noch nie nach Hause gekommen und habe so hier zu Abend gegessen.«

Sie lächelte. »Und? Wie gefällt es dir bisher?«

»Ich könnte mich sehr schnell daran gewöhnen.«

»Das wäre für mich in Ordnung.«

Er rutschte mit seinem Stuhl näher an sie heran. »Du bist da drüben zu weit weg.«

»Wie war dein Tag?«, fragte sie und trank einen Schluck von dem Wein, den sie ihnen beiden eingeschenkt hatte.

»Wegen der zwei ungeplanten freien Tage sehr hektisch, aber zum Glück hat es keine Katastrophen gegeben. Ich war froh, zu hören, dass wir seit Pilar am Freitag keinen Patienten mehr verloren haben. Angesichts des Monats, der hinter uns liegt, ist das eine ziemlich lange Zeit. Ich habe ihre Trauerfeier gestern verpasst, also werde ich ihre Eltern diese Woche anrufen.«

Caroline drückte seine Hand. »Vielleicht ist die Pechsträhne jetzt zu Ende.«

»Das hoffe ich. Übrigens, diese Muschelsoße ist köstlich.«

»Freut mich, dass du sie magst.«

Er trank einen Schluck Wein, und seine Gedanken wanderten zu etwas anderem, das an diesem Tag passiert war.

»Woran denkst du gerade?«

»Ich habe heute einen Anruf von einem Krankenhaus in New Hampshire erhalten. Sie suchen einen Chefarzt für ihre Kinderabteilung.«

»Bekommst du oft solche Anrufe?«

»Ungefähr einmal in der Woche. Manchmal öfter.«

»Du bist heiß begehrt.«

Er zuckte mit den Schultern. »Normalerweise rufe ich nicht mal zurück.« Einen Moment stocherte er in seinem Essen herum, dann sah er Caroline an.

»Was geht dir durch den Kopf, Liebster?«

»In letzter Zeit habe ich immer mal wieder überlegt, etwas anderes zu machen.«

»Wirklich?«

Er nickte und erzählte ihr von der Unterhaltung, die er auf dem Heimweg von Block Island mit Parker geführt hatte.

»Ich stimme ihm zu. Du kannst deine Karriere nicht von den Erwartungen deines Vaters und deines Großvaters bestimmen lassen.«

»Im Moment suche ich nicht aktiv etwas anderes, und es muss auch nicht diese New-Hampshire-Sache sein. Aber vielleicht fange ich langsam mal an, auf die Anrufe zu reagieren. Würdest du es sehr hassen, an einem Ort wie New Hampshire zu leben?«

»Wärst du auch dort?«

Er lächelte. »Klar.«

»Dann finde ich New Hampshire perfekt.«

»Wohnst du nicht lieber in der Stadt?«

Sie zuckte mit den Achseln. »Da können wir immer mal hinfahren. Überlegst du wirklich, die Onkologie aufzugeben?«

»Ich glaube schon. Als ich mit Parker darüber geredet habe … Das war das erste Mal, dass ich es laut ausgesprochen habe. Versteh mich nicht falsch, ich liebe die Kinder und die meisten Eltern und die Leute, mit denen ich arbeite. Als ich angefangen habe, dachte ich, ich bräuchte nur ein wenig Zeit, um sicherer zu werden. Ich dachte, wenn ich mich erst einmal daran gewöhnt hätte, könnte ich die Wochenstunden zurückfahren. Das ist jetzt sechs Jahre her, und es hat sich nichts verändert. Im Gegenteil, je weiter ich die Karriereleiter hinaufgeklettert bin, desto größer ist die Verantwortung geworden.«

»Du willst das aber nicht meinetwegen machen, oder? Denn das erwarte ich nicht.«

»Ich würde lügen, wenn ich behaupten würde, dass du keine Rolle dabei spielst. Doch ich habe schon darüber nachgedacht, bevor ich dich kennengelernt habe. Ich würde es also hauptsächlich für mich tun. Ich möchte ein normaleres Leben haben. Und jetzt, wo du bei mir bist, will ich noch so viel mehr – Dinge, die ich vorher nie wirklich gewollt habe. Ich möchte Vater werden und eine Kinderbaseballmannschaft trainieren, ich möchte Teepartys mit kleinen Mädchen haben, die ihrer Mutter wie aus dem Gesicht geschnitten sind. So ein Leben ist mit diesem Job nicht möglich.«

Sie verschränkte ihre Finger mit seinen. »Glaubst du, die Arbeit als normaler Kinderarzt würde dich ausreichend fordern?«

»Das ist meine größte Angst. Ich fürchte, es ist so, wie von der Autobahn auf eine Schotterstraße zu fahren.«

»Ich wette, die Kurven und Schlaglöcher, die dir auf dieser Schotterstraße begegnen, werden dich auf eine Weise überraschen, die du dir heute noch nicht vorstellen kannst.«

»Meinst du wirklich?«

Sie nickte.

»Wieso bist du so weise?«

»Ich bin nicht weise.«

»Finde ich schon.« Er beugte sich vor und gab ihr einen Kuss. »Wird unsere Verlobungszeit eher lang oder eher kurz werden?«

»Tja, da unsere Beziehung schon so lange andauert, sehe ich keinen Grund, die Hochzeit aufzuschieben.«

»Weise *und* lustig«, stellte er lachend fest. »Willst du eine große Hochzeit?«

Sie schüttelte den Kopf. »Die hätte ich einmal beinahe gehabt, und ich habe keinerlei Interesse daran, das noch mal durchzumachen.«

»Dir ist schon klar, dass die Hochzeit dieses Mal wirklich stattfinden wird, oder?«

»Ja. Aber mir wäre etwas Kleines lieber – nur unsere unmittelbare Familie und ein paar enge Freunde. Bist du damit einverstanden?«

»Baby, wir können es machen, wie immer du willst. Solange du danach Mrs Duffy bist, ist es mir egal.«

»Hast du gar keine Wünsche?«

Er hob ihre Hand an seine Lippen. »Nur einen.«

»Und der wäre?«

»Ich möchte, dass es ganz bald stattfindet.«

»Bald ist gut.« Sie blickte ihm in die Augen. »Meine Mutter möchte dich kennenlernen.«

»Wenn du magst, können wir nächstes Wochenende nach Saratoga Springs fahren. Da wir ja dieses Wochenende schlecht nach Newport können, habe ich Roger gesagt, dass ich die Schicht übernehme. Dafür kann ich dann nächstes Wochenende deine Eltern kennenlernen.«

Sie stieß den unbewusst angehaltenen Atem aus. »Langsam fängt es an, sich real anzufühlen.«

»Das ist es ja auch. Und sobald es möglich ist, wirst du meine Frau.«

»Deine Frau.« Sie seufzte. »Das gefällt mir. Wann hast du vor, es den anderen zu beichten?«

Sein Lächeln schwand. »Ich überlege immer noch, wie ich das am besten anstelle. Heute habe ich mit meiner Mutter telefoniert, und sosehr ich es auch wollte, ich habe es nicht über mich gebracht, es ihr zu erzählen. Ich bin deswegen echt sauer auf mich. Ich liebe dich so sehr, Caroline. Ich will, dass alle Welt es erfährt.«

Sie stand auf und setzte sich ihm auf den Schoß.

Er legte die Arme um sie.

»Erinnerst du dich noch, dass ich vor ein paar Tagen gesagt habe, ich würde dieses Gefühl kennen?«

»Vage«, witzelte er.

»Ich habe mich geirrt.« Sie strich mit dem Daumen über seine Wange. »Das hier ist anders. Es ist viel, viel mehr.«

»Caroline«, flüsterte er und vergrub sein Gesicht in ihrem Haar.

»Es ist heiß und leidenschaftlich, aber auch so friedvoll, leicht und ruhig.« Ihre Lippen fanden seine in einem zärtlichen, nichts verlangenden Kuss. »Es ist mehr, als ich je zuvor gehabt habe, und es ist alles, was ich je gewollt habe. Wenn der richtige Zeitpunkt dafür gekommen ist, es den Menschen in deinem Leben zu erzählen, wirst du es wissen. In der Zwischenzeit werde ich nirgendwo hingehen.«

»Wenn du so was sagst, stockt mir das Herz.«

»Und du füllst meins bis zum Bersten.«

Er stand auf und trug sie zurück zum Bett.

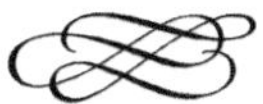

KAPITEL 28

Parker schaute lange in den Spiegel, bevor er nach einem Handtuch griff, um sich den letzten Rest Rasierschaum vom Kinn zu wischen. Dann kämmte er sich die dunklen Haare und putzte sich die Zähne, als wäre es einfach ein weiterer ganz normaler Tag und nicht der potenziell wichtigste seines Lebens. Da er wusste, dass er sich nicht auf die Arbeit würde konzentrieren können, hatte er beschlossen, zu Hause zu bleiben. Seine Assistentin hatte strikte Anweisungen bekommen, alle persönlichen Anrufe an sein Handy weiterzuleiten. Jetzt konnte er nur noch warten. Und hoffen.

Er zog sich an und ging nach unten, um Kaffee aufzusetzen. Als Gina seine Klientin gewesen war, hatte sie keine Termine vor halb zehn Uhr morgens mit ihm wahrnehmen können, weil sie ihre Söhne zum Schulbus hatte bringen müssen. Bei jedem anderen Klienten hätte Parker sich dieses Detail nicht gemerkt. Doch bei ihr hatten sich ihm *alle* Details ins Gedächtnis eingebrannt.

Ein Blick auf die Uhr verriet ihm, dass es erst halb neun war. Er stellte sich vor, wie sie ihre beiden Jungs mit den Schulranzen auf dem Rücken zur Straßenecke begleitete – ja, er war mal bei ihr zu Hause vorbeigefahren, aber bloß ein Mal, und nur, um zu sehen, wo sie wohnte, damit er sich diesen Teil ihres Lebens besser vorstellen konnte. Dann fiel ihm ein, dass gerade Hochsommer war, und er bekam Panik. Was, wenn sie irgendwo im Urlaub waren?

Er drängte diesen unangenehmen Gedanken beiseite und malte sich stattdessen aus, dass sie gerade allein in einer hellen, sonnigen Küche eine Tasse Kaffee genoss. Vielleicht hatte sie auch ein Trainingsvideo eingelegt oder schlief aus. Das Einzige, bei dem er ziemlich sicher war, dass sie es nicht tun würde – und zwar dank der Scheidungsvereinbarung, die Parker mit ihrem schleimigen Ex-Mann verhandelt hatte –, war arbeiten. Parker hatte dafür gesorgt, dass sie das nicht musste.

Ihr Ex war ein erfolgreicher Pharmamanager und verdiente ausreichend Geld. Parker lächelte zufrieden, als er daran dachte, wie viel von diesem Geld der Mistkerl jetzt jeden Monat an Gina abgeben musste. *Sie hat jeden einzelnen Cent davon verdient*, dachte er und erinnerte sich daran, wie gedemütigt sie sich wegen der vielen Affären ihres Mannes gefühlt hatte. Jeder Kerl, der sie betrog, war ein Idiot, und Mark Mancini war definitiv der größte von ihnen. Parker dankte Gott, dass Marks Charaktermängel ihn, Parker, zu Gina geführt hatten.

Sein Handy klingelte. In seiner Hast, den Anruf anzunehmen, hätte Parker beinahe seinen Kaffee verschüttet.

»Hallo?«

»Hey, mein Junge, wie läuft es so in Boston?«, fragte sein Vater in seiner üblichen dröhnenden Art. »Zu beschäftigt, um mit deinem alten Herrn zu sprechen?«

»Hi, Dad. Kann ich dich später zurückrufen? Ich warte auf einen wichtigen Anruf.«

»Klar. Ich wollte mich nur kurz melden, bevor ich heute Abend nach Rio abdüse.«

»Allein?«

»Natürlich nicht.« James King schnaubte.

»Ich hätte es wissen müssen«, sagte Parker. »Aber heirate sie nicht gleich wieder, okay?«

»Keine Chance. Du wirst dich freuen, zu hören, dass ich, was das angeht, meine Lektion endlich gelernt habe.«

»Und keinen Tag zu früh«, murmelte Parker.

»Ich lass dich dann jetzt mal in Ruhe. Wir reden später, okay?«

»Ruf mich an, wenn du zurück bist«, antwortete Parker. Dann kam ihm ein anderer Gedanke. »Hey, Dad, hast du zufällig Smittys Nummer in Australien?«

»Ja. Ich bitte Janet, sie dir zu mailen.«

»Danke. Ich komm dich besuchen, wenn du aus Rio zurück bist.«

»Ich freue mich drauf.«

Parker hatte gerade aufgelegt, als das Handy erneut klingelte. Dieses Mal warf er einen Blick auf das Display und sah, dass es Ted war.

»Hi«, begrüßte er ihn.

»Hi! Ist heute nicht der große Tag?«, gab Ted zurück.

»Jap.«

»Wann werden die Blumen geliefert?«

»Um neun.«

»Wie schlägst du dich?«

»Super. Perfekt sogar.«

Ted lachte. »Wie du meinst. Wenn ich heute nicht die Frühschicht hätte, würde ich vorbeikommen und deine Hand halten.«

»Und wenn du nicht die Frühschicht hättest, würde ich es sogar zulassen.«

»Halte durch, Mann. Sie wird sich bei dir melden.«

»Dein Wort in Gottes Ohr.«

»Hey, sag mal, hast du morgen Mittag schon was vor?«

»Nein. Ich habe mir den Nachmittag freigenommen, um nach Newport zu fahren. Ich nehme an, deine Frage bedeutet, dass du nicht mitkommst?«

»Ich habe keinen Ersatz gefunden.«

»So ein Mist. Also, warum willst du mit mir Mittag essen gehen? Was ist los?«

»Das erzähle ich dir morgen. Rufst du mich in der Früh an?«

»Okay.«

»Viel Glück heute, Parker. Ich drück dir beide Daumen.«

»Danke.«

~

Caroline saß auf dem Rand der Badewanne und schaute Ted beim Rasieren zu.

Er warf ihr einen Blick aus dem Augenwinkel zu. »Du machst mich nervös.«

»Du bist so wüst mit dem Rasierer. Ich kann nicht fassen, dass du dich noch nicht geschnitten hast.«

»Warum schläfst du nicht aus? Ich wüsste genau, wo ich jetzt wäre, wenn ich nicht zur Arbeit müsste.«

»Ich seh dir lieber beim Rasieren zu«, erklärte sie und griff nach ihrer Pille.

Er tupfte ihr einen Klecks Rasierschaum auf die Nase. »Warum hörst du nicht auf, die zu nehmen?«

»Jetzt?«

»Warum nicht? Wir heiraten bald, und mal ehrlich, ich werde nicht jünger.«

»Aber …«, stotterte sie. »Sollten wir vorher nicht wenigstens darüber sprechen?«

»Das tun wir doch gerade.«

»So ein Thema kannst du mir nicht vor dem ersten Kaffee vor die Füße werfen.«

»Okay, dann werfe ich es dir nicht vor die Füße.« Er nahm ihr die Pillenpackung aus der Hand und warf sie in den Mülleimer. »Zwei Punkte.«

»Ted …«

Er küsste sie. »Entspann dich, Honey. Es wird nicht über Nacht passieren.« Er wusch sich die letzten Reste des Rasierschaums ab und benahm sich, als hätten sie nicht gerade eine lebensverändernde Unterhaltung geführt. »Was hast du heute vor? Ich fühle mich schlecht, weil du hier festsitzt, während ich arbeite.«

Sie zuckte die Achseln und versuchte, das, was eben passiert war, abzuschütteln. »Das macht mir nichts aus. Und Cameron tut es gut, meine ungeteilte Aufmerksamkeit zu bekommen.«

Er warf ihr einen finsteren Blick zu und kämmte sich die Haare.

»Solange er seine Hände von dir lässt, werden er und ich gut mitein-ander klarkommen.«

»Ich möchte, dass du liest, was ich bisher geschrieben habe.«

»Wirklich?«

Sie nickte.

»Das würde ich sehr gern. Ehrlich gesagt sterbe ich fast vor Neugierde, ich wollte dich aber nicht fragen.«

»Hättest du ruhig tun können.« Sie streckte die Hand aus und strich ihm über die glatte Wange. »Hmm, bring das mal her.«

Er gehorchte und rieb seine Wange an ihrer, bevor er ihr einen Kuss gab. »Das Rasieren hat mir noch nie so viel Spaß gemacht.«

Sie folgte ihm ins Schlafzimmer, um ihm Gesellschaft zu leisten, während er sich anzog. »Also, was steht heute bei dir an?«

»Als Erstes muss ich mich um ein paar Patienten auf meiner Station kümmern. Dann bin ich den ganzen Vormittag in der Ambu-lanz, gefolgt von der Visite am Nachmittag.«

»Ich versuche immer, mir dich im Arzt-Modus vorzustellen«, meinte sie und knöpfte ihm das Hemd zu.

»Warum kommst du nicht mit und siehst es dir an?«

Sie schaute zu ihm auf. »Das geht?«

»Warum nicht?«

»Au ja!« Sie klatschte begeistert in die Hände. »Ich kann in zehn Minuten fertig sein – inklusive Dusche.«

»Es fällt mir schwer, das zu glauben, aber ich lass mich gern über-raschen.«

Und tatsächlich, als er zehn Minuten später gerade seinen ersten Kaffee in der Küche trank, kam sie in einem pinkfarbenen Top mit passendem Rock die Treppe heruntergehumpelt. Er füllte einen Ther-mosbecher mit Kaffee für sie. »Nimm doch deinen Laptop mit, dann kannst du in meinem Büro arbeiten, während ich bei meinen Pati-enten bin.«

»Oh. Gute Idee.«

Sie holte ihren Laptop und folgte Ted eine Minute später durch die Tür nach draußen. »Das ist ja so aufregend«, sagte sie, als sie im Auto saßen. »Danke für die Einladung.«

»Ich hoffe nur …« Er biss sich auf die Lippe und sah sie kurz an.

»Was?«

»Beim ersten Mal kann es sehr verstörend sein.«

Sofort wurde Caroline ernst und griff nach seiner Hand. »Ich weiß. Aber wenn ich es mit eigenen Augen sehe, kann ich es vielleicht besser verstehen und dich besser unterstützen.«

»Solange du weißt, dass es okay ist, wenn es dich traurig macht. Das ist nur natürlich.«

Sie nickte. »Also, was hat Parker gesagt? Wie geht es ihm?«

»Er ist ein totales Wrack.«

»Das kann ich mir denken. Ich hoffe, sie ruft an. Wirst du ihm wirklich morgen von uns erzählen?«

Ted nickte.

»Was willst du ihm sagen?«

»Die Wahrheit. Ich werde ihm ganz genau erzählen, wie es passiert ist, und auf das Beste hoffen.«

Sie kaute eine Weile an ihrem Daumennagel und starrte aus dem Fenster.

»Worüber grübelst du nach?«

»Ich weiß, wir haben uns darauf geeinigt, dass wir das zusammen durchstehen, aber ich weiß nicht, was ich tun werde, wenn sie sich meinetwegen von dir abwenden.«

»Darüber habe ich auch viel nachgedacht und bin zu dem Schluss gekommen, dass das nicht passieren wird. Wir haben gemeinsam so viel durchgemacht, da kann ich mir einfach nicht vorstellen, dass sie mir die Freundschaft aufkündigen. Ich habe mich immer bemüht, ihnen der bestmögliche Freund zu sein. Zum Beispiel, als Parkers Mutter sterbenskrank war, da habe ich ihr Termine bei den besten Spezialisten besorgt und die Antworten auf all seine Fragen gefunden. Ich hab ihn sogar zum Bestattungsunternehmen begleitet und ihm geholfen, einen Sarg für sie auszusuchen. Ich könnte dir für alle drei Dutzende solcher Beispiele nennen. Zwischen uns ist viel mehr als nur Spaß und Spiel. Das muss doch was zählen, oder?«

»Ich hoffe es. Wirklich.«

Als sie am Krankenhaus ankamen, gingen sie zuerst in Teds Büro, um Carolines Computer und seine Tasche abzuladen.

»Glamourös, was?«, fragte er, als sie die kleine Kammer betraten, die er zu diesem Zweck benutzte. Er zog einen Kittel mit dem aufgestickten Namen »Dr. Duff« auf der Brusttasche an, prüfte, ob bei seinem Handy der Ton eingeschaltet war, und steckte es in die Tasche.

»Das ist ein schönes Büro«, sagte Caroline. »Oh, guck dir das an.« An der Wand hing eine gerahmte Kopie eines Artikels aus dem *Boston Globe* von vor vier Jahren. Die Schlagzeile lautete: »Der Kampf gegen Krebs bei Kindern verbindet drei Generationen einer Bostoner Familie«. Auf dem Foto standen Theo und Ed hinter Ted, jeweils eine Hand auf einer seiner Schultern. »Was für eine großartige Geschichte.«

»Wir haben damals viel Aufmerksamkeit erhalten.«

»Sie wirken so stolz. Ich werde ihn nachher lesen, wenn du nach deinen Patienten siehst.«

Er legte sich das Stethoskop um den Hals und strich mit den Händen über Carolines Arme. »Bist du sicher, dass du für das hier bereit bist?«

»Ja, bin ich.«

»Wenn es dir zu viel wird, gib mir ein Zeichen, okay?«

»Mach dir keine Sorgen um mich. Ich komme klar.«

Er gab ihr einen zärtlichen Kuss und griff nach ihrer Hand. »Okay, dann los.«

Mit dem Fahrstuhl fuhren sie auf die Station und betraten eine Welt, in der sich alles nur um Kinder drehte. Bunte Gemälde an den Wänden, Aufkleber von Zeichentrickfiguren auf dem Boden, und die Ärzte und Schwestern trugen farbenfrohe Kittel. Die Erste, der sie begegneten, war Kelly, die im Schwesternzimmer Dienst hatte.

»Hi, Ted.« Sie berichtete ihm von der schweren Nacht, die eine seiner Patientinnen gehabt hatte, bevor sie bemerkte, dass er nicht allein war. »Oh, tut mir leid. Ich habe nicht gesehen, dass du Besuch dabeihast. Ich bin Kelly.« Sie streckte Caroline die Hand hin.

»Das ist Caroline«, sagte Ted und fing Kellys Blick in dem Moment auf, in dem sie erkannte, dass es sich um *die* Caroline handelte.

Caroline schüttelte ihr die Hand. »Schön, Sie kennenzulernen, Kelly.«

»Gleichfalls.«

Bevor es unangenehm werden konnte, fragte Ted nach weiteren Vorkommnissen, und Kelly erstattete ihm über einige andere Patienten Bericht.

»Dann schauen wir doch mal, wer so in der Lounge rumlungert«, wandte er sich an Caroline. Sie begaben sich zu dem großen, sonnigen Raum mit dem riesigen Flachbildfernseher, der auf einen Kinderkanal eingestellt war. Zwei Mädchen mit Tropf kamen zu ihnen, um Ted zu umarmen. Beide hatten keine Haare mehr, und sie hatten die eingesunkenen Gesichter, wie sie für sehr kranke Kinder typisch waren.

»Hallo, Ladys. Das ist meine Freundin Caroline. Caroline, das sind Becky und Sarah. Wir nennen sie das dynamische Duo, weil man die eine nur selten ohne die andere trifft.«

Die Mädchen schüttelten Caroline die Hand.

Bloß Ted fiel auf, wie sehr Caroline sich bemühte, beim ersten Kontakt mit den krebskranken Kindern nicht die Fassung zu verlieren.

Er sprach mit den Mädchen darüber, wie es ihnen ging, während Caroline zu dem Tisch trat, um die Bilder zu betrachten, an denen die beiden gerade gearbeitet hatten. »Die sind umwerfend«, sagte sie.

»Caroline schreibt ein Buch«, erzählte Ted den Mädchen stolz, die ihn mit Fragen löcherten.

Ein Junge kam in seinem Rollstuhl herbei.

»Wie läuft's so, Simon?«, fragte Ted.

»Ziemlich gut, Dr. Duff. Wer ist die heiße Braut?«

Ted lachte leise. »Hände weg, Junge. Die ist vergeben.« Er blickte auf die Uhr. »Ich muss hier oben nach ein paar Patienten sehen und dann in die Ambulanz«, erklärte er Caroline. »Soll ich dich nach unten begleiten?«

Caroline schaute sich im Zimmer um. »Wäre es in Ordnung, wenn ich ein wenig hierbleibe und mich mit den Kindern unterhalte? Ich glaube, ich finde den Weg zu deinem Büro später selbst.«

»Ich bin mir sicher, dass sie sich über deine Gesellschaft freuen.

Ich bitte Kelly, dir einen Freiwilligenausweis zu geben, damit dich keiner belästigt.« Er nahm sie beiseite. »Bist du sicher, dass du das tun willst?«

Sie nickte. »Ganz sicher.«

Er küsste sie auf die Wange, und alles, was sie füreinander empfanden, lag in diesem kleinen Kuss. »Ich sollte um zwei in der Ambulanz fertig sein. Wie wär's, wenn wir uns unten treffen und gemeinsam was zu Mittag essen. Falls du vorher Hunger bekommst, geh einfach runter in die Cafeteria. Die Schwestern hier können dir den Weg beschreiben.«

»Keine Sorge, ich komme schon klar.«

Als Gina um zehn Uhr endlich anrief, hatte Parker schon fast einen Pfad in seinen Wohnzimmerteppich gelaufen. Beim Anblick ihrer Nummer auf dem Display ermahnte er sich, tief durchzuatmen, bevor er den Anruf annahm. *Das ist es*, dachte er. *Zwei Jahre habe ich auf diesen Moment gewartet. Jetzt darf ich es nicht vermasseln.*

»Hallo«, sagte er und bemühte sich, locker zu klingen.

»Parker?«

»Hallo, Gina. Wie geht es dir?«

»Ich betrachte gerade die wunderschönen Rosen, die du mir geschickt hast. Das war sehr aufmerksam von dir.«

»Es freut mich, dass sie dir gefallen.«

»Ich kann es nicht glauben, dass du dich daran erinnert hast.«

»Nun ja, es war ein wichtiger Tag für dich.« Er hätte sich am liebsten selbst in den Hintern getreten, weil er so steif klang, obwohl er diesen Moment seit einem Jahr vorbereitet hatte.

»Ja, das war es.«

Es entstand eine unangenehme Pause, die sich über Stunden auszudehnen schien, bevor er schließlich fragte: »Also, wie geht es dir?«

»Ganz gut. Uns allen geht es gut. Die Jungs halten mich ordentlich auf Trab.«

»Freut mich zu hören.« *Du bist echt der König des Small Talks, oder, King? Komm schon! Das hier ist Gina! Streng dich ein bisschen mehr an!*
»Hör mal, Gina …«

»Kann ich dich fragen …«

»Tut mir leid.« Aus Frust trat er gegen das Sofa. Er hätte einen Grundschüler dafür engagieren sollen, das hier zu regeln. Der hätte es ohne Zweifel besser gemacht. »Was wolltest du sagen?«

»Ich wollte nur fragen, ob du all deinen Klientinnen am Jahrestag ihrer Scheidung Blumen schickst.«

Parker lachte leise. »Nein. Du bist die erste.«

»Oh.« Und nach einer langen Pause noch einmal: »Oh.«

»Meinst du, wir könnten heute Abend zusammen essen gehen?«

Es folgte eine weitere lange Pause, in der Parker tausend Tode starb, während er darauf wartete, dass sie etwas sagte.

»Bist du an mir … äh … interessiert, Parker?«

Er lächelte. »So kann man es auch ausdrücken.«

Nervös erwiderte sie: »Das verstehe ich nicht. Wenn dem so ist, warum hast du mich nicht früher angerufen?«

»Geh mit mir essen, und ich erkläre es dir.«

Sie schwieg so lang, dass er sich fragte, ob sie noch da war. »O mein Gott, du hast gewartet«, sagte sie schließlich ungläubig.

Er hörte, dass sie weinte. »Gina, nicht. Bitte.«

»Ich kann nicht anders«, schniefte sie. »Das ist so ungefähr das Süßeste, was jemals jemand für mich getan hat.«

»Aber es sollte dich nicht zum Weinen bringen.«

»Tut mir leid. Das alles ist bloß etwas überwältigend.«

»Ich weiß. Ich wünschte, das wäre es nicht. Ich möchte dich wirklich gerne sehen. Meine Assistentin macht auch den Babysitter.«

Gina lachte schluchzend. »Das ist nicht nötig. Ich kann die Jungs zu meiner Mutter bringen.«

»Ist das dann ein Ja?« Sein Herz raste, während er auf ihre Antwort wartete.

»Ja, Parker. Das ist ein Ja.«

Er hätte am liebsten laut gejubelt, sagte jedoch nur ruhig: »Ich hole dich um sieben ab.«

»Weißt du, wo ich wohne?«, fragte sie und lachte dann. »Natürlich weißt du das. Du hast mir schließlich die Blumen geschickt.«

»Kann ich dich auch etwas fragen?«

»Sicher.«

»Gibt es jemanden in deinem Leben?«

»Nein.«

Er ließ sich aufs Sofa fallen, als alle Luft seine Lungen in einem langen Seufzer der Erleichterung verließ. »Gut. Das ist sehr gut. Wir sehen uns um sieben.«

»Okay.«

Als ihm das leise Klicken verriet, dass sie aufgelegt hatte, ließ er den Kopf in die Hände sinken. Sie hatte Ja gesagt. All die Tage und Wochen und Monate der Hoffnung hatten sich ausgezahlt. *Sie hat Ja gesagt.* »Jetzt atme tief durch, und bleib cool«, ermahnte er sich laut. »Du wirst ihr Angst einjagen, wenn du ihr zeigst, wie sehr du in sie verliebt bist. Also reiß dich zusammen.«

Er stand auf und ging mit seinem Kaffee in die Küche. Auf die Spüle gestützt schüttelte er verwundert den Kopf. »Sie hat Ja gesagt«, flüsterte er. »Ich werde sie heute Abend treffen. Heute Abend!«

Ted ließ Caroline in der Lounge zurück und machte sich auf die Suche nach Kelly, die er schließlich am Empfang der Station fand.

»Das ist sie also, hm?«, erkundigte sich Kelly. »Ich schätze, es hat sich einiges geändert, seit wir uns das letzte Mal unterhalten haben.«

»Alles hat sich verändert.«

»Ich freue mich für dich, Ted.« Sie streckte den Arm über den Tresen aus und drückte seine Hand. »Wirklich.«

»Danke. Wäre es total unmöglich von mir, wenn ich dich bitten würde, ihr einen Freiwilligenausweis zu organisieren?«, fragte er und grinste verlegen. »Sie will ein wenig Zeit mit den Kids verbringen.«

»War ja klar, sie ist auch noch nett«, zog Kelly ihn auf. »Das ist nicht fair.«

»Danke, Kelly«, erwiderte er.

»Du schuldest mir was, Ted Duffy.«

Dieser freundschaftliche Schlagabtausch erleichterte ihn, zeigte er doch, dass nach dem Dating-Debakel zwischen ihnen alles wieder in Ordnung war. Er lief so schon Gefahr, genügend Freunde zu verlieren, ohne dass er Kelly auch noch auf die Liste setzen musste. »Ich schulde dir sehr viel, und ich bin mir sicher, dass du es mich nicht vergessen lässt.«

»Niemals.«

Um halb drei kehrte Ted in sein Büro zurück und fand Caroline, die dort an ihrem Laptop arbeitete. Er gab ihr einen Kuss auf die Stirn. »Wartest du schon lange?«

»Ich bin erst vor einer halben Stunde runtergekommen.«

»Du warst die ganze Zeit oben?«

Sie nickte, und als sie zu ihm aufschaute, erkannte er, dass ein merkwürdiger Ausdruck in ihren Augen stand. »Es war … lebensverändernd. Anders kann ich das nicht ausdrücken. Ich hatte ja vorher schon gedacht, dass ich dich liebe, aber dich hier zu sehen und deine Kinder zu treffen … Danke, dass du das mit mir teilst.«

»Ich danke *dir*, dass du so viel Zeit mit ihnen verbracht hast.«

»Es war mir wirklich ein Vergnügen. Ich dachte, ich könnte hier vielleicht ab und zu ehrenamtlich aushelfen. Wäre das möglich?«

»Das ließe sich arrangieren.« Er lehnte sich gegen den Schreibtisch und griff nach ihren Händen, um sie auf die Beine und in seine Arme zu ziehen. Dann hielt er sie sehr lange fest, bevor er erklärte: »Ich habe ja vorher schon gedacht, dass ich dich liebe, doch dich hierzuhaben, zu wissen, dass du es verstehst, sorgt dafür, dass meine Gefühle für dich nur immer noch stärker werden.«

Sie küsste ihn aufs Kinn, dann auf den Mund.

Er legte eine Hand an ihren Nacken und zog sie für einen richtigen Kuss an sich.

Ein Klopfen an der Tür erschreckte sie, aber Ted ließ Caroline nicht los. »Herein«, sagte er.

Caroline atmete scharf ein, was Ted dazu veranlasste, sich zur Tür umzudrehen. »Mom? Was machst du denn hier?«

KAPITEL 29

Mitzi starrte sie mit schockierter Miene an.

Caroline versuchte, sich von Ted zu lösen, doch sein Arm blieb fest um sie gelegt.

Mitzi schaute von ihrem Sohn zu Caroline und wieder zurück. »Ich verstehe nicht …«

Ted ließ Caroline los und trat zu seiner Mutter. Er zog sie in sein Büro hinein und schloss die Tür hinter sich. Dann gab er Mitzi einen Kuss auf die Wange. »Was machst du hier, Mom? Ich dachte, du wärst auf Block Island.«

Den Blick auf Caroline gerichtet, antwortete Mitzi: »Grandy fühlte sich gestern Abend nicht wohl und hat über Herzbeschwerden geklagt, also hat Dad sie hergebracht, damit sie sich von einem Kardiologen untersuchen lässt. Ich dachte, wenn Dad und Grandpa schon herfahren, kann ich sie begleiten und an der Sitzung der Ehrenamtlichen teilnehmen.«

»Geht es Grandy gut?«, fragte Ted besorgt.

»Dad hat mich gerade angerufen, um mir zu sagen, dass man sie für weitere Untersuchungen ins Mass General eingewiesen hat.« Sie sah wieder zu Caroline, als suche sie nach einer Bestätigung, dass ihre

Augen sie nicht trogen. »Ich bin hergekommen, um es dir zu erzählen.«

»Kardiologische Untersuchungen?«

Sie riss den Blick von Caroline los und nickte. »Dad meinte, sie wollten nur gründlich sein. Grandy möchte nicht, dass alle panisch an ihre Seite eilen. Sie meinte, und ich zitiere hier wörtlich: ›Sag Ted, dass er mich heute Abend anrufen kann, aber es gibt keinen Grund für ihn, hier aufzukreuzen.‹«

»Du verschweigst mir doch nichts, oder?«

»Nein. Vermutlich hat man sie bloß eingewiesen, weil es Sommer ist und wir auf der Insel kein Krankenhaus haben. Wir werden mindestens für eine Woche in der Stadt bleiben, bis wir sicher sind, dass mit ihr alles in Ordnung ist.«

Ted stieß hörbar den Atem aus. »Ich werde ihre Wünsche genau einen Tag lang respektieren, und dann werde ich sie besuchen.«

»Das sage ich ihr.« Mitzi musterte Caroline kühl mit ihren blauen Augen. »Habt ihr beide vor, mir zu erklären, was hier vor sich geht?«

Ted legte wieder einen Arm um Caroline. »Wir sind jetzt zusammen.«

»Was meinst du damit, ›zusammen‹? Sie ist Smittys Freundin.«

»Nicht mehr. Sie ist meine Verlobte.«

Mitzi keuchte auf. »Wovon um alles in der Welt redest du da? Noch letztes Wochenende war sie mit ihm zusammen. Das habe ich mit meinen eigenen Augen gesehen.«

»Mrs Duffy«, schaltete Caroline sich ein. »Mitzi … Ich weiß, wie das wirken muss … Oder ich kann es mir zumindest vorstellen. Aber ich liebe Ted.«

»Was ist mit Smitty?« Mitzi ließ sich auf den Stuhl an der Tür sinken. »O Gott! Deshalb ist er so plötzlich nach Australien abgereist! Er weiß es! Wie konntest du ihm das antun, Ted? Du weißt, dass er keine eigene Familie hat. Wie konntest du nur?«

»Mom, du verstehst das nicht …«

»Da hast du recht. Ich verstehe es nicht.«

»Mrs Duffy …«

»Ich werde mir das nicht anhören, Caroline. Was für eine Person bist du, dass du dich zwischen zwei Männer stellst, die einander näher stehen als Brüder?«

»Vorsicht, Mutter. Du sprichst mit meiner zukünftigen Frau, und ich möchte dich bitten, auf deinen Ton zu achten.«

Mitzi verbarg ihre Abscheu nicht. »Ist das dein Ernst? Was zum Teufel ist in dich gefahren, Ted Duffy? Du willst sie heiraten? Du *kennst* sie doch nicht einmal. Und wenn sie deinen Freund betrügt, was sollte sie davon abhalten, das auch bei dir zu tun?«

Entsetzt wich Caroline einen Schritt zurück.

Ted streckte die Hand nach ihr aus. »Das reicht!«, wandte er sich an seine Mutter. »Ich glaube, du solltest jetzt gehen. Wenn du Caroline gegenüber nicht höflich sein kannst, haben wir einander nichts mehr zu sagen.«

Mitzi stand auf. »Du hast den Verstand verloren.«

»Nein, Mutter. Ich habe mein Herz verloren.«

»Wann hattest du vor, es uns zu erzählen?«

»Wenn ich dazu bereit gewesen wäre. Ich habe sehr lange auf das hier gewartet, und ich will, dass ihr ein Teil davon seid. Ich weiß, es ist ein Schock für dich, aber ich bitte dich, die Frau, die ich liebe, mit Respekt zu behandeln.«

Mitzi erwiderte seinen Blick lange.

»Zwing mich nicht, mich zu entscheiden, Mom. Kannst du begreifen, was ich damit meine?«

»Ja. Ich denke schon.« Sie nahm ihre Handtasche. »Du hast mich dein ganzes Leben lang immer stolz gemacht. Bis jetzt.« Damit drehte sie sich um und ging.

Als Carolines Beine drohten, unter ihr nachzugeben, fing Ted sie auf und drückte sie an sich, während sie in Tränen ausbrach.

»Schhhh«, flüsterte er. »Es ist okay. Sie beruhigt sich wieder.«

Doch Caroline war untröstlich.

Teds Handy vibrierte, und er griff danach. »Mist. Meine Assistenzärzte warten oben auf mich, für die Visite. Hast du schon was gegessen?«

»Ja, mit den Kindern.« Carolines schniefte und blinzelte einige Male. »Geh nur.«

»Wie kann ich dich hier so zurücklassen?« Er strich sich frustriert mit der Hand durch die Haare. »Es tut mir so leid, Honey. Ich kann nicht fassen, wie sie dich behandelt hat. Das war völlig unangemessen.«

»Ich schätze, ich hätte es ahnen müssen.« Caroline wischte sich die Tränen ab. »Mal ehrlich, ich habe ihn betrogen.«

Ted legte seine Arme um sie. »Tu das nicht, Caroline. Wir wissen beide, wie es wirklich war. Zwischen uns ist nichts passiert, bis es zwischen euch aus war. Das ist alles, was zählt.« Er war sich nicht sicher, ob er versuchte, sie zu überzeugen oder sich selbst. »Wir müssen uns auf das konzentrieren, wovon wir wissen, dass es wahr ist.«

Sie lehnte den Kopf an seine Brust. »Wie kannst du so klar denken? Ich wette, deine Mutter hat noch nie zuvor so mit dir gesprochen.«

»Ich kann klar denken, weil ich das mit dir und uns ernst meine. Nichts wird uns auseinanderbringen. Weder meine Mutter noch meine Freunde oder mein Job. Nichts.«

Sein Handy vibrierte erneut. »Okay, mein Job wird uns jetzt doch für ein paar Stunden auseinanderbringen«, sagte er mit einem schiefen Lächeln, als er das Handy wieder wegsteckte. »Du wirst nicht einfach verschwinden, während ich fort bin, oder?«

»Nein. Ich hätte zu viel Angst, deiner Mutter zu begegnen, wenn ich diesen Raum verlasse.«

Lächelnd strich er ihr mit den Daumen über die Wangen und hob dann ihren Kopf zu sich an. »Ich liebe dich, Caroline. Das ist alles, was zählt, okay?«

Sie nickte, aber er merkte, dass sie die Szene mit seiner Mutter eben noch nicht verarbeitet hatte.

»Ich komme so schnell zurück, wie ich kann.«

»Ich warte hier auf dich.«

»Darauf zähle ich.«

Mit einem letzten Kuss war er fort.

Caroline ließ sich auf den Stuhl sinken und legte den Kopf in den Nacken. Sie schloss die Augen und erschauderte, als sie sich an Mitzis Verachtung erinnerte. »Meine zukünftige Schwiegermutter«, meinte sie seufzend, »hat mich mehr oder weniger eine Hure genannt. Ich komme zwischen ihn und jeden anderen Menschen in seinem Leben. Wie lange wird es dauern, bis er mich dafür hasst?« Ein Schluchzer baute sich in ihrer Kehle auf, und sie vergrub das Gesicht in den Händen.

Ted hatte seine Visite beendet und tippte gerade etwas in das Computerterminal im Schwesternzimmer ein, als sich ihm der Vater einer seiner Patienten näherte.

»Dr. Duffy?«

Ted drehte sich um und schüttelte ihm die Hand. »Hallo, Mr Hamilton.«

»Ich habe Sie bei der Visite verpasst, wollte aber mit Ihnen darüber sprechen, dass Jonathan nach der letzten Chemo-Runde Schwierigkeiten beim Essen hat. Ich habe mich gefragt …«

Ich fasse es immer noch nicht, dass Mom so mit Caroline gesprochen hat. Ich habe sie nie so wütend gesehen. Ich hatte damit gerechnet, dass sie und Dad überrascht und vielleicht ein klein wenig schockiert sein würden, doch nie hätte ich mir vorgestellt, dass sie sich so benimmt. Ich weiß, es liegt daran, dass sie Smitty liebt – und nicht nur, weil er mein Freund ist. Sie liebt ihn um seinetwillen. Verdammt, mir geht es ja genauso. Grandy hat verstanden, was ich für Caroline empfinde. Warum kann Mom das nicht auch? Grandy. Ich muss mich bei ihr melden. Ich hoffe, sie hat nichts Schlimmes.

»Dr. Duffy! Hören Sie mir überhaupt zu?«

»Es tut mir leid«, entschuldigte Ted sich erschrocken. »Was haben Sie gesagt?«

Pete Hamilton starrte ihn ungläubig an. »Belästige ich Sie mit meinen Sorgen um meinen Sohn?«

»Nein, natürlich nicht.« Ted war entsetzt, dass er sich aus einem Gespräch mit einem Elternteil einfach so ausgeklinkt hatte. »Ich bitte vielmals um Entschuldigung.« Er legte eine Hand auf Petes Schulter. »Lassen Sie uns zu Jon gehen und gucken, was wir gegen seine Appetitlosigkeit unternehmen können.«

Parker trug einen dunkelblauen Nadelstreifenanzug, aber keine Krawatte. Er hatte sich stundenlang Gedanken darüber gemacht, denn er wollte, dass Gina glaubte, er käme direkt aus der Kanzlei. Sie musste nicht wissen, dass er einen ganzen Tag lang die Zeit totgeschlagen hatte, bis es endlich sieben Uhr abends war. Also hatte er entschieden, dass eine Krawatte zu förmlich war. Als er jetzt vor ihrem zweigeschossigen Backsteinhaus im Kolonialstil vorfuhr, das in dem Bostoner Vorort Stoughton lag, fragte er sich, ob es mit Krawatte nicht doch besser gewesen wäre.

Du bist ein Idiot, dachte er, als er aus seinem Porsche ausstieg und über den Bürgersteig zu ihrer Haustür joggte. Bevor er auf die Klingel drückte, atmete er noch einmal tief durch, um seine Nerven zu beruhigen. *Showtime.*

Die Tür ging auf – und sein gesunder Menschenverstand löste sich in nichts auf. *Oje. Da ist sie. Und meine Erinnerungen an sie sind ihr in keinster Weise gerecht geworden.*

»Hi, Parker«, begrüßte sie ihn lächelnd und bedeutete ihm, reinzukommen.

»Du siehst …«, er schüttelte den Kopf, weil ihm die Worte fehlten, »umwerfend aus.« Er musste all seine Willenskraft aufwenden, um nicht eine Hand auszustrecken und sich eine von Ginas langen Locken um den Finger zu wickeln. Er ermahnte sich, sie nicht anzustarren, was nicht leicht war, denn sie trug ein Kleid, das sich verführerisch an ihre Kurven schmiegte. »Deine Haare sind lang geworden.«

Sie berührte sie mit einer unsicheren Geste, die an seinem Herzen zerrte. »Ich habe eine Veränderung gebraucht.«

»Mir gefällt's.« Es freute ihn, dass die Aura der Traurigkeit, die damals ein Teil von ihr gewesen war, sich verflüchtigt hatte. Nun schimmerten ihre Augen vor Aufregung und vielleicht sogar Vorfreude.

»Es ist schön, dich zu sehen, Parker.«

»Wirklich?« Wie er es hasste, so armselig zu klingen.

Sie nickte. »Es hat mir in diesem vergangenen Jahr ebenfalls gefehlt, dich zu sehen«, erwiderte sie und bezog sich auf die Begleitkarte zu den Blumen.

»Ich kann dir gar nicht sagen, wie glücklich es mich macht, das zu hören.« *Ganz ruhig*, ermahnte er sich, als der Drang, sie zu berühren, beinahe schmerzhaft wurde. *Geh es langsam an.*

»Möchtest du kurz reinkommen?« Sie rang ihre Hände auf eine Weise, die ihm verriet, dass sie auch nervös war.

»Sehr gerne.« Er folgte ihr ins Wohnzimmer, wo seine Blumen auf dem Kaminsims standen. Dass sie den Strauß dorthin gestellt hatte, wo er auffiel, freute ihn. Der Raum war gemütlich, und die auf dem Couchtisch verteilten Baseball-Sammelkarten und die Lichtschwerter, die in einer Ecke an der Wand lehnten, verrieten, dass hier zwei Jungs lebten.

»Danke noch mal für die Rosen.«

»Gern geschehen.« Er zeigte auf die gerahmten Fotos auf einem Beistelltisch. »Sind das deine Kinder?«

Sie nickte. »Das hier ist Anthony«, sie zeigte auf einen dunkelhaarigen Jungen, dem die oberen Schneidezähne fehlten. »Er ist sechs.«

Der verschmitzte Ausdruck in den Augen des Kleinen gefiel Parker.

»Und das ist Dom. Er ist neun.«

Der ältere Junge war ernster. »Er sieht genauso aus wie du.« Und keiner von beiden schien ein zweiköpfiges Monster zu sein.

»Oh, er *liebt* es, das zu hören.«

Parker lachte leise. »Das sind zwei sehr hübsche Jungs.«

»Sie haben viel durchgemacht, aber es scheint sie in ihrem Wesen nicht verändert zu haben, wofür ich sehr dankbar bin.«

»Das ist ein Zeugnis deiner Fürsorge und Liebe.«

»Das hast du nett gesagt.«

»Ich erinnere mich noch, wie hart du während …«, er wollte nicht das Wort »Scheidung« benutzen, »während der Verhandlungen für sie gekämpft hast.«

»Woran erinnerst du dich noch?«

»An alles.« Das schlüpfte ihm raus, bevor ihm wieder einfiel, dass er sich doch eigentlich cool geben wollte.

Sie musterte ihn für einen endlos langen Moment. »Meine Freunde meinten, ich wäre ein schlechtes Klischee.«

»Warum?«, fragte er fasziniert.

»Weil ich so für meinen Scheidungsanwalt geschwärmt habe.«

Parkers Herz setzte einen Schlag aus. »Wirklich?«

Sie biss sich auf die Unterlippe und nickte. »Sie meinten, ich sollte dich vergessen, weil jede sich in ihren Scheidungsanwalt verliebt.«

»Und hast du das? Mich vergessen, meine ich?«

»Nein.«

»Ich weiß nicht, wie viele Frauen sich in ihren Scheidungsanwalt verlieben, aber ich kann dir sagen, dass ich mich bisher nur in eine einzige meiner Klientinnen verliebt habe.« Er machte einen Schritt auf sie zu. Die Nervosität war verschwunden, das Warten war vorbei, und vor ihm stand die Frau, die er liebte. »Ich habe mich, ungefähr fünf Minuten nachdem sie mein Büro betreten hat, in sie verliebt. Und seit diesem Moment sehne ich mich insgeheim nach ihr.«

Ihr stiegen Tränen in die Augen. »Das war vor zwei Jahren«, flüsterte sie.

»Glaub mir, das weiß ich.« Er trat noch näher und streckte die Hand aus, um ihr sanft über die Wange zu streichen.

»Parker«, flüsterte sie und schmiegte ihr Gesicht in seine Hand. »Ich kann nicht glauben, dass du wirklich hier bist.«

»Ich auch nicht.«

»Und ich kann nicht glauben, dass du mir ein ganzes Jahr Zeit gegeben hast.«

Erfüllt von seiner Liebe zu ihr, rieb er mit den Lippen sanft über ihre. »Du hast Zeit gebraucht, um dich von allem zu erholen. Ich bin froh, dass du bisher niemand anderen gefunden hast. Ich habe zahllose Stunden damit verbracht, mir darüber Sorgen zu machen.«

Zögerlich legte sie ihm die Hände auf die Brust.

Er gab ihr einen Kuss auf die Wange. »Du darfst mich berühren, Gina. Ehrlich gesagt wünsche ich mir sogar, dass du es tust.«

Ermutigt schlang sie die Arme unter seinem Jackett um ihn und lehnte den Kopf an seine Brust.

Parker vergrub sein Gesicht in ihren Locken und kämpfte gegen die Flut von Gefühlen an, die ihn jetzt, wo er sie endlich in den Armen hielt, überkamen. »Ich habe davon geträumt, dich so zu halten.«

»Wenn ich ehrlich bin, macht mir das Ganze ein wenig Angst, Parker.«

Er hob ihr Kinn an, damit er ihr in die Augen sehen konnte. »Wir werden es ganz langsam angehen – so langsam, wie du es willst. Du bestimmst die Geschwindigkeit, okay?«

Sie nickte.

»Aber ich verspreche dir gleich hier und jetzt: Es gibt nichts, wovor du Angst haben musst. Ich werde dir niemals wehtun. Niemals.«

»Ich werde mir alle Mühe geben, dir zu glauben.«

Er senkte den Kopf und gab ihr einen zärtlichen Kuss. »Lass dich von mir zum Essen ausführen.«

»In einer Minute«, flüsterte sie an seinem Mund, während sie mit einer Hand seinen Hinterkopf umfing.

Als ihre Zunge über seine Unterlippe glitt, hatte Parker das Gefühl, von einem Blitz getroffen zu werden. Er vergrub eine Hand in ihrem Haar und vertiefte den Kuss. Ihre Zunge nahm seine mit so viel aufgestauter Leidenschaft in Empfang, dass ihm schwindelig wurde. »Wow, Süße, warte«, stöhnte er, als er es nicht mehr ertrug. In dem Versuch, sein rasendes Herz zu beruhigen, lehnte er seine Stirn an ihre und verschränkte seine Finger mit ihren. »Lass uns gehen, bevor ich vergesse, dass ich vorhatte, dich zum Essen einzuladen.«

Ihre Wangen röteten sich vor Verlegenheit. »Ich hatte nicht vor, so schamlos zu sein.«

Parker legte den Kopf in den Nacken und lachte. »O Liebste, bitte sei immer schamlos. Nutz mich aus. Ich gehöre ganz dir.«

»So sehr magst du mich?«, fragte sie, und das Erstaunen darüber war ihr ins Gesicht geschrieben.

»Ja.« Er gab ihr einen Kuss auf die Hand. »So sehr mag ich dich.«

<h1 style="text-align:center">KAPITEL 30</h1>

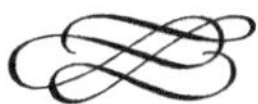

»**D**ie Jungs würden dieses Auto lieben«, verkündete Gina, als Parker ihr die Tür aufhielt.

»Ich drehe gerne mal eine Runde mit ihnen. Wann immer sie wollen.« Er schloss die Tür und lief um den Wagen.

»O nein, die würdest du nicht hier drin haben wollen. Sie hinterlassen überall, wo sie stehen und gehen, das reinste Chaos.«

»Das stört mich nicht.«

»So redest du jetzt, aber warte ab, wie du darüber denkst, wenn du das erste Mal ein Erdnussbuttersandwich aus deiner Stereoanlage pulst.«

»Sag mir, dass das nicht passiert ist.« Er wollte sich immer noch kneifen, um sich zu vergewissern, dass er das alles nicht nur träumte. Doch Gina saß wirklich neben ihm in seinem Auto. »Das hast du dir ausgedacht.«

Sie schaute ihn an. »Du weißt, dass sie zum Gesamtpaket dazugehören, oder?«

Er nahm ihre Hand. »Natürlich weiß ich das.«

»Wirst du mir verzeihen, wenn du sie erst einmal nicht kennenlernst?«

Er warf ihr einen Blick zu. »Möchtest du nicht, dass ich sie treffe?«

»Natürlich will ich das. Aber ich bringe keinen neuen Menschen in ihr Leben, bevor ich mir nicht sicher bin, dass er bleibt. Sie haben schon genug durchgemacht, da möchte ich nicht, dass sie sich an jemanden gewöhnen, der in ein paar Monaten vielleicht nicht mehr da ist.«

Er wollte widersprechen. Wollte ihr versichern, dass das nicht passieren würde. Doch stattdessen sagte er: »Das verstehe ich.«

»Wirklich?«

»Nun, ich bemühe mich zumindest.«

»Es wird kompliziert werden.«

»Das ist es schon – wenigstens für mich.«

»Ich dachte, ich wüsste noch, wie gut du aussiehst.« Sie strich ihm mit einem Finger übers Kinn. »Aber meine Erinnerungen haben mich getrogen.«

Er hielt ihre Hand auf, damit er nicht von der Straße abkam. »Das ist lustig, weil ich genau das Gleiche gedacht habe, als du mir die Haustür aufgemacht hast.« Er schaute sie kurz an, dann konzentrierte er sich wieder aufs Fahren. »Du weißt, wer mein Vater ist?«

»Ja.«

»Ist das ein Problem für dich?«

»Ich wüsste nicht, warum.«

»Du wärst überrascht, auf wie viele Arten es ein Problem für mich sein kann.«

Sie drückte seine Hand. »Ich will dich nicht wegen dem, was du hast. Du weißt besser als jeder andere, dass ich das nicht brauche. Dafür hast du gesorgt.«

»Hält er die Vereinbarung ein?«

»Bis zum letzten i-Tüpfelchen. Der Scheck kommt pünktlich zum Ersten, und er besucht die Jungs an genau zwei Abenden im Monat – und nicht eine Minute länger, als er muss.«

»Das ist bestimmt schwer für dich. Du hast nie eine Pause.«

»Ich habe das Glück, eine Familie und gute Freunde zu haben, die mir helfen. Jetzt, wo die Jungs ein wenig älter sind, ist es wesentlich leichter.«

»Ich freue mich schon darauf, sie kennenzulernen – also, nachdem ich dir bewiesen habe, dass ich vorhabe zu bleiben.«

Amüsiert fragte sie: »Und wie genau willst du das machen?«

»Das wirst du schon sehen.«

Den Arm um ihre Schultern gelegt, ging Ted mit Caroline zu seinem Wagen. »Es tut mir leid, dass es so spät geworden ist. Ich versuche immer noch, herauszufinden, wann genau dieser Tag so außer Kontrolle geraten ist.«

»Kein Problem. Ich wusste ja, dass du viel zu tun hast.«

»Und dabei wollte ich nichts mehr, als zu dir zurückzukommen. Ich hatte echte Probleme, mich auf meine Arbeit zu konzentrieren. Der Vater eines Patienten hat mich sogar darauf angesprochen, was wirklich nicht oft passiert.«

»Das tut mir leid.« Sie seufzte. »Ich hasse es, dass ich dir nur Probleme bereite.«

Er lehnte sich gegen seinen Wagen und zog sie an sich. »Du verursachst mir ganz viele Glücksgefühle. Und das ist sehr viel wichtiger als alles andere.«

»Wenn du meinst.«

»Honey, komm schon. Lassen wir das hinter uns und gehen irgendwo nett essen. Was meinst du?«

»Ich weiß nicht, ob ich was runterkriege.«

»Du musst es versuchen. Außerdem bin ich kurz vorm Verhungern. Ich hatte nichts zu Mittag.«

»Okay.« Sie ließ sich von ihm die Beifahrertür aufhalten. »Hattest du Gelegenheit, dich bei deiner Großmutter zu melden?«

Ted nickte. »Sie ist so munter wie immer und total genervt von der ganzen Sache, was mich sehr erleichtert hat.«

»Das ist gut. Da sie als Einzige auf unserer Seite ist, müssen wir dafür sorgen, dass sie gesund bleibt.«

Er lachte. »Das stimmt.«

Sie fuhren in eines seiner Lieblingsrestaurants in Boston, wo er es schaffte, Caroline zu überreden, wenigstens einen Salat zu essen, während er ein Steak herunterschlang. Als sie fertig waren, taute Caroline langsam wieder auf. Ihre Augen, die nach dem Ausbruch seiner Mutter vor Schock dumpf und ausdruckslos gewesen waren, hatten sich ein wenig aufgehellt, und sie schaffte es sogar, ein paarmal zu lächeln. Er schenkte ihr noch ein Glas Wein ein und ergriff quer über den Tisch ihre Hand. »Geht es langsam besser, Baby?«

»Das wird schon wieder. Und dir?«

»Solange du bei mir bist, ist alles super.«

»Was wirst du wegen deiner Mutter unternehmen?«

»Ich bin sicher, dass ich sie morgen sehe, wenn ich meine Großmutter im Krankenhaus besuche. Dann werde ich mit ihr reden.«

Caroline spielte abwesend mit seinen Fingern.

»Das renkt sich wieder ein, Honey. Sie braucht nur etwas Zeit, um es zu verarbeiten. Auf keinen Fall wird sie zulassen, dass sich ein Spalt zwischen uns auftut. Nicht nach dem, was sie mit meiner Schwester durchgemacht hat.«

»Was war denn mit deiner Schwester?«

Ted erzählte ihr von Tishs Jahren der Drogenabhängigkeit und von der fürchterlichen Belastung, die das für die gesamte Familie bedeutet hatte.

Caroline reagierte verwundert. »Ich versuche gerade, mir Tish als Drogenabhängige vorzustellen. Sie schien so glücklich und zufrieden mit Steven.«

»Das ist sie jetzt auch, aber du hättest sie vor zehn Jahren sehen sollen. Es war der reinste Albtraum.«

»Das tut mir leid. Das muss schrecklich für euch gewesen sein.«

»Das war es.« Ted hätte sich beinahe an seinem Wein verschluckt, als Parker Hand in Hand mit einer Frau an ihrem Tisch vorbeikam.

Als Parker seinen Freund entdeckte, lächelte er strahlend, und er sagte etwas zu dem Kellner, der ihn zu seinem Platz führen wollte.

Caroline keuchte auf, als Parker zu ihnen an den Tisch kam.

Parker hingegen blieb abrupt stehen, als ihm aufging, wer da Teds Hand hielt.

Für einen langen, unangenehmen Moment sagte niemand etwas.

Dann schien Parker sich weit genug zu erholen, um sich an seine Manieren zu erinnern. »Gina, das sind Ted und Caroline.«

Ted stand auf und schüttelte Gina die Hand. »Sehr erfreut, dich kennenzulernen.«

»Gleichfalls«, erwiderte Gina.

Ted schaute zu Parker, der sich bemühte, jeglichen Blickkontakt zu vermeiden. »Parker …«

»Wir müssen weiter«, unterbrach der ihn. »Wir haben einen Tisch reserviert.«

»Lass es mich dir erklären«, bat Ted.

»Nicht jetzt.« Parker legte einen Arm um Gina und führte sie weg.

»Verdammt«, murmelte Ted, als er sich setzte und bemerkte, dass Caroline wieder leichenblass war.

Er winkte nach der Rechnung.

»Parker? Was ist los?«, wollte Gina wissen, nachdem sie sich gesetzt hatten.

Parker versuchte verzweifelt, zu verarbeiten, was er gerade gesehen hatte. »Das ist einer meiner besten Freunde.«

Sie musterte ihn misstrauisch. »Den Eindruck hatte ich aber nicht.«

»Ja, das glaube ich. Ich befinde mich gerade in einem totalen Schockzustand.«

»Was ist los? Ich verstehe das nicht.«

Parker trank einen Schluck von seinem Eiswasser. »Die Frau, mit der er zusammen war?«

Gina nickte.

»Sie war bis letzten Sonntag die Freundin von unserem Freund Smitty.«

»Oh.«

»Ja.« Mit einem Mal ergab für Parker alles einen Sinn: dass er Caroline Freitag Nacht auf der Treppe getroffen hatte, als sie mit Ted allein im Haus gewesen war, Teds seltsame geistige Abwesenheit – die er auf seine Arbeit geschoben hatte – und Smittys überstürzte Abreise nach Australien. *Mein Gott. Smitty weiß davon. Deshalb hat er sich so verhalten.* Parkers Gedanken überschlugen sich. *Ted hat mir ins Gesicht gelogen, als ich ihn gefragt habe, was Freitag Nacht passiert ist. Sie haben mich beide angelogen. Sie waren zusammen, und ich habe sie mit meinem frühen Heimkommen überrascht. O mein Gott.*

»Parker? Ist alles in Ordnung?«

Er zwang sich, sich auf Gina zu konzentrieren. »Tut mir leid, Honey«, sagte er und atmete tief ein, um sich zu fassen.

»Das muss dir nicht leidtun. Warum erzählst du es mir nicht?«

»Ich will dich damit nicht langweilen.«

»Parker, du bist offensichtlich verstört. Rede mit mir.«

Überwältigt von dem Drang, ihr die ganze Geschichte zu berichten, atmete er noch einmal tief durch und tat dann genau das.

Nach dem Abendessen fuhr Parker mit Gina an seinem Haus in Beacon Hill vorbei. »Jetzt, wo du weißt, wo ich wohne, musst du mich mal besuchen kommen«, meinte er.

»Ich fahre nicht oft in die Stadt, aber nun habe ich eine gute Ausrede …«

Als er um kurz nach elf vor ihrem Haus anhielt, war er wieder einmal überrascht, wie sie es geschafft hatte, den Abend zu retten, indem sie ihm über seinen Schock nach der Begegnung mit Ted und Caroline hinweggeholfen hatte. »Du kannst jederzeit vorbeikommen. Auch in der Kanzlei. Du kannst mich mitten in der Nacht oder mitten am Tag anrufen. Wann immer dir danach ist.«

Sie wandte sich ihm zu und lächelte. »Danke für das Essen.«

»Danke, dass du Ja gesagt hast.« In seinem winzigen Auto trennten ihre Gesichter nur wenige Zentimeter, aber Parker hielt sich zurück und ermahnte sich, dass er ihr versprochen hatte, sie dürfe das Tempo bestimmen.

Gina erlöste ihn aus seinem Elend, indem sie die Arme nach ihm ausstreckte. Die Hände an seine Wangen gelegt, presste sie ihre

Lippen auf seine. Dieser Kuss begann ganz zart und süß – bis Gina vor Verlangen seufzte, sein Herz einen Schlag aussetzte und er den Kopf wandte, um den Kuss zu vertiefen. Sie legte ihm eine Hand aufs Bein und zog ihn näher zu sich, während der Kuss kein Ende nahm.

Irgendwann löste sich Parker schließlich von ihr und betrachtete sie. Das Verlangen, das sie in ihm weckte, faszinierte ihn.

»Willst du noch mit reinkommen?«

»Ich glaube, das sollte ich lieber nicht.«

»Und ich glaube, das solltest du lieber doch.«

»Gina …« Er verzog das Gesicht. »Ich versuche gerade, ein wenig Zurückhaltung zu zeigen.«

»Tu das nicht.«

»Das muss ich aber.«

»Warum?« Mit dem Finger strich sie von seiner Wange zu seiner Kehle und weiter zu seiner Brust.

Für einen Moment schloss er die Augen und überließ sich dem Sturm der Gefühle. »Wenn ich mit dir reinkomme, will ich dich lieben. Und wenn das passiert, werde ich dich nie wieder gehen lassen können, weil ich bereits rettungslos mein Herz an dich verloren habe.«

Tränen glitzerten in ihren Augen. »Komm mit rein.«

»Was ist mit den Jungs?«

»Die bleiben über Nacht bei meiner Mutter, und sie fährt sie morgen direkt zu meiner Schwester, wo sie im Pool schwimmen können.«

Er sah sie sehr lange an, um sich davon zu überzeugen, dass sie wusste, was sie ihm da anbot, bevor er schließlich ausstieg und um den Wagen herumkam, um ihr die Tür zu öffnen.

Drinnen fragte sie ihn, ob er etwas trinken wolle.

»Nein, danke.«

Sie schob ihm das Jackett von den Schultern und hängte es über das Treppengeländer. Dann nahm sie seine Hand und führte ihn die Treppe hinauf in ihr Schlafzimmer.

Immer noch fassungslos darüber, wie sich der Tag, auf den er so lange hingefiebert hatte, entwickelte, hielt er sie sehr lange einfach nur fest in den Armen.

»Du sollst wissen, dass ich nie mit ihm in diesem Bett geschlafen habe, Parker. Nachdem er mich verlassen hat, habe ich alles in diesem Zimmer ausgetauscht. Und ich habe auch mit sonst niemandem in diesem Bett geschlafen.«

»Ich habe mit niemandem mehr geschlafen, seitdem ich dich getroffen habe.«

Ihre Finger, mit denen sie gerade seine Hemdknöpfe geöffnet hatte, wurden ganz still. »Das ist nicht dein Ernst.«

»Doch, absolut.« Er zog den Reißverschluss ihres Kleids auf und schob es ihr über die Schultern. »Wie mache ich mich bisher so mit meinem Beweis, dass ich bei dir bleiben werde?«

»Gut«, stotterte sie, während er ihre Brüste durch den Spitzen-BH liebkoste. »Sehr, sehr gut.«

Er ersetzte seine Hände durch seine Lippen und drängte Gina sanft rückwärts zum Bett. »Ja, und genau so wird es werden: sehr, sehr gut.«

Ted konnte nicht schlafen. Sie waren schweigend nach Hause gefahren, und zum ersten Mal in dieser Woche hatten sie sich nicht geliebt. Der Schock davon, Parker über den Weg gelaufen zu sein, machte es ihnen unmöglich, sich für ihn zu freuen, weil er Gina bei sich gehabt hatte, obwohl das bedeutete, dass sein Plan genau so aufgegangen war, wie er es sich erhofft hatte.

Auch wenn Caroline direkt neben ihm lag, war sie nicht bei ihm. Sie versuchte, mit dem, was passiert war, klarzukommen. Er wusste, dass sie sich die Schuld an allem gab, was nicht fair war. Sie steckten gemeinsam in dieser Sache, und er wollte verdammt sein, wenn er zuließe, dass sie eine Mauer zwischen ihnen errichtete.

Er rollte sich zu ihr herum und legte die Arme um sie. »Bist du noch wach?«, flüsterte er.

»Ja. Ich dachte, du schläfst schon.«

»Ich kann nicht.« Er zog sie näher zu sich. »Ich brauche dich, Caroline.«

»Ich bin hier.«

»Nein, bist du nicht. Du bist ganz weit weg, und das ertrage ich nicht. Diese Woche hatte ich mit dir einen kleinen Vorgeschmack auf den Himmel, und das war für uns nur der Anfang. Bitte zieh dich nicht wegen dem zurück, was heute passiert ist. Wende dich nicht von mir ab.«

Ihr Körper erbebte unter Schluchzern.

»Ich liebe dich so sehr«, murmelte er, während er sich auf sie rollte. »Bleib bei mir. Kämpf für uns. Du hast eingewilligt, mich zu heiraten, und darauf nagle ich dich fest.« Er küsste ihre Tränen fort und atmete erleichtert auf, als er ihre Arme um sich spürte. Dann liebte er sie zärtlich, und als sie schließlich schwer atmend dalagen, hatte er das Gefühl, wieder mit ihr verbunden zu sein. »Wir stehen das durch, Baby. Das verspreche ich dir. Glaubst du mir?«

Sie nickte.

»Sag es mir. Ich muss es von dir hören.«

»Ich liebe dich, Ted«, flüsterte sie. »Ich liebe dich, und wir stehen das gemeinsam durch.«

»So ist es recht.« Er küsste sie und löste sich von ihr, nur um sich auf die Seite zu rollen und sie erneut an sich zu ziehen.

Irgendwann waren sie eingeschlafen, als das Telefon klingelte. Da Ted Anrufe mitten in der Nacht gewohnt war, war er sofort hellwach und im Arzt-Modus. »Duffy.«

»Ted.« Es war sein Vater. »Grandy hatte einen Herzinfarkt. Ich glaube, du solltest besser kommen.«

Ted sprang aus dem Bett und schnappte sich die erstbesten Klamotten, die er finden konnte.

»Sonst hat er nichts gesagt?«, fragte Caroline.

»Nein.«

»Möchtest du, dass ich mitkomme?«

Er schluckte schwer, als ihm bewusst wurde, dass er seine Groß-mutter womöglich verlieren könnte – und zwar schon sehr bald. »Ja«, erwiderte er. »Ich will, dass du mitkommst.«

Sie ging ins Bad und kam fünf Minuten später angezogen und mit hochgesteckten Haaren wieder heraus. »Bist du bereit?«

Er griff nach ihrer Hand. »Es tut mir leid. Ich weiß, ich verlange viel von dir, angesichts dessen, wie meine Mutter dich heute behandelt hat. Aber ich brauche dich im Moment.«

Sie berührte seine Wange. »Ich bin hier, bei dir, und ich werde immer da sein, wo du mich brauchst, okay?«

Er nickte. »Fahren wir.«

Ted schaffte es in fünfzehn Minuten zum Mass General und bemühte sich, seine Schritte ins Krankenhaus hinein so weit zu verlangsamen, dass Caroline mit ihm mithalten konnte. Seine Eltern und sein Großvater waren im Wartezimmer der Intensivstation. Caroline blieb an der Tür stehen, während Ted sie alle umarmte.

»Wie geht es ihr?«, fragte er.

Sein Vater schüttelte den Kopf. »Nicht gut. Es war nur ein leichter Herzinfarkt, aber ihr Herz arbeitet nicht mehr normal. Sie meinten, es könnte nur noch eine Frage von Stunden oder Tagen sein.«

»Habt ihr Tish erreicht?«, fragte Ted.

Mitzi nickte. »Steven bringt sie her.«

Theo weinte, und es erschreckte Ted, zu sehen, wie sehr sein Großvater in den wenigen Tagen, seit sie das letzte Mal zusammen gewesen waren, geschrumpft zu sein schien. Ted schloss ihn in seine Arme. »Grampa …«

»Sie liebt dich, Dritter«, sagte Theo unter Tränen. »Du bist ihr Stolz und ihre Freude.«

»Ich weiß. Das habe ich immer gewusst. Kann ich zu ihr?«

Theo stand auf und wischte sich die Tränen von den Wangen. »Edward«, wandte er sich an seinen Sohn. »Lass uns den Jungen zu seiner Großmutter bringen.«

Die drei Männer gingen gemeinsam den Flur hinunter.

Mitzi wandte sich an Caroline. »Für dich ist hier kein Platz.«

Caroline erinnerte sich daran, dass Ted sie gebeten hatte, mit ihm für sie beide zu kämpfen. Deshalb erwiderte sie Mitzis eisigen Blick genauso frostig. »Mein Verlobter hat mich gebeten, mitzukommen, und da ich ihn liebe, will ich bei ihm sein.«

Mitzi verdrehte die Augen. »Dein *Verlobter*.«

Caroline trat auf den Flur, beschloss, dort auf Ted zu warten.

~

In Lillians Krankenzimmer erfasste der Arzt in Ted schnell die Situation. Der Enkel in ihm hingegen war nicht so schnell. Seine geliebte Großmutter an Schläuche und Monitore angeschlossen und mit einer Sauerstoffmaske auf dem Gesicht zu sehen war trotz allem ein Schock. Nur die tröstende Hand seines Vaters auf seiner Schulter ermöglichte es ihm überhaupt, ans Bett zu treten.

»Grandy«, flüsterte er und nahm ihre Hand. »Grandy, ich bin's, Ted. Ich bin hier.«

Sie erwiderte den Druck seiner Finger und schlug die Augen auf. »Ted.«

Behutsam beugte er sich über sie, um ihr einen Kuss zu geben. »Tut dir was weh?«

»Nein«, antwortete sie. »Hör auf, den Arzt zu spielen.«

Er lachte leise und blinzelte ein paarmal, um die Tränen zurückzuhalten. »Ich versuche es.«

»Mein Junge«, sagte sie. »Du warst mein Junge, lange bevor du Arzt wurdest.«

»Das stimmt.« Hinter sich hörte er seinen Vater und seinen Großvater schniefen.

»Ich muss mit dir reden. Schick die beiden weg.«

Ted drehte sich um, und die beiden Männer nickten, um zu zeigen, dass sie sie gehört hatten. Nachdem sie das Zimmer verlassen hatten, wandte Ted sich wieder seiner Großmutter zu.

»Uns beide hat immer etwas ganz Besonderes verbunden«, stellte sie fest.

»Ja. Immer.«

»Deine Mutter hat mir erzählt, was vorhin passiert ist. Sie wird versuchen, dir weiszumachen, du hättest mir einen Herzinfarkt verursacht, aber wir wissen es besser, oder?«

Er lächelte und nickte, während ihm erneut Tränen in den Augen brannten.

Sie hob die Hände und zog an dem Ring an ihrem Finger. Als sie ihn endlich unter Mühen abgenommen hatte, drückte sie ihn Ted in die Hand. »Gib den Caroline.«

Der Ring mit einem zweikarätigen Diamanten, eingerahmt von Saphiren, war Theos Geschenk zu ihrer Silberhochzeit gewesen.

»Grandy, das geht nicht. Du bist damit noch nicht fertig.«

»Ich hatte schon immer vor, ihn dir zu geben. Nimm ihn jetzt, damit ich weiß, dass er in guten Händen ist. Wirst du das für mich tun?«

Mit unendlich schwerem Herzen ließ Ted den Kopf auf die Matratze sinken.

Seine Großmutter strich ihm über die Haare. »Ist sie hier? Hat sie dich begleitet?«

»Ja.«

Lillian lachte schwach. »Gut. Sie lässt sich nicht so leicht einschüchtern. Das gefällt mir. Ich will sie sehen. Kannst du sie holen?«

»Ich bin sofort wieder da.« Er erhob sich und machte sich auf, um Caroline zu suchen. Als er sie auf dem Flur entdeckte, streckte er die Hand nach ihr aus. »Sie hat nach dir gefragt.«

Caroline ergriff seine Hand. »Okay.« Sie streichelte ihm die Wange und zog ihn dann einen Moment an sich, bevor sie gemeinsam den Flur hinuntergingen.

»Caroline.«

Ted behielt eine Hand auf Carolines Schulter, als sie näher ans Bett trat. »Ja, Mrs Duffy. Ich bin hier.«

»Bitte nenn mich Grandy.«

»Danke.«

»Liebst du meinen Enkel? Liebst du ihn wirklich?«

»Mehr als alles auf der Welt.«

»Ich auch. Er hat etwas für dich, von dem ich hoffe, dass du es genauso in Ehren halten wirst wie ihn.«

Ted griff nach Carolines Hand und steckte ihr den Ring an den Finger. »Er passt perfekt.« Er gab ihr einen Kuss auf den Handrücken und wischte ihr eine Träne von der Wange.

»Ja, das hatte ich vermutet«, erwiderte Lillian.

Caroline beugte sich vor, um ihr einen Kuss auf die Stirn zu geben. »Danke. Und danke, dass du es verstehst.«

»Ich möchte, dass ihr beide etwas für mich tut«, bat Lillian. »Es ist etwas Großes, und etwas, das zu erbitten ich kein Recht habe, doch ich liege im Sterben, also werde ich es trotzdem tun.«

»Alles, was du willst, Grandy«, versprach Ted. »Was auch immer du brauchst.«

»Ich möchte, dass ihr heiratet, bevor ich gehe. Ihr könnt später eine echte Hochzeit haben, und ich werde dann im Geist bei euch sein. Aber ich möchte es erleben, und mir bleibt keine Zeit. Würdet ihr das für mich tun?«

»Grandy«, stotterte Ted. »Wir können nicht einfach …«

»Doch, können wir«, widersprach Caroline. Sie blickte Ted an. »Wir können.«

»Bist du sicher? Deine Eltern sind nicht hier …«

»Ich bin mir sicher.«

»Holt euch morgen die Heiratserlaubnis, und bittet Grandpa, Richter Daugherty anzurufen«, erklärte Lillian. Ihre Energie schwand, und die Lider wurden ihr schwer. »Ted, ich möchte auch, dass du Smitty anrufst. Ich muss ihn sehen. Sag ihm, ich warte auf ihn.«

Ted atmete tief ein und fuhr sich über das Gesicht. »Okay, Grandy.«

Nachdem sie Lillians Zimmer verlassen hatten, damit sie sich ausruhen konnte, kehrten sie ins Wartezimmer zurück. Ted fiel auf, dass er keine Ahnung hatte, wie er Smitty in Sydney erreichen sollte, denn dessen Handy funktionierte außerhalb der USA nicht. Er rief Parker an, doch der hatte sein Handy ausgestellt, und es meldete sich sofort die Mailbox. »Hey, ich bin's, Ted. Ich muss sofort mit dir reden – und dabei geht es nicht um gestern Abend. Es ist ein Notfall. Ruf mich an, sobald du kannst.«

Die gleiche Nachricht hinterließ er Chip, der weder zu Hause noch auf seinem Handy erreichbar war.

Die letzte Nachricht hinterließ er schließlich auf dem Anrufbeantworter von Smittys Assistentin in New York.

»Du wirst morgen früh von ihnen hören«, versicherte ihm Caroline.

»Das hoffe ich.«

Tish und Steven kamen aus dem Fahrstuhl geeilt, und sie stürzte sich in die Arme ihres Bruders. »Ich bin hierfür noch nicht bereit«, schluchzte sie.

»Ich weiß«, erwiderte Ted. »Ich auch nicht.« Dass seine Schwester nicht überrascht schien, Caroline zu sehen, verriet ihm, dass seine Mutter schon mit ihr gesprochen hatte.

»Komm, Honey.« Steven legte einen Arm um seine Frau. »Gehen wir zu ihr.«

Ted nahm Carolines Hand und führte sie zurück ins Wartezimmer. Nachdem sie Tish und Steven begrüßt hatten, kamen auch seine Eltern wieder herein.

Zu viert saßen sie in unbehaglichem Schweigen da, bis Mitzi nach ein paar Minuten aufkeuchte. »Wo hast du den Ring her?«

»Grandy hat ihn ihr gegeben, Mom. Sie möchte, dass meine Frau ihn bekommt.«

»Das ist unglaublich!« Mitzi lief rot an und kniff die Augen zusammen. »Es geht ihr nicht gut. Sie kann nicht klar denken. Du musst ihn ihr zurückgeben.«

»Mitzi«, sagte Ed. »Sie denkt so klar wie immer. Es ist ihr Ring, und sie kann damit tun, was immer sie will.«

Ted warf seinem Vater einen dankbaren Blick zu und sah dann Caroline an, bevor er sagte: »Ihr könnt ruhig erfahren, dass Grandy will, dass wir sofort heiraten, damit sie dabei sein kann. Die Hochzeit soll morgen sein.«

»Nein.« Mitzi schüttelte den Kopf. »Dazu wird es nicht kommen.«

»Doch«, widersprach Caroline und verstärkte den Griff um Teds Hand.

»Zwischen uns ist erst etwas passiert, *nachdem* Caroline und Smitty sich getrennt hatten«, erklärte Ted.

Mitzi betrachtete ihn mit verächtlicher Miene und verließ den Raum.

»Dad, du musst mir helfen.«

»Deine Mutter ist aufgebracht, mein Sohn, und das zu Recht. Du wirst ihr ein wenig Zeit geben müssen, damit klarzukommen.«

»Das geht in Ordnung, solange sie sich bis dahin Caroline gegenüber zivilisiert verhält. Ich werde nicht zulassen, dass sie meine Frau unhöflich behandelt. Grandy bittet uns um diesen Gefallen, und es gibt nichts, was ich nicht für sie tun würde. Das muss Mom verstehen.«

»Ich werde mit ihr reden, aber deine Mutter hat einen eigenen Kopf, wie du weißt. Ihr beide hättet wissen müssen, dass ihr hiermit keinen leichten Weg einschlagt.«

»Was hast du immer gesagt? Nichts, was etwas wert ist, ist leicht?«

Eds Lächeln enthielt einen Anflug von Wehmut. »Du warst schon immer klüger, als gut für dich ist.« Er griff nach Carolines Hand, an der sie nun den Ring seiner Mutter trug. »Der steht dir gut.« Er hauchte einen Kuss auf ihren Handrücken und legte ihre Hand dann in die seines Sohnes. »Sei vorsichtig damit. Und mit allem, was dazugehört.«

»Das werde ich«, versprach Caroline.

Mitzi starrte durch das Fenster am Ende des langen Flures hinaus in die Dunkelheit.

Ed schlang von hinten die Arme um sie und stützte sein Kinn auf ihre Schulter. »Sprich mit mir.«

»Wir können das nicht zulassen. Das ist nicht richtig. Binnen eines Jahres werden sie geschieden sein.«

»Er ist ein erwachsener Mann, Mitzi. Wir können nichts dagegen unternehmen.«

»Sag mir nicht, dass du diese ganze Geschichte gutheißt! Dein

Sohn hat vor, ein durchtriebenes Flittchen zu heiraten – und zwar schon morgen!«

Ed drehte sie zu sich um, damit sie ihn ansehen musste. »Unser Sohn hat uns vor vollendete Tatsachen gestellt. Wir können entweder mitmachen und Teil davon sein, oder wir können uns ihm und der Familie, die sie vielleicht eines Tages zusammen haben, entfremden. Wollen wir das wirklich?«

»Sie hat Smitty betrogen, Ed. Was sollte sie davon abhalten, das Ted ebenfalls anzutun?«

»Nein, Honey. So ist sie nicht. Letztes Wochenende hast du sie noch ganz bezaubernd gefunden, erinnerst du dich?«

»Das war, bevor ich wusste, wozu sie fähig ist.«

»Manchmal passieren Dinge einfach, selbst wenn es nicht so ist, wie du es dir gewünscht hättest. Wir haben einen guten Jungen großgezogen, Mitzi. Er weiß, was er tut. Wie wäre es, wenn wir ein wenig Vertrauen in ihn haben? Meine Mutter hat es. Schaffst du das auch?«

»Du weißt, dass ich diese rationale Seite an dir hasse.«

Lachend gab er ihr einen Kuss auf die Wange. »Und du weißt, dass ich deine verrückte, durchgedrehte Seite liebe. Aber die funktioniert hier nicht. Im Moment wanderst du auf einem sehr schmalen Grat, was deinen geliebten Sohn angeht.«

Sie lehnte sich an ihn. »Ich habe Angst um ihn. Noch nie habe ich gesehen, dass er jemanden so anschaut wie sie. Was sollen wir tun, wenn sie ihn verletzt?«

»Wir tun, was wir immer getan haben: Wir umgeben ihn mit unserer Liebe und helfen ihm da durch. Das Ganze muss dir nicht gefallen, Liebste, doch du musst damit klarkommen. Er bittet dich um deine Unterstützung. Er wird große Probleme mit seinen Freunden bekommen, also braucht er uns im Moment an seiner Seite.«

»Ich werde es versuchen«, sagte sie leise.

»Um mehr bitte ich dich auch nicht.«

Sie seufzte schwer. »Ich kann nicht glauben, dass ich meinen Sohn und meine beste Freundin zur gleichen Zeit verliere.«

»Du verlierst deinen Sohn nicht – außer du treibst ihn von dir weg. Und deine beste Freundin wird immer bei dir sein.« Seine Stimme brach. »Sie wird immer bei uns allen sein.«

Mitzi umarmte ihn. »Ja, das wird sie.«

Ted und Caroline kehrten gegen vier Uhr morgens nach Hause zurück, um ein wenig zu schlafen und sich umzuziehen. Er rief im Krankenhaus an, um Bescheid zu geben, dass er wegen eines familiären Notfalls ein paar Tage nicht zur Verfügung stehen würde. Dann hinterließ er Martin Nickerson eine Nachricht, damit der wusste, dass er jemand anderen zu der Konferenz in New York schicken musste. Denn entweder wäre Ted in den nächsten Tagen am Bett seiner Großmutter oder auf ihrer Beerdigung.

Um Punkt zehn Uhr waren sie im Rathaus von Boston, um sich die Heiratserlaubnis zu holen. Von dort aus gingen sie zu einem Juwelier und kauften sich Eheringe. Als sie den Laden verließen, sah Ted zum hundertsten Mal seit dem Aufstehen auf sein Handy. »Ich wünschte, Parker würde mich zurückrufen.«

»Warum versuchst du es nicht in seiner Kanzlei?«, schlug Caroline vor. »Vielleicht weiß seine Assistentin, wie er zu erreichen ist.«

»Gute Idee. Darauf hätte ich auch selbst kommen können. Ich glaube, du wirst für eine Weile das Denken für uns beide übernehmen müssen, Honey.«

»Das kriege ich hin.«

Ted wählte die Nummer von Parkers Kanzlei und erfuhr, dass er heute früh angerufen und sich den Tag freigenommen habe. Sie hatten ebenfalls keine andere Nummer für ihn als die seines Handys.

»Ich wette, er ist mit Gina zusammen.«

»Versuch es noch mal auf seinem Handy«, bat Caroline.

Als wieder nur Parkers Mailbox ranging, sagte Ted: »Parker, meine Großmutter hatte einen Herzinfarkt und liegt im Sterben. Sie ist auf der Intensivstation des Mass General und hat mich gebeten, Smitty zu benachrichtigen, weil sie ihn noch einmal sehen will. Ich brauche deine Hilfe, um mit ihm Kontakt aufzunehmen. Ich habe keine

Ahnung, wo in Sydney er sich aufhält, und ich dachte, dass du oder dein Vater vielleicht seine Telefonnummer da unten habt. Ich weiß, du bist aufgebracht wegen der Begegnung gestern Abend, aber ich brauche deine Hilfe. Den Rest erkläre ich dir, sobald ich kann.«

»Das sollte reichen«, meinte Caroline.

»Ich hoffe es. Ich kann mir nicht vorstellen, dass ihr sehr viel Zeit bleibt, und wir haben schon zu viel davon durch alberne Telefonspielchen verloren.«

»Ich bin froh, dass das mit Parker und Gina geklappt hat. So wirkte es zumindest.«

»Ich auch. Ich hoffe, ich bekomme die Gelegenheit, ihm das zu sagen.«

»Das wirst du, Ted.«

Er bog auf einen Parkplatz vor dem Krankenhaus ein und beugte sich vor, um Caroline einen Kuss zu geben. »Danke noch mal, dass du das für meine Großmutter tust. Ich glaube, keiner träumt davon, auf diese Weise zu heiraten.«

»Machst du Witze?«, fragte sie lächelnd. »Weißt du, was für eine großartige Geschichte wir später unseren Kindern erzählen können? ›Daddy und ich haben drei Wochen nach unserem ersten Kennenlernen geheiratet.‹«

Er lächelte. »Vergiss nicht, ihnen zu sagen, dass das für uns in Ordnung war, für sie aber andere Regeln gelten.«

»Das versteht sich von selbst.«

»Werden deine Eltern ausflippen, wenn sie hiervon erfahren?«

»Vielleicht ein bisschen, doch das kriege ich hin. Zerbrich dir deswegen nicht den Kopf. Wie fühlst du dich, was deine Mutter angeht?«

Er seufzte. »Ich hoffe, sie wird dabei sein, wenn wir heiraten. Darüber hinaus weiß ich nicht, was ich sagen soll.«

Sie legte ihm eine Hand an die Wange und drehte sein Gesicht zu sich. »Du sollst wissen, dass ich das nicht nur tue, weil deine Großmutter uns darum gebeten hat.«

»Nicht?«

Sie schüttelte den Kopf. »Ich kann es kaum erwarten, deine Frau zu werden, und das Letzte, was ich will, ist, dass wir heute unsere Gelöbnisse austauschen und du glaubst, ich tue es aus einem anderen Grund als dem, dass ich dich liebe und mein Leben mit dir verbringen will.«

»Ich liebe dich auch, Caroline Ann«, zog er sie mit ihrem zweiten Vornamen auf, von dem er gerade auf dem Standesamt erfahren hatte. »Ich weiß nicht, was ich getan habe, um so ein Glück zu verdienen.«

»Also dann – lass uns heiraten und deiner Großmutter ein wenig Seelenfrieden schenken.«

KAPITEL 32

Nachdem er am Freitag bis tief in die Nacht gearbeitet hatte, um sich allen Belangen seiner anderen Kunden zu widmen, schlief Smitty am Samstagmorgen aus. Seine Assistentin in New York hatte ihm Teds dringende Nachricht übermittelt, aber Smitty hatte ihn nicht zurückgerufen. *Vergiss es, Mann. Ich bin noch nicht bereit, mit dir zu reden.*

Nach zwei vollen Tagen, in denen er sich das Unternehmen genau angeschaut hatte, war er zufrieden mit dem, was er erfahren hatte. Er hatte Bill Kepler per E-Mail informiert, dass der Kauf nach seiner derzeitigen Einschätzung ein Gewinn für ihre Firma wäre. Smitty schätzte, dass er zwei Wochen benötigen würde, um die gründliche Revision abzuschließen. Da er es nicht eilig hatte, nach Hause zurückzukehren, hatte er beschlossen, sich Zeit zu lassen.

Den Großteil der letzten beiden Tage hatte er mit Marjorie verbracht. Er war beeindruckt, wie gut sie sich bei den komplizierten Geschäften auskannte und wie sehr ihr das Wohl ihrer Mitarbeiter am Herzen lag. Von denen, die sie von klein auf kannten, hatte er gehört, dass sie eine talentierte Künstlerin sei.

Ihn verstörte ein wenig das subtile Interesse, das er während der langen Arbeitstage und der gemeinsamen Abendessen von ihr gespürt hatte, während sie seine umfangreichen Listen mit Fragen durchgegangen waren. Da er jedoch im Moment keinerlei Interesse an einer Romanze mit ihr oder sonst einer Frau hatte, hatte er die Signale ignoriert und sich ganz auf die Arbeit konzentriert.

Unter anderen Umständen hätte er Marjorie vermutlich attraktiv gefunden. Mehr als nur attraktiv sogar. Die Locken und die Sommersprossen auf ihrer Nase waren wirklich süß. Außerdem hatte sie diese Art, ihn mit ihren wachen braunen Augen zu mustern, die ihm verriet, dass sie ihm nicht viel durchgehen lassen würde, sollte er auf die Signale reagieren, die sie aussandte. Normalerweise fühlte er sich von solch einer Keckheit angezogen, aber da er nicht interessiert war, war es ihm egal.

Mit dem Kaffeebecher in der Hand trat Smitty ans Fenster und schaute auf das sonnige Sydney hinaus. Er strich sich mit der Hand über die nackte Brust und streckte die angespannten Muskeln. Es fiel ihm schwer, zu glauben, dass er vor nur sieben Tagen keine Ahnung gehabt hatte, auf welch dramatische Weise sich sein Leben ändern würde.

Ein Klopfen an der Tür riss ihn aus seinen Gedanken. Er durchquerte den Raum und öffnete. Marjorie hatte sich die Locken zu einem hohen Pferdeschwanz zurückgebunden und trug Jeans und ein gelbes T-Shirt. Ihr Blick glitt mit der Bewunderung einer Frau über Smittys nackten Brustkorb.

»Kommen Sie doch herein.« Er trat zur Seite. »Möchten Sie einen Kaffee?«

»Nein, danke. Was machen Sie gerade?«

»Ich habe letzte Nacht lange gearbeitet, daher bin ich eben erst aufgestanden. Was ist mit Ihnen?«

»Ich habe den ganzen Morgen die Sachen meines Vaters eingepackt.«

Er konnte nicht leugnen, dass die Traurigkeit, die er immer in ihren Augen sah, wenn sie ihren Vater erwähnte, ihn berührte. »Und, wie geht es damit voran?«

Sie zuckte die Achseln. »Er hatte ziemlich viel Zeug. Das meiste davon wird nächsten Monat auf einer Auktion versteigert, deshalb lege ich nur die Sachen beiseite, die ich behalten will, und räume den Rest in Kisten.«

»Warum bezahlen Sie nicht jemanden, der das für Sie übernimmt?«

»Es kommt mir nicht richtig vor, dass ein Fremder seine Sachen durchwühlt. Ich hätte das Gefühl, damit seine Privatsphäre zu verletzen.«

»Kann ich Ihnen dabei irgendwie helfen?« Trotz seines Verlangens, Distanz zu wahren, zog ihn etwas zu ihr hin.

»Wissen Sie, was ich wirklich möchte?«

Er hatte so einen Verdacht, behielt aber eine neutrale Miene bei, als er sich Kaffee nachschenkte. »Und zwar?«

»Ich möchte mal ein paar Stunden hier raus. Was halten Sie davon, wenn ich Ihnen Sydney zeige? Seitdem Sie hier angekommen sind, waren Sie noch gar nicht draußen.«

»Ich bin hier, um zu arbeiten, und nicht, um Tourist zu spielen.«

Sie wirkte enttäuscht.

»Na gut.« Er klang wesentlich genervter, als er sich fühlte. »Lassen Sie mich kurz unter die Dusche, dann komme ich zu Ihnen, und Sie können mir die Stadt zeigen.«

Alle Enttäuschung schwand, und Marjorie klatschte erfreut in die Hände. »Sehr gut«, sagte sie auf dem Weg zur Tür.

Smitty schüttelte hinter ihrem Rücken den Kopf. Er würde sich nicht von ihrer süßen Art einlullen lassen. Diese Lektion hatte er nur zu gut gelernt.

Sie begannen ihre Tour im Hafen von Sydney, wo Marjorie ihm die berühmte Harbour Bridge und das Opernhaus aus der Nähe zeigte. »Macht es dir was aus, wenn wir dem Zoo einen Besuch abstatten?«, fragte sie, während sie nur in Jeans und Pullover am Wasser entlangschlenderten.

»Was immer du willst«, sagte er. Er genoss die frische Luft und ihre Gesellschaft. »Du bist die Touristenführerin.«

Zwei Stunden spazierten sie durch den Taronga Zoo, wo sie sich rote Kängurus, Wombats und den Regenwald mit den Orang-Utans anschauten. »Oh, sieh sie dir nur an!« Marjorie amüsierte sich offensichtlich über die Grimassen, die die Orang-Utans schnitten.

Ihre kindliche Freude entlockte Smitty ein Lächeln. »Was ist mit den Koalas? Ich kann nicht in Australien gewesen sein, ohne einen Koala zu Gesicht bekommen zu haben.«

»Hier entlang.«

»Du scheinst viel Zeit hier zu verbringen, so gut, wie du dich auskennst.«

»Ich bin oft mit meiner Mutter hier gewesen. Sie hat den Zoo geliebt.«

Smitty dachte an seine Mutter. Die hatte ihn ganz sicher nicht mit in den Zoo genommen – oder sonst irgendwohin.

»Woran denkst du gerade?«, fragte Marjorie.

»An nichts Besonderes.«

»Ab und zu hast du diesen bestimmten Ausdruck im Gesicht, und dann hab ich immer das Gefühl, du hast ganz viele dunkle Geheimnisse.«

»Vielleicht habe ich die ja auch.« Er merkte, dass sie sich zusammenriss, um das Thema nicht weiterzuverfolgen.

»Ich fand schon immer, wenn man nur einen Tag in Sydney hat, muss man unbedingt einmal mit der Fähre nach Manly fahren.«

Smitty verspürte einen Stich im Herzen, als er an seine letzte Fährfahrt dachte.

»Da ist er wieder, dieser Blick.« Sie sah zu ihm auf. »Weitere Geheimnisse.«

Leicht beunruhigt von ihrer Fähigkeit, ihn so klar zu lesen, schaute er sie an. »Was ist das Besondere an Manly?«

»Man sagt, Manly ist sieben Meilen von Sydney und tausend Meilen von allen Sorgen entfernt.«

»Hm, tausend Meilen von allen Sorgen …« Das könnte gerade weit genug sein. »Wie kommen wir dorthin?«

~

Den Rest des Tages verbrachten sie in Manly, bummelten über den Corso – die Fußgängerzone –, bevor sie zum äußersten Ende von Manly Cove gingen, um sich die Oceanworld mit ihrem Unterwassertunnel anzusehen, in dem man Haie und Stachelrochen beobachten konnte. Als die Sonne langsam in Richtung Horizont sank, tranken sie ein Bier in einer Strandbar und kauften sich dann Fisch und Chips, um sie am Strand zu essen.

»Das war ein toller Tag«, sagte Smitty, der sich nach dem Essen auf dem Sand ausgestreckt hatte. »Danke, dass du mich dazu überredet hast.«

»Danke, dass du mitgekommen bist. Ich hätte es nicht ertragen, noch eine weitere Minute in diesem Glasturm eingesperrt zu sein.« Sie erschauerte und kuschelte sich tiefer in ihren weißen Wollpullover.

Wider besseres Wissen streckte er die Hand nach ihr aus.

Verwundert ergriff sie sie und rutschte zu ihm herüber, um sich mit dem Rücken an seine Brust zu lehnen.

Zögernd legte er eine Hand an ihre Hüfte. »Besser?«

»Viel besser.«

Während sie schweigend den Sonnenuntergang verfolgten, merkte Smitty erstaunt, dass er seit Stunden nicht mehr an Ted, Caroline oder das Chaos zu Hause gedacht hatte. Er sah Marjorie an und war dankbar, dass sie ihn wenigstens für eine gewisse Zeit von seinen Sorgen abgelenkt hatte.

Sie hatten mindestens eine halbe Stunde so aneinandergeschmiegt am Strand gesessen, als sie ihre Hand auf seine legte.

Smitty sagte sich, dass er seine Hand wegziehen sollte, doch irgendwie fehlte ihm dafür die Energie. Also konnte er auch schlecht protestieren, als sie ihre Finger mit seinen verschränkte.

»Deine Hand ist so warm, John.«

»Weißt du, du bist die Einzige, die mich so nennt – na ja, und alle anderen hier.«

Sie schaute zu ihm auf und behielt seine Hand fest in ihrer. »Wie wirst du denn sonst genannt?«

»Smitty.«

»Smitty«, probierte sie den Namen aus. »Mir gefällt ›John‹ besser.«

»Ich glaube langsam, mir auch.«

»Smitty ist ein Name für einen Jungen. John ist ein Name für einen Mann.«

»Ich fand ihn immer irgendwie langweilig.«

Sie schüttelte den Kopf. »Nein, überhaupt nicht. Nicht so wie ›Marjorie‹.« Sie zog eine Grimasse. »Das war der Name meiner Großmutter, und er passt besser zu einer alten Dame.«

»Gefällt dir ›Margo‹ besser?«

»O ja. So nennen mich meine Freunde. Du könntest das auch tun, wenn du möchtest.«

Er spürte, dass sie ihm mit ihrem Spitznamen mehr anbot als nur Freundschaft. Doch dazu wollte er sie nicht ermutigen. »Wir sollten uns langsam wieder auf den Heimweg machen.«

Sie hielt den Blick für einen Moment fest auf ihn gerichtet, dann sagte sie: »Okay.«

Er half ihr auf, und sie klopften sich den Sand von der Kleidung, sammelten die Verpackungen ihres Picknicks ein und gingen zum Fähranleger. Auf der kurzen Fahrt zurück nach Sydney standen sie nebeneinander an der Reling und beobachteten, wie die Lichter der Stadt immer näher kamen.

Nachdem sie am Circular Quay ausgestiegen waren, wanderten sie langsam zurück zum Jergenson-Gebäude. Ihre Hände stießen gegeneinander, und Marjorie hakte ihren Zeigefinger um seinen. Seine Reaktion auf ihre immer offensichtlicheren Signale verwirrte ihn. Sie war so warm, und es war so leicht, mit ihr zusammen zu sein, dass es ihm fast unmöglich war, Distanz zu wahren.

Der Fahrstuhl brachte sie in den sechzehnten Stock, und Smitty war beinahe traurig darüber, dass ihr gemeinsamer Tag nun zu Ende war. Er hatte gar nicht gemerkt, wie gut ihm die Abwechslung getan hatte, und die Vorstellung, wieder allein mit seinen Gedanken zu sein, war nach dem entspannten Tag mit ihr nicht sonderlich ansprechend. »Willst du noch auf einen Drink mit reinkommen?«

Er sah, dass sein Angebot sie überraschte.

»Das wäre schön.«

In seiner Wohnung öffnete er eine Flasche von dem Wein, von dem er wusste, dass Marjorie ihn mochte, und schenkte ihnen beiden ein Glas ein. Dann hob er seines zum Toast: »Cheers.«

»Auf neue Freunde.«

Er nickte und stieß mit ihr an.

Sie hielt den Blick beim Trinken auf ihn gerichtet.

»Marjorie …«

»Ich dachte, du wolltest es mal mit ›Margo‹ versuchen.« Ein neckisches Lächeln erhellte ihr Gesicht.

»Margo«, begann er erneut und bemühte sich, sich auf das zu konzentrieren, was er ihr sagen wollte. »Du bist eine nette Frau, eine schöne Frau. Glaub mir, du willst dich nicht auf jemanden wie mich einlassen.«

»Jemanden wie dich?«, fragte sie verwirrt. »Was soll das heißen?«

»Du kennst mich nicht. Und wenn du es tätest, würdest du nichts mit mir zu tun haben wollen.«

»Wieso um alles in der Welt sagst du das? Ich habe in den letzten Tagen viele Stunden mit dir verbracht, und da habe ich dich immer nur als freundlichen, großzügigen Mann mit einem großen Herzen und wachem Geist erlebt.«

Smitty schüttelte den Kopf. »Du hast ja keine Ahnung. Und glaub mir, wenn du mehr wüsstest, würdest du so schnell wie möglich die Flucht ergreifen.«

Sie ließ nicht zu, dass er den Blick abwandte, während sie verlangte: »Stell mich auf die Probe.«

»Du verwechselst mich mit dem Mann, der all deine Probleme lösen wird, indem er dein Unternehmen kauft.«

In ihren Augen blitzte Zorn auf. »Behandle mich nicht wie ein Kind, John. Ich bin durchaus in der Lage, den Unterschied zu verstehen. Du suchst nur einen Ausweg, um mir nicht sagen zu müssen, warum du glaubst, du wärest meiner nicht würdig.« Sie stellte ihr Glas ab. »Danke dir für einen zauberhaften Tag.«

Sie hatte schon die Tür erreicht, als er erklärte: »Na gut. Du willst wissen, wer ich bin? Ich verrate es dir. Ich bin der Mann, der nicht weiß, wer sein Vater ist, weil seine Mutter mit so vielen Männern geschlafen hat, dass sie keine Ahnung hatte, wer ihn gezeugt hat. An den meisten Abenden hat sie vergessen, mir was zu essen zu geben, weil sie zu sehr damit beschäftigt war, Männer für Geld zu vögeln, damit sie sich ihren nächsten Schuss kaufen konnte.«

Marjorie stand weiterhin mit dem Rücken zu ihm, doch ihre Haltung verriet ihm, dass seine Worte den gewünschten Effekt hatten.

»Ich habe sie nicht mehr gesehen, seitdem ich dank eines Stipendiums das College besuchen konnte. Ich hätte meine Seele an den Teufel verkauft, nur um von ihr wegzukommen. Meine Frau hat mich verlassen, als ich ihr nach drei Jahren Ehe von meiner Vergangenheit erzählt habe. Oh, und direkt bevor ich hierhergekommen bin, hat mein bester Freund seit zwanzig Jahren was mit meiner Freundin angefangen. Ich bin ein Multimillionär, der alles nur Denkbare besitzt, aber ich habe *nichts*, was wirklich zählt. Gibt es sonst noch etwas, das du wissen willst?«

Ihr Gesicht war von Tränen feucht, als sie sich umdrehte, quer durch den Raum auf ihn zuging und sich ihm in die Arme warf.

Smitty trat einen Schritt zurück, um nicht das Gleichgewicht zu verlieren, und umfing sie.

Sie übersäte sein Gesicht mit Küssen, bis sie schließlich seine Lippen fand.

Als er erkannte, dass sie alles wusste, was es über ihn zu wissen gab, all seine dunklen Geheimnisse, und es sie nicht zu stören schien, spürte er, wie etwas in ihm sich verschob und der Möglichkeit Platz machte, dass sie die Antwort auf all seine Fragen sein könnte. Und dann küsste er sie, als gäbe es kein Morgen, sondern nur diesen einen Moment.

Sie klammerte sich an ihn, und als er sich von ihr lösen wollte, ließ sie es nicht zu.

Sein Handy klingelte, doch sie ignorierten es beide und ließen sich aufs Sofa sinken. Dort lagen sie eine Viertelstunde später immer noch, als das Handy erneut klingelte. Marjorie gab einen unwilligen Laut von sich, als Smitty sich von ihr löste.

»Lass mich da eben rangehen«, sagte er und gab ihr einen zärtlichen Kuss. »Diese Nummer haben nur ein paar Leute, also muss es wichtig sein.«

Sie ließ ihn los, und er stand auf, um den Anruf entgegenzunehmen.

»Smitty?«

Seine Lippen kribbelten noch von Marjories leidenschaftlichen Küssen. »Hey, Parker. Was ist?«

»Mann, es tut mir echt leid, dass ich dir das antun muss, aber Lillian hatte einen Herzinfarkt. Es sieht nicht gut aus.«

»O nein«, keuchte Smitty. »Nein.«

»Ich weiß. Es ist schrecklich. Sie hat nach dir gefragt, Kumpel, und sie hat Duff gesagt, dass sie auf dich wartet. Er hat mich gebeten, dich anzurufen. Kannst du kommen?«

»Ich nehme den ersten Flieger, den ich kriege.«

»Sie liegt auf der Intensivstation im Mass General.«

In Smittys Augen brannten Tränen. »Ich komme, so schnell ich kann. Sag ihr, dass ich komme, Parker.«

»Beeil dich.«

Smitty legte auf, und er schluckte schwer.

Marjorie trat hinter ihn und schlang die Arme um ihn. »Was ist los, John? Was ist passiert?«

»Die Frau, die für mich wie eine Großmutter war, liegt im Sterben.« Seine Stimme brach fast. »Ich muss nach Hause.«

»Geh packen. Ich buche dir einen Flug.«

Er drückte ihr die Hand. »Danke. Ich muss nach Boston.«

Zwanzig Minuten später fuhr sie ihn zum Flughafen, wo ihn ein sechsundzwanzigstündiger Trip am Sonntagmorgen nach Boston bringen würde. Wie genau das funktionierte, würde er herausfinden, sobald er wieder klar denken konnte.

»Hast du deinen Pass?«, fragte Marjorie.

»Ja.«

»Kommst du klar?«

»Ich hoffe nur, dass ich noch rechtzeitig eintreffe.« Er rieb sich über das Gesicht. »Noch vor einer Woche haben wir auf der Feier zu ihrem Hochzeitstag getanzt. Ich kann nicht fassen, wie viel seitdem passiert ist.«

Marjorie verschränkte ihre Finger mit seinen. »Es tut mir so leid.«

Dankbar für den Trost hielt er ihre Hand, bis sie den Flughafen erreichten.

Sie stoppte vor dem internationalen Terminal und stieg aus, um ihm mit seinem Gepäck zu helfen.

Er schloss sie fest in die Arme.

»Ruf mich an, sobald du kannst.«

Er nickte.

»Wirst du wiederkommen, John?«

Für eine lange Weile betrachtete er ihr hübsches Gesicht. »Ja«, sagte er dann und beugte sich für einen letzten innigen Kuss vor. »Ich komme wieder.«

KAPITEL 33

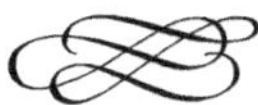

Zu heiraten stellte sich als etwas komplizierter heraus, als Ted und Caroline erwartet hatten. Lillian war von einem der Medikamente, die sie in der Nacht bekommen hatte, noch ganz benebelt. Während sie darauf warteten, dass die Wirkung nachließ, versuchte Theo, seinen Freund aufzutreiben, den pensionierten Richter vom Obersten Gerichtshof, der derzeit in Cape Cod an einem Golfturnier teilnahm. Als Theo ihn schließlich erreichte, versprach Richter Daugherty, abends um sieben im Krankenhaus zu sein. Also verbrachten sie den Tag damit, sich abwechselnd um Lillian und Theo zu kümmern.

Gegen sechs Uhr am Abend stürzte Parker durch die Türen der Intensivstation. »Ich habe deine Nachricht erst vor einer Stunde erhalten«, stieß er schwer atmend hervor. »Ich bin so schnell hergekommen, wie ich konnte.«

Ted fiel auf, dass sein Freund die gleiche Kleidung trug wie am Vorabend. »Hast du Smitty erreicht?«

Parker nickte. »Er kommt. Er wird zwar erst am Sonntagmorgen hier sein, aber er ist auf dem Weg. Chip und Elise auch.«

»Gut. Danke.«

Parker warf einen Blick auf Caroline und schaute dann wieder Ted an. »Wie geht es Lillian?«

»Sie hält durch. Komm, ich bringe dich zu ihr.«

Lillian schlief, und sie störten sie nicht.

Ted rührte es, dass Parker sichtlich mit seinen Gefühlen kämpfte, als er sie dort liegen sah. Er legte ihm eine Hand auf den Arm und war froh, dass Parker sich von ihm trösten ließ. Sobald er sich wieder gefasst hatte, traten sie auf den Flur hinaus.

»Ich hab mich so gefreut, dass du mit Gina ausgegangen bist«, sagte Ted.

»Ja. Das lief tausendmal besser, als ich es mir in meinen kühnsten Träumen vorgestellt hatte.«

Grinsend zupfte Ted am Aufschlag von Parkers Jackett. »Ganz offensichtlich.«

Parkers zufriedenes Grinsen schwand, als er sich daran zu erinnern schien, dass es noch etwas gab, worüber sie reden mussten. »Was zum Teufel ist das mit dir und Caroline?«

Ted blickte auf die Uhr. »Tja, in ungefähr einer Stunde werden wir heiraten.«

»Wie bitte?«

Ted schaute seinen Freund an, und tausend Erinnerungen an Schönes und Trauriges sowie sehr viel Spaß schossen ihm durch den Kopf. Er hoffte, dass diese Erinnerungen als Anzahlung auf das galten, worum er seinen Freund bitten wollte. »Ich möchte dir sagen, wie leid es mir tut, dass du es auf diese Weise erfahren hast. So sollte das nicht sein. Du wirst mir vermutlich nicht glauben, aber ich hatte vor, dir heute beim Mittagessen alles zu erzählen.« Parker wollte etwas erwidern, doch Ted hob eine Hand, um ihn aufzuhalten. »Es gibt vieles, worüber wir reden müssen, allerdings nicht heute. Das Einzige, was ich heute sagen werde, ist, dass ich die Frau, die ich liebe, in weniger als einer Stunde heiraten werde, weil ich das sowieso vorhatte und meine Großmutter mich gebeten hat, es zu tun, bevor sie stirbt.«

In Parkers Wange zuckte ein Muskel, und er betrachtete seine Schuhe.

»Ich hätte dich sehr gerne dabei, wenn ich heirate. Bitte bedenke, dass wir über die Hälfte unseres Lebens lang füreinander da waren. Und ich bitte dich auch, alles andere für den Moment beiseitezuschieben, damit du im wichtigsten Moment meines Lebens an meiner Seite sein kannst.« Gefühle schnürten Ted die Kehle zu, als er versuchte, sich auf die Möglichkeit vorzubereiten, dass sein Freund ablehnen könnte. »Glaubst du, du könntest das für mich tun, Parker?« Er hielt die Ringe hoch, die er und Caroline am Vormittag besorgt hatten.

Nach einer endlos erscheinenden Pause griff Parker danach. »Ja, das kann ich.«

»Danke.«

Parker nickte.

Im Warteraum fand Caroline sich auf einmal allein mit Teds Schwester wieder, weil alle anderen etwas essen gegangen waren.

»Äh, Tish.« Caroline wartete, bis sie die Aufmerksamkeit von Teds Schwester hatte. »Ich weiß nicht, was du von alldem hältst …«

»Ich finde das sehr romantisch«, sagte Tish.

»Wirklich?«

Tish nickte. »Ich habe meinen Bruder noch nie so strahlen sehen, wie wenn du einen Raum betrittst. Es liegt auf der Hand, dass er dich liebt. Ich hoffe nur, dass du ihn genauso sehr liebst.«

»Das tue ich.«

»Mehr muss ich nicht hören. Meine Mutter wird dich am Anfang in die Mangel nehmen, aber wenn du geduldig sein und ihr eine Chance geben kannst, wirst du sie irgendwann lieb gewinnen.«

»Ich werde mein Bestes tun. Ich weiß, wir kennen uns noch nicht wirklich, doch ich brauche eine Trauzeugin. Und da meine Schwester nicht hier sein kann … Denkst du, du könntest das vielleicht …«

Tish streckte die Hand zu ihr aus. »Sehr, sehr gern.«

»Danke.«

»Ich danke *dir* für das, was du für meine Großmutter tust.«

Caroline lächelte. »Es ist nicht wirklich ein Opfer, wenn man bedenkt, dass Ted am Ende des Abends mein Ehemann sein wird.«

»Stimmt, das ist kein so schlechter Deal.«

»Nein, wirklich nicht.«

~

Richter Daugherty kam um Viertel nach sieben unter vielen Entschuldigungen und Klagen über den Verkehr zwischen Cape Cod und Boston in den Raum.

»Wo sind Braut und Bräutigam?«

»Gleich hier«, erklärte Ted.

Mitzi stand mit ihrem Mann etwas abseits und beobachtete, wie Ted dem Richter Caroline vorstellte.

»Nun, ich muss sagen, du bist ganz schön erwachsen geworden, seitdem ich dich das letzte Mal gesehen habe, Ted.«

»Erwachsen und Facharzt für Kinderonkologie«, erklärte Theo.

»Ah ja, das Familienunternehmen. Habt ihr die Papiere?«

Ted zog sie aus der Innentasche seines Jacketts. »Hier.«

Der Richter setzte sich die Brille auf und inspizierte das Dokument. »Scheint alles in Ordnung zu sein. Wollen wir anfangen?«

Theo führte sie in Lillians Zimmer, wo sie in die Kissen gestützt im Bett saß. Sie trug eine bordeauxfarbene Bettjacke, die Mitzi ihr von zu Hause mitgebracht hatte.

»Hallo, Warren«, sagte Lillian. Ihre Stimme war schwächer als tags zuvor, aber ihre Augen funkelten noch vor Leben und – in diesem Moment – vor freudiger Aufregung.

»Lillian, du bist so bezaubernd wie immer.« Er beugte sich über sie, um ihr einen Kuss zu geben. »Tut mir leid, dass du den ganzen Tag auf mich warten musstest.«

»Nun, jetzt bist du hier, also lass uns anfangen.«

Sie alle lachten über Lillians Enthusiasmus.

Der Richter stellte Ted und Caroline so hin, dass Teds Großmutter den besten Blick hatte.

Mitzi stand an der Tür.

»Haben wir die Trauzeugen?«

Parker und Tish traten vor.

»Sehr gut.« Der Richter deutete auf Ted und Caroline. »Wenn ihr beide euch jetzt einander zuwenden mögt?«

Ted griff nach Carolines Händen und lächelte, als sie seine zuversichtlich drückte.

»Ted, sprich mir nach: Ich, Edward Theodore Duffy der Dritte, nehme dich, Caroline Ann Stewart, zu meiner mir rechtmäßig angetrauten Ehefrau. Ich verspreche, dich zu lieben und zu ehren, in guten wie in schlechten Zeiten, bis dass der Tod uns scheidet.«

Ted hörte jemanden im Hintergrund weinen, hatte aber nur Augen für Caroline, als er mit rauer Stimme die Worte wiederholte.

Caroline folgte mit tränenfeuchten Wangen seinem Beispiel.

»Haben wir die Ringe?«

Parker holte sie hervor.

Nachdem sie die Ringe getauscht hatten, sagte der Richter: »Kraft meines mir vom Commonwealth of Massachusetts verliehenen Amtes erkläre ich euch hiermit für rechtskräftig verheiratet. Ted, du darfst die Braut jetzt küssen.«

Lillian legte gerührt die Hände aneinander, als Ted die Arme um Caroline schlang, sie küsste und sie dann so lange festhielt, bis er seine Gefühle unter Kontrolle hatte.

»Darf ich Ihnen vorstellen: Dr. und Mrs Ted Duffy«, verkündete der Richter, als die anderen einschließlich einiger Ärzte und Krankenschwestern, die vom Flur aus zugeschaut hatten, applaudierten.

»Theo, gib ihnen unser Geschenk«, bat Lillian.

Theo griff in die Innentasche seines Jacketts und holte etwas heraus, was wie eine Kreditkarte aussah, die er Ted reichte.

»Was ist das?«, fragte Ted.

»Der Schlüssel zur Hochzeitssuite im Ritz«, antwortete Lillian mit einem Strahlen in den Augen. »Wenn ihr jetzt gleich aufbrecht, habt ihr den Großteil des Abends und die Nacht für euch. Und morgen Nacht gehört euch die Suite auch noch.«

»Ich werde heute Abend nirgendwo hingehen, Grandy«, protestierte Ted.

»Du wirst deine Hochzeitsnacht *nicht* in diesem Krankenhaus verbringen, Ted Duffy«, verlangte sie und versuchte sich hochzurappeln.

Ed drückte sie sanft wieder in die Kissen. »Ganz ruhig, Mutter.«

Die anderen verließen nacheinander das Krankenzimmer, sodass Ted und Caroline allein mit seinen Großeltern zurückblieben.

»Ich möchte dich nicht verlassen«, sagte Ted.

»Wir hatten achtunddreißig wundervolle Jahre zusammen, mein Liebster. Geh und verbring Zeit mit deiner Frau. Ihr beide habt mich heute sehr glücklich gemacht.«

Ted beugte sich über das Bett und umarmte seine Großmutter.

Sie flüsterte ihm ins Ohr: »Ich habe meinen Teil erledigt. Jetzt bist du dran.«

Er zog sich zurück und sah sie an. Auf den Ausdruck in ihren Augen konnte er sich keinen Reim machen.

Bevor er sie fragen konnte, was sie damit meinte, schob Caroline ihn sanft beiseite, um Lillian ebenfalls zu umarmen und auf beide Wangen zu küssen.

Theo nahm Ted in den Arm. »Ich hoffe, du wirst mit deiner Frau so glücklich, wie ich mit meiner immer gewesen bin.« Er musste mehrmals schlucken, während er zu Lillian schaute, die nach der ganzen Aufregung erschöpft wirkte.

Nachdem Caroline auch seinen Großvater gedrückt hatte, nahm Ted ihre Hand und führte sie auf den Flur, wo mehrere Leute standen, die ihnen Glück wünschen wollten – oder zumindest so taten. Parker zog sie beide an sich, genau wie Ed, Richter Daugherty, Tish und Steven.

Mitzi lehnte auf der anderen Seite des Flurs an der Wand.

»Mom?« Auf ihrem Gesicht spiegelte sich der Kampf, den sie innerlich ausfocht. Mit schwerem Herzen griff Ted nach Carolines Hand. »Bist du bereit?«

Sie nickte.

Sie waren gerade an der Tür der Intensivstation, als Mitzi rief: »Warte!«

Ted behielt Carolines Hand in seiner und drehte sich zu seiner Mutter um.

Mitzi kam zu ihm und umfasste sein Gesicht mit beiden Händen. »Ich liebe dich.«

»Ich liebe dich auch.« Er beugte sich vor, um ihr einen Kuss auf die

Wange zu geben. »Mom, darf ich dir meine Frau Caroline
vorstellen?«

Mitzi schüttelte ihr die Hand. »Schön, dich kennenzulernen.«

»Gleichfalls, Mrs Duffy.«

»Bitte, nenn mich doch Mitzi.«

»Sehr gerne.«

»Sei gut zu meinem Sohn«, sagte Mitzi mit zitternder Stimme.
»Ich liebe ihn sehr.«

»Ich auch. Von ganzem Herzen.«

Mitzi nickte.

Ed legte einen Arm um Mitzi, und gemeinsam sahen sie ihrem Sohn
und seiner Frau nach, wie sie Hand in Hand die Intensivstation
verließen.

Als sie außer Sicht waren, ließ sich Mitzi gegen ihren Mann sinken
und brach in Tränen aus.

»Gut gemacht, Honey«, flüsterte Ed. »Das hast du sehr gut
gemacht.«

Ted und Caroline traten aus dem Krankenhaus in den warmen
Sommerabend hinaus. Als sie an seinem Auto ankamen, blieb Ted
stehen.

»Was ist?«, fragte sie.

»Ich brauche nur …«

»Was, Honey?«

Er schlang die Arme um sie. »Das hier.« Er seufzte tief. »Ich danke
dir für das, was du für meine Mutter getan hast. Ich hätte es dir nicht
vorgeworfen, wenn du ihr gesagt hättest, sie solle zur Hölle fahren.«

»Das könnte ich nicht. Sie ist meine Schwiegermutter.«

Ted lächelte, als das Durcheinander aus Empfindungen in seinem
Inneren sich endlich weit genug beruhigte, dass er begreifen konnte,

wie viel sich innerhalb dieses einen Tages verändert hatte. »Ja, das stimmt natürlich.« Er hielt ihr die Wagentür auf.

Nachdem er ebenfalls eingestiegen war, erklärte Caroline: »Ich bin froh, dass ich sie letztes Wochenende in einer weniger belastenden Situation habe erleben können. Denn daher weiß ich, dass sie noch eine andere Seite hat als die, die sie mir gegenüber in den letzten paar Tagen herausgekehrt hat.«

»Sie ist normalerweise ganz anders.«

»Ich bin so froh, dass sie gerade den ersten Schritt gemacht hat.«

»Ja, ich auch. Für uns alle. Jetzt, wo meine Großmutter so krank ist, können wir keine zusätzlichen Spannungen gebrauchen.« Er griff in seine Jacketttasche und holte sein Handy heraus. »Was meinst du, wollen wir *meine* Schwiegermutter anrufen und ihr gestehen, was wir gerade getan haben?«

Caroline verzog das Gesicht. »Müssen wir?«

Er nickte lächelnd.

Widerstrebend nahm sie das Handy und wählte die Nummer.

»Hi, Dad.« Caroline schaute ängstlich in Teds Richtung und drückte auf dem Handydisplay das Lautsprechersymbol, sodass er mithören konnte.

Er griff nach ihrer freien Hand.

»Ist Mom auch zu Hause? Kannst du sie ans Telefon holen?« Caroline wartete, bis ihre Mutter ebenfalls am Apparat war. Dann atmete sie tief ein, warf Ted einen Hilfe suchenden Blick zu und beichtete ihren Eltern die Neuigkeiten. Nach einer langen Pause fragte sie: »Seid ihr noch da?«

»Wir sind hier«, sagte ihr Vater. »Das kommt wirklich sehr überraschend, Caroline.«

»Ihr habt da etwas sehr Schönes für seine Großmutter getan, Liebes«, war ihre Mutter zu vernehmen. »Es tut mir leid, dass wir nicht dabei sein konnten, aber ihr habt etwas Gutes getan.«

»Ja, so fühlt es sich für uns auch an, Mom. Ich verspreche dir, wir werden die Zeremonie ganz bald wiederholen, und dann werdet ihr alle dabei sein. Jetzt möchte Ted kurz mit euch reden. Ist das in Ordnung?«

Sie reichte ihm das Handy.

»Hallo, Mr und Mrs Stewart.«

»Hallo, Ted«, sagte Carolines Mutter.

»Ich bin sicher, Sie haben viele Fragen und genauso viele Bedenken, doch Sie sollen wissen, dass ich Caroline sehr liebe und immer gut zu ihr sein werde.«

»Es ist schön, das zu hören«, erwiderte ihre Mutter. »Wir freuen uns schon darauf, dich kennenzulernen.«

»Je nachdem, wie es mit meiner Großmutter weitergeht, wollen wir nächstes Wochenende raufkommen, wenn das für Sie in Ordnung ist.«

»Natürlich ist es das. Wir schließen deine Familie in unsere Gebete mit ein.«

»Vielen Dank. Okay, ich gebe jetzt zurück an Caroline.«

Sie sprach noch ein paar Minuten mit ihren Eltern, während Ted sie nach Hause fuhr, damit sie dort alles holen konnten, was sie für die zwei Nächte im Ritz benötigten.

Nachdem Caroline aufgelegt hatte, drehte sie sich auf ihrem Sitz so, dass sie Ted ansehen konnte. »Bist du damit geboren worden, oder hast du es dir im Laufe deines Lebens angeeignet?«

»Was genau?«

»Die Fähigkeit, Mütter selbst übers Telefon um den Finger zu wickeln, nachdem du gerade mehr oder weniger mit ihren Töchtern durchgebrannt bist.«

Er verdrehte die Augen. »Ich weiß nicht, wovon du da redest. Da ich noch nie zuvor durchgebrannt bin, habe ich nicht viel Erfahrung darin, mit Schwiegereltern zu reden.«

»Tja, du hast genau das gesagt, was sie hören musste.«

»Gut. Ich hab schon befürchtet, sie würden ein weiterer Punkt auf unserer Problemliste werden, weil wir sie erst nachträglich informiert haben.«

»Warum schieben wir die Sorgen für heute nicht einfach beiseite?«

Er drückte ihre Hand. »Ausgezeichnete Idee.«

~

Auf dem Weg zurück in die Stadt rief Ted im Krankenhaus an und war erleichtert, zu hören, dass sich der Zustand seiner Großmutter nicht verändert hatte.

»Es ist so süß von deinen Großeltern, uns das hier zu schenken«, sagte Caroline, als sie im Ritz-Carlton mit dem Fahrstuhl in die oberste Etage fuhren.

»Ja, das ist typisch für sie, sich so etwas auszudenken. Ihre Großzügigkeit war schon immer erstaunlich und manchmal sogar richtig überwältigend. Als sie mir den Mercedes geschenkt haben, hätte ich sie umbringen können.«

»Warum?«

Er zuckte die Achseln. »Es kam mir so übertrieben vor. Aber sie haben Freude am Geben, und weil bei ihnen niemals Bedingungen an die Geschenke geknüpft sind, habe ich irgendwann aufgehört, mich dagegen zu wehren, und gelernt, einfach Danke zu sagen.«

»Du bist ein guter Junge, Ted Duffy.«

Er wölbte vielsagend eine Augenbraue. »Ich bin ein guter Junge, der im Moment einige sehr, sehr unartige Gedanken über seine Frau hat.«

Lächelnd trat sie beiseite, damit er die Tür zu ihrem Zimmer öffnen konnte. »Oh«, seufzte sie, als sie einen ersten Blick in die opulent eingerichtete Suite warf.

»Warte.« Er hob sie auf seine Arme und trug sie über die Türschwelle. »Ich will nichts von dem vergessen, was ich heute Abend tun muss.«

Sie schlang ihm die Arme um den Nacken und küsste ihn voller Leidenschaft.

So fand sie der Hoteldiener, der ihr Gepäck heraufbrachte. Peinlich berührt, weil sie erwischt worden waren, setzte Ted sie ab und gab dem Mann ein Trinkgeld.

»Kann ich sonst noch etwas für Sie tun, Dr. Duffy?«

»Nein, vielen Dank.«

»Dann wünsche ich einen angenehmen Abend.«

Ted schloss die Tür und lehnte sich mit dem Rücken dagegen, um Caroline zu betrachten. »O ja, den werden wir haben«, murmelte er.

Sie musste über seinen Blick lachen. »Sollten wir nicht irgendwann was essen?«

»Ja, vermutlich.« Er winkte sie mit dem Finger zu sich und griff nach ihrer Hand. »Lass mich mal sehen.« Zum ersten Mal schaute er sich ihre beiden neuen Ringe ganz genau an. »Mir gefallen sie an deiner Hand.« Er seufzte. »Meine Frau.«

»Zeig mal deinen.«

Er reichte ihr seine linke Hand, und sie küsste den Ring an seinem Finger. »Mein Mann.«

»Es ist immer noch schwer zu glauben, oder?«

»Total. Vor einer Woche konnte ich mir nicht vorstellen, dass wir je den Weg zueinander finden.«

»Und jetzt liegt der Rest unseres Lebens vor uns.« Weiter an die Tür gelehnt, vergrub er seine Hände in ihrem Haar und senkte den Kopf für einen innigen, gefühlvollen Kuss, dessen Auswirkungen er am ganzen Körper spürte. Als sie sich schließlich voneinander lösten, bedeckte er ihr ganzes Gesicht mit Küssen. »Bevor wir gegangen sind, hat meine Großmutter was Seltsames zu mir gesagt.«

»Was denn?«

»»Ich habe meinen Teil erledigt‹«, zitierte er. »»Jetzt bist du dran.‹ Was glaubst du, was sie damit gemeint hat?«

»Ich weiß es nicht.« Sie presste sich gegen seinen Schritt. »Aber mir scheint, dass du im Moment deinen Teil beiträgst.«

Ted stöhnte, und dann war alles andere vergessen.

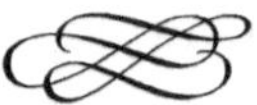

KAPITEL 34

»Und dann hat er mich gebeten, sein Trauzeuge zu sein«, erzählte Parker.

»Verdammt. Was hast du getan?«, fragte Chip verblüfft.

Parker reichte ihm noch ein Bier. »So, wie er mich gefragt hat …« Parker schüttelte den Kopf. »Da hättest du auch nicht ablehnen können.«

»Dann haben sie also gerade geheiratet?«, fragte Elise, die von den Neuigkeiten noch immer überwältigt war. »Direkt da, im Krankenhaus?«

Parker nickte. »Es war kurz, nett und rechtskräftig.«

»Glaubst du, die beiden sind wirklich verliebt?«, wollte Elise wissen.

»Ja«, antwortete Parker, und das Erstaunen war seiner Stimme anzuhören. »So verrückt es klingt, aber sie scheinen wirklich verliebt zu sein. Und genau das hat er gesagt: ›Ich heirate die Frau, die ich liebe, und da ich es sowieso vorhatte, mache ich es jetzt, weil meine Großmutter mich gebeten hat, es zu tun, bevor sie stirbt.‹ Eines steht allerdings fest – Mitzi hat vor Wut geschäumt.«

»Wann um alles in der Welt ist das passiert?«, wunderte sich Elise.

»Ich meine, das mit ihr und Smitty ist doch erst seit Sonntag vorbei. Ich verstehe das nicht.«

»Ich auch nicht«, gestand Parker. »Ich war genauso überrascht wie du.«

»Hat er was über Smitty gesagt?«, fragte Chip.

»Nur dass er mir einiges zu erzählen habe und das auch irgendwann tun werde. Es war unübersehbar, dass er am Tag seiner Hochzeit nicht näher darauf eingehen wollte.«

»Hat einer von euch was von Smitty gehört?«, fragte Elise.

»Er hat mich angerufen und mir seine Flugdaten durchgegeben, bevor er Sydney verlassen hat, aber seitdem nicht mehr«, erwiderte Parker. »Ich hoffe wirklich, dass er rechtzeitig kommt, um sich von Lillian zu verabschieden. Nach der Hochzeit heute wirkte sie sehr erschöpft. Ich weiß nicht, wie viel Zeit ihr noch bleibt.«

»Er wird sich das nie verzeihen, wenn er es nicht rechtzeitig schafft«, stimmte Elise traurig zu.

»Hat Smitty Ted und Caroline in irgendeiner Weise erwähnt?«, fragte Chip.

»Nein. Darüber haben wir nicht gesprochen.«

»Mein Gott«, murmelte Chip. »Was für ein Durcheinander. Nach alldem wird es zwischen Duff und Smitty niemals wieder sein wie vorher. Nichts wird je wieder so sein.«

»Darüber habe ich viel nachgedacht, nachdem ich die beiden gestern Abend das erste Mal zusammen gesehen habe«, gestand Parker und öffnete eine Flasche Wein für Elise.

»Das muss ein echter Schock gewesen sein.« In ihren Augen schimmerte Mitgefühl für Parker.

»Es hat sich angefühlt, als hätte mir jemand in den Magen geboxt oder so. Ich kann mir einfach nicht erklären, was passiert ist. Und dieses Nicht-Wissen treibt mich in den Wahnsinn.«

»Mich auch«, gestand Elise. »Weißt du, ich habe die beiden letztes Wochenende in der Küche überrascht, als ihr Jungs im Ort wart. Damals habe ich mir nicht allzu viel dabei gedacht, doch jetzt fällt mir auf, dass sie in eine ziemlich intensive Unterhaltung vertieft waren.«

»Die ganze Sache ist so beschissen«, stieß Chip in einem Anfall von Wut hervor. »Er hat am Telefon ganz überrascht getan, als ich erwähnt habe, dass Smitty nach Australien geht, dabei wusste er *genau*, warum Smitty das getan hat.«

»Was glaubst du, wie hat Smitty von den beiden erfahren?«, wollte Elise wissen. »Und wann?«

»Ich habe keine Ahnung«, räumte Parker ein. »Keiner von uns hat es gewusst, also wieso er?«

»Vielleicht hat sie es ihm erzählt«, mutmaßte Elise.

Chip schüttelte den Kopf. »Das bezweifle ich. Aber irgendwie hat er es herausgefunden. Ich muss euch was gestehen: Ich komme nicht darüber hinweg, dass Duff das ausgerechnet ihm antut. Wir alle wissen, was für eine schwere Zeit Smitty hatte.«

»Duff hat heute Abend etwas zu mir gesagt, das mich direkt hier getroffen hat.« Parker legte eine Hand auf sein Herz. »Er hat mich gebeten, mich daran zu erinnern, was wir einander für mehr als die Hälfte unseres Lebens bedeutet haben. So hatte ich das bisher noch nie betrachtet – also den Teil mit der Hälfte unseres Lebens –, und jetzt kann ich an nichts anderes mehr denken. Ich versuche, das im Hinterkopf zu behalten und ihn nicht einzig nach dem zu beurteilen, was in der letzten Woche geschehen ist.«

Elise glitt von dem Barhocker in Parkers Küche und kam um den Tresen herum, um Parker in die Arme zu schließen. »Es ist sehr süß von dir, das so zu betrachten.«

»Dabei vergisst du bloß Smitty«, rief Chip ihm in Erinnerung. »Ihn kennst du auch schon dein halbes Leben lang, und er hat das alles ganz sicher nicht verdient – von keinem von ihnen, aber besonders nicht von ihm.«

»Wir reden hier von *Ted*«, warf Elise ein. »Er hat Smitty bestimmt nicht vergessen. Ich könnte mir vorstellen, dass ihn die ganze Sache innerlich zerreißt.«

Chips Augen flammten leidenschaftlich auf. »Hier gibt es nur Schwarz und Weiß, Elise. Es gibt keine Grauzone. Sie war die Freundin seines besten Freundes.«

»Sie haben sich ineinander verliebt. Komm schon, sei nicht so unversöhnlich.« Sie ließ die Arme um Parker liegen. »Was hättest du getan, wenn ich mit Parker zusammen gewesen wäre, als wir uns kennengelernt haben?«

Parker spielte mit, legte die Arme um sie und gab ihr einen Kuss auf die Wange.

»Nichts!« Chip schlug mit der flachen Hand auf den Küchentresen. »Ich hätte nichts gemacht! So etwas hätte ich meinem besten Freund niemals angetan.«

»Das möchtest du jetzt gerne glauben, doch wer weiß, wie wir uns verhalten hätten?«, erwiderte sie.

»Du bist zu romantisch«, warf Chip ihr vor. »Wir leben in der realen Welt, wo man seinem besten Freund so etwas nicht antut. Habe ich recht, Parker?«

Parker kaute auf der Innenseite seiner Wange. »Na ja, irgendwie hat sie recht. Wir alle meinen zu wissen, wie wir in allen möglichen Situationen reagieren würden, aber bis man nicht selbst darin steckt …« Er zuckte die Achseln.

»Siehst du?«, fragte Elise und lächelte siegessicher. »Mehr wollte ich gar nicht sagen.« Sie gab Parker einen Schmatzer auf die Lippen. »Ich verlasse ihn für dich, du sexy Kerl.«

»Auch wenn das ein verlockendes Angebot ist, Honey, fürchte ich, dass ich ablehnen muss«, entgegnete Parker grinsend. »Ich bin schon vergeben.«

Elise atmete dramatisch ein. »Erzähl!«

Und das tat Parker.

»Oh.« Elise schlug sich die Hand vor den Mund. »*Du* bist also der Romantiker hier! Ich wusste, dass du das in dir hast. Was für eine unglaubliche Geschichte, oder, Chip?«

»All diese Geheimnisse.« Chip schüttelte fassungslos den Kopf. »Ich dachte, ich würde euch Jungs so gut kennen wie mich selbst.«

»Ich habe zwei Jahre lang niemandem davon erzählt, Chip. Duff habe ich es erst am Sonntag auf der Heimfahrt von Block Island gebeichtet. Er war der Erste, also sei bitte nicht beleidigt.«

»Bin ich nicht«, sagte Chip, den es unverkennbar Mühe kostete, es nicht zu sein. »Ich freue mich für dich, das weißt du.«

»Danke.«

»Wo wir hier gerade über diesen ganzen Gefühlskram reden, und da du nun ein paar Erfahrungen mit dieser Aufgabe sammeln konntest, wollte ich dich fragen, ob du mein Trauzeuge sein willst – also, falls du deine Griffel von meiner Frau lassen kannst.«

»Nur zu gern.« Parker lachte und streckte einen Arm über den Tresen aus, um Chip abzuklatschen.

»Gut. Ich freue mich.«

»Habt ihr euch schon für ein Datum entschieden?«

»Das Thanksgiving-Wochenende«, antwortete Elise.

Es klingelte an der Tür, und Parker ging hin.

»Hey, das ist aber eine nette Überraschung«, sagte er mit einem erfreuten Lächeln, als er Gina auf der Treppe entdeckte. »Komm rein.«

»Es tut mir leid, dass ich nicht vorher angerufen habe, doch du hast am Telefon so deprimiert geklungen, dass ich dich sehen wollte.«

»Du musst mich nicht erst anrufen.« Er zog sie in seine Arme. »Ich freue mich, dass du da bist.« Er hoffte, sein Kuss verriet ihr, wie sehr.

Sie streichelte seine Wange. »Hast du überhaupt geschlafen?«

»Nein. Ich bin schlussendlich bei einer Hochzeit gelandet. Und du?«

»Ein paar Stunden.«

»Es tut mir leid, dass ich dich die ganze Nacht über wach gehalten habe«, meinte er grinsend.

»Mir nicht. Es war die wundervollste Nacht meines Lebens.«

»Von meinem auch.«

»Ich hatte keine Ahnung, dass es so sein kann.«

»Für mich ist es auch noch nie so gewesen«, gestand er. »Wo sind die Jungs?«

»Die bleiben heute über Nacht bei meiner Schwester. Sie freut sich so über uns, dass sie angeboten hat, sie zu nehmen, wann immer sie kann, damit wir ein wenig Zeit für uns haben.«

»Erinnere mich dran, dass ich *ihr* ein paar Blumen schicke«, erwiderte Parker und küsste sie erneut.

»Wer ist denn da, Parker?«, rief Elise aus der Küche.

Parker spürte, dass Gina sich zurückzog, noch bevor sie sich aus seiner Umarmung löste. Er streckte die Hand aus und hielt sie zurück. »Hey, sie ist eine Freundin«, flüsterte er. »Ihr Verlobter ist auch da, und er ist einer meiner besten Freunde.«

Vor Verlegenheit lief Gina rot an. »Tut mir leid.«

»Ich komme gleich!«, rief Parker in Richtung Küche. Dann umfasste er Ginas Kinn, sodass sie ihn ansah. »Du musst dir bei mir *niemals* Gedanken um andere Frauen machen, Gina. Ich bin achtunddreißig Jahre alt und habe mir die Hörner schon längst abgestoßen. Ich liebe dich. Ich werde dich immer lieben. Und nach der letzten Nacht kann ich dir versichern, dass ich niemals an einer anderen als dir interessiert sein werde.«

Sichtlich gerührt antwortete sie: »Ich habe ein paar ernsthafte Probleme mit Vertrauen.«

»Das verstehe ich, aber nicht alle Männer sind Schweine. Mir kannst du vertrauen.«

»Es tut mir leid. Du hast nichts getan, womit du das verdient hättest.«

»Das muss dir nicht leidtun. Gib mir einfach die Chance, dir zu beweisen, dass ich anders bin.«

Sie legte ihm die Hände auf die Brust und schaute ihn an. »Ich liebe dich auch, Parker«, sagte sie zum ersten Mal. »Seitdem du heute Nachmittag gegangen bist, habe ich an nichts anderes als an dich denken können.«

»Dann haben wir ja was gemeinsam.« Er gab ihr einen Kuss auf die Nasenspitze. »Meinst du, du könntest diese andere Sache noch mal wiederholen? Nur damit ich sicher bin, dass ich mich nicht verhört habe.«

»Was denn?«, neckte sie ihn lächelnd. »Dass ich ununterbrochen an dich gedacht habe?«

»Nein, nicht das. Das andere.«

»Dass es mir leidtut, dir nicht zu vertrauen?«

Amüsiert von dieser spielerischen Seite an ihr, erwiderte er: »Das ist alles sehr schön, allerdings nicht das, was ich meine.«

»Hmm.« Sie tat, als müsse sie ernsthaft nachdenken. »Oh! Ich weiß es.« Sie zog seinen Kopf zu sich herunter und presste ihre Lippen auf seine. »Ich glaube, was du meinst«, sagte sie, während sie ihn mit ihren Lippen und ihrer Zunge verrückt machte, »ist, dass ich dich liebe, Parker King. Ich liebe dich. Ich liebe dich. Ich liebe dich.«

»Jetzt kommen wir ins Geschäft.« Er ließ sich in den Kuss sinken, bis ihm wieder einfiel, dass er Gäste hatte. »Komm, ich stell dir meine Freunde vor.«

~

Eng aneinandergeschmiegt lagen Ted und Caroline in dem riesigen Bett und lauschten der sanften Musik, die aus den Lautsprechern klang.

Ted sang »You and Me« von Lifehouse mit, worin es um einen Mann ging, der den Blick nicht von der Frau losreißen konnte, die er liebte.

»Das ist eines meiner Lieblingslieder«, seufzte Caroline zufrieden.

»Von meinen auch. Und jetzt werde ich jedes Mal, wenn ich es höre, daran denken, wie ich mit meiner bezaubernden, frisch angetrauten Frau im Ritz im Bett gelegen habe.«

»Und wenn ich es höre«, flüsterte sie ihm ins Ohr, was ihm einen erregenden Schauer über den Rücken sandte, »denke ich an meinen sexy neuen Ehemann und daran, wie er mich mit dem, was er mit seiner Zunge anstellt, ganz wild macht.«

»Wild, hm?«

»Hmm.«

»Soll ich noch mal?«

Sie stöhnte. »Nicht jetzt. Ich muss erst wieder zu Kräften kommen.«

Sein Lächeln schwand.

Sie stützte sich auf einen Ellbogen und sah ihn an. »Was ist los?«

»Ich fühle mich ein wenig schuldig, weil ich so viel Spaß habe, während meine Großmutter so krank ist.«

»Ach, Baby, sie wollte, dass wir diese gemeinsame Nacht haben. Sie hat es für uns arrangiert. Da will sie bestimmt nicht, dass du dich schuldig fühlst.«

»Sie wird mir schrecklich fehlen.«

»Das weiß ich.«

»Ich finde es so traurig, dass sie unsere Kinder nie kennenlernen wird.«

»Du hattest Glück, sie so lange zu haben. Meine Großeltern hatte ich bereits verloren, als ich zweiundzwanzig war.«

»Das ist schade. Und du hast recht, ich *habe* Glück, sie so lange in meinem Leben gehabt zu haben, aber ich fürchte, ich bin weniger auf die Zeit ohne sie vorbereitet, als ich sein sollte.«

»Das liegt daran, dass sie keine normalen Großeltern waren«, rief sie ihm in Erinnerung.

»Stimmt«, musste er ihr lachend recht geben. »Normal waren sie nie.«

»Ich glaube nicht, dass deine Großmutter wollte, dass du traurig bist. Ich kenne sie zwar nicht gut, doch ich kann mir vorstellen, wie sie sagt: ›Ich hatte achtundachtzig wunderbare Jahre. Ich habe nichts, worüber ich mich beschweren kann, also hör auf, so ein Trauerkloß zu sein, Ted Duffy.‹«

Beeindruckt drehte Ted sich zu ihr um. »Das würde sie definitiv sagen.«

»Willst du den Whirlpool ausprobieren, um dich abzulenken?«

»Nein.« Er stand abrupt auf. »Ich möchte etwas anderes tun.«

»Und zwar?«

Ted ging in den Salon der Suite und kehrte mit dem Schreibset des Hotels zurück.

»Was hast du vor?«

Er setzte sich aufs Bett und lehnte sich gegen das Kopfteil. Dann holte er einen Bogen Briefpapier mit dem Logo des Ritz-Carlton und einen Stift aus der Mappe. »Erinnerst du dich an die Liste der Sorgen, die wir für heute Nacht vergessen wollten?«

»Unglücklicherweise ja.«

»Wir müssen eine andere Liste machen.«

»Was für eine?«

»Mit unseren Plänen. Wir müssen ein paar Pläne schmieden.«

Fasziniert und amüsiert sagte Caroline: »Okay, was schwebt dir da vor?«

Ganz oben auf das Blatt schrieb er ihr Hochzeitsdatum im Juli. »Okay, Punkt eins ist, Carolines Eltern kennenzulernen. Das versteht sich von selbst.«

»Punkt zwei ist, eine echte Hochzeit zu planen, sonst wird Punkt eins nicht gut laufen«, warf sie ein.

»Ah, jetzt kommst du langsam in Fahrt. Punkt drei ist Carolines Umzug von New York nach Boston.«

»Wow, das ist ein ziemlich großer Punkt.«

»Aber du willst doch umziehen, oder?«

»Ich bin bereits nach Boston gezogen. Der Rest, das sind nur noch Details.«

Er beugte sich vor, um ihr einen Kuss zu geben. »Deine Einstellung gefällt mir. Punkt vier ist eine Hochzeitsreise, bei der es ausreichend Gelegenheit für nackte Momente gibt.«

Sie lachte. »O mein Gott, ich habe einen Nudisten geheiratet. Wieso hat mich keiner gewarnt?«

»Dafür war keine Zeit. Das hast du davon, dass du mich so überstürzt in diese Ehe gedrängt hast.«

»Wer hat hier wohl wen gedrängt?«

»Haarspalterei, Baby. Wie auch immer, du wirst meine Geheimnisse wohl nach und nach herausfinden müssen.«

»Bisher hörst du keine Beschwerden von mir. Was ist Punkt fünf?«

Er notierte: »Carolines Buch fertig schreiben. (Ist es dir aufgefallen, Cameron? Du hast dich erfolgreich zu uns ins Bett geschlichen.)«

Caroline brach in lautes Gelächter aus und griff nach dem Stift. »Punkt sechs«, schrieb sie. »Eine Entscheidung bezüglich Teds weiterem Berufsweg treffen und beschließen, wo wir leben wollen.«

»Das ist gut. Punkt sieben«, sagte er, während er es aufschrieb. »Ein Baby.«

Sie nahm ihm den Stift wieder ab. »Punkt acht: Noch ein Baby.«

Als er den Stift wieder zurückhatte, schrieb er: »Punkt neun: Jeden Tag Liebe machen.«

Sie stieß ein spöttisches Lachen aus. »Du träumst wohl.«

»Falls ja, weck mich bitte nicht auf, okay?«

»Du sagst immer Sachen, die mich direkt ins Herz treffen, Ted Duffy.« Sie schob ihre Finger in sein Haar und gab ihm einen Kuss. »Okay, ein Kompromiss.« Sie schnappte sich den Stift und fügte ein »Beinahe« vor »Jeden Tag« ein.

»Ich denke, damit kann ich leben«, grummelte er widerstrebend.

»Ich habe noch was«, erklärte sie. »Punkt zehn: Glücklich bis ans Lebensende leben.«

»Perfekt.« Er hob die Seite hoch, um ihre Gemeinschaftsproduktion zu bewundern. »Das hängen wir an unseren Kühlschrank und haken die Punkte nach und nach ab. Die Liste wird uns an diese unglaubliche Woche und diese unglaubliche Nacht erinnern. Und wenn das echte Leben unseren Plänen mal in die Quere kommt, werden wir immer daran erinnert werden, wie wir uns an dem Tag gefühlt haben, an dem unser gemeinsames Leben begonnen hat.«

»Daran muss ich zwar nicht erinnert werden, aber ich liebe die Idee trotzdem.«

»Und ich liebe dich.« Er rollte sich zu ihr hinüber, um sie zu küssen, und das Blatt segelte unbeachtet zu Boden.

KAPITEL 35

Den Großteil des nächsten Tages verbrachten sie im Krankenhaus, wo Lillian immer länger schlief und im Wachzustand nicht mehr ganz so klar war wie vorher.

Nachdem er und sein Vater sich mittags mit einem Arzt besprochen hatten, sagte Ted: »Ich weiß nicht, ob Smitty noch rechtzeitig hier ankommt.«

Caroline legte von hinten die Arme um ihn. »Sie meinte, sie würde auf ihn warten, und das wird sie auch tun.«

Ted fasste ihre Hände. »Sosehr ich ihn hierhaben will, weil er dazugehört, so sehr fürchte ich mich vor der Begegnung. Er wird ausflippen, wenn er erfährt, dass wir geheiratet haben.«

»Er hatte eine Woche, um sich an die Vorstellung zu gewöhnen, dass wir jetzt ein Paar sind.«

»Das reicht nicht, Baby. Er wird geschockt sein. Das ist jeder.«

»Ich wäre sehr überrascht, wenn er in Gegenwart deiner Großmutter irgendetwas darüber sagen würde. Er weiß, dass das hier weder der richtige Zeitpunkt noch der richtige Ort ist.«

»Ja, da hast du vermutlich recht.«

Parker, Chip und Elise kamen später am Nachmittag. Nachdem sie Teds Eltern und seine Schwester zur Begrüßung umarmt hatten, nahm Ted sie mit zu Lillian und Theo. Da es in dem kleinen Zimmer somit ziemlich voll war, trat Ted auf den Flur hinaus, um zu warten.

Elise kam als Erste raus. Sie wischte sich die Tränen ab, während sie Ted umarmte. »Geht es dir gut?«

»Ich halte durch.«

»Wenn ich irgendetwas für dich tun kann – für euch alle –, hoffe ich, dass ihr nicht zögert, es zu sagen.«

»Danke, Elise.«

»Äh, und herzlichen Glückwunsch. Zur Hochzeit und so.«

»Danke.« Ihre Unterstützung rührte Ted.

Eine Minute später traten Parker und Chip aus Lillians Zimmer.

»Danke, dass ihr gekommen seid.« Ted bemerkte, dass Chip seinen neuen Ehering mit dem Blick fixierte.

»Braucht ihr irgendetwas?«, wollte Parker wissen.

»Nein, danke«, erwiderte Ted.

Chip legte einen Arm um Elise. »Okay, wir gehen dann mal wieder.«

»Okay.« Ted verbarg seine Enttäuschung, dass sie sich so schnell wieder verabschiedeten. »Ich weiß, dass mein Großvater für euren Besuch sehr dankbar ist.«

Chip nickte und führte Elise den langen Flur hinunter. Sie drehte noch einmal den Kopf und warf Ted einen Luftkuss zu.

»Er ist sauer«, meinte Ted zu Parker.

»Was hast du erwartet?«

»Ich weiß es nicht. Ich war bisher nie in einer solchen Situation, also habe ich keine Ahnung, was man da erwarten kann.«

»Ich glaube, du weißt genau, was du zu erwarten hast.«

»Du also auch, hm?«

Parker zuckte müde mit den Schultern. »Ich weiß nicht, was ich bin. Ich bemühe mich, offen zu bleiben, aber ich muss ehrlich mit dir sein: Es ist nicht leicht.«

»Parker …«

Parker hob eine Hand. »Du hast im Moment genug auf dem Teller. Wir sprechen ein andermal darüber. Ruf mich an, wenn ich irgendwie helfen kann. Das meine ich ehrlich.«

»Danke. Holst du Smitty morgen früh ab?«

»Ja.«

»Wirst du, ich meine, kannst du …«

»Ihn auf das vorbereiten, was er hier vorfinden wird?«

Ted nickte zerknirscht.

»Natürlich. Glaubst du, ich lasse zu, dass erst der Ring an deinem Finger ihm verrät, dass du seine Ex geheiratet hast?«

Der Schmerz, der ihn bei diesen Worten durchzuckte, überraschte Ted und warf ihn ein wenig aus der Bahn.

»Bis morgen«, verabschiedete sich Parker.

Nachdem auch er gegangen war, lehnte Ted sich mit dem Rücken gegen die Wand und ließ den Kopf hängen. Er kämpfte damit, diesen Schlag zu verarbeiten. Als er wieder aufschaute, sah er, dass sein Großvater ihn durch das Fenster in der Tür beobachtete. Ted zwang sich für ihn zu einem Lächeln.

Kurze Zeit später kam Caroline zu ihm.

»Sind sie weg?«, fragte Ted.

»Ja, seit ein paar Minuten.«

»Waren sie nett zu dir?«

»Elise ja. Parker und Chip waren weiterhin distanziert.«

»Zu mir genauso. Wenn alles normal wäre, wären sie den ganzen Tag geblieben.«

Sie legte ihre Arme um ihn. »Es tut mir so leid, Honey. Vielleicht mit ein wenig Zeit …«

Ted löste sich aus ihrer Umarmung. »Ich brauche etwas frische Luft.«

»Soll ich mitkommen?«

»Nein«, sagte er und gab ihr abwesend einen Kuss auf die Stirn. »Ich brauche eine Minute, okay?«

»Klar.«

Mit gesenktem Kopf ging er.

»Ich schätze, der Besuch der Jungs ist nicht gut gelaufen.«

Caroline drehte sich um und sah, dass Theo hinter ihr stand. »Nein, nicht wirklich.«

»Er wird dich in den nächsten Tagen brauchen, Caroline. Vielleicht mehr, als er dich je wieder brauchen wird.«

»Ich bin für ihn da. Ich habe nur Angst, dass er mich nicht an sich ranlässt. Immerhin bin ich der Grund für das Zerwürfnis. Ich habe mich zwischen ihn und seine Freunde gestellt.«

»Du bist jetzt seine Frau. Wie es dazu gekommen ist, ist zu diesem Zeitpunkt zweitrangig, meinst du nicht?«

Darüber dachte Caroline eine Minute nach. »Ja, vermutlich schon.«

»Meine Lil wusste, was sie tut«, sagte Theo und lächelte stolz. »Ja, das wusste sie.«

»Wie meinst du das?«

»Sie hat angenommen, wenn ihr erst einmal verheiratet wärt, wäre es nicht mehr so leicht, sich zu trennen, sobald es schwer wird. Und es wird schwer werden, Caroline. Wirklich, wirklich schwer, und vermutlich für lange Zeit. Also hat Lil dafür gesorgt, dass ihr beide wenigstens eine halbe Chance habt. Für die andere Hälfte müsst du und dein Ehemann sorgen.«

Caroline lächelte. »Clever.«

»Ja, das ist sie. Das habe ich immer an ihr geliebt.« Seine Augen wurden feucht, als er einen Blick zu Lillians Zimmer warf.

Caroline legte ihm eine Hand auf den Arm. »Geht es dir gut?«

»Fünfundsechzig Jahre«, seufzte er. »Wie sagt man nach so langer Zeit Adieu?«

»Ich weiß es nicht.« Caroline wischte die Tränen fort, die ihr auf einmal über die Wangen rollten. »Ich kann es mir nicht mal vorstellen.«

»Es passiert nicht einfach so, weißt du?« Er schaute wieder zu Caroline. »Jemanden zu finden, den man liebt, ist nur der Anfang. Der Rest ist harte Arbeit. Und zwar jeden einzelnen Tag. Von Anfang an. Los, geh ihn suchen. Zeig ihm, dass er nicht mehr allein ist.«

Caroline umarmte ihn. »Ich bin sehr glücklich, einen Schwiegergroßvater zu haben, der so weise ist. Und eine Schwiegergroßmutter, die so clever ist.«

Theo lächelte. »Wir sind froh, dich in unserer Familie zu haben, Süße. Und jetzt geh, und such deinen Mann.«

Im Fahrstuhl versuchte Caroline, sich zusammenzureißen, aber die Tränenflut schien einfach nicht abzureißen, als die letzten, emotional anstrengenden Tage ihren Tribut forderten. Theos Trauer hatte sie jedoch erkennen lassen, wie trivial ihre Probleme im Vergleich waren, und so nahm sie all ihre Kraft zusammen, um Ted helfen zu können. Theo hatte recht. Ihr Mann brauchte sie.

Sie fand ihn auf einer Bank vor dem Haupteingang des Krankenhauses. Vornübergebeugt, die Ellbogen auf die Knie gestützt, sah er so traurig und einsam aus, dass Carolines Herz schmerzte. Sie setzte sich neben ihn und legte einen Arm um ihn.

Er wirkte beinahe überrascht, sie zu erblicken.

Sie zog ihn an sich. »Alles ist gut, Baby«, flüsterte sie. »Ich bin für dich da.«

Nach einer traurigen zweiten Nacht im Ritz, in der Ted überhaupt keinen Schlaf fand, packten sie am nächsten Morgen ihre Taschen, bevor sie ins Krankenhaus zurückfuhren.

Als Caroline ihn mitten in dem eleganten Salon der Suite ins Leere starren sah, schloss sie ihn in die Arme. Die Distanz, die seit dem Besuch seiner Freunde im Krankenhaus zwischen ihnen entstanden war, beunruhigte sie. Sie streckte eine Hand aus und strich ihm das blonde Haar aus der Stirn. Dabei entging ihr der verlorene Ausdruck in seinen Augen nicht. »Honey?«

Er schaute sie an, als sei sie eine Fremde.

»Hey.« Sie schüttelte ihn ein wenig. »Bist du hier?«

»Ja.«

»Ich weiß, du machst dir Sorgen, weil du Smitty wiedersehen wirst. Und wegen deiner Großmutter. Aber egal, was der heutige Tag bringt, ich bin immer bei dir, okay?«

Er nickte.

»Erinnerst du dich an das, was du kürzlich zu mir gesagt hast?

Darüber, zusammenzuhalten und uns gemeinsam durch all das hindurchzukämpfen?«

»Ja.«

»Jetzt ist die Zeit fürs Kämpfen gekommen.«

»Okay.«

»Ich liebe dich von ganzem Herzen, Ted Duffy.«

Er umfasste ihre Hände und gab ihr einen Kuss. »Ich liebe dich auch.«

»Konzentrier dich heute darauf.«

»Ich werde es versuchen.«

Sie waren schon auf dem Flur, der zum Fahrstuhl führte, als Caroline mit einem Mal aufkeuchte. »O mein Gott! Wir haben unsere Liste im Zimmer vergessen.«

Er holte den Schlüssel aus seiner Tasche und reichte ihn ihr.

Eine Minute später kehrte Caroline zurück, den Zettel an die Brust gedrückt. »Es hätte mir das Herz gebrochen, wenn wir sie vergessen hätten.«

»Wir hätten eine neue schreiben können.«

»Das wäre nicht das Gleiche gewesen«, widersprach sie und fügte dann mit einem kecken Lächeln hinzu: »Wir sind gestern Abend gar nicht zu Punkt neun gekommen.«

»Es tut mir leid. Ich war nicht in der Stimmung.«

»Ich weiß. Das war nur ein Scherz.« Als sie merkte, dass sie ihn nicht aus seiner Stimmung herausholen konnte, beschloss sie, ihre Aufheiterungsbemühungen fürs Erste einzustellen. Sie würde es später erneut versuchen.

Parker vermisste es, an diesem Morgen gleich als Erstes Gina zu sehen, nachdem er zwei Nächte neben ihr geschlafen hatte. Er würde sie überzeugen müssen, ihn zu heiraten, damit er jeden Tag neben ihr aufwachen konnte. Aber bevor sie diesen nächsten Schritt angehen konnten, musste er noch ihre Söhne kennenlernen. Er hoffte, dass das bald passieren würde, damit sie sich daranmachen konnten, eine

Familie zu werden. *Eine Familie.* Parker fragte sich, warum ihn diese Vorstellung nicht halb so sehr entsetzte, wie sie es hätte tun sollen. *Dich hat es schwer erwischt, Mann.*

Er bewegte sich ganz leise im Haus, um Chip und Elise nicht zu stören, die in einem der Gästezimmer schliefen. Am Vorabend hatte er das andere Zimmer schon für Smitty vorbereitet. Parker trank schnell eine Tasse Kaffee, bevor er zum Logan Airport fuhr, um seinen Freund abzuholen. Sein Magen zog sich nervös zusammen, als er daran dachte, was er ihm würde erzählen müssen. *Ich Glückspilz. Ich habe da eindeutig das kürzeste Streichholz gezogen. Danke vielmals, Duff.*

Der Verkehr floss an diesem Sonntagmorgen zügig dahin, und Parker erreichte den Flughafen eine Viertelstunde vor der geplanten Landung des Übernachtflugs aus Los Angeles. Er parkte den Wagen und ging ins Terminal. Smitty rief ihn zwanzig Minuten später an, um ihm zu sagen, dass er auf dem Weg zur Gepäckausgabe war.

Parker hatte das Gefühl, ihm würde jeden Moment schlecht werden, während er auf seinen Freund wartete. Wenn es nicht so früh gewesen wäre, hätte er Gina zur moralischen Unterstützung angerufen. Weitere Minuten verstrichen, und die Verzweiflung ließ ihn schon nach seinem Handy greifen und fast doch ihre Nummer wählen, als er aufschaute und Smitty auf der Rolltreppe entdeckte. *Und los geht's.*

Mit einem Zweitagebart und roten Augen kam Smitty auf ihn zu und begrüßte ihn mit einer seiner typischen festen Umarmungen.

»Du siehst schrecklich aus«, stellte Parker fest.

»Ich fühle mich, als hätte ich einen Monat im Flugzeug verbracht. Was ist mit Lillian? Bitte sag mir, dass sie noch lebt.«

»Sie hält sich tapfer.«

Ein erleichterter Seufzer lief durch Smittys große Gestalt.

Während sie am Gepäckband standen, versuchte Parker, den Mut dafür aufzubringen, ihm zu sagen, was er wissen musste, bevor sie ins Krankenhaus fuhren.

»Spuck's einfach aus, Parker. Was immer dir unter den Nägeln brennt, erzähl es mir einfach.«

Parker starrte ihn an, bekam jedoch kein Wort heraus.

Smitty schaute ihn unverwandt an. »Schieß los.«

»Sie haben geheiratet.«

Smitty zog verwirrt die Augenbrauen zusammen. »Wer?«

»Äh, Duff und Caroline. Sie sind verheiratet.«

»Verheiratet …?«

Parker nickte. »Smitty, hör mal …«

»Ich will kein weiteres Wort mehr hören. Kein einziges.« Er schnappte sich seine Tasche vom Gepäckband. »Fahren wir. Ich muss Lillian sehen.«

Eine halbe Stunde später betraten Smitty und Parker die Intensivstation, und Smitty ging schnurstracks auf Mitzi zu, ohne Ted und Caroline auch bloß eines Blickes zu würdigen.

Mitzi schloss ihn fest in die Arme. »Komm, Darling.« Sie fasste ihn an der Hand und führte ihn den Flur hinunter.

An der Tür zu Lillians Zimmer blieb sie stehen und drehte sich zu ihm um. »Ich weiß, es wird dich sehr traurig machen, aber sie hat keine Schmerzen. Und sie sagt, sie wäre bereit. Sie wird glücklich sein, dich zu sehen.«

Smitty klammerte sich an Mitzis Arm, während ihm die Tränen in die Augen stiegen.

»Komm her, Honey.« Sie drückte ihn einmal fest. »Geh nur rein.«

Smitty betrat das Zimmer.

Theo stand auf, um ihn mit einer Umarmung zu begrüßen. »Vielen Dank, dass du gekommen bist.« Er beugte sich vor, um Lillian sanft zu wecken. »Liebes, Smitty ist da. Er ist extra von Australien hergeflogen.«

»Smitty«, flüsterte Lillian. »Theo, hilf mir, mich ein wenig aufzusetzen.« Nachdem er das Kopfteil des Bettes angehoben hatte, sagte sie: »Kannst du uns ein paar Minuten allein lassen?«

Theo gab ihr einen Kuss auf die Stirn. »Natürlich. Ich bin auf dem Flur, wenn du mich brauchst.«

Als er fort war, wandte Lillian sich an Smitty. »Du siehst erschöpft aus, mein Lieber.«

»Ich hatte solche Angst, dass ich nicht mehr rechtzeitig komme.«

»Ich hab doch gesagt, dass ich auf dich warte«, erwiderte sie schwach.

»Ich hätte mehr Vertrauen in dich haben müssen«, zog er sie unter Tränen auf.

»Das stimmt.« Sie drückte seine Hand und musterte ihn. »Dein Herz ist schwer, und nicht nur, weil dein liebstes altes Mädchen bald abtreten wird.«

»Ich will die Zeit, die uns noch bleibt, nicht damit vergeuden, darüber zu reden.«

»Honey, warum, glaubst du, habe ich dich gebeten zu kommen? Ich hätte dir nie eine solche Tortur zugemutet, wenn ich dir nicht etwas Wichtiges zu sagen hätte.«

Smitty atmete einmal tief durch und schaffte es irgendwie, seine Gefühle in den Griff zu kriegen.

»Ich möchte, dass du etwas für mich tust. Aber vor allem möchte ich, dass du es für *dich* tust.« Sie sah ihn weiter an. »Ich möchte, dass du ihm vergibst.«

»Ich weiß nicht, ob ich das kann.«

»Wenn du es nicht tust, wird die Verbitterung dich langsam von innen vergiften. Eure Freundschaft mag vielleicht nie wieder die gleiche sein, doch wenn du das mit dir herumschleppst, wird es immer weiter an dir nagen und dich davon abhalten, dein eigenes Glück zu finden.«

»Lill…«

»Du musst einen Weg finden.«

»Ich habe erst vor einer halben Stunde erfahren, dass sie geheiratet haben. Im Moment spüre ich nicht viel Vergebung in mir.«

»Sie haben geheiratet, weil ich sie darum gebeten habe. Sie hätten es irgendwann sowieso getan. Ich habe das Ganze nur ein wenig beschleunigt.« Sie hielt inne, um einen tiefen, rasselnden Atemzug zu nehmen. »Ich weiß, das war unglaublich egoistisch von mir, aber ich wollte meinen Ted verheiratet sehen, bevor ich ihn verlasse. Ich wünschte, mir würde noch genug Zeit bleiben, um das Gleiche bei dir zu erleben.«

»Ich glaube nicht, dass das für mich jemals auf dem Plan stehen wird.«

»Doch, das wird es. Das weiß ich. Du musst allerdings Raum dafür schaffen. Wenn dein Herz voll Bitterkeit und Wut ist, kann es nicht offen dafür sein, Liebe zu empfangen.«

»Ich weiß, du liebst ihn, Lillian, trotzdem hat er mir etwas Schreckliches angetan. Du verlangst sehr viel von mir.«

»Ich sage ja nicht, dass du ihm heute vergeben sollst. Aber irgendwann.« Ein kleines Lächeln erhellte ihr Gesicht. »Ich liege auf dem Sterbebett, also könnte ich von dir verlangen, es mir zu versprechen …«

»Das würdest du mir nicht antun.«

»Stimmt. Das würde ich nicht.« Das Funkeln in ihren Augen ließ ein wenig nach. »Du bist ein wundervoller, lieber und großzügiger Mann, Smitty. Du hast eine Frau verdient, die allein Augen für dich hat. Diese Frau war Caroline nicht. Und auch wenn es mir leidtut, dass du es auf diese Weise erfahren musstest, ist es doch besser, dass es jetzt passiert ist und nicht später. Da draußen gibt es jemanden nur für dich, und sie wird alles sehen, was ich sehe, wenn ich dich anschaue.«

Er versuchte sich an einem Lächeln. »Ich habe diese Woche in Sydney eine Frau kennengelernt, die mich ziemlich nett zu finden scheint.«

»Dann muss sie eine sehr kluge Frau sein.«

»Das ist sie.«

»Ich werde über dich wachen.«

Er blinzelte gegen die Tränen an, als er ihr einen Kuss auf den Handrücken gab. »Danke, dass du mir gezeigt hast, was eine wahre Familie ist. Und dafür, dass du *meine* Familie warst. Ich liebe dich.«

»Und ich liebe dich. Sei gut zu dir.«

Er beugte sich über das Bett, um sie zu umarmen, und begann zu weinen.

Mitzi kam herein und half ihm auf. Die Arme um ihn gelegt,

führte sie ihn aus dem Zimmer und hielt ihn, bis er sich wieder gefasst hatte.

Ungeduldig wischte er sich schließlich die Tränen weg. »Verstehst du, dass ich nicht hierbleiben und mit euch warten kann?«

»Natürlich«, sagte Mitzi.

»Wir sind alle bei Parker.«

»Ich rufe dich an«, versprach sie. »Es ist so schön, dass du gekommen bist. Mir schien es, als wäre es ihr wichtig, dich noch einmal zu sehen.«

»Das war es auch.«

Sie begleitete ihn zurück zu Parker.

Ted stand auf und kam zur Tür des Wartezimmers. »Smitty …«

»Können wir los, Parker?«, fragte Smitty nur.

»Klar.« Parker gab Mitzi einen Kuss auf die Wange. »Ruf uns an, wenn du was brauchst.«

»Das mache ich.«

KAPITEL 36

Um halb vier an diesem Nachmittag verstarb Lillian in Theos Armen. Während Mitzi und Ed sich um seinen Großvater kümmerten, rief Ted das Bestattungsinstitut und Lillians Priester an, der früher am Tag da gewesen war, um ihr die Krankensalbung zu spenden.

Caroline verfolgte, wie Ted, während er von den Einzelheiten, die mit der Planung einer Beerdigung einhergingen, in Anspruch genommen wurde, seine eigenen Sorgen beiseiteschob, um sich voll und ganz darauf zu konzentrieren, dass seine Großmutter den würdigen Abschied bekam, den sie verdiente. Er schien es nicht zu bemerken, aber Caroline war in jeder Sekunde an seiner Seite, abgesehen von einigen Stunden am Montagnachmittag, als Tish mit ihr in die Stadt fuhr, um etwas zu kaufen, das sie bei der Totenwache und der Beerdigung anziehen konnte.

Spät am Dienstagnachmittag beobachtete sie von der anderen Seite des Schlafzimmers aus, wie Ted sich vor dem Spiegel die Krawatte band. Seit Smittys Abfuhr am Sonntag hatte er eine Million Meilen zwischen sie gelegt, und sie hatte keine Ahnung, wie sie ihn erreichen sollte. Sie hoffte, dass er nach der Beerdigung wieder den Weg zurück zu ihr fand.

»Ted?«

Er drehte sich zu ihr um.

»Ich habe gerade an die Totenwache gedacht.«

»Was ist damit?«

»Ich weiß, du musst vorne bei deiner Familie stehen, und vielleicht ist es besser, wenn ich nicht dabei bin, damit du nicht Hunderten Leuten erklären musst, dass du geheiratet hast. Ich glaube, das ist weder der richtige Ort noch der richtige Zeitpunkt dafür.«

Er zuckte die Achseln mit einer Beiläufigkeit, die ihr wehtat. »Wenn du das so willst.«

»Ich möchte den Fokus da behalten, wo er hingehört – auf deiner Großmutter –, und nicht, dass alle Leute über uns klatschen.«

»Ja, super.«

Caroline hätte schreien können. *Super? Nichts ist super!* Doch auch dafür war gerade nicht der richtige Zeitpunkt. Die Zeit dafür, laut zu werden, würde kommen, nachdem sie die nächsten paar Tage durchgestanden hatten.

Bei der Totenwache drängten sich die Leute, die einer der Säulen der Gemeinde, einer lieben Freundin und der großzügigen Unterstützerin des Dana-Farber-Krebsinstitut und anderer Wohltätigkeitsvereine die letzte Ehre erweisen wollten. Die Familienfotos, die Elise vor Kurzem auf Block Island gemacht hatte, standen auf Staffeleien verteilt im Raum.

Caroline fand einen Platz ganz hinten, wo sie Ted sehen konnte, aber niemandem im Weg war.

Chip, Elise, Parker und Smitty kamen ungefähr eine halbe Stunde nach Beginn der Totenwache. Alle umarmten die Duffys, einschließlich Ted, und blieben danach am offenen Sarg stehen, um sich von Lillian zu verabschieden, während ihnen die Tränen übers Gesicht liefen.

»Caroline?«

Caroline schaute auf. »Oh, hi, Elise. Die Fotos sind wunderschön.«

»Danke. Warum versteckst du dich hier hinten? Solltest du nicht vorne bei deinem Mann stehen?«

»Ich wollte nicht, dass er allen erklären muss, wer ich bin. Das hier schien mir nicht der richtige Anlass dafür zu sein.«

»Wie verkraftet er das alles?«

»Es ist sehr schwer für ihn, doch ich bin sicher, es geht ihm bald wieder besser.«

»Und was ist mit dir?« Elise sah sie besorgt an und nahm neben ihr Platz.

»Ich gebe mein Bestes, um ihn zu unterstützen. Mehr kann ich nicht tun.« Caroline hob den Kopf und fing unbeabsichtigt Smittys Blick auf. Sosehr sie es auch wollte, sie konnte nicht wegschauen. Bis er es schließlich tat. »Wie steht es um Smitty, Elise?«

»Ich weiß es nicht. Er redet nicht mit uns. Parker und Chip haben es beide versucht, aber er weigert sich, darüber zu sprechen.«

»Das ist nicht gesund. Mir wäre es lieber, er würde wüten und schreien, statt alles in sich reinzufressen. Meinst du, er wird Ted je vergeben?«

Elises grimmige Miene war Antwort genug. »Chip ist ziemlich aufgebracht, und Parker bemüht sich sehr, rational zu sein und beide Seiten zu betrachten, aber auch er ist verstört. Und Smitty? Wer weiß schon, wie es in ihm aussieht?«

»Falls du glaubst, dass es ihnen etwas bedeutet, sag ihnen bitte, wie leid es mir tut, sie in diese Situation gebracht zu haben. Sie bedeuten Ted so viel, und ich weiß, er würde beinahe alles tun, um das mit ihnen wieder geradezurücken.«

»Wenn sich die Gelegenheit ergibt, tu ich das. Darf ich dich eine Sache fragen, die mich schon seit Tagen umtreibt?«

»Natürlich.«

»Wann ist das passiert?«

»In der ersten Nacht, als wir uns kennengelernt haben. Erinnerst du dich, dass Smitty sich früh hingelegt hat und ihr ausgegangen seid?«

Elise nickte.

»Ich war oben auf dem Balkon, als Ted eintraf. Er war am Boden zerstört, weil er einen Patienten verloren hatte. Wir haben uns sehr lange unterhalten, und da war sofort diese Verbindung zwischen uns. Und als ich mir am nächsten Tag den Knöchel gebrochen habe, war er einfach großartig.«

»Aber damals ist noch nichts zwischen euch gewesen, oder?«

»Nein«, bestätigte Caroline. »Erst auf Block Island haben wir uns eingestanden, dass wir uns an diesem ersten Wochenende verliebt hatten.« Sie ergriff Elises Hand. »Bitte versuch, es zu verstehen. Keiner von uns hätte Smitty jemals so verletzt, wenn es sich hätte vermeiden lassen. Doch es war so groß und so unmittelbar. Und so überwältigend.«

»Elise«, rief Chip. »Lass uns aufbrechen.«

Sie drehte sich zu ihm um. »Okay.« Dann umarmte sie Caroline. »Wir sehen uns morgen.«

Nachdem sie wieder zu Hause waren, verbrachte Ted den Rest des Abends in seinem Büro und schrieb seine Rede für die Beerdigung. Caroline schaute bei ihm vorbei, bevor sie nach oben ins Bett ging. Sie schlang ihm die Arme um die Schultern und gab ihm einen Kuss auf die Wange. »Kann ich dir irgendetwas bringen?«

»Nein, alles super.«

Super. Langsam fing Caroline an, dieses Wort zu hassen. »Du musst ein wenig schlafen, Honey.«

Er schüttelte ihre Hand ab. »Wenn ich hiermit fertig bin.«

Getroffen wich Caroline zurück. »Okay.« Sie ging in die Küche, um sich ein Glas Wasser zu holen. Dabei fiel ihr Blick auf die Liste am Kühlschrank. Liebevoll strich sie über das cremefarbene Papier. Ihre Hochzeitsnacht kam ihr schon wie eine halbe Ewigkeit her vor, und sie fragte sich, ob sie überhaupt eine Chance hatten, zu Punkt zehn zu gelangen.

Das Begräbnis stürzte alle in einen Strudel verschiedenster Gefühle. Theo bat Chip, Parker und Smitty, gemeinsam mit Tishs Ehemann Steven und zwei von Lillians Neffen die Rolle der Sargträger zu übernehmen. Caroline beobachtete die drei Männer – attraktiv und ernst in ihren dunklen Anzügen –, die für eine Frau, die sie geliebt hatten, diese schwere Aufgabe übernahmen. Abgesehen von den zehn Minuten, in denen er am Mikrofon stand und eloquent und humorvoll die Trauergesellschaft an Erinnerungen an seine Großmutter teilhaben ließ, hatte Ted sowohl Carolines Hand als auch seine Emotionen fest im Griff. Obwohl ihre Schultern sich berührten und ihre Hände miteinander verschränkt waren, bemerkte Caroline die Kluft, die sich zwischen ihnen aufgetan hatte, und es fiel ihr schwer, sich auf irgendetwas anderes zu konzentrieren.

Der Trauerzug zum Friedhof legte den Verkehr zwischen der Kathedrale in Bostons Innenstadt und Weston lahm, dem zwölf Meilen westlich der Stadt gelegenen Vorort, in dem die Duffys wohnten. Nach der Beisetzung luden Ed und Mitzi alle zum Lunch in ihr Haus ein. Als die Limousine des Bestattungsunternehmens die Familie vor dem Haus absetzte, musste Caroline sich zusammenreißen, um sich nicht von dem prächtigen Tor, der großen, gepflegten Rasenfläche und dem beeindruckenden zweistöckigen Backsteinbau einschüchtern zu lassen, in dem Ted aufgewachsen war.

Er war ein liebenswürdiger Gastgeber für die Gäste seiner Eltern und blieb immer in Carolines Nähe. Er stellte sie als seine Frau vor und beantwortete die unausweichlichen Fragen mit seiner üblichen Mischung aus Charme und Verbindlichkeit, die er allerdings sofort abschaltete, sobald sie wieder allein waren.

»Möchtest du etwas essen?«, fragte er sie, während er den Blick zu seinen Freunden wandern ließ, die sich auf der anderen Seite des riesigen Wohnzimmers versammelt hatten.

»Nein, ich habe keinen Hunger. Und du?«

»Ich auch nicht.«

»Möchtest du zu ihnen gehen und mit ihnen reden? Ich bleibe gerne hier, wenn es das leichter macht.«

»Sie werden nicht mit mir reden wollen.«

»Sie sind hier, Ted. Das bedeutet doch etwas, oder nicht?«

»Sie sind aus Respekt vor meinen Eltern und Großeltern hier. Das hat nichts mit mir zu tun.«

»Das stimmt nicht.«

»Lass es gut sein, Caroline«, gab er barsch zurück.

Teds Chef Martin Nickerson und seine Frau Jenny näherten sich ihnen. Sie schienen die Spannung, die zwischen ihnen herrschte, nicht zu bemerken.

»Ted, mein Lieber, du hast Geheimnisse vor uns.« Jenny begrüßte ihn mit einem Kuss auf die Wange. »Willst du uns nicht deine bezaubernde Frau vorstellen?«

»Doch, natürlich.« Sein Charme war wieder da, als er einen Arm um Caroline legte.

Sie spielte die Rolle der verliebten Frau, auch wenn sie innerlich langsam starb, denn sie hatte akzeptiert, dass ihr vielleicht ein fürchterlicher Fehler unterlaufen war.

Um vier Uhr am Nachmittag leerte sich das Haus langsam. Zurück blieben nur die Familie und enge Freunde, die sich in kleinen Grüppchen im Erdgeschoss zusammengefunden hatten.

»Ich schätze, ich sollte mich bei den Jungs dafür bedanken, dass sie den Sarg getragen haben«, sagte Ted und schaute sich nach ihnen um.

Caroline zeigte auf eine geschlossene Flügeltür. »Ich habe sie vorhin dort hineingehen sehen.«

Ted öffnete die Tür zum Büro seines Vaters, wo Smitty es sich in einem Ledersessel bequem gemacht hatte. Chip und Elise saßen auf dem Zweiersofa, und Parker stand am Fenster.

»Du musst darüber reden, Smitty«, erklärte Chip gerade. »Du kannst nicht so tun, als wäre nichts passiert, und erwarten, dass wir da mitziehen.«

»Hey! Das glückliche Paar!«, rief Smitty und grinste breit. Seine Augen waren leicht glasig, was vermutlich dem großen Whiskey geschuldet war, den er in der Hand hielt. »Kommt rein, kommt rein, gesellt euch zur Party.«

»Erinnere dich bitte daran, wo du bist und warum«, sagte Ted leise, während er Caroline eintreten ließ und dann die Tür hinter ihnen schloss.

»Oh, wir sprechen also über anständiges Verhalten, ja?« Smitty lachte leise.

»Nein, das tun wir nicht.« Ted schenkte sich einen Whiskey ein. Caroline schüttelte den Kopf, als er ihr auch einen anbot.

»Tja, für anständiges Verhalten ist es ein wenig zu spät, oder?«, meinte Smitty. »Übrigens, ich hatte noch gar keine Gelegenheit, euch zur Hochzeit zu gratulieren.« Er erhob sich umständlich und kam zu Caroline, gab ihr einen Kuss auf die Wange. »Ich bin sicher, du warst eine bezaubernde Braut.«

»Danke«, sagte Caroline, doch es war kaum ein Flüstern.

Mit dem Drink in der Hand kehrte Ted an ihre Seite zurück und nahm ihre Hand. In seiner Wange zuckte ein Muskel.

Smitty trat zur Bar und schenkte sich mit dem Rücken zu ihnen nach. »Es gibt eine Sache, die mich mehr interessiert als alles andere, Süße. Hast du es mit ihm zur gleichen Zeit getrieben wie mit mir?« Er drehte sich um. »Denn das wäre irgendwie schäbig, findest du nicht? Ich meine, wo wir beide beste Freunde sind und so.«

Geschockt starrte Caroline ihn an.

»Das reicht«, stieß Ted durch zusammengebissene Zähne hervor. »So wirst du nicht mit ihr reden«, fügte er an.

»Ach ja, richtig.« Smitty nickte übertrieben. »Das hatte ich ganz vergessen. Wir folgen ja den Regeln des Anstands. Zumindest jetzt. Ich schätze, vor einer Woche war das alles noch egal.«

»Wir wollten dich nie verletzen …«

»Wo wir gerade vom Verletzen sprechen«, unterbrach ihn Smitty. »Ich wette, es hat höllisch wehgetan, als du vom Podest des goldenen Jungen gestürzt bist, auf dem du dein ganzes Leben lang gethront hast.«

»Es gab nie ein Podest«, widersprach Ted leise.

Smitty lachte rau auf. »Ja, klar.« Er sah Ted aus zu Schlitzen verengten Augen an. »In dem elenden, stinkenden Misthaufen meines Lebens hat es immer nur eine Sache gegeben, von der ich wusste, dass ich auf sie zählen konnte, und das warst du.« Mit einer Geste, die die anderen mit einschloss, fügte er an: »Das hier. Du hast keine Ahnung, was du mir angetan hast.«

»Zwischen uns ist nichts passiert, bis es zwischen euch beiden aus war«, erklärte Ted. »Das kannst du glauben oder nicht, aber es ist die Wahrheit.«

»Die Wahrheit«, wiederholte Smitty. »Und warum genau sollte ich dir glauben?«

»Smitty …«, sagte Caroline.

Sein sengender Blick durchbohrte sie. »Ich möchte zu der Zeit zurückkehren, bevor ich wusste, dass Menschen, an denen mir so viel liegt, zu so etwas fähig sind. Ich will zurück in das Zelt und zu meiner Zigarre auf dem Rasen. Ich will zurück zu dem Moment, als Elise mir angeboten hat, dich für mich zu suchen.«

Caroline keuchte auf und versuchte, einen Schritt von Ted wegzutreten, der jedoch den Griff um ihre Hand verstärkte.

»›Wirst du das Kleid irgendwann noch mal nur für mich anziehen?‹ ›O ja, für dich tue ich alles, Ted‹«, höhnte Smitty. »Ich war zutiefst gerührt.«

Caroline wurde blass, und Tränen rannen ihr über das Gesicht.

»Als du sie am nächsten Tag hast glauben lassen, du würdest sie vergewaltigen, wen hast du da bestrafen wollen?«, fragte Ted. »Sie oder mich?«

Ein kollektives Keuchen hallte durch den Raum.

Wenn Blicke töten könnten, wäre der, den Smitty ihr zuwarf, Carolines Ende gewesen.

»Es tut mir leid.« Sie löste sich von Ted, um vor Smitty zu treten. »Es tut mir leid, dass wir dir wehgetan haben, denn du hast recht, das hast du nicht verdient. Und ich würde *alles* dafür geben, wenn ich dir diesen Schmerz hätte ersparen können. Aber ich werde mir nie wünschen, nicht mit dir nach Newport gefahren zu sein, denn dann hätte ich Ted nicht kennengelernt, und das ist unerträglich. Ich liebe ihn.« Sie wischte sich die

Tränen ab. »Und er liebt *dich* – mehr als sonst etwas auf dieser Welt.«

Smitty schnaubte verächtlich. »Dann hat er allerdings eine seltsame Art, das zu zeigen. Ich glaube, ich habe genug gehört – ehrlich gesagt sogar mehr als genug. Ich fliege nach Sydney zurück. Hier gibt es für mich nichts mehr.« Mit einem lauten Knall stellte er sein Glas auf den Schreibtisch.

»Was ist mit uns?«, fragte Parker und hob verzweifelt die Hände.

»Mit euch?« Smitty neigte den Kopf und musterte seinen Freund. »Du hast gewusst, dass zwischen den beiden was läuft, oder? In jener Nacht, als du früher nach Hause gekommen bist, hast du sie bei irgendetwas gestört.«

»Ich hatte einen Verdacht«, gestand Parker. »Ich wusste es nicht mit Sicherheit.«

»Und du fandest nicht, dass ich das wissen sollte?«

»Ich war mir nicht sicher. Betrachte es doch mal von meiner Warte aus. Was hättest du getan?«

Smitty zuckte mit den Schultern. »Ich hoffe, ich wäre dir ein besserer Freund gewesen als du mir.«

Verblüfft starrte Parker ihn an. »Das kannst du unmöglich ernst meinen.«

»Stell dir meine Überraschung vor, als Mitzi erwähnte, wer bei dieser Farce von einer Hochzeit der Trauzeuge war«, erwiderte Smitty. »Du hast deine Position sehr deutlich gemacht, Parker.«

»Nein, das habe ich nicht!« Parker schäumte. »Das habe ich für Lillian getan.«

»Oh, gut zu wissen.« Ted schüttelte ungläubig den Kopf. »Vielen Dank.«

»Und was ist mit mir?«, warf Chip ein, der sich erhob und sich vor Smitty aufbaute. »Ich habe dir nichts getan.«

»Kollateralschaden«, erklärte Smitty mit einem kleinen, traurigen Lächeln für Chip, bevor er die Tür öffnete und das Büro verließ.

»Na super.« Parker warf Ted einen wütenden Blick zu, bevor er Smitty folgte. »Das ist einfach *super*. Vielen Dank, Duff. Wirklich. Ich kann dir gar nicht sagen, wie sehr ich das alles zu schätzen weiß.«

»Dem kann ich mich nur anschließen.« Chip betrachtete Ted vorwurfsvoll, ehe er Elise aus dem Raum führte. »Ganz toll.«

Caroline ließ sich in den Sessel sinken, den Smitty frei gemacht hatte, und fing an zu schluchzen. Als sie ein paar Minuten später aufschaute, war Ted fort.

KAPITEL 37

Am nächsten Morgen riss Teds Wecker Caroline um fünf Uhr aus dem Schlaf. Sie stützte sich auf einen Ellbogen, während Ted aus dem Bett stieg. Am Tag zuvor, nachdem er sie weinend im Büro seines Vaters zurückgelassen hatte, war er erst nach zwei Stunden zu ihr zurückgekommen. Seitdem hatten sie nur ein paar Worte gewechselt. Sie hatte keine Ahnung, wo er in diesen zwei Stunden gewesen war. »Was machst du?«, fragte sie und strich sich die Haare aus dem Gesicht.

»Ich gehe zur Arbeit.«

»Warum?«

»Äh, weil ich es muss? Ich habe mir in letzter Zeit viel zu viele Tage freigenommen.«

»Ted, du hast erst gestern deine Großmutter beerdigt und vier Tage vorher geheiratet. Ich glaube nicht, dass irgendjemand erwartet, dass du heute schon wieder arbeitest.«

»Kinder mit Krebs interessieren diese Dinge nicht sonderlich«, erwiderte er und öffnete die Schranktür.

»Fühlst du dich eigentlich besser, wenn du dich mir gegenüber so mies verhältst? Was ist aus ›Wir stehen das gemeinsam durch‹ geworden? Aus ›Caroline, kämpf für uns‹ und ›Wende dich nicht von mir ab‹?«

Er kam aus dem begehbaren Kleiderschrank, verschwand im Bad und schloss wortlos die Tür hinter sich.

Caroline ließ sich in die Kissen fallen. Es tat weh, sich daran zu erinnern, dass sie noch vor einer Woche auf dem Badewannenrand gesessen und ihm beim Rasieren zugeschaut hatte. War das alles, was sie je haben würden? Eine wunderschöne, magische Woche?

Geduscht, rasiert und angezogen trat er zwanzig Minuten später aus dem Badezimmer.

»Wie lange wird das noch so weitergehen, Ted?«

Er hängte sich seinen Krankenhaus-Ausweis um den Hals. »Nun, mal sehen. Ich habe in den letzten Tagen meine Großmutter und meine drei besten Freunde verloren. Du musst entschuldigen, wenn ich keinen genauen Zeitplan dafür habe, wie lange ich brauche, um das zu verwinden.«

Caroline zuckte zusammen. »Ich wünschte wirklich, ich hätte diese Seite an dir gesehen, bevor ich ›Ja, ich will‹ gesagt habe.«

»Tja, schade, dass es rechtlich bindend ist, was?« Er packte ein paar Klamotten in eine Tasche.

»Versuchst du, mir wehzutun? Ist das dein Ziel? Denn falls ja, funktioniert es.«

»Nein.« Abrupt hielt er in seinem Tun inne, als wäre es ihr endlich gelungen, die Mauer zu durchdringen, die er zwischen ihnen aufgebaut hatte. »Nein, das ist es nicht.«

Sie stieg aus dem Bett und ging zu ihm. »Ted, Honey, bitte. Wir sollten uns in alldem nicht noch selbst zerstören. *Bitte.* Ich will meinen Ehemann zurück.«

Ein Ausdruck absoluter Niedergeschlagenheit breitete sich auf seinem attraktiven Gesicht aus. »Ich habe keine Ahnung, wo der im Moment ist.«

Sie legte die Hände an seine Wangen und zwang ihn, sie anzuschauen. »Er bekommt alle Zeit, die er braucht, um das hier zu verarbeiten. Solange er in der Zwischenzeit nicht so gemein zu mir ist. Das habe ich schon einmal erlebt, und ich werde es nicht noch einmal zulassen, Ted. Nicht einmal für dich.«

Er schlang die Arme um sie und brach endlich zusammen.

Sie führte ihn sanft zum Bett und hielt ihn ganz fest.

»Ich dachte, ich käme damit klar. Wirklich. Ich habe geglaubt, mit ihrer Wut und ihrem Missfallen umgehen zu können, doch ich hätte nie gedacht, dass die Sache alles zwischen den dreien zerstört. Das habe ich nicht kommen sehen.«

»Ich auch nicht.«

»Ich weiß nicht, was ich tun soll. Und ich weiß sonst immer, was ich tun soll.«

»Willst du wissen, was ich denke?«

Er nickte.

»Es wird seine Zeit brauchen. Vielleicht einen Monat. Vielleicht sechs. Vielleicht sogar ein Jahr. Aber ihr Jungs werdet wieder einen Weg zueinander finden.«

Ted schüttelte den Kopf. »Wir hatten in all den Jahren nicht einen einzigen Streit. Ich sehe nicht, wie wir das hier überwinden können.«

»Willst du mich hierhaben, Ted? Wenn es für dich zu viel ist, dich zusätzlich zu allem anderen um deine neue Ehefrau zu kümmern, kann ich nach New York fahren, bis du dich besser fühlst. Das wäre mir lieber, als hier zu sein und zuzusehen, wie etwas Schönes sich in etwas Schreckliches verwandelt.«

»Nein, ich will nicht, dass du gehst.« Er fuhr sich mit den Fingern durch die Haare. »Es tut mir leid, dass ich so ein Arschloch bin.«

»Ich habe das schreckliche Gefühl, dass ich einen großen Fehler gemacht habe.«

»Das hast du nicht, Baby«, flüsterte er und gab ihr einen Kuss. »Das hast du nicht.«

Ihr stiegen Tränen in die Augen. »Ich liebe dich so sehr. Ich ertrage die Distanz zwischen uns nicht.«

»Ich liebe dich auch.« Er küsste sie noch einmal, etwas ernsthafter, und die Hitze zwischen ihnen flammte mit neuer Intensität auf. »Ich habe heute Nachtschicht, also bleibe ich im Krankenhaus. Wenn ich morgen Nachmittag zurück bin, fahren wir nach New York, um deine Eltern zu besuchen, okay?«

Sie wischte sich die Wangen ab und nickte. »Rufst du mich heute Abend an?«

»In Ordnung. Kommst du hier alleine klar?«

»Natürlich. Außerdem muss ich mich Cameron widmen«, sagte sie mit einem kleinen Lächeln.

Er erwiderte es schwach.

»Wird zwischen uns alles wieder gut, Ted?«

»Ich werde mich bemühen«, sagte er. »Ich werde alles tun, um dir zu geben, was du brauchst.«

»Mehr kann ich nicht verlangen.«

Und er versuchte es. Gott wusste, dass er es versuchte. Er schaltete seinen Charme für ihre Eltern ein, die sofort ihr Einverständnis zu Teds und Carolines Eheschließung verkündeten und sich daranmachten, für das Wochenende vom Labor Day eine kleine Hochzeit in ihrem Country Club in Saratoga Springs zu planen.

Als Ted und Caroline nach Boston zurückkehrten, strengte Ted sich an, Caroline der bestmögliche Ehemann zu sein. Sie lachten und unterhielten sich und liebten einander. Jede Nacht las er, was sie an dem Tag geschrieben hatte, und gab intelligente Kommentare dazu ab, die halfen, das Buch zu verbessern. Sie suchten ein neues Auto für sie aus und entschieden sich für einen SUV. »Wenigstens einer von uns sollte eine Rückbank haben, wenn wir zu Punkt sieben auf unserer Liste kommen«, hatte er mit einem Lächeln gesagt, das nicht ganz bis zu seinen Augen reichte wie sonst.

In der zweiten Augustwoche wurde Caroline der Gips abgenommen, und sie ging zur Physiotherapie und fing langsam wieder an zu joggen – zuerst allein, später, als ihr Tempo wieder schneller geworden war, mit ihm zusammen.

Sie hörten kein Wort von Smitty, Parker oder Chip, was jedoch keiner von ihnen erwähnte.

In der ersten Septemberwoche kehrten sie für ihre Hochzeit nach New York zurück. Caroline musste sich allerdings eingestehen, dass, egal, wie sehr er sich bemühte, wie sehr *sie beide* sich bemühten, die Magie verflogen und alles viel zu angestrengt war.

Am Abend vor der Hochzeit hatten ihre Eltern seine Familie bei sich zu Hause zum Abendessen eingeladen. Ted lernte Carolines beste Freundin Tiffany und deren Familie kennen, dazu Carolines Bruder und Schwester samt Anhang. Ihre Neffen aus Kalifornien brachten alle zum Lachen und halfen, die Spannung zu lösen, die zwischen den beiden Familien noch bestand.

Nachdem Teds Familie für die Nacht in ihr Hotel zurückgekehrt war, entdeckte Caroline ihn allein auf der hinteren Terrasse des Hauses ihrer Eltern. Sie setzte sich ihm auf den Schoß und schlang die Arme um ihn. »Hi«, sagte sie und gab ihm einen kleinen Kuss.

Er legte eine Hand an ihre Hüfte. »Selber hi.«

»Was machst du ganz allein hier draußen?«

»Nichts Besonderes.«

Nachdem sie mehrere Minuten lang schweigend die Sterne betrachtet hatten, ergriff Caroline erneut das Wort. »Darf ich etwas sagen?«

Er nickte und schien überrascht, als ihr die Tränen in die Augen stiegen. »Hey, was ist los, Honey?«

»Ich möchte, dass du einfach nur zuhörst und nichts sagst, bis ich fertig bin, okay?«

»Okay.«

»Wir müssen das morgen nicht tun.« Als er protestieren wollte, hielt sie ihn mit einem Kuss davon ab. »Du hörst nur zu, schon vergessen?« Sobald er ihr wieder zuhörte, zwang sie sich, fortzufahren. »Ich liebe dich, Ted. Ich liebe alles an dir. Ich liebe dein Lächeln.« Mit der Fingerspitze strich sie sanft über seine Lippen. »Ich liebe es, mit dir über alles und nichts zu reden. Ich liebe es, dass du der klügste Mensch bist, den ich kenne. Ich liebe es, wie du dich anfühlst und wie du aussiehst. Ich liebe es, mit dir zu schlafen, und ich liebe sogar, wie sehr du dich bemühst, deinen Schmerz vor mir zu verbergen.« Sie gab ihm noch einen kleinen Kuss. »Ehrlich gesagt liebe ich dich so sehr, dass ich dich gehen lassen würde, wenn du das morgen nicht machen willst. Ich liebe dich so sehr, dass ich dir einen Ausweg biete.« Sie legte ihm eine Hand aufs Herz. »Wenn du es nicht mehr fühlst, dann lass uns die Sache beenden. Das wäre mir lieber, als morgen mit dir da vorne zu stehen und mich zu fragen, ob du es nur tust, weil du mir nicht eine zweite geplatzte Hochzeit antun willst.«

Er lehnte seine Stirn gegen ihre. »Bin ich jetzt an der Reihe?«

Unter Tränen lachte sie und nickte.

»Ich habe mir nie vorstellen können, so viel Glück zu haben und jemanden zu finden, der all diese Dinge an mir liebt. Ich liebe das Gleiche an dir und noch so viel mehr, dass es die ganze Nacht dauern würde, alles aufzuzählen. Ich weiß zu schätzen, was du hier versuchst, Honey, aber ich will nicht raus. Ich will rein. Ich will übermorgen nach Hause fahren und Punkt zwei auf unserer Liste abhaken können. Ich weiß, im letzten Monat lief es zwischen uns nicht gut. Ich arbeite daran. Und ich verspreche dir, ich werde weiter mein Bestes geben, um mich daran zu gewöhnen, wie mein Leben jetzt ist.«

»Du meinst, dass du sie gegen mich eingetauscht hast.«

»Das stimmt so nicht.«

»Genau das ist passiert.«

»Das sehe ich anders.«

»Trotzdem musst du doch darüber nachdenken. Du heiratest, ohne dass sie dabei sind. Ich kann mir nicht vorstellen, wie das für dich sein muss. Aber ich weiß, wie ich mich fühlen würde, wenn Tiffany nicht hier wäre.«

»Du hast mich gefragt, ob ich rauswill, und ich versichere dir, dass ich das nicht will. Was ich hingegen sehr wohl will, ist, dass wir morgen einen Tag verleben, an dem keine dunklen Wolken über uns hängen. Ich möchte nicht, dass dir irgendetwas diesen Moment ruiniert.«

»Und was ist mit dir?«

»Es ist alles super, Baby. Solange ich den Blick heben und dich am Arm deines Vaters auf mich zukommen sehen kann, wird es mir gut gehen. Versprochen.«

Auch wenn sie ihm glaubte, wünschte sie, er hätte ein anderes Wort als *super* benutzt.

~

Ihre Hochzeit war wunderschön, elegant und bezaubernd wegen der ganzen Menschen, die dort waren – und bittersüß wegen der Menschen, die fehlten. Teds Schwager diente ihm als Trauzeuge. Carolines Schwester Courtney und ihre beste Freundin Tiffany waren ihre Brautjungfern. Das Brautpaar tanzte zu dem Lifehouse-Song »You and Me«, den sie nach ihrer standesamtlichen Trauung gehört hatten, schnitt die Hochzeitstorte an, und Caroline warf ihren Brautstrauß.

Nachdem sie ihre zweite Hochzeitsnacht in einem rustikalen Inn in Saratoga Springs verbracht hatten, kehrten sie nach Boston zurück und fingen an, Pläne für ihre Flitterwochen auf den Bahamas und für Carolines Umzug von New York zu schmieden. Sie eröffneten ein gemeinsames Konto, ließen Carolines Nachnamen ändern und besorgten ihr einen Führerschein für Massachusetts. Ende September besuchten sie Tish und Steven im Krankenhaus, nachdem ihre Tochter Lillian Elizabeth Spencer mit knapp über viertausend Gramm Geburtsgewicht auf die Welt gekommen war.

Mitte Oktober hatten sie vier knallrote Haken auf ihrer Liste, als sie eine Einladung zur Hochzeit von Chip und Elise am Thanksgiving-Wochenende in New York erhielten. Elise hatte einen kleinen Brief beigelegt: »Bitte kommt. Ich weiß, Chip will Euch dabeihaben, auch wenn er zu stur ist, um es zuzugeben. Ich liebe Euch beide. Und ich vermisse Euch. Bitte kommt.« Die Einladung blieb unberührt auf der Arbeitsplatte in der Küche liegen, bis das Datum für eine Zusage immer näher rückte. Schließlich fragte Caroline Ted, wie er darüber dachte.

»Macht es dir etwas aus, wenn wir ihnen einfach etwas Schönes schicken? Ich habe zwar keine Ahnung, was, aber du bestimmt«, antwortete er.

»Was soll ich auf die Karte schreiben?«

»Dass wir ihnen nur das Beste wünschen?«

»Ted, warum fahren wir nicht hin?«, bat sie. »Er weiß, dass sie uns die Karte geschrieben hat. Lass uns die Einladung annehmen.«

Er schüttelte den Kopf. »Ich kann nicht.«

»Würdest du allein gehen?«

»Du bist meine Frau, Caroline. Ohne dich werde ich an keiner Hochzeit teilnehmen, egal welcher.«

»Das ist süß von dir, doch wenn es eine Gelegenheit ist, die Sache mit ihnen wieder einzurenken, wäre ich nicht verletzt, wenn du es tust.«

»Ich werde diese Spannung zwischen uns nicht zu Chips Hochzeit bringen. Das kann er nicht gebrauchen.«

»Okay. Falls du deine Meinung ändern solltest, denk daran, für mich wäre es in Ordnung, wenn du nur für dich zusagst.«

»Ich werde meine Meinung nicht ändern.«

Mitzi sorgte für eine Überraschung, indem sie in der ersten Novemberwoche anrief, um sie für Sonntag zum Dinner einzuladen. Auch wenn Ted nicht das Wort »entfremdet« benutzt hätte, um seine derzeitige Beziehung zu seiner Mutter zu beschreiben, war es trotzdem nicht mehr so wie früher. Daher waren sie erleichtert, dass Mitzi den ersten Schritt machte.

Beim Dinner fragte Mitzi, ob sie zu Chips Hochzeit fahren würden.

»Nein«, erwiderte Ted.

»Das ist doch alles total verrückt, Ted«, schalt Mitzi ihn. »Wie lange willst du das noch so laufen lassen?«

»Ich möchte nicht darüber sprechen, Mutter.«

»Weißt du überhaupt schon das Neueste von Smitty?«

Ted legte die Gabel hin. »Was?«

»Mitzi«, warnte Ed sie. »Nicht.«

»Warum nicht, Ed? Er muss wissen, dass seine Handlungen Konsequenzen haben.« Sie wandte sich wieder Ted zu. »Er hat eine Frau geheiratet, die er in Sydney kennengelernt hat.«

»Was?«, flüsterte Ted, als hätte er sie nicht richtig verstanden.

»Er hat vor zwei Wochen geheiratet, und nun zieht er nach

Sydney, um das Familienunternehmen zu leiten. Er hat seine Partnerschaft in der Firma hier aufgekündigt.«

Ted stand wortlos auf und verließ den Raum.

Caroline warf ihre Serviette auf den Tisch und folgte ihm. Sie fand ihn im Arbeitszimmer seines Vaters. Sofort kamen die Erinnerungen an die Katastrophe wieder hoch, die hier beim letzten Mal stattgefunden hatte. Ihr Magen zog sich zusammen, und eine schlimme Vorahnung überkam sie. Sie legte die Hände auf seine Schultern und sagte: »Ted?«

Er drehte sich zu ihr um, und mit einem Blick in sein Gesicht wusste sie, dass ihre Ehe vorbei war. Es würde kein Kämpfen mehr geben, keine Bemühungen mehr. Gar nichts. Er würde sich niemals verzeihen können. »Können wir bitte gehen?«, bat er.

»Ja. Natürlich.«

Während der langen, stummen Heimfahrt versuchte Caroline, ihren aufgewühlten Magen und die zum Zerreißen gespannten Nerven zu beruhigen. Sie schaute zu Ted und sah, dass er auf die Straße starrte. Wenn er dabei blinzelte, dann konnte sie es nicht wahrnehmen.

Er öffnete die Wohnungstür und hielt sie auf, damit Caroline vor ihm eintreten konnte.

»Ted, Honey. Komm her. Lass uns darüber reden.«

»Es gibt nichts zu bereden.« Zwei Stufen auf einmal nehmend stürmte er die Treppe hinauf.

Caroline folgte ihm.

Im Schlafzimmer holte er eine Reisetasche heraus und begann zu packen.

»Wo willst du hin?«

»Heute Abend ins Krankenhaus. Morgen werde ich den Job in New Hampshire annehmen und dort hinziehen.«

»Allein?«

»Ja. Ich brauche etwas Zeit, Caroline.«

Sie schluckte schwer. »Wie viel Zeit?«

»Das weiß ich nicht.«

»Es ist nicht deine Schuld. Er ist ein erwachsener Mann, Ted. Er trifft seine eigenen Entscheidungen, und die haben nichts mit dir zu tun.«

»Glaubst du das allen Ernstes? Du kennst ihn überhaupt nicht, Caroline! Du warst sechs verdammte Wochen mit ihm zusammen, doch er war zwanzig Jahre lang mein bester Freund! Ich sage dir, auf keinen Fall hat er einfach so geheiratet. Nicht nach dem, was zwischen ihm und Cherie war. Und genauso wenig verlässt er New York einfach so und gibt eine Partnerschaft auf, auf die er über zehn Jahre hingearbeitet hat. Also wenn du so naiv sein willst, zu glauben, dass seine Entscheidungen nichts mit mir zu tun haben, machst du dir selbst was vor.«

»Aber warum muss das für uns das Ende sein?«

»Weil es eine Sache war, dass unsere Beziehung Freundschaften zerstört hat. Das war schon schlimm genug. Allerdings ist es etwas ganz anderes, wenn sie Leben zerstört. Damit werde ich nicht fertig, und jedes Mal, wenn ich dich ansehe, muss ich daran denken.«

Entsetzt wich sie einen Schritt zurück. Sie fühlte sich, als hätte er sie geschlagen. »Wenn du mir das antust, Ted, wenn du mich jetzt verlässt, werde ich die Einzelteile nie wieder zusammensetzen können. Niemals. Dieses Mal nicht.«

Er hatte Tränen in den Augen, als er sagte: »Wir haben zu viel gewollt.«

»Nein«, schluchzte sie. »Nein. Wir haben einfach nur genug gewollt.«

»Es sind zu viele Menschen verletzt worden, Caroline. Wie sollen wir weitermachen, in dem Wissen, dass wir so vielen Menschen wehgetan haben?«

»Wie wollen wir allein weitermachen nach dem, was wir gemeinsam hatten?«

»Ich kann nicht hier sein. Ich kann im Moment nicht mit dir zusammen sein.« Er nahm seine Tasche und verließ das Schlafzimmer.

Sie folgte ihm die Treppe hinunter. »Im Moment oder niemals mehr?«

»Ich weiß es nicht. Ich sage dir Bescheid, wo ich mich niedergelassen habe.«

»Ted, bitte. Unternimm heute Nacht nichts. Lass uns darüber reden.«

Er stellte die Tasche neben die Tür und griff nach seinen Schlüsseln. »Du hast mich mal einen ›guten Jungen‹ genannt, weißt du noch?«

»Natürlich weiß ich das noch! Du bist der beste Junge, den ich kenne.«

»Du hast recht. Der bin ich. Manchmal wünschte ich, ich wäre nicht so gut. Manchmal wünschte ich, ich wäre mit dem ›Leck mich‹-Gen geboren worden. Das hätte mein Leben definitiv leichter gemacht. Da der Ausdruck ›Leck mich‹ nun mal nicht zu meinem Wortschatz gehört, tu ich, was von mir erwartet wird, und versuche, dem richtigen Weg zu folgen. Während meine Schwester zehn Jahre lang drogenabhängig war, habe ich das College beendet und Medizin studiert. Meine Mutter erträgt es kaum, mich anzusehen. Ich habe etwas genommen, was mir nicht gehört, und dabei sind Menschen verletzt worden – Menschen, die mir alles bedeuten. Damit kann der ›gute Junge‹ nicht leben. Ich dachte, ich könnte es. Wirklich, ich dachte, es geht. Aber heute Abend habe ich erkannt, dass ich es nicht kann. Es tut mir leid.«

»Und was soll ich jetzt tun?«, rief sie, während er nach seiner Tasche griff. »Wo soll ich hin, während du mit dir selbst ins Reine kommst?«

»Die Wohnung gehört ganz dir. Du hast Zugriff auf mein Konto. Nimm dir alles, was du brauchst.«

»Du hast mir ein Versprechen gegeben, Ted. Zweimal hast du mir versprochen, an meiner Seite zu stehen und mich bis zum Ende deines Lebens zu lieben.«

Seine Augen wirkten traurig, während er ihr mit dem Zeigefinger über eine Wange strich. »Und das werde ich, Baby. Ich werde dich immer lieben. Die Liebe war für uns nie das Problem, oder?« Er nahm seine Tasche und war fort, bevor ihr etwas einfiel, was sie sagen könnte, um ihn aufzuhalten.

KAPITEL 38

Ted verbrachte den Großteil der langen Nacht damit, einen Brief an seine Patienten und ihre Eltern zu verfassen. Während er einen Entwurf nach dem anderen löschte, hörte er Joey Gaithers schwache Stimme, die ihn aufforderte, weiterzukämpfen und nicht aufzugeben. »Es tut mir leid, Kumpel«, flüsterte Ted in das leere Büro hinein. »Aber mich hat jeglicher Kampfgeist verlassen.«

Um sechs Uhr am nächsten Morgen hatte er einen Brief fertig, mit dem er leben konnte. Er sicherte ihn auf einem USB-Stick. Nachdem er sich ein paar Stunden um aufgelaufenen Papierkram gekümmert hatte, nahm er den USB-Stick und einen weiteren Brief, den er ausgedruckt hatte, und ging zum Fahrstuhl.

Vor dem Büro von Martin Nickerson wartete Ted darauf, dass Martys Assistentin auflegte.

»Hi, Ted.«

»Ist er da?«

»Er hat ein Meeting, allerdings nichts, wobei du ihn nicht stören dürftest. Geh ruhig rein.«

»Danke, Patty.« Ted klopfte an und betrat dann Martys Büro.

»Hey, Ted, komm doch rein. Dr. Ted Duffy, darf ich dir Dr. Aanandita Ramji vorstellen? Sie hat gerade zugesagt, unser Team als Ärztin zu verstärken. Das wird dir und Roger ein wenig von dem Druck nehmen.«

Ted schüttelte ihr die Hand.

»Nennen Sie mich Ana«, bat sie und lächelte herzlich. »Ich freue mich, Sie kennenzulernen, Dr. Duffy.«

»Gleichfalls«, erwiderte Ted.

»Ich habe so viel über Sie und die Geschichte Ihrer Familie in diesem Krankenhaus gehört.«

Teds Magen zog sich zusammen, als er daran dachte, warum er hier war. »Es tut mir leid, das Treffen zu stören, aber ich bräuchte heute mal eine Minute, falls du später Zeit hast, Marty.«

»Wir waren sowieso fertig.« Ana stand auf und schüttelte beiden Männern die Hand. »Wir sehen uns dann am Ersten, Dr. Nickerson.« Sie nickte Ted zu. »Ich freue mich darauf, mit Ihnen zusammenzuarbeiten, Dr. Duffy.«

»Bis dann«, antwortete Martin.

Sie ging und schloss die Tür hinter sich.

Martin klatschte erfreut in die Hände. »Verdammt! Heute ist unser Glückstag, mein Freund. Wir haben es geschafft! Sie ist am Johns Hopkins ausgebildet worden, und zwölf andere Programme haben sie umworben. Am Ende standen das MD Anderson und wir zur Wahl.«

»Ich bin sicher, dass es dein Charme war, der sie überzeugt hat«, sagte Ted mit einem leichten Lächeln. Dieser Mann war, solange Ted zurückdenken konnte, Teil seines Lebens gewesen. Mit einem Mal lastete das, was er zu tun gedachte, schwer auf seiner Brust.

»Ich bin froh, dass du vorbeigekommen bist, Ted.« Marty schenkte sich Kaffee nach. »Ich wäre sonst gleich mit ihr zu dir gegangen, um sie dir vorzustellen.«

Ted schüttelte den Kopf, als Marty ihm auch einen Kaffee anbot.

Marty setzte sich wieder hinter seinen Schreibtisch. »Du siehst erschlagen aus. Schlimme Nacht auf der Station?«

»Nein. Zum ersten Mal seit Langem war es ruhig.«

»Was liegt dir auf dem Herzen?«

Ted reichte ihm den ausgedruckten Brief.

Marty überflog ihn und sah Ted dann schockiert an. »Ich fürchte, ich verstehe das nicht. Du kündigst? Warum?«

Ted schnürte sich die Kehle zu. »Die zehn Jahre, die ich hier verbracht habe, waren die lohnenswertesten meines Lebens. Aber ich kann nicht mein gesamtes Berufsleben hier verbringen. Das habe ich schon eine ganze Weile vermutet, und kürzlich ist mir aufgegangen, dass es Zeit ist für eine Veränderung.«

»Du hast diesen Sommer viel verkraften müssen. Das würde jeden dazu veranlassen, genauer hinzusehen. Doch das heißt nicht, dass du gleich aufhören musst. Ich meine, Ted, komm schon. Du weißt genauso gut wie ich, dass du auf dem Weg bist, irgendwann auf diesem Stuhl zu sitzen. Das ist beinahe dein Geburtsrecht.«

»Ich weiß es sehr zu schätzen, dass du so viel Vertrauen zu mir hast, Marty. Aber es ist nicht mehr das, was ich will. Ich hätte mir keinen besseren Chef und Mentor als dich wünschen können. Ich weiß, dass du dich besonders um mich gekümmert hast, weil mein Vater das Gleiche für dich getan hat. Du hast viel in mich investiert, und es tut mir leid, dass ich dich enttäusche.«

Marty lehnte sich zurück und stieß einen tiefen Seufzer aus, als er merkte, dass es Ted ernst war. »Hast du es schon deinem Vater erzählt? Und Theo?«

»Nein, bisher nicht. Ich wollte zuerst mit dir reden.«

»Was wirst du jetzt tun?«

»Heute früh um acht habe ich die Stelle als Leiter der Kinderabteilung im Concord Hospital angenommen. Sie haben mich schon eine ganze Weile umworben. Vor einem Monat war ich für einen Tag dort, und mir hat gefallen, was ich dort gesehen habe. Aber damals war ich noch nicht bereit, diesen Schritt zu gehen.«

»Du bist ein talentierter Onkologe, Ted. Wie um alles in der Welt willst du mit Mandelentzündungen und Bronchitis zufrieden sein?«

»Ich bin mir sicher, dass ich auf dem Weg auf Herausforderungen treffe, die ich mir heute noch nicht vorstellen kann«, erwiderte er, und sein Herz schmerzte beim Gebrauch von Carolines Worten. Er durfte nicht an sie denken, wenn er diesen Tag überstehen wollte. »Es tut mir leid, dass ich dich so ohne jegliche Vorwarnung verlasse, doch sie warten da oben verzweifelt auf mich.«

Marty stand auf und kam um den Tisch herum. »Und du bist dir absolut sicher?«

»Das bin ich, Marty.«

»Du weißt, dass du immer zurückkommen kannst, solltest du dich da oben zu Tode langweilen, oder?«

Lächelnd ergriff Ted seine Hand. »Ich weiß, Marty. Ich danke dir. Für alles.«

»Es wird unmöglich sein, dich zu ersetzen, Dr. Duffy. Viel Glück, und melde dich mal.«

»Das mach ich. Gibst du mir eine Stunde dafür, mit meinen Eltern zu reden, bevor du es jemandem sagst?«

»Na klar.«

Er verließ Martys Büro und gab Patty den USB-Stick. »Kannst du mir einen Gefallen tun?«

»Natürlich, Ted.«

»Kannst du den Brief mit dem Dateinamen ›Familien‹ an alle meine derzeitigen Patienten und die Eltern von allen schicken, die ich im letzten Jahr verloren habe?«

»Sehr gern.«

»Ich brauche eine Stunde, bevor irgendjemand im Krankenhaus hört, was in dem Brief steht, okay?«

Sie nickte. »Ich verstehe.«

»Danke, Patty.«

Auf der Fahrt nach Weston versuchte Ted, seine Gedanken zu ordnen. Er musste sich darauf konzentrieren, einen Schritt nach dem anderen zu tun und einfach diesen Tag durchzustehen. Trotz all seiner guten Vorsätze dachte er an Caroline … und an ihre gemeinsamen Pläne …

Vier von zehn ist gar nicht mal so schlecht, überlegte er. *Da alles von Anfang an gegen uns stand, hatten wir Glück, überhaupt so weit zu kommen. Na ja, da wir jetzt auch herausgefunden haben, was ich bezüglich meiner beruflichen Karriere unternehmen will, zählt der heutige Tag vermutlich als fünfter abgehakter Punkt. Der halbe Weg zum Happy End. Das ist mehr, als die meisten Leute je kriegen. Es muss wohl reichen.*

~

Caroline ruhte sich an diesem Nachmittag auf dem Sofa aus, als es an der Tür klingelte. Ihr Herz hob sich bei dem Gedanken, dass Ted vielleicht nach Hause gekommen war. Dann fiel ihr ein, dass er nicht klingeln würde. Sie warf einen Blick durch den Spion in der Tür und unterdrückte ein Stöhnen. Schnell wischte sie sich das tränenverschmierte Gesicht ab, strich sich mit den Fingern durch die Haare, zog den Gürtel ihres Morgenmantels enger und öffnete ihrer Schwiegermutter die Tür.

»Darf ich reinkommen?«, fragte Mitzi.

Caroline trat einen Schritt beiseite.

Mitzi ließ ihre Handtasche auf den Küchentresen fallen. »Was ist hier los, Caroline?«

»Ich bin mir sicher, dass Sie das schon wissen, sonst wären Sie nicht hier.«

»Er hat seinen Job gekündigt. Hast du das gewusst?«

»Er meinte, er würde es tun.«

»Und das ist dir vollkommen egal?«, fragte Mitzi fassungslos. »Ganz sicher weißt du doch inzwischen, dass seine Position nicht einfach nur ein Job ist. Sie ist ein Vermächtnis.«

Caroline schnaubte. »Mrs Duffy – Mitzi –, mein Ehemann hat mich verlassen. Der Mann, mit dem ich vorhatte, mein Leben zu verbringen. Der Mann, mit dem ich Kinder haben wollte. Er hat mich verlassen. Also müssen Sie verzeihen, wenn mich das Vermächtnis der Duffys heute nicht allzu sehr interessiert.«

Der Wind war Mitzi ein wenig aus den Segeln genommen, und so setzte sie sich im Wohnzimmer in einen Sessel. »Du musst etwas unternehmen. Du kannst nicht zulassen, dass er das tut.«

»Ich weiß, Sie werden mir nicht glauben, aber er hat über diesen Wechsel schon nachgedacht, lange bevor Sie gestern Abend die Bombe haben platzen lassen. Diese Bombe war nur der letzte Tropfen, der das Fass zum Überlaufen gebracht hat, doch ich bin mir sicher, das wussten Sie, bevor Sie sie gezündet haben. Es tut mir leid, wenn der Schaden nun größer ausfällt, als Sie gehofft haben.«

»Ich hatte nicht gehofft, dass er dich verlässt, als ich ihm das mit Smitty erzählt habe.«

»Sie müssen mir verzeihen, dass ich Ihnen das nicht glaube.«

»Duffys lassen sich nicht scheiden, Caroline«, erwiderte Mitzi. »Und das möchte ich auch für meinen Sohn nicht.«

»Und trotzdem sieht es ganz so aus, als würde es dazu kommen.« Caroline lächelte über diese Ironie und setzte sich aufs Sofa. »Er hat alles gemacht, was Sie je von ihm erwartet haben, Mitzi, und noch mehr. Das erste Mal, dass er von dem genehmigten Weg abweicht, um etwas zu verfolgen, was *er* will, und er verliert Sie und so ziemlich jeden, der ihm etwas bedeutet. Sie haben einen guten, anständigen Mann aufgezogen, der es nicht erträgt, dass er Sie enttäuscht hat.«

»Willst du damit sagen, es ist meine Schuld?«

»Nein. Wenn Sie nach jemandem suchen, dem Sie die Schuld geben können, dann müssen Sie bloß mich anschauen. Ich bin diejenige, die ihn und seine Freunde entzweit und ihrer aller Leben ruiniert hat.«

»Ihr seid gestern Abend gegangen, bevor ich hinzufügen konnte, dass Smitty bei seinem Anruf sehr glücklich geklungen hat. Wirklich glücklich, Caroline.«

Caroline blickte sie fassungslos an. »Sie haben das Pferd von hinten aufgezäumt. Warum wollten Sie Ted in dem Glauben lassen, dass er Smitty noch mehr Unglück verursacht hat? Wie konnten Sie nur?«

Mitzi sah beinahe beschämt aus. »Ich war wütend auf Ted. Und auf dich. Das werde ich nicht leugnen. Dennoch würde ich ihm niemals sein Glück nicht gönnen. Nur dass dabei so viele Menschen verletzt wurden, das war für mich unerträglich. Die ganze Sache war so untypisch für ihn.«

»Vielleicht hat er genau das gebraucht, Mitzi! Sein Leben mal ein wenig aufzurütteln, ein Risiko einzugehen, etwas zu tun, was nicht von ihm erwartet wurde. Wissen Sie, wie sehr er unter dem, was er

Smitty angetan hat, gelitten hat? Haben Sie auch nur den Hauch einer Ahnung?«

»Nein, ich schätze nicht.« Sie stand auf. »Hättest du wohl ein Glas Wasser für mich?«

»Natürlich. Es tut mir leid, dass ich Ihnen nichts angeboten habe.«

»Ich hol es mir selbst «, erklärte Mitzi, als Caroline Anstalten machte, sich zu erheben.

Da sie wusste, dass Mitzi die Wohnung eingerichtet hatte, verzichtete Caroline auf die Mühe, ihr zu sagen, wo sich die Gläser befanden.

Mitzi nahm ein Glas aus einem Regal und trat damit zum Kühlschrank. »Was ist das hier?«

»Was?« Caroline drehte sich um und sah, dass Mitzi die Liste musterte.

»Oh!«, stieß Mitzi aus. »O Gott.« Sie schlug sich die Hand vor den Mund, und ihre Schultern bebten.

Caroline stand auf und ging zu ihr. »Mitzi …«

Mitzi drehte sich zu ihr um. Sie schien am Boden zerstört zu sein. »O Caroline. Es war echt, oder?«

»Ja«, flüsterte Caroline, während ihr Tränen in die Augen stiegen. »Voll und ganz.«

»Was willst du jetzt tun? Was können *wir* tun?«

»Wir müssen warten. Und hoffen. Wenn er nicht einen Weg findet, sich selbst zu verzeihen, gibt es nichts, was wir tun können.«

Mitzi hob die Hand, um Caroline die Tränen abzuwischen. »Aber was machst du jetzt, Honey?«

»Ich werde mein Buch zu Ende schreiben.« Sie zeigte auf Punkt fünf auf ihrer Liste. »Und versuchen, mich abzulenken. Irgendwann werde ich auch wieder anfangen zu arbeiten.«

»Willst du hierbleiben?«

Sie nickte. »Ich lebe hier jetzt. Außerdem, sollte mein Mann seine Meinung doch noch ändern, wäre es mir recht, wenn er wüsste, wo er mich finden kann.«

»Falls du etwas brauchst, das dich beschäftigt hält – ich kenn einige Wohltätigkeitsorganisationen, die dringend jemanden gebrauchen könnten, der Talent fürs Schreiben hat.« Mitzi lächelte schüchtern. »Uns fehlt jetzt eine Duffy im Wohltätigkeitszirkus, also würde ich mich freuen, dich dabeizuhaben.«

»Sehr gern, Mitzi.« Caroline ergriff die Hände ihrer Schwiegermutter. »Das würde mir gefallen.«

Das Schlimmste daran, seine Arbeit im Bostoner Kinderkrankenhaus zu beenden, war, die Kinder zurückzulassen. Als er sich um zehn Uhr abends auf den Weg nach Concord machte, war Ted total ausgelaugt. Er hatte tränenreiche Abschiede von seinen Kollegen hinter sich, von den Kindern auf seiner Station und einigen der Eltern, denen er nach all der Zeit ziemlich nahe stand. Es ging ihm noch immer nicht gut, als er über die Grenze nach New Hampshire fuhr, aber es hatte keinen Sinn, zurückzuschauen. Jetzt war die Zeit dafür, nach vorn zu blicken.

Eine Stunde später erreichte er das idyllische Städtchen Concord und checkte im ersten Hotel ein, das er fand. Irgendwann würde er nach Boston fahren und Kleidung und alles andere holen müssen, was er brauchte. Doch dann würde er auch Caroline sehen … Vielleicht würde er sich einfach alles neu kaufen. Das wäre einfacher und nicht so schmerzhaft.

Als er sich auf dem harten Bett in dem schmucklosen Hotelzimmer ausstreckte, fragte er sich, was sie wohl gerade tat. Er wünschte, er könnte sie anrufen und mit ihr über den heutigen Tag reden. Sie würde ihn verstehen, und sie würde wissen, was sie sagen musste, damit er sich besser fühlte. Aber er konnte sie nicht anrufen. Das wäre nicht fair.

Im Laufe der nächsten zwei Wochen lebte Ted sich in seinem neuen Job ein. Es gab mehr administrative Aufgaben, als ihm lieb war, doch es war auch herausfordernd, vor allem, weil er alle Kinderärzte im gesamten Krankenhaus leitete. Zum Glück war ihm eine höchst effiziente Assistentin zur Seite gestellt worden, die sich für ihn um den schlimmsten Papierkram kümmerte.

Von medizinischer Seite aus betrachtet, bekam er hauptsächlich gesunde Kinder mit kleineren Krankheiten oder Verletzungen zu sehen und erkannte, dass er, seitdem er das Wort »Krebs« aus seinem täglichen Wortschatz gestrichen hatte, auch aufgehört hatte, ständig mit einer Katastrophe zu rechnen.

Über Thanksgiving fuhr er für ein Familienessen in bedrückter Stimmung nach Weston – das erste ohne Smitty, solange er zurückdenken konnte, das erste ohne seine Großmutter und das erste, das er eigentlich mit Caroline hätte feiern sollen – und kehrte am nächsten Tag nach Concord zurück. Lediglich die Anwesenheit seiner Nichte Lilly hatte verhindert, dass der Feiertag ein totales Desaster geworden war.

Den Großteil des Samstags verbrachte er auf dem Sofa und tat, als würde er Football schauen, aber all seine Gedanken kreisten um Chip und Elise, die in New York heirateten und bei deren Hochzeitsfeier er jetzt eigentlich sein sollte. Er hoffte, dass wenigstens Parker an Chips Seite war.

Leider wusste Ted nur zu genau, wie es war, ohne die besten Freunde zu heiraten. Es tat ihm in der Seele weh, sich vorzustellen, dass Chip das Gleiche durchmachen musste. Es tat ihm weh, an sie alle zu denken, und für diesen einen Tag ließ er den Schmerz zu. Wenn ihm jemand vor einem Jahr erzählt hätte, dass Chip und Elise heiraten und er nicht dabei sein würde …

Im Laufe der Zeit wurde bekannt, dass in Concord jetzt ein landesweit anerkannter Kinderonkologe praktizierte. Bevor Ted sichs versah, behandelte er in Zusammenarbeit mit seinen ehemaligen Kollegen aus Boston sechs aus unterschiedlichen Ecken New Englands kommende Kinder, die an Krebs erkrankt waren. Ted war dankbar, dass er sein Wissen hier anwenden und somit den Eltern der Kinder die langen Fahrtzeiten ersparen konnte.

Wenn er nicht im Krankenhaus war, joggte er – meist zweimal am Tag – und arbeitete dann an der Instandsetzung des alten Hauses am Rande der Stadt, das er aus einer Laune heraus gekauft hatte. Von den Leuten im Ort hielt er sich fern, vor allem von den Frauen, die an dem neuen Arzt in der Stadt Interesse bekundeten.

Mit Caroline hatte er nur einmal telefoniert, um ihr seine neue Handynummer und seine Adresse zu geben und mit ihr die finanziellen Dinge bezüglich seiner Wohnung in Boston zu besprechen. Er war bereits sechs Wochen in Concord, als er endlich die Kraft aufbrachte, den Ring vom Finger seiner linken Hand zu nehmen und auf den Nachttisch zu legen.

Seine Eltern und sein Großvater kamen für ein Wochenende zu Besuch, doch Ted weigerte sich, mit ihnen über Caroline, seine Freunde, seinen Beruf oder sonst eine der schmerzhaften Erinnerungen zu sprechen, die er mit so viel Mühe in die hinterste Ecke seines Gehirns verbannt hatte.

Ein paar Tage vor Weihnachten ging er zum Abendessen in einen Irish Pub in der Stadt, über den er viel Gutes gehört hatte. Nach einem ganzen Tag, an dem er die Böden in seinem Haus abgeschliffen hatte, war ihm nicht nach Kochen zumute, und außerdem war er seine eigene Gesellschaft leid. Eine Live-Band spielte, und Ted kannte ein paar der Gäste von der Arbeit im Krankenhaus her und nickte ihnen zu, ermutigte aber niemanden, sich ihm zu nähern, als er sich an die Bar setzte.

Er hatte gerade das Roastbeef bestellt und trank von seinem Bier, als die Band eine Pause einlegte und Musik aus der Konserve anschaltete. Der Lifehouse-Song »You and Me« erfüllte den Pub und brachte Ted in Gedanken zu seiner Hochzeitsnacht im Ritz zurück. Der Schmerz über den Verlust von Caroline durchbohrte ihn wie ein Schwert und ließ ihn atemlos vor Sehnsucht zurück. Er stand auf, legte einen Zwanzig-Dollar-Schein auf den Tresen und verließ den Pub.

Da er keinen weiteren steifen Feiertag in Weston ertragen würde, hatte er sich freiwillig für den Weihnachtsdienst im Krankenhaus gemeldet, damit die anderen Ärzte mit ihren Familien feiern konnten. Am Tag nach Weihnachten erhielt er per Post eine Einladung.

John & Marjorie Smith
erbitten die Ehre Ihrer Anwesenheit
anlässlich eines Dinners zur Feier ihrer Eheschließung.
Samstag, den 9. Januar
19.30 Uhr

21 Club
21 West 52nd Street
New York, New York

Darunter stand in Smittys krakeliger Handschrift: *Ich erwarte, dass ihr kommt. Das ist das Mindeste, was ihr tun könnt.*

KAPITEL 39

Am neunten Januar nahm Ted den Frühzug nach Boston, wo er sich mit seinen Eltern und seinem Großvater an der South Station traf. Tish und Steven waren ebenfalls eingeladen, hatten aber beschlossen, mit der kleinen Lilly zu Hause zu bleiben.

Zu viert bestiegen sie einen Zug zur Penn Station in New York. Während der langen Fahrt durch Connecticut versuchte seine Mutter, Ted in eine Unterhaltung zu verwickeln, doch er zog es vor, aus dem Fenster zu starren. Er konnte sich nicht vorstellen, was Smitty plante, und er wusste nicht, ob er bezüglich des Abends erleichtert oder nervös sein sollte. Aber egal wie, er konnte es nicht erwarten, seine Freunde wiederzusehen, selbst wenn die ihn ignorieren würden.

Sein Vater hatte zwei nebeneinanderliegende Doppelzimmer im The Plaza für sie reserviert, und sein Großvater machte Witze darüber, dass sich ein Zimmer mit Ted zu teilen wäre, wie wieder auf dem College zu sein. Der alte Mann schien sich ohne seine Frau sehr gut zu halten, und Ted ertrug die Scherze gern, solange sie seinen Großvater zum Lächeln brachten.

Mitzi unternahm einen Einkaufsbummel, und Ted drehte in der eisigen Kälte eine lange Runde durch den Central Park. Seine Gedanken schweiften zu all den Wochenenden, die er in dieser Stadt

verbracht hatte, seitdem Chip und Smitty nach dem Studium herge-
zogen waren. Sie hatten hier so viele gute Zeiten an so vielen unterschiedlichen Orten erlebt, dass es schwer war, nicht an jeder Ecke an
sie alle zu denken. Und es war nahezu unmöglich, wieder in New
York zu sein, ohne dass die Erinnerungen an seine mitternächtliche
Autofahrt zu Caroline und ihre ersten beiden magischen Tage miteinander in ihm hochkamen.

An diesem Abend zog Ted sich einen dunklen Anzug mit Krawatte
an und überprüfte sein Aussehen mindestens drei Mal im Spiegel,
bevor er ins Zimmer seiner Eltern ging, um mit seinem Vater einen
Whiskey zu trinken.

Um Viertel nach sieben fuhren sie mit dem Taxi zum *21 Club*, wo
sie die Ersten waren, die in den privaten Raum geführt wurden, den
Smitty für diesen Anlass reserviert hatte. Ted wusste sofort, dass das
hier kein normaler Abend werden würde, als er auf dem großen,
rechteckigen Tisch neben seiner Platzkarte eine weitere entdeckte,
auf der stand: »Mrs Caroline Duffy«. Mit einem Mal schnürte sich
ihm die Kehle zu. Ihm war gar nicht in den Sinn gekommen, dass sie
ebenfalls hier sein könnte, doch im Rückblick war ihm klar, dass er
damit hätte rechnen müssen, denn schließlich hatte Smitty mit ihr
auch noch ein paar Dinge zu klären.

Ein Kellner kam, um ihre Getränkewünsche aufzunehmen, und
Ted bestellte ein Bier, obwohl er eigentlich einen weiteren Whiskey
gebraucht hätte.

Die Tür ging auf, und Parker kam mit Gina und zwei Jungs in
dunklen Anzügen und mit Krawatten herein. Er begrüßte Teds Eltern
und seinen Großvater mit einer Umarmung, dann stellte er ihnen
Gina und die Jungen vor. Ted fiel sofort der große Brillantring an
Ginas linker Hand auf, und er freute sich, dass sein Freund jetzt alles
hatte, wonach er sich immer gesehnt hatte.

Parker schüttelte Ted die Hand und stellte auch ihm Ginas Söhne
Anthony und Dominic vor. Die beiden gaben Ted höflich die Hand,
wobei der jüngere an seiner Krawatte zerrte und sich in seinem
steifen Anzug überhaupt nicht wohlzufühlen schien. Parker legte

Anthony eine Hand auf die Schulter und flüsterte ihm etwas ins Ohr. Der Junge schaute zu ihm auf, lächelte und nickte.

Jedes Mal, wenn die Tür aufging, hämmerte Teds Herz, denn er wartete auf Caroline. Parkers Vater James King kam als Nächstes, eine vollbusige Blondine am Arm. Ihm folgten Chip und Elise.

Elise warf sich Ted in die Arme. »Es ist so schön, dich zu sehen, Duff«, flüsterte sie. »Du hast mir so gefehlt.«

»Du mir auch.« Er gab ihr einen Kuss auf die Wange und umarmte sie noch einmal. »Wie war eure Hochzeit?«

»Beinahe perfekt. Aber wir haben dich und Smitty fürchterlich vermisst.«

»Es tut mir leid, Elise. Ich wollte wirklich kommen, nur …«

»Ich weiß. Wo ist Caroline?«

Er schüttelte den Kopf und hob seine linke Hand, an der sein Ring bisher gesteckt hatte.

Elise wurde blass. »Nein.« Sie blickte ihn entgeistert an. »Nein. Nicht nach all dem, was du geopfert hast, was *wir* alle geopfert haben …«

Ted zuckte mit grimmiger Miene die Schultern. »Von Anfang an zum Scheitern verurteilt.«

»Duff …«

Chip kam zu Elise und legte einen Arm um sie. Wie schon Parker zuvor schüttelte er Ted die Hand, hatte ihm ansonsten allerdings nichts zu sagen.

Als sich die Tür das nächste Mal öffnete, kam Caroline in einem schwarzen Kleid herein, das ihre blasse Schönheit betonte. Die Haare hatte sie hochgesteckt, und in ihren grünen Augen konnte er erkennen, wie nervös sie war. Doch für Ted hatte sie nie bezaubernder ausgesehen. Er war überrascht, als seine Mutter zu ihr trat, als hätte sie Caroline erwartet, und sie in die Arme zog. *Was zum Teufel?* Mitzi nahm die Hand ihrer Schwiegertochter und führte sie daran in den Raum.

Bevor Ted Zeit hatte, diesen offensichtlichen Sinneswandel seiner Mutter zu verarbeiten, kam Smitty Hand in Hand mit zwei Frauen herein, von denen eine auf den ersten Blick sehr jung wirkte, und die andere … Nun, sie sah genauso aus wie er.

»Hallo, ihr Lieben«, verkündete er mit dieser dröhnenden Stimme, die so typisch für ihn war. »Ich möchte euch allen danken, dass ihr heute Abend gekommen seid. Und ich möchte euch meine Frau Marjorie vorstellen. Ihre Freunde nennen sie Margo, und ich weiß, es würde sie freuen, wenn ihr das ebenfalls tut.«

Marjorie schaute ihn liebevoll an und nickte.

»In Kürze stelle ich sie jedem von euch persönlich vor. Und das hier«, sagte er mit einem Blick zu der anderen Frau, die er mitgebracht hatte. »Ist meine Mutter Sarah Beth Smith. Ich weiß, ihr habt viele Fragen«, fuhr er lächelnd fort. »Und ich werde sie alle beantworten. Aber für den Moment nehmt doch bitte Platz, und lasst uns essen.« Er geleitete beide Frauen zu den Stühlen am Kopf des Tisches.

Ted stand hinter seinem Stuhl und wartete, während Caroline durch den Raum auf ihn zukam. Als sie das Kinn hob und ihn ansah, setzte sein Herz einen Schlag aus.

Er gab ihr einen Kuss auf die Wange. »Hey, Honey.«

»Hi, Ted. Allem Anschein nach geht es dir gut.«

Er rückte ihr den Stuhl zurecht. »Und du bist wunderschön.«

»Danke.«

»Herzlichen Glückwunsch zum Geburtstag.«

»Du hast dich daran erinnert«, sagte sie seufzend.

»Ja.«

Sie widmeten sich höflichem Small Talk, während ihnen eine riesige Auswahl von Appetithäppchen und Vorspeisen serviert wurde. Ted hätte am liebsten unter dem Tisch Carolines Hand genommen, aber er verzichtete darauf.

»Du trägst deinen Ring nicht mehr«, merkte sie traurig an.

»Nein. Du schon.«

Sie zuckte die Achseln. »Alberne Hoffnung, nehme ich an.«

»Caroline …«

Sie legte ihre Hand über seine. »Lass uns das hier einfach hinter uns bringen. Das sind wir Smitty schuldig.«

Zwischen den Gängen machte Smitty mit Marjorie die Runde. Er stellte sie jedem seiner Freunde vor, als wäre nie etwas zwischen ihnen vorgefallen.

Ted fand ihren Akzent charmant und bemerkte mit großer Erleichterung ihre offensichtliche Liebe zu Smitty.

»Nachdem John also nach Sydney zurückgekehrt war, um die Prüfung der Firma meines Vaters abzuschließen«, erzählte sie, »sagte er eines Abends zu mir: ›Marjorie, ich glaube, ich könnte mit diesem Unternehmen etwas Großes anfangen. Was hältst du davon, es vom Markt zu nehmen und mir ein Jahr Zeit zu geben?‹«

»Waren deine Partner böse?«, fragte Ted.

Smitty zuckte mit den Schultern. »Ich habe eine andere australische Firma gefunden, die gut zu ihnen passte, also haben wir uns im Guten getrennt. Ich hatte beschlossen, dass ich alles Geld hatte, das ich brauchte. Ich wollte auf dem aufbauen, was Marjories Vater angefangen hatte. Das ist wesentlich befriedigender, als jeden Tag gegen den Markt zu wetten.«

»Klingt nachvollziehbar«, sagte Ted.

»Ich kümmere mich aber weiter um James«, fügte Smitty lächelnd an, während er Parkers Vater die Hand schüttelte. »Er wollte mein Nein nicht akzeptieren.«

Smitty und Marjorie zogen weiter, um sich vor dem Hauptgang noch mit James und seiner Begleitung zu unterhalten.

Die Kellner hatten gerade das Dessert und mehr Champagner serviert, als Smitty aufstand. »Ich würde gerne einen Toast auf meine Frau Marjorie ausbringen. Der Tag, an dem ich in Sydney gelandet bin, hat sich als der glücklichste Tag meines Lebens entpuppt, und ich werde ihr für immer dankbar dafür sein, dass sie mein wahres Ich, den echten John, gesehen hat. Sie ist der einzige Mensch auf der Welt, der mich wirklich kennt, und trotzdem liebt sie mich. Auf dich, Sweetheart.«

Ted war gerührt von Smittys Toast, aber auch verwirrt. Der

einzige Mensch, der ihn wirklich kannte? Was sollte das heißen? Er wechselte einen Blick mit Caroline, die nur mit den Schultern zuckte.

»Auf dich, John.« Marjorie schaute zu ihm auf. »Meinen süßen, sanften Riesen, den großzügigsten Mann, den ich je kennengelernt habe. Ich liebe dich.«

Smitty stieß mit ihr an und beugte sich dann für einen Kuss vor, während die Gäste applaudierten.

Ted bemerkte, dass seine Mutter sich die Tränen abwischte und dann dankbar das dargebotene Taschentuch von ihrem Mann annahm.

»Als Nächstes möchte ich einen Toast auf meinen besten Freund Ted Duffy und seine wunderschöne Frau Caroline ausbringen.«

Ted sackte der Magen in die Kniekehlen. *O bitte. Bitte lass ihn den Abend für seine Frau nicht ruinieren, indem er sich jetzt wie ein Idiot verhält.* In einer unbewussten Geste griff Ted unter dem Tisch nach Carolines Hand.

Sie klammerte sich an ihm fest, als hinge ihr Leben davon ab.

»Duff, Caroline – wir hatten ein hartes Jahr.« Smitty ließ seinen Blick auch über Parker, Chip und Elise schweifen. »Ehrlich gesagt war es das beste und das schlimmste Jahr meines Lebens. Ich habe in diesem Jahr etwas verloren, von dem ich glaubte, es würde für immer halten, und ich habe etwas gefunden, nach dem zu suchen ich schon lange aufgegeben hatte. Ich weiß nicht, wie es euch geht, Jungs, doch es fällt mir wahnsinnig schwer, das eine ohne das andere zu genießen.«

Ted spürte, wie sich ihm die Kehle zuschnürte. Er musste wegschauen, um sich wieder unter Kontrolle zu bekommen.

»Es gibt ein altes Sprichwort, das besagt, alles passiert aus einem bestimmten Grund«, fuhr Smitty mit leiser Stimme fort. »Ich habe erkannt, dass ich euch beiden sehr, sehr dankbar sein muss.«

Ted und Caroline sahen ihn überrascht an.

»Ich hatte nicht geplant, nach Sydney zu reisen.« Er hielt inne, um das sacken zu lassen. »Wenn nicht alles so gekommen wäre, wie es gekommen ist, hätte ich jemand anderen geschickt. Ich hätte Marjorie nie kennengelernt, und vielleicht hätte ich nie die wahre

Liebe gefunden, und mit ihr den Mut, mich all meinen Dämonen zu stellen.«

Während er sprach, ging Smitty langsam um den Tisch herum. »Lillian hatte mich nach Hause gerufen, um mich zu bitten, dir zu vergeben, Duff. Sie meinte, wenn ich es nicht täte, würde ich in meinem Herzen niemals Platz für die Liebe finden, weil die Verbitterung den ganzen Raum einnähme.«

Inzwischen kämpften alle Frauen und die meisten der Männer mit den Tränen.

»Wie sich herausgestellt hat, hatte sie recht. Nach ihrer Beerdigung, nach diesem fürchterlichen Tag, als ich die Chance hatte, euch beiden zu sagen, was ich sagen musste, habe ich es losgelassen. Ich habe euch vergeben. Damals habe ich es nicht gleich gemerkt, aber es wurde mir bewusst, als ich nach Sydney zurückkam und Marjorie dort auf mich wartete. Ich wusste, ich habe euch vergeben, weil ich so voller Liebe zu ihr war, dass für Verbitterung kein Platz mehr blieb.«

Er wandte sich an Parker. »Ich war unfair zu dir, und dafür möchte ich mich entschuldigen.«

Parker nickte ihm zu und lächelte leicht.

Gina legte einen Arm um ihn. Ihre Jungs waren ganz in ihre Malbücher vertieft und bekamen von dem Drama, das sich um sie herum abspielte, nichts mit.

Zu Chip sagte Smitty: »Und zu dir war ich schrecklich unfair, und auch dafür entschuldige ich mich. Und dafür, dass ich nicht bei eurer Hochzeit war. Meine Frau hat mich angefleht hinzufliegen. Dass ich nicht auf sie gehört habe, wird immer zu den Sachen in meinem Leben gehören, die ich am meisten bereue.«

Chip schien tief bewegt, und Elise ergriff seine Hand.

»Ich möchte meine Freunde zurückhaben«, erklärte Smitty schließlich leise. »Ohne euch ist es einfach nicht das Gleiche.«

Ted war der Erste, der von seinem Stuhl aufsprang.

Smitty schloss ihn so fest in die Arme, dass er ihn vom Boden hob.

Parker war der Nächste, gefolgt von Chip.

Dann legte Smitty Parker und Chip die Hände auf die Schultern. »Wenn ich ihm vergeben kann«, sagte er mit einem Nicken in Richtung Ted, »könnt ihr das auch. Wenn er mit Caroline nur die Hälfte von dem hat, was ich mit Marjorie habe, kann er sich sehr glücklich schätzen, und wir sollten uns alle für ihn freuen.«

Parker und Chip umarmten Ted, der spürte, wie sich ein harter Knoten in seiner Brust löste.

Als Nächstes wandte Smitty sich an Mitzi. »Bei dir muss ich mich ebenfalls entschuldigen.«

Verwirrt schüttelte sie den Kopf und formte mit den Lippen das Wort »Nein«.

»In den letzten zwanzig Jahren warst du mir wie eine Mutter, Mitzi. Das weißt du. Aber in der ganzen Zeit hatte ich auch eine richtige Mutter. Ich war nicht ehrlich zu euch, was sie und meine Kindheit angeht.«

»John.« Sarah Beth streckte eine Hand nach ihrem Sohn aus. »Lass mich das erzählen.«

»Das musst du nicht, Mom.« Er kehrte zu seinem Stuhl zurück und nahm ihre Hand.

»Doch, das muss ich.«

Smitty setzte sich neben sie.

Sie stand auf und rang nervös die Hände. »Ich bin so unendlich dankbar, dass mein John all diese Jahre solche außergewöhnlichen Menschen in seinem Leben hatte. Er ist ein wundervoller Mann, ein Selfmademan im wahrsten Sinne des Wortes.«

Überwältigt senkte Smitty den Kopf, und Marjorie nahm ihn in den Arm.

»Ich schäme mich, zu sagen, dass er sich selbst erzogen hat, weil ich so in meiner Drogenabhängigkeit festhing, dass ich mich nicht um ihn habe kümmern können.« Sie atmete tief durch, bevor sie leise anfügte: »Ich war nicht mal in der Lage, ihm den Namen seines Vaters zu nennen.«

Caroline griff nach Teds Hand.

»Seine Kindheit war das reinste Grauen, und das ist ganz allein meine Schuld. Er ist fürs College weggezogen, und ich habe ihn nie wiedergesehen, bis er und Marjorie letzte Woche an meiner Haustür aufgetaucht sind. Ich bin seit zwölf Jahren clean, und ich habe in diesen zwölf Jahren jeden einzelnen Tag gehofft und gebetet, dass er seinen Weg zurück zu mir findet.« Ihre Stimme brach. »Ich bin so stolz auf das, was du aus dir gemacht hast, John. Auf die Leute, mit denen du dich umgibst, auf das Leben, das du dir trotz meiner Vernachlässigung aufgebaut hast.« An Marjorie gewandt sagte sie: »Ich danke dir, dass du meinen Jungen überzeugt hast, den Weg nach Hause zu suchen, und dass du ihm gezeigt hast, dass die Wahrheit uns immer befreit.«

Smitty stand auf, um seine Mutter zu umarmen. »Mom hat eingewilligt, mit uns nach Sydney zu kommen, damit sie bei ihrem Enkelkind sein kann, das Ende des Jahres auf die Welt kommen wird.«

Alle applaudierten und riefen Glückwünsche.

»Wow«, flüsterte Ted Caroline ins Ohr. »Ich hatte ja keine Ahnung. Da glaubt man, jemanden zu kennen, und dann so was.«

»Das erklärt einiges.«

Ted nickte, und nach einem tiefen Atemzug ließ er ihre Hand los und stand auf. »Ich würde auch gern einen Toast ausbringen. Zuerst möchte ich Marjorie und, wo wir schon dabei sind, auch Gina und ihre Jungs in unserer dysfunktionalen kleinen Familie willkommen heißen.«

Die anderen lachten leise.

Immer noch an Marjorie gewandt, fuhr Ted fort: »Ich weiß, es klingt vermutlich vermessen, aber wenn alles normal gelaufen wäre, wäre ich vielleicht der Trauzeuge bei eurer Hochzeit gewesen.«

Smitty nickte ihm zustimmend zu.

»Dass es *nicht* normal gelaufen ist, ist einzig und allein meine Schuld. Ich schulde dir, Smitty, sowie Parker, Chip und Elise eine Entschuldigung dafür, dass ich so achtlos mit etwas gewesen bin, das viel zu wertvoll war, als dass man es als selbstverständlich hätte betrachten sollen. Erst als ich es nicht mehr hatte, wurde mir bewusst, was ich alles verloren hatte und was auch ihr dank meines Verhaltens verloren hattet.« Er hielt inne, als die Gefühle drohten, ihn zu überwältigen. »Meine Freundschaft mit euch war immer mit das Wichtigste in meinem Leben. Ich verspreche, ich werde nie wieder achtlos damit umgehen. Herzlichen Glückwunsch, Smitty und Marjorie. Ich wünsche euch nur das Beste.«

Die anderen applaudierten.

Ted setzte sich und warf Caroline einen Blick zu.

In ihren Augen schimmerten Tränen, als sie ihm lächelnd zunickte.

Als die Feier sich gegen Mitternacht aufzulösen begann, beobachtete Ted, wie Caroline seine Eltern, seinen Großvater, Smitty, Marjorie und die anderen umarmte. Als sie schließlich zu ihm zurückkehrte, gab sie ihm einen Kuss auf die Wange. »Ich freue mich so für dich, dass die Sache aus dem Weg geräumt ist.«

»Ich freue mich für uns alle.«

Sie nickte. »Tja, es war schön, dich zu sehen, Ted. Pass gut auf dich auf.«

»Wie? Das ist alles?« Er hielt sie am Arm fest. »Bis irgendwann einmal, hab ein schönes Leben?«

Sie löste sich vorsichtig aus seinem Griff. »Was willst du von mir hören? Ich bin nicht diejenige, die gegangen ist.«

»Caroline …«

»Bist du bereit, nach Hause zurückzukommen, Ted?«

»Vielleicht.«

»Du weißt, wo ich bin, wenn du so weit bist.« Mit einem letzten Kuss auf seine Wange war sie fort.

Ted stand wie erstarrt da und schaute ihr nach. Sein Herz schmerzte vor Bedauern und Reue. Und dann erkannte er mit einem Mal, dass er ohne sie an seiner Seite nie wieder ganz sein würde. Egal wie, er musste einen Weg finden, sie zurückzugewinnen. Elise hatte recht – sie alle hatten zu viel geopfert, um sich mit weniger als einem »glücklich bis ans Lebensende« zufriedenzugeben.

Er stürmte durch das Restaurant und die Stufen zur Eingangstür hinunter. »Caroline! Caroline! Warte!«

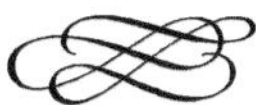

KAPITEL 40

Er erreichte den Bürgersteig in dem Moment, in dem ihr Taxi losfuhr. Ohne groß auf den Verkehr zu achten, lief er dem Wagen nach, doch vergeblich. Die Arme in die Luft gestreckt, versuchte er, ein Taxi anzuhalten, während ihres seinen Blicken entschwand. Als er merkte, dass er sie nicht einholen würde, joggte er zum Restaurant zurück, stützte sich mit den Händen auf den Knien ab, während er sich sammelte.

So fanden ihn seine Eltern und sein Großvater kurz darauf. Sein Vater reichte ihm den Mantel.

»Ted, Darling, was ist los?«, fragte Mitzi.

»Nichts.« Zum ersten Mal seit Monaten meinte er das auch so. »Nichts ist los.« Mit einem Mal stand ihm alles ganz klar vor Augen. Er hob erneut die Hand, um ein Taxi zu rufen. »Weißt du, wo Caroline übernachtet, Mom?«

»Nein, leider nicht«, antwortete Mitzi mit aufrichtigem Bedauern.

»Kommst du heute Nacht allein im Hotelzimmer klar, Grampa?«

»Ich glaube, ich werde es überleben«, erwiderte Theo lächelnd. »Deine Grandy wäre heute Abend sehr stolz auf dich gewesen, Dritter. Auf Smitty genauso. Und nun los, hol dir deine Frau.«

Ted gab ihnen allen einen Kuss und winkte ihnen ein zweites Taxi heran, bevor er in seins einstieg. »Zum Flughafen bitte«, sagte er zum Fahrer.

Am Flughafen angekommen, erfuhr er, dass der letzte Flug nach Boston schon lange weg war. Also mietete er sich ein Auto und wiederholte seine mitternächtliche Fahrt vom vorherigen Sommer in umgekehrter Richtung. Gegen vier Uhr morgens erreichte er seine Wohnung in Boston. Dieses Mal erwartete ihn Caroline allerdings nicht mit offenen Armen.

Weil seine Schlüssel bei seinen Sachen in dem Hotelzimmer in New York waren, atmete er erleichtert auf, als er Ersatzschlüssel unter dem Blumentopf auf der vorderen Veranda fand. Er schloss auf, schaltete die Alarmanlage ab und machte Licht. Er schaute sich um und sah, dass sich in den zwei Monaten seiner Abwesenheit nicht viel verändert hatte.

Wobei das nicht ganz stimmte. Es hatte sich alles verändert. Er war nicht sicher, wann genau es passiert war, aber das hier war nicht mehr seine Wohnung. Es war ihre gemeinsame Wohnung.

Doch Caroline war gar nicht zu Hause, also war nichts da, wo es hingehörte. Am Kühlschrank fand er die Liste, die sie in ihrer Hochzeitsnacht gemeinsam erstellt hatten. Caroline hatte Punkt sechs abgehakt – er hatte einen neuen Job. Und Punkt fünf – ihr Buch war fertig. Ted hätte vor Stolz platzen können. Sie hatte es tatsächlich geschafft. Und Punkt sieben … O Gott, sie hatte Punkt sieben abgehakt – ein Baby.

»Caroline«, flüsterte er und strich mit dem Finger über das cremefarbene Papier. Was war er nur für ein Idiot gewesen. Was, wenn sie ihm nicht verzieh? Er ging zum Sofa hinüber und setzte sich, um auf sie zu warten.

Er schlief auf dem Sofa ein und wachte hungrig auf. Schnell zog er sein Jackett aus und entledigte sich seiner Krawatte, dann ging er in die Küche, um Kaffee zu kochen und sich eine Scheibe Weißbrot zu toasten. Nachdem er gegessen hatte, lief er die Treppe hoch, duschte und zog sich an. Seine Klamotten hingen genau so im Kleiderschrank, wie er sie zurückgelassen hatte. Selbst seine Zahnbürste war noch an ihrem angestammten Platz. Es war, als wäre er vor zwei Stunden aus der Tür getreten und nicht vor zwei Monaten.

In Jeans und Pullover begab er sich wieder nach unten und in das Zimmer, das einmal sein Büro gewesen war. Hier fand er sie in vielem wieder. Caroline hatte den Raum zu ihrem gemacht. Ted sah überrascht, dass zwischen den Papieren auf dem Tisch Broschüren für das Bostoner Kinderkrankenhaus, das Dana-Farber-Krebsinstitut und die Jimmy-Fund-Klinik lagen. In jeder Broschüre klebten kleine Notizzettel mit ihrer Handschrift. Auch ein ordentlicher Stapel ausgedruckter Seiten lag auf dem Tisch. Ihr Buch. Als er liebevoll eine Hand darauflegte, fiel sein Blick auf ein gerahmtes Foto. Ihre zweite Hochzeit. Sie waren genau in dem Moment eingefangen worden, als er sie gerade auf seine Arme gehoben hatte. Er nahm den Bilderrahmen in die Hand und betrachtete das Foto.

»Komm nach Hause, Caroline«, flüsterte er. »Bitte komm nach Hause.«

Er könnte sie anrufen, das wusste er. Doch er hatte zu viel Angst, was passieren würde, wenn sie wüsste, dass er hier war. Vielleicht hatte er zu lange damit gewartet, zu erkennen, was er gehabt und aufgegeben hatte. Vielleicht hatte er sie zu weit von sich gestoßen. Vielleicht hatte er zu viel als selbstverständlich betrachtet. Es wäre nicht das erste Mal.

Nein, er würde warten. Und bis sie nach Hause kam, würde er lesen.

Um fünf Uhr am Nachmittag hatte er das Buch durch. Erstaunt lehnte er sich zurück. Die Geschichte war fesselnd, die Charaktere überzeugend, die Beschreibungen lebendig. Er hatte sich sogar beim Lesen dabei ertappt, wie er Cameron anfeuerte, damit er am überaus zufriedenstellenden Ende triumphierte.

»Verdammt, Caroline! Du bist gut, Baby.« Er sah auf die Uhr. »Aber wo bist du?«

Er sammelte die Papiere ein, die er in seinem Lesewahn überall verstreut hatte. Dann legte er den Stapel wieder auf den Schreibtisch zurück, machte sich ein Sandwich und griff gerade nach der Fernbedienung des Fernsehers, als er ihren Schlüssel in der Tür hörte.

Sie kam rein und ließ ihre Tasche im Flur auf den Boden fallen. Sie wollte sich gerade den Mantel ausziehen, als sie einen erschrockenen kleinen Schrei ausstieß. »Ted? Was tust du hier?«

»Ich sitze hier seit ungefähr vier Uhr heute Morgen.«

Ihre Augen wurden ganz weich, als sie sein müdes Gesicht musterte. »Bist du wieder zu schnell gefahren?«

Er nickte und breitete die Arme aus.

Caroline machte einen Schritt auf ihn zu, hielt dann allerdings inne. »Ich kann nicht. Wenn du nicht hier bist, um zu bleiben, kann ich nicht in deine Nähe kommen. Es war schwer genug, gestern Abend neben dir zu sitzen und so zu tun, als wären wir noch zusammen.«

Er hielt ihr eine Hand hin. »Es gibt so viel, was ich dir erzählen muss. Bitte?«

Mit sichtlichem Widerstreben ergriff sie seine Hand und ließ sich von ihm zum Sofa ziehen.

»Hattest du vor, es mir zu sagen?«, fragte er.

»Dir was zu sagen?«

»Punkt sieben.«

»Oh. Das hast du wohl gesehen, was?«

Er nickte.

»Ich habe überlegt, wie ich es dir beibringen soll. Ich wusste, du würdest sofort nach Hause kommen, doch sosehr ich dich hierhaben wollte, es sollte nicht nur deswegen sein.«

Er strich ihr mit der Hand übers Haar. »Wie weit bist du?«

»Ungefähr in der zwölften Woche.«

»Warst du schon bei einem Arzt?«

»Ja, Dr. Duffy.« Sie lachte unter Tränen. »Ja, ich war beim Arzt.«

»Ich habe die ganze Nacht versucht, herauszufinden, wann, wie …«

»Da du der Arzt bist, würde ich denken, dass du weißt, wie. Und ich würde auch meinen, dass du dein Schicksal in dem Moment besiegelt hast, als du meine Pille in den Müll geworfen hast.«

Er grinste. »Das war einer meiner besseren Momente, wenn ich das behaupten darf.« Er wischte ihr die Tränen ab. »Ich liebe dich so sehr, Caroline. Sofort nachdem du gestern Abend gegangen bist, habe ich erkannt, dass ich nicht eine Minute länger ohne dich leben kann. Es tut mir so leid, dass ich dich verlassen habe, als es schwer wurde. Ich habe den Weg des Feiglings gewählt, und das werde ich immer bereuen.«

»Du hast getan, was du tun musstest.«

»Was ich muss, ist bei dir sein. Nach allem, was wir durchgemacht haben, liebst du mich noch?«

»Ich habe nie aufgehört, dich zu lieben. Hast du dir selbst vergeben, Ted?«

Er schloss sie in die Arme. »Irgendwo zwischen dem Versuch, dein Taxi auf der West 52nd Street einzuholen, und der Fahrt durch Greenwich, Connecticut, wo mich, glaube ich, derselbe Verkehrspolizist wie beim letzten Mal wegen überhöhter Geschwindigkeit angehalten hat, habe ich mir verziehen.«

Sie lachte und weinte gleichzeitig.

»Ich will meine Frau zurück.«

»Ted.« Sie seufzte und schloss die Augen gegen die Tränen, die über ihre Wangen rannen. »Ich will die Magie zurück. Ohne die Magie sind wir nur zwei Menschen, die zusammenleben.«

»Ich weiß, Baby.« Er küsste sie. Erst sanft, dann, als sie die Arme enger um ihn schlang, mit mehr Leidenschaft. »Es ist mir wichtig, dass du weißt …«

Sie legte eine Hand an seine Wange. »Dass ich was weiß?«

»Selbst wenn ich in der Nacht, in der wir uns kennengelernt haben, gewusst hätte, dass ich spektakulär in Ungnade fallen würde, hätte ich nichts anders gemacht. Du warst es immer wert, Caroline. All der Wahnsinn hat uns an diesen Punkt geführt.«

»Und er hat Smitty und Marjorie zusammengebracht«, rief sie ihm in Erinnerung.

Er legte eine Hand auf ihren Bauch. »Und uns dieses kleine Wesen beschert.«

»Edward Theodore Duffy der Vierte.«

»Ein Junge?«, fragte er und riss die Augen auf.

Sie nickte.

Er schüttelte den Kopf. »Auf keinen Fall werde ich meinem Sohn eine römische Ziffer als Namen geben.«

»Aber ich habe es Mitzi versprochen.«

Er stöhnte. »Was ist das überhaupt mit dir und meiner Mutter?«

»Wir haben uns in deiner Abwesenheit …«, sie rieb sich das Kinn, während sie so tat, als müsse sie nach dem richtigen Wort suchen, »angefreundet.«

»O mein Gott. Hat sie ihn schon für die Harvard Medical School angemeldet?«

Caroline lachte laut auf. »Die Bewerbung ist in der Post.«

»Dann hat es also was mit ihr zu tun, dass du lauter Broschüren aus dem Krankenhaus auf deinem Schreibtisch liegen hast?«

»Vielleicht«, sagte sie und lächelte schüchtern.

»Sie werden dich vermissen, wenn du nach New Hampshire ziehst.«

»Ich ziehe nach New Hampshire?«

»Nun, vermutlich wirst du sofort wieder kehrtmachen wollen, wenn du das Haus siehst, das ich dort oben gekauft habe. Es ein Renovierungsprojekt zu nennen wäre untertrieben.«

»Wirst du da sein?«

Er lächelte. »Ja.«

Sie zuckte mit den Schultern. »Dann werden Edward der Vierte und ich schon klarkommen.«

»Ich habe dein Buch gelesen«, gestand er.

»Wirklich?«

»Es ist unglaublich, Caroline.« Er gab ihr einen Kuss. »Wirklich, ich konnte es nicht weglegen. Ich bin so stolz auf dich.«

»Du bist der Erste, der es gelesen hat.«

Seine Augen weiteten sich vor Überraschung. »Tatsächlich?«

Sie nickte. »Cameron und ich haben darüber geredet und beschlossen, dass du der erste Betaleser sein sollst.«

»Langsam habe ich die Nase voll von ihm.«

»Ich denke gerade über eine Fortsetzung nach«, zog sie ihn auf.

Er stöhnte entsetzt auf, während er sie auf die Arme hob und zwei Stufen auf einmal nehmend die Treppe hinauftrug. »Keine Fortsetzungen. Wir müssen eine komplett neue Geschichte schreiben. Mit einer Sache hattest du allerdings recht.«

»Mit welcher?«

Er legte sie aufs Bett und strich mit der Hand über die kleine, aber unverkennbare Wölbung an ihrem einst so flachen Bauch. »Es ist eine verdammt romantische Geschichte.«

»Ja«, sagte sie und seufzte zufrieden. »Das ist es.«

»Ich will ein wenig von Punkt neun.« Er küsste sich von ihren Lippen zu ihrem Hals. »Ich hatte zwei lange, einsame Monate dafür, zu erkennen, dass die Neun meine Lieblingszahl ist.«

Lächelnd strich sie ihm über die Haare. »Bevor du die Neun bekommst, musst du mir versprechen, dass wir es bis zur Zehn schaffen.«

»Das verspreche ich dir, Caroline.« Er küsste sie zärtlich. »Ich verspreche dir, dass du, ich und der Vierte glücklich bis ans Lebensende sein werden.«

»So wirst du ihn nicht nennen!«

Er lachte an ihren Lippen.

»Ted?«

»Was ist, Honey?«

»Die Magie ist zurück.«

WEITERE TITEL VON MARIE FORCE

Die McCarthys

Die McCarthys

Liebe auf Gansett Island (Die McCarthys 1)

Mac & Maddie

Sehnsucht auf Gansett Island (Die McCarthys 2)

Joe & Janey

Hoffnung auf Gansett Island (Die McCarthys 3)

Luke & Sydney

Glück auf Gansett Island (Die McCarthys 4)

Grant & Stephanie

Träume auf Gansett Island (Die McCarthys 5)

Evan & Grace

Küsse auf Gansett Island (Die McCarthys 6)

Owen & Laura

Herzklopfen auf Gansett Island (Die McCarthys 7)

Blaine & Tiffany

Rückkehr nach Gansett Island (Die McCarthys 8)

Adam & Abby

Zärtlichkeit auf Gansett Island (Die McCarthys 9)

David & Daisy

Verliebt auf Gansett Island (Die McCarthys 10)

Jenny & Alex

Hochzeitsglocken auf Gansett Island (Die McCarthys 11)

Owen & Laura

Gansett Island im Mondschein (Die McCarthys 12)

Shane & Katie

Sternenhimmel über Gansett Island (Die McCarthys 13)

Paul & Hope

Festtage auf Gansett Island (Die McCarthys 14)

Big Mac & Linda

Im siebten Himmel auf Gansett Island (Die McCarthys 15)

Slim & Erin

Verzaubert von Gansett Island (Die McCarthys 16)

Mallory & Quinn

Traumhaftes Gansett Island (Die McCarthys 17)

Victoria & Shannon

Schneeflocken auf Gansett Island

Geliebtes Gansett Island (Die McCarthys 18)

Kevin & Chelsea

Blütenzauber auf Gansett Island (Die McCarthys 19)

Riley & Nikki

Sommernächte auf Gansett Island (Die McCarthys 20)

Finn & Chloe

Andere Bücher

Sex Machine - Blake und Honey

Sex God - Garret und Lauren

Five Years Gone — Ein Traum von Liebe

One Year Home — Ein Traum von Glück

Mein Herz für dich

Nicht nur für eine Nacht

Take-off ins Glück

Dieses Mal für immer

Helden küsst man nicht

Küsse für den Quarterback

Die Green Mountain Serie

Alles was du suchst (Green Mountain Serie 1)

Endlich zu dir (Green Mountain Serie 1/Story *1)*

Kein Tag ohne dich (Green Mountain Serie 2)

Ein Picknick zu zweit (Green-Mountain-Serie/Story 2)

Mein Herz gehört dir (Green Mountain Serie 3)

Ein Ausflug ins Glück (Green-Mountain-Serie/Story 3)

Schenk mir deine Träume (Green-Mountain Serie 4)

Der Takt unserer Herzen (Green-Mountain-Serie/Story 4)

Sehnsucht nach dir (Green-Mountain Serie 5)

Ein Fest für alle (Green-Mountain-Serie 5/Story 5)

Öffne mir dein Herz (Green-Mountain-Serie 6/Story 6)

Jede Minute mit dir (Green-Mountain-Serie 7)

Ein Traum für uns, (Green-Mountain-Serie 8)

Meine Hand in deiner, (Green-Mountain-Serie 9)

Die Neuengland-Reihe

Vergiss die Liebe nicht (Neuengland-Reihe 1)

Wohin das Herz mich führt (Neuengland-Reihe 2)

Wenn das Glück uns findet (Neuengland-Reihe 3)

Und wenn es Liebe ist (Neuengland-Reihe 4)

Die Quantum Serie

Tugendhaft (Quantum-Serie 1)

Furchtlos (Quantum-Serie 2)

Vereint (Quantum-Serie 3)

Befreit (Quantum-Serie 4)

Verlockend (Quantum-Serie 5)

Überwältigend (Quantum-Serie 6)

Unfassbar (Quantum-Serie 7)

Gilded Serie

Die getäuschte Herzogin

Eine betörende Braut

ÜBER DIE AUTORIN

Marie Force ist die New-York-Times-Bestseller-Autorin von über fünfzig zeitgenössischen Liebesromanen, unter anderem den beliebten Romanserien »Gansett Island«, »Green Mountain« und der erotischen Quantum-Serie. Sie hat unterdessen weltweit über sechs Millionen Bücher verkauft. Die Autorin lebt zusammen mit ihrem Mann, zwei fast erwachsenen Kindern und zwei Hunden in Rhode Island.

Tragen Sie sich in Maries Mailingliste ein, um alles Wichtige über neue Bücher und Veranstaltungen zu erfahren. Folgen Sie ihr auf Facebook und auf Instagram.